# Christoph Hein
# Landnahme

*Roman*

Suhrkamp

Umschlagfoto: Sven Paustian

suhrkamp taschenbuch 3729
Erste Auflage 2005
© Suhrkamp Verlag Frankfurt am Main 2004
Suhrkamp Taschenbuch Verlag
Druck: Ebner & Spiegel, Ulm
Printed in Germany
Umschlag: Göllner, Michels, Zegarzewski
ISBN 3-518-45729-2

2 3 4 5 6 – 10 09 08 07 06

# Landnahme

Auf dem Podest am Ende der Freitreppe standen vier Männer und lächelten unbeirrt der Menschenmenge zu, die sich auf dem Marktplatz versammelt hatte. Einer von ihnen sah mehrmals auf seine Uhr, dann gab er den Musikern ein Zeichen, und die Kapelle spielte den York'schen Marsch. Wenn die vier Männer miteinander sprachen, lächelten sie nicht, ihre Gesichter wirkten besorgt, sie waren nervös.

»Länger können wir nicht warten«, sagte der Älteste von ihnen. »Was glauben die, wer sie sind? Königliche Hoheiten? Es ist nur das Prinzenpaar.«

»Reg dich nicht auf, Sigurd«, sagte ein kleiner, untersetzter Mann, »ich gehe und hole sie.« Er nickte den anderen zu, wandte sich um, öffnete die schwere Rathaustür und ging hinein.

Der Prinz stand mitten im Flur des Rathauses. Er schwieg und nickte, als der Mann erschien und ihm mitteilte, dass alle auf sie warteten. Dann sah er zu der Prinzessin, die auf der Bank saß und ein Taschentuch vor ihr Gesicht hielt.

»Es ist Zeit, wir müssen jetzt hinausgehen. Wir können es nicht weiter verzögern«, wiederholte der Mann und sah gleichfalls zur Prinzessin, die ihre Wangen betupfte, kurz in einen Handspiegel schaute und aufstand. Sie war auffallend blass und lächelte bemüht, auf ihrem Gesicht waren Tränenspuren unübersehbar. Der Mann ging der Prinzessin entgegen.

»Die halbe Stadt steht auf dem Platz und wartet«, sagte er zu ihr und sah sie beschwörend an.

Er reichte ihr seine Hand und führte sie zu dem Prinzen. Dann ging er zur Tür, öffnete sie und machte mit einem Arm eine große auffordernde Geste, um das Prinzenpaar zum Hinausgehen zu bewegen. Die beiden liefen die wenigen Schritte bis zur Tür und dem Podest der Freitreppe nebeneinander, ohne sich anzusehen oder gar anzufassen.

Die Prinzessin war ganz in Weiß gekleidet und trug eine Krone in dem aufgesteckten Haar. Der Prinz trug einen weißseidenen Anzug, auch er lächelte, presste jedoch dabei grimmig die Lippen aufeinander. Neben ihnen standen die vier Männer, die wie das Prinzenpaar der Menschenmenge vor ihnen auf dem Rathausplatz zuwinkten. Die Blaskapelle, die sich am Fuße der Treppe aufgestellt hatte, spielte nun den Präsentiermarsch.

Auf dem Platz standen mehr als zweihundert Leute, viele von ihnen hatten kleine Kinder mit, sie hielten sie an der Hand oder trugen sie auf den Schultern, damit sie das Prinzenpaar besser sehen konnten. Die Kinder hatten bemalte Gesichter, silberne und rote Sterne klebten auf ihren Wangen, Stirnen und Nasen, einige hatten Papiermützen auf dem Kopf oder Teufelskappen und gefütterte Mützen, auf denen Tiergesichter und Fratzen aufgestickt waren und die man den Kindern weit über die Ohren gezogen hatte, denn es war eisig kalt. Alles starrte zum Prinzenpaar und zu den Männern auf dem Podest, die unermüdlich lächelten und abwechselnd mit der rechten und der linken Hand den Versammelten zuwinkten. Die vier Männer trugen dunkle Anzüge und in einem seltsamen Kontrast dazu glänzende rotgoldene Papierhelme auf dem Kopf. Hinter ihnen standen kostümierte junge Mädchen, die Prinzengarde mit dem Funkenmariechen, fünf stramme Mädchen mit kurzen Röcken und knielangen roten Stiefeln. Sie bewegten sich zur Musik und trampelten mit den Füßen, um sich warm zu halten. Ihre Augen leuchteten vor Stolz, und sie bemühten sich, zwischen den Rücken der Männer hindurch auf den Rathausplatz zu sehen und nach ihren Freundinnen und Bekannten Ausschau zu halten.

Einer der Männer auf dem Podest sah zu dem Dirigenten der Blaskapelle, und als dieser zu ihm blickte, gab er ihm ein

Zeichen. Die Musik brach nach wenigen Takten ab. Der kleinere Mann, der das Prinzenpaar aus dem Rathaus begleitet hatte, hielt plötzlich einen übergroßen Schlüssel aus goldbezogener Pappe in der Hand, den er dem Prinzen überreichte. Die Kapelle spielte einen Tusch, dann erklärte der Mann, der als Sigurd angesprochen worden war, über ein aufgestelltes Mikrofon, dass man nun nach der Schlüsselübergabe mit dem Umzug durch die Stadt beginnen werde. Wieder warf er einen Blick zu dem Dirigenten, der den Einsatz für einen weiteren Tusch gab. Der Mann auf dem Podest trat vom Mikrofon zurück, er winkte der Menge zu und strahlte begeistert, während er sich halblaut mit seinem Nachbarn unterhielt.

Die vier Männer waren gleichaltrig, alle waren sie Ende fünfzig und etwas beleibt. Sie schienen selbstbewusst und mit sich zufrieden zu sein, und offensichtlich waren sie gewichtige, einflussreiche Personen der Stadt. Man könnte sie stattliche Erscheinungen nennen, mit ihren spitz zulaufenden, reich geschmückten Karnevalshelmen auf dem Kopf wirkten sie weniger lächerlich als vielmehr abgearbeitet, müde und fett.

Nach dem Ende des Tusches begannen die Musiker das nächste Karnevalslied zu spielen, wobei sie mit erhöhter Lautstärke vereinzelte falsche Töne zu kaschieren suchten. Das Prinzenpaar und die vier Männer traten von der das Podest begrenzenden Mauer zurück, einer der Männer schob die Prinzengarde nach vorn, wobei er scheinbar absichtslos die Taillen und Hintern der Mädchen berührte. Die fünf Mädchen standen für einen Moment still, dann begannen sie nach einem Kommando des Funkenmariechens zu tanzen. Sie rissen abwechselnd ihre Beine hoch, so weit es ihnen möglich war, und warfen unentwegt Kusshände in die Menge auf dem Platz. Gelegentlich kam eins der Mädchen aus dem Takt, weil es das Gleichgewicht zu verlieren drohte, dann stellte es sich rasch in der Grundstellung auf und bemühte sich mit hochrotem Gesicht, wieder Anschluss zu bekommen und noch energischer und begeisterter als zuvor Kusshände zu verteilen. Einige Leute auf dem Platz klatschten im Takt, andere winkten den Mädchen zu und riefen ihre Vornamen, um sie auf sich aufmerksam zu machen. Da die Mauerbrüstung nur einen eingeschränkten Blick auf die oben stehenden Mädchen und Männer erlaubte, konnten die Leute auf dem Platz wenig von ihren Beinen sehen, und allein an den Bewegungen der Oberkörper waren die Bemühungen der Prinzengarde zu erraten.

Der Prinz winkte unablässig, ohne einen Blick seiner Karnevalsprinzessin zuzuwenden. Diese lächelte tapfer und wirkte in ihrem prächtigen weißgoldenen Kleid hilflos und verloren. Der Sprecher drängte sich wieder zum Mikrofon und rief etwas, das keiner verstehen konnte, denn die Musik war zu laut. Er nahm das Prinzenpaar in die Arme und schob die beiden zur Treppe. Der Prinz und die Prinzessin gingen die Stufen hinunter. Der junge Mann bot der Prinzessin nicht den Arm an, sie gingen nebeneinander, ohne sich anzufassen oder auch nur anzusehen. Hinter ihnen liefen die Mädchen der Prinzengarde die Treppe hinunter, bei jeder Stufe die Beine hochwerfend, ängstlich besorgt, niemanden anzustoßen, aber auch nicht die Treppenstufen zu verfehlen. Das Funkenmariechen kontrollierte überdies die Bewegungen ihrer Kameradinnen, sie warf Blicke nach rechts und links. Bevor sie die letzte Stufe erreichte, riss sie mit dem linken Fuß die angeklebte Mikrofonleitung von dem steinernen Treppengeländer, das Mikrofon wurde von der Brüstung gerissen und fiel mit einem lauten und von den Lautsprechern übertragenen Scheppern zu Boden, bevor es einer der Männer aufheben und in Sicherheit bringen konnte.

Die Kapelle stellte sich für den Umzug auf. Es gab ein wenig Verwirrung, da zwischen den Musikern und der Freitreppe nicht genügend Platz war für das Prinzenpaar und die Garde der Mädchen. Der Kapellmeister musste erst energisch auf seine Bläser einreden, bevor sich diese ein paar Meter weiter neu ordneten. Die vier Männer waren auf dem Podest geblieben, sie sprachen miteinander. Der Redner hielt das Mikrofon in der Hand und untersuchte es missmutig, um festzustellen, ob es beschädigt war.

Ein Herr mit einem kleinen weinenden Mädchen auf dem Arm kam zu der Treppe, ging ein paar Stufen hinauf und sprach jenen Mann an, der das Prinzenpaar aus dem Rathaus geleitet hatte, der schüttelte den Kopf und bedeutete ihm, im Augenblick für ihn keine Zeit zu haben, da er beschäftigt sei. Der Herr mit dem kleinen Mädchen ließ sich nicht abwimmeln, er ging zwei Stufen höher und erklärte dem Redner, dass das kleine Mädchen seinen Großvater verloren habe und er ihn über das Mikrofon ausrufen möge. Er reichte ihm das Mädchen zu. Der Redner stellte sich mit dem Kind auf dem Arm an die Brüstung, nahm das Mikrofon vor den Mund und rief über den Platz, es werde ein Großvater gesucht, der sich melden möge, um sein Enkelkind abzuholen. Er ließ seinen Blick über die auf dem Platz versammelte Menge gleiten, und da sich niemand bemerkbar machte, fragte er das Kind nach dem Namen des Großvaters. Das Mädchen gab ihm stockend Antwort, und der Mann sagte in das Mikrofon, der Großvater heiße Opa und möge sich bitte umgehend bei ihm melden. Er wandte sich nochmals zu dem Mädchen auf seinem Arm und fragte es, wie es selbst heiße. Da er in Eile war und die verschreckte Kleine zu fordernd und schroff gefragt hatte, presste sie die Lippen aufeinander und verzog das Gesicht, als wolle sie gleich wieder losheulen.

Ein älterer Mann mit einem Kind an der Hand kam auf die Rathaustreppe zu. Er versuchte mit Winken die Aufmerksamkeit des weinerlichen kleinen Mädchens auf sich zu ziehen und so rasch, wie die Trippelschritte des anderen Mädchens, das er an seiner Hand hielt, es ihm erlaubten, zu ihm zu gelangen. Es dauerte einige Augenblicke, ehe die Kleine auf dem Podest ihren herbeieilenden Großvater entdeckte, und mit einem großen Seufzer der Erleichterung begann sie nun hemmungslos zu weinen. Der Redner stellte das Mädchen auf die Füße und schickte, als der Großvater mit dem zweiten Mädchen an der Treppe angelangt war und immerzu besänftigend den Namen des Mädchens rief, das heulende Kind die Treppe hinunter und in die Arme des Großvaters.

Der Herr, der das Kind gebracht hatte, stand auf der Treppe und sah dem Redner zu, der nun das Mikrofonkabel zusammenlegte.

»Guten Tag, Holzwurm«, sagte er schließlich halblaut.

Der Angesprochene sah auf und unterbrach seine Arbeit. Er sah den Fremden prüfend mit zusammengekniffenen Augen an.

»Sprechen Sie mit mir? Wollen Sie etwas von mir?«, fragte er misstrauisch.

Der Mann lächelte ihn freundlich an. Er kam eine weitere Stufe höher und fragte: »Erkennst du mich nicht, Holzwürmchen?«

Der andere sah ihn prüfend an, wandte sich dann wortlos ab, verknotete gemächlich und sorgfältig das Kabel und steckte das Mikrofon zwischen die Schnur. Danach sah er den Mann an und schüttelte leicht den Kopf. »Nein. Ich glaube nicht. Sie sind nicht von Guldenberg, nicht wahr?«

»Das ist richtig. Aber ich habe hier gelebt. Das ist lange her. Ein paar Jahre. Nein, ein paar Jahrzehnte schon.«

»Ich kann mich an Sie nicht erinnern. Waren wir Schulkameraden?«

»Acht Jahre lang«, sagte der Fremde, »die ganze Grundschule hindurch. Nein, in Wahrheit waren es nur fünf Jahre. Und ein paar Jahre davon haben wir zusammen auf einer Schulbank gesessen.«

Der Mann mit dem Mikrofon in der Hand fasste nach

seinem Kopf, um sich über die Haare zu streichen. Als seine Finger die Karnevalskappe berührten, nahm er sie hastig ab, faltete sie zusammen und klemmte sie unter einen Arm. Das schütter gewordene Haar war grau, und tiefe Geheimratsecken hatten die weißliche Kopfhaut entblößt.

»Nein, ich erinnere mich nicht an Sie.«

»Der Pillendreher. Das war mein Spitzname.«

»Sagt mir nichts. Tut mir Leid.«

»Thomas Nicolas heiße ich. Wir waren Banknachbarn.«

»Und wie kommen Sie hierher?«, fragte der Mann, den der andere als Holzwurm angesprochen hatte. Dann korrigierte er sich: »Wie kommst du hierher?«

»Ein Zufall. Ich war auf der Durchfahrt und dachte, ich schaue mir mal an, was aus meinem alten Städtchen geworden ist.«

»Und? Zufrieden? In den letzten Jahren wurde viel gebaut und restauriert.«

»Ja, ich habe es gesehen. Es ist alles kleiner geworden. Die Kirche, das Rathaus, dieser Platz, das war damals alles größer, viel größer.«

Der andere sah ihn verständnislos an, und der Fremde fuhr lächelnd fort: »Oder ich bin größer geworden, vielleicht liegt es daran.«

»Verzeihung, ich habe zu tun. Wir haben Karneval. Der Umzug, die Feiern, ich muss mich darum kümmern. Vielleicht sieht man sich ein andermal.«

Er verschwand für einen Moment hinter der offen stehenden Rathaustür. Als er zurückkam, hatte er sich den Papierhelm wieder aufgesetzt. Er sprach die drei Männer an, die zuvor mit ihm auf dem Podest gestanden und jetzt auf ihn gewartet hatten. Gemeinsam gingen sie eilig die Treppe hinab und stellten sich hinter das Prinzenpaar. Der Dirigent sah kurz zu ihnen und gab dann den Musikern ein Zeichen, die Musik setzte ein, und langsam kam der Zug in Bewegung.

Bevor die Spitze des Festzugs mit der Kapelle, dem Prinzenpaar und den Honoratioren in der Straße hinter dem Rathaus verschwand, warf der als Holzwurm angesprochene Mann einen Blick zurück. Thomas Nicolas, der Fremde, der seiner Heimatstadt einen kurzen Besuch abstattete, stand auf der Rathaustreppe und lächelte ihm zu.

# Thomas Nicolas

Das neue Schuljahr hatte bereits begonnen, als Mitte September Fräulein Nitzschke in der dritten Schulstunde mit einem Neuen in der Klasse erschien. Fräulein Nitzschke war die Klassenlehrerin und gab bei uns Deutsch und Heimatkunde. Sie war Ende vierzig und unverheiratet und legte Wert darauf, als Fräulein angesprochen zu werden. Wenn einer der Eltern mit ihr sprach und Frau Nitzschke zu ihr sagte, verbesserte sie ihn mit einem leichten, nachdrücklichen Lächeln, als wäre es für sie von besonderer Bedeutung, nicht verheiratet zu sein. Sie war eine sehr hagere Frau, vorn und hinten ein Brett, wie die älteren Schüler auf dem Schulhof sagten, und hatte stets stark gepuderte Wangen, was sehr ungewöhnlich war und worüber auch die Erwachsenen in der Stadt sprachen. Man vermutete, sie habe eine unreine Haut oder eine Krankheit, Genaues wusste keiner. Wenn sie durch die Bankreihen ging und sich zu den Schülern herunterbeugte, konnten wir den süßlichen Duft des Puders riechen.

Fräulein Nitzschke ging mit dem Neuen nach vorn zum Lehrertisch, setzte sich und wartete, bis Ruhe eingetreten war und alle zu ihr schauten oder vielmehr zu dem Jungen, der neben ihr stand und finster vor sich hin starrte.

»Wir haben einen neuen Mitschüler bekommen«, sagte Fräulein Nitzschke endlich, »er wird sich uns selbst vorstellen.«

Sie sah den Jungen aufmunternd an. Der blickte unbewegt in die Klasse und musterte uns eindringlich.

»Sag uns bitte deinen Namen.«

Der Neue warf einen kurzen Blick zu der Lehrerin, dann murmelte er etwas, ohne jemanden anzusehen.

Die Klasse wurde jetzt unruhig. Er hatte seinen Namen

so beiläufig und leise gesagt, dass ihn kaum einer verstand. Einer von uns schrie: »Lauter!«, und andere lachten. Was wir sofort begriffen hatten, war, dass er einen dieser rauhen, ostdeutschen Dialekte sprach. Alle hatten sofort mitbekommen, dass wieder ein aus Pommern oder Schlesien Vertriebener in unsere Schule gekommen war.

Unmittelbar nach dem Krieg war die Stadt mit ihnen überfüllt. Sie waren in Wohnungen eingewiesen worden, deren Besitzer nur unter dem Druck der städtischen Verordnung und der Polizei ein oder zwei Zimmer ausgeräumt hatten, um sie den Fremden widerwillig zu überlassen. Alle hofften, dass diese aus ihrer Heimat Vertriebenen bald weiterziehen würden oder vom Wohnungsamt eine eigene Wohnung zugewiesen bekämen. Wenn auch die Stadt vom Krieg und von den Bombern weniger heimgesucht worden war als die Kreisstadt und drei von den Dörfern in der Nähe, so gab es noch immer Kriegsschäden zu reparieren, und weder die Stadt noch die Leute hatten das Geld, neue Häuser zu bauen. Da es überdies an Baumaterial fehlte, wurden selbst die notwendigsten Reparaturen sehr schleppend ausgeführt.

Jetzt, fünf Jahre nach dem Krieg, wohnten noch immer viele Umsiedler bei uns und schienen in Guldenberg bleiben zu wollen, zumal die neue Grenze im Osten wohl endgültig war und damit die deutschen Provinzen hinter der Oder polnisch bleiben würden und diese Leute nie wieder in ihre Heimat zurückkehren könnten. Auch in unserer Schule gab es genügend Kinder der Vertriebenen. Die meisten von ihnen sprachen inzwischen unseren Dialekt, und nur gelegentlich konnte man an einem ungewöhnlichen und befremdlichen Wort ihre Herkunft erraten oder weil sie die Rachenlaute heiserer als wir aussprachen. Sie waren allesamt ärmlicher gekleidet als die Kinder der Einheimischen, ihre Strümpfe und Joppen waren geflickt, runde Lederstücke waren nicht nur auf den Ellbogen angebracht, und vor allem ihr Schuhwerk war alt und rissig.

»Ja, Bernhard Haber«, sagte Fräulein Nitzschke ungerührt von dem Lärm in der Klasse. Sie sprach den Namen deutlich und betont aus und sagte dann zu dem Neuen: »In der Pause kommst du zu mir, Bernhard, damit ich dich in das Klassenbuch eintragen kann. So, und nun geh und setz dich.«

Bernhard Haber hob den Kopf und ließ seinen Blick über die Bänke gleiten. Auch andere Schüler drehten sich um und vergewisserten sich dessen, was sie ohnehin wussten: alle Klappstühle waren besetzt, es gab keinen einzigen leeren Platz. Als die Lehrerin es bemerkte, stand sie auf und schob ihren Stuhl an die schmale Seite des Lehrertisches.

»Setz dich auf meinen Stuhl, Bernhard. Das werden wir in der Pause regeln. Der Hausmeister wird dir einen Tisch und einen Stuhl geben.«

Sie wandte sich an die Klasse: »Bernhard ist ein Jahr älter als ihr. Er kommt aus Polen und konnte in den letzten Jahren nur unregelmäßig eine Schule besuchen. So hat er einiges versäumt, und ich denke, es ist besser, er kommt in das dritte Schuljahr, jedenfalls vorläufig. Wir werden sehen, was er weiß, und ich denke, ihr werdet ihn alle nach besten Kräften unterstützen.«

»Ein Polacke«, sagte ein Junge aus einer der hinteren Reihen halblaut.

Der Neue war zu dem Stuhl gegangen, den ihm die Lehrerin hingeschoben hatte, er drehte sich zur Klasse und, ohne den Arm zu heben, ballte er eine Faust und hielt sie einen Moment vor seinem Bauch, während er zu uns sah und mit den Augen nach dem Jungen suchte, der die Bemerkung gemacht hatte.

»Das war sehr, sehr hässlich«, sagte Fräulein Nitzschke, »und ich will dieses dumme Wort nie wieder hören. Nie wieder! Habt ihr verstanden? Und Bernhard ist kein Pole, er ist ein Deutscher genauso wie ihr.«

Nach der Hofpause war ein zusätzlicher Stuhl ins Klassenzimmer gestellt worden, der neue Mitschüler musste sich an eine Bank in der ersten Reihe setzen, die beiden Mädchen an diesem Tisch rückten zusammen, um ihm Platz zu machen.

Als Herr Voigt, der Mathematiklehrer, in die Klasse kam, standen alle auf und warteten, bis er nach vorn gegangen war, die Schüler begrüßt und sich gesetzt hatte, bevor sie die beweglichen Sitzbänke laut knallend zurückschnappen ließen und wieder Platz nahmen. Herr Voigt ließ seinen Blick langsam durch die Klasse gleiten, er wirkte dann stets wie ein Greifvogel auf der Suche nach einer Beute. Als er den neuen Schüler bemerkte, betrachtete er ihn amüsiert von oben bis unten.

»Ein Neuer«, stellte er höhnisch fest. »Und wie heißt du?«

Ohne die Antwort abzuwarten, schlug er das Klassenbuch auf und las die dort eingetragenen Bemerkungen über Bernhard Haber laut vor.

»Du bist schon zehn Jahre alt, sososo. Na, wenn man dich in die dritte Klasse steckt, wird es mit deinen Rechenkünsten nicht weit her sein, oder?«

Die ganze Klasse amüsierte sich. Der neue Schüler hatte seine Hände auf das Pult gelegt, sah vor sich hin und erwiderte nichts.

»Steh auf, wenn ich mit dir rede. Und sieh mich an. Bist du mit deinen Eltern hierher gekommen?«

»Ja.«

»Na, wenigstens kein Waisenknabe. Mit denen haben wir ja nichts als Ärger. Hat deine Familie eine Wohnung? Ein Zimmer?«

»Ja.«

»Schön. Und hat dein Vater Arbeit?«

»Nein. Noch nicht.«

»Da lebt ihr also auf Kosten der Stadt. Was hat dein Vater für einen Beruf?«

»Er ist Tischler.«

»Gut. Tischler, das ist gut. Wenn er zupacken kann und nicht gerade zwei linke Hände hat, wird er schnell etwas finden. Tischler werden gebraucht.«

Er machte eine kleine Pause und fuhr dann mit bösem Lächeln fort: »Oder arbeitet er nicht gerne, dein Vater? Das gibts ja auch.«

Der Neue stand mit hängendem Kopf an der Bank, mit beiden Händen hielt er die schräge Schreibfläche umklammert. Er war hochrot im Gesicht, als er erwiderte: »Nein. Mein Vater hat nicht zwei linke Hände. Er hat eine linke Hand.«

»Und woher kommt ihr? Wo bist du geboren, Junge?«

»In Breslau.«

»Was sagst du?«

Herr Voigt starrte ihn mit aufgerissenen Augen an, dann hielt er eine Hand an sein rechtes Ohr und sagte nochmals: »Was hast du gesagt?«

»Wir kommen aus Breslau.«

Herr Voigt schüttelte den Kopf und sah empört und fassungslos in die Klasse. Dann streckte er die Hand aus und zeigte auf ein Mädchen: »Kathrin, wie heißt die Stadt, aus der der Neue kommt?«

»Wrocław«, sagte das Mädchen, wobei sie sich kurz erhob, so dass der Klappsitz zurückschnellte.

Herr Voigt nickte zufrieden. Dann wandte er sich wieder an den neuen Schüler: »Oder meinst du, in Italien leben heute die Römer? Nein, die Italiener. Merk dir das. Und Istanbul, das nennt ihr in Hinterpommern wohl noch immer Konstantinopel oder Byzanz, wie? Und du kommst aus Wrocław. Hast du das verstanden?«

Bernhard Haber sah Herrn Voigt unverwandt in die Augen. Er war völlig reglos.

»Also, noch einmal. Wo kommst du her?«

»Aus Wrocław.«

»Richtig. Setz dich endlich hin. Wir wollen mit dem Unterricht beginnen.«

Bernhard Haber blieb trotzig neben seinem Stuhl stehen. Bevor er sich hinsetzte, sagte er rasch: »Aber geboren wurde ich in Breslau.«

Herr Voigt hatte sich umgedreht, um etwas an die Wandtafel zu schreiben. Die ausgestreckte Hand mit dem Kreidestück sank langsam herunter. Wie in Zeitlupe drehte er seinen Oberkörper herum und sah den Neuen an. Er schien völlig überrascht zu sein, und für einen Moment glaubten wir alle, er würde anfangen zu brüllen. Er verzog verächtlich den Mund und lächelte Bernhard bedrohlich an.

»Ach was«, sagte er schließlich, und es klang fast anerkennend, »so einer bist du. Aber ich werde dir die Flötentöne noch beibringen, mein lieber Herr Gesangsverein.«

Er wandte sich wieder zur Tafel und schrieb aus dem aufgeschlagenen Buch, das er in der linken Hand hielt, Rechenaufgaben an das dunkelgraue, verschrammte Brett. Bernhard Haber blickte sich aufmerksam in der Klasse um, er wollte wohl sehen, wie seine neuen Mitschüler auf die Auseinandersetzung mit dem Mathematiklehrer reagierten. Es schien, als wolle er sich unsere Gesichter genauestens einprägen. Für einen Moment schauten wir alle zu ihm, und sekundenlang starrten wir uns bewegungslos an, während Herr Voigt die Aufgaben an die Tafel schrieb und dabei halblaut vor sich hin sprach.

Am nächsten Morgen stand im Klassenzimmer eine weitere Schulbank mit zwei Klappsitzen. Der Hausmeister hatte sie direkt unter die Garderobenleiste an der Rückwand des Schulraums gestellt, und der Neue hatte sich dort hingesetzt. In der dritten Stunde, als Fräulein Nitzschke unsere Klasse unterrichtete, musste er sich auf einen Platz in der ersten Reihe setzen, und ein Mädchen bekam die hintere Bank zugewiesen.

Bernhard Haber besaß keinen Schulranzen, sondern einen Stoffbeutel, der aus einem alten Soldatenmantel zusammengenäht war und sich wie ein Rucksack tragen ließ. Der Beutel war zu voluminös, als dass er in das Fach unter der Schreibfläche gepasst hätte, und daher musste er ihn während des Unterrichts neben die Bank legen. Die anderen Schüler, die einen zu dicken Ranzen besaßen, hängten ihn an den Haken der Schulbank, Bernhards Beutel konnte man nicht aufhängen. Er lag als schmuddliger Haufen einfach auf dem geölten Holzfußboden.

Bereits am dritten Tag trat Willy, als er nach vorn gerufen wurde, mit dem Fuß gegen den grauen Stoffbeutel, so dass er zwei Meter durch das Klassenzimmer schoss und gegen das Podest knallte, auf dem der Lehrertisch stand. Die ganze Klasse war begeistert. Willy war nicht nur der Klassenstärkste, er war unser bester Fußballer, und mit Bernhards Beutel hatte er einen guten Schuss hingelegt. Wenn nicht Unterricht gewesen wäre, sondern Pause, hätte sich gewiss jemand gefunden, der ihm den Beutel zurückgeschossen hätte. Fräulein Nitzschke jedoch schoss nicht zurück, sondern fragte Willy, was ihm einfalle, und er beteuerte, es sei unabsichtlich passiert, er sei über den Beutel gestürzt und hätte sich dabei fast ein Bein gebrochen. Keiner in der Klasse glaubte ihm ein Wort und wir kicherten. Fräulein Nitzschke konnte nichts machen und sagte zu Willy, er möge den Beutel zu Bernhard bringen und sich bei ihm entschuldigen. Willy hob den Beutel mit zwei Fingern, als ob er dreckig wäre, brachte ihn Bernhard und murmelte so etwas wie eine Entschuldigung. Bernhard sagte überhaupt nichts und tat, als ob ihn das alles nichts angehe. Er öffnete nicht einmal den zurückgebrachten Beutel um nachzusehen, ob etwas kaputtgegangen war.

In der Pause, nachdem Fräulein Nitzschke das Klassenzimmer verlassen hatte, stand er auf, ging zu Willy, und mit einer einzigen Bewegung griff er ihm in die Haare, riss seinen Kopf herunter und nahm ihn in den Schwitzkasten. Er drückte so lange, bis Willy aufschrie, dann bewegte er rasch und schnell den Arm, mit dem er Willys Kopf fest an seinen Oberkörper gedrückt hatte. Als er ihn freigab, hatte Willy zwei feuerrote Ohren und jammerte. Über Bernhards Schultasche ist nie wieder jemand gestolpert, auch nicht aus Versehen.

Bernhard Haber wohnte mit seinen Eltern auf dem Hof von Bauer Griesel in der Gustav-Adolf-Straße, schräg gegenüber vom alten Friedhof, auf dem seit Jahren keine Beerdigungen mehr stattfanden, denn die Beisetzungen erfolgten seit dem Weltkrieg auf dem Waldfriedhof hinterm Tbc-Krankenhaus. Sein Vater fand als Tischler keine Arbeit in unserer Stadt. Es wurden zwar Tischler gebraucht, und der alte Haber hatte nicht zwei linke Hände, sondern nur eine, aber er besaß keine rechte Hand. Sein rechter Arm war kurz unter dem Schultergelenk amputiert worden. In sowjetischer Kriegsgefangenschaft hatte er in einem Straflager bei Perm im Ural unter Tage arbeiten müssen. Als der alte Haber mit vier anderen Gefangenen Säcke mit Mehl und gesäuerten Rüben in die Vorratshalle trug, hatte ein betrunkener Soldat der Wachmannschaft irrtümlich den Rückwärtsgang seines Lastwagens eingelegt, so dass dieser mit einem Sprung anfuhr und Habers Arm zwischen der Eisenkante der hinteren Wagenklappe und einem Stützpfeiler der Halle einquetschte. Haber wurde sofort in das Lazarett gebracht, die Ärztin konnte den Arm nicht mehr retten. Wäre der Unfall unter Tage in der Grube passiert, er wäre verblutet, bevor man ihn in die Baracke der Ärztin hätte schaffen können. Nach dem Unfall war er im Bergbau nicht mehr zu brauchen gewesen und, nachdem er vier Monate in einer Kolchose gearbeitet hatte und auch dort nicht von Nutzen war, aus der Kriegsgefangenschaft entlassen worden.

Da seine Heimatstadt nach dem Krieg zu Polen gehörte, sollte er in eine deutsche Stadt der sowjetischen Zone entlassen werden. Er erreichte, dass man ihm die Papiere für

Wrocław ausstellte, damit er nach seiner Familie suchen könne. Nach vier Wochen fand er sie in einem Dorf vierzig Kilometer nördlich von Wrocław wieder. Seine Frau war mit der Schwiegermutter und ihrem einzigen verbliebenen Sohn, Bernhards Bruder war ein Jahr nach dem Krieg wegen Unterernährung in ein polnisches Krankenhaus eingewiesen worden und dort gestorben, bei einem polnischen Bauern untergekommen, der selbst erst nach Kriegsende umgesiedelt worden war. Der invalide Haber bemühte sich nun bei den polnischen Behörden um eine Ausreiseerlaubnis für seine Familie, die er nach sechs Monaten erhielt.

Nach Bad Guldenberg war er gekommen, weil er bei der Einreise den deutschen Beamten nicht eine einzige Adresse von Verwandten angeben konnte, die ihn und seine Familie hätten aufnehmen können, denn seine gesamte Verwandtschaft hatte bis zum Ende des Krieges in Schlesien gelebt, und ihre neuen Wohnorte kannte er nicht. Schließlich gab man ihm Papiere für unsere Stadt, weil laut einer Liste in Guldenberg Tischler benötigt würden. Es musste eine sehr eigentümliche Liste gewesen sein, von irgendeiner Behörde willkürlich und nach eigenem Gutdünken angefertigt, und obgleich Haber darauf hinwies, dass er als Krüppel in seinem alten Beruf nicht mehr werde arbeiten können, blieb man bei der Entscheidung. Der Beamte an der Grenzstation nickte zwar, als der Mann ihn auf seine Behinderung hinwies, da Haber auf Befragen keinen anderen Beruf anzugeben wusste, stellte er ihm die Papiere für unsere Stadt aus und sagte, man würde ihm vor Ort weiterhelfen. Die Behörden seien unterrichtet und erfahren genug, einem Kriegskrüppel auf die Beine zu helfen.

Im Guldenberger Rathaus war man weder unterrichtet noch übermäßig willens, ihm zu helfen. Man gab ihm lediglich Lebensmittelkarten und wies ihn bei Bauer Griesel ein, wo Haber mit seiner Familie zwei winzige Dachkammern erhielt, von denen eine mit einem aufgestellten Kanonenofen beheizbar war, die andere Kammer war im Winter eiskalt.

Bernhards Mutter half der Bäuerin bei der Hofarbeit und erhielt dafür Lebensmittel für die Familie. Sein Vater hatte auch nach vier Monaten weder eine Arbeit als Tischler gefunden, noch wurde er für irgendwelche anderen Tätigkeiten irgendwo eingestellt. Männer wurden zwar gebraucht, aber als einarmiger Krüppel wurde er überall bedauernd abgewiesen. Für die Arbeit in einem Büro fehlten ihm Geschick und Kenntnisse, er las mühselig und war fast Analphabet, da er weder in seinem Beruf noch im Krieg und der Kriegsgefangenschaft das Lesen und Schreiben gebraucht und es im Laufe der Jahre verlernt hatte. Haber war der einzige Kriegskrüppel in Guldenberg, und sein verlorener Arm erinnerte alle Bewohner an die Niederlage und die Demütigung, den siegreichen Alliierten ausgeliefert zu sein. Der fehlende Arm war der Obelisk, den Guldenberg für den verlorenen Krieg und die sieben toten Soldaten der Stadt nicht errichtet hatte.

Im Januar des darauf folgenden Jahres begann Bauer Griesel seinen Maschinenpark durchzusehen, er wechselte die zerbrochenen und schadhaften Teile aus und schärfte die Schneiden. Er fragte seinen ihm zwangsweise eingewiesenen Untermieter Haber, ob er nicht die Holzarbeiten für ihn übernehmen könne, und der Tischler richtete sich in einem abgetrennten Verschlag der Scheune, neben den abgestellten Leiterwagen und den beiden Kutschen und unter den auf einem Zwischenboden gestapelten Strohballen, eine kleine Werkstatt ein, in der er mit den wenigen ihm zur Verfügung stehenden Werkzeugen die benötigten Hölzer zurechtschnitt, hobelte, bohrte und polierte. An den Nachmittagen, wenn sein Sohn aus der Schule zurück war, half dieser dem Vater bei den Arbeiten, die er nicht allein verrichten konnte, so dass er mit seiner Hilfe auch Grobarbeiten ausführen und Deichseln, Göpelstangen und Speichen anfertigen konnte. Der Bauer war mit seiner Arbeit zufrieden, bezahlte zwar nur mit Naturalien, verschaffte Herrn Haber jedoch weitere Kunden, so dass er sich bald einiges Werkzeug kaufen konnte, das er für einen Neuanfang dringend benötigte.

Im Sommer half der Tischler bei der Ernte. Griesel hatte ihm, da er mit Pferden umgehen konnte, ein Gespann übergeben, und so fuhr er Korn und Stroh von den Feldern zur Mühle, zu den staatlichen Erfassungsstellen und in die Scheuern, packte bei den Säcken mit an und bemühte sich, nicht weniger zu leisten als jeder andere Erntehelfer. Auf Mitleid oder Spott reagierte er nicht, die Bemerkungen über seinen fehlenden Arm schien er nicht zu hören, und schroff reagierte er auf lobende Bemerkungen über seine Geschicklichkeit, alles mit einer Hand zu bewerkstelligen.

Als die Ernte von den Feldern war, richtete er sich die alte Tabakscheune von Griesel als Werkstatt her, da er in der Strohscheune nicht weiter arbeiten konnte, denn inzwischen besaß er elektrische Geräte und von Dieselmotoren betriebene Maschinen, und der Bauer befürchtete, dass Funken das darüber gestapelte Stroh entzünden könnten. Die Scheune, in der bis zum Kriegsende die Tabakblätter getrocknet wurden, stand leer, der Bauer hatte den Tabakanbau aufgeben müssen, da ihm das staatliche Abgabesoll vorschrieb, was er anzupflanzen hatte, und er nicht mehr das kleinste Feldstück für die gewinnträchtigeren Tabakpflanzen nutzen konnte.

Genau achtzehn Monate nach seiner Umsiedlung in unsere Stadt beantragte Tischler Haber einen Gewerbeschein im Rathaus. Er legte alle geretteten Papiere vor und unterzeichnete zwei eidesstattliche Erklärungen, da er nicht alle erforderlichen amtlichen Dokumente der niederschlesischen Behörden präsentieren konnte. In den folgenden Sommern arbeitete er zur Erntezeit auf den Feldern von Griesel, denn die Tischlerei ernährte ihn und seine Familie mangelhaft. Die Einheimischen gingen lieber zu einem der drei einheimischen Tischler, die seit Jahren und zwei von ihnen seit Generationen in der Stadt ansässig waren, als zu der armseligen Werkstatt von Haber, sei es, weil dieser ein Umsiedler war, der sich ungebeten in ihrer Stadt niedergelassen hatte, oder weil man sich nicht von einem Einarmigen, der in einer Notunterkunft und mit lächerlich wenig Werkzeug seinen Beruf auszuüben suchte, einen stabilen Tisch oder einen Schrank bauen lassen wollte.

Drei Jahre lang wohnte die Familie des Tischlers in den beiden Dachkammern auf dem Bauernhof, da die Wohnungsverwaltung der Stadt ihm keine eigene Wohnung zuweisen konnte und Haber sich den Neubau eines Hauses nicht zutraute, denn er machte sich keine Illusionen darüber, was er selbst tun und welche Hilfe er von seinen Nachbarn erwarten konnte. Und bis zu dem Brand arbeitete er in der notdürftig hergerichteten Werkstatt in der alten Tabakscheune.

Bernhard Haber wurde nicht in die vierte Klasse versetzt, in die er eigentlich gehörte, sondern blieb trotz seines Alters in meiner Klasse, denn er hatte Mühe, bei uns mitzuhalten und nicht sitzen zu bleiben und dann zu den noch Jüngeren gesteckt zu werden. Er war nicht unbegabt, und was er einmal verstanden hatte, vergaß er nie, aber er war schwer von Begriff, wie wir sagten, saß minutenlang dumpf brütend über einer Aufgabe und schwitzte. Man kann ihm beim Denken zusehen, sagte Fräulein Nitzschke einmal. Von ihr war es gewiss nicht böse gemeint, doch ihre Bemerkung wurde von der Klasse amüsiert aufgenommen und zu einer ihn kennzeichnenden, oft gebrauchten Redensart, wenn auch keiner von uns es wagte, den Satz laut zu wiederholen.

Nach dem Unterricht musste er seinem Vater in der Tischlerei helfen, so dass er häufig seine schulischen Aufgaben nicht oder sehr mangelhaft erledigte. Völlig hilflos war er, wenn es galt, etwas auswendig zu lernen, ein Lied oder ein Gedicht. Wurde er aufgerufen, stand er wie versteinert neben seiner Bank, den Blick starr in eine Zimmerecke gerichtet, und suchte verzweifelt nach Worten. Wenn wir ihm eine Zeile zuflüsterten, murmelte er sie uns stumpf und verständnislos nach, konnte kein weiteres Wort hinzufügen und wiederholte mehrfach diese eine ihm zugeraunte Zeile, als wollte er mit ihrer Hilfe die weiteren Worte und Strophen aus seinem Gedächtnis fischen, bis sich endlich der Lehrer erbarmte, ihn aufforderte, sich hinzusetzen, und ihm im Klassenbuch eine mangelhafte Leistung bescheinigte.

Völlig trostlos wurde es für ihn, als der fremdsprachliche Unterricht begann. Er vermochte nicht, sich die Vokabeln einzuprägen, zumal ihm zum Lernen daheim die Zeit fehlte und die ungewohnte, andersartige sprachliche Struktur und die ungeläufigen Zeichen ihn verwirrten und lähmten, so dass er selbst bei den einfachsten Aufgaben verzweifelt und stumm den Lehrer ansah und offensichtlich aufhörte nachzudenken und auf eine übernatürliche Eingebung hoffte.

In jedem Schuljahr war er der führende Kandidat für das Sitzenbleiben, doch regelmäßig und Jahr für Jahr verbesserten sich in den letzten entscheidenden Wochen seine Zensuren wundersamer Weise ein wenig, so dass er mit Ach und Krach die gesetzte Hürde übersprang und ins nächste Schuljahr versetzt wurde. Wir wussten alle, dass die Lehrer dabei nachhalfen, denn nicht versetzt zu werden, war nicht nur für uns Schüler eine einschüchternde Drohung, auch den Lehrern war an einem Weiterkommen der Schüler gelegen, denn wenn zu viele von ihnen eine Klasse wiederholen mussten, galt dies als ein Versagen der Lehrkraft und als Zeugnis ihrer mangelhaften pädagogischen Fähigkeiten. Die Lehrer achteten daher darauf, nur den Eltern jener Schüler den gefürchteten Brief zu schicken, bei denen es unumgänglich war, dass sie die Klasse wiederholten, und ansonsten drückten sie ein Auge zu, um nicht vor dem Schuldirektor lange Erklärungen abgeben zu müssen. Da

Bernhard ein sehr ruhiger Schüler war, der den Unterricht nicht störte und in den Pausen nicht durch Disziplinlosigkeiten auffiel, entschieden sich jedes Jahr die Klassenlehrerin und die Fachlehrer dafür, ihn weiter mitzuschleppen und stattdessen einen anderen Schüler nicht zu versetzen, der durchaus nicht schlechtere Leistungen vorwies, aber ein Unruhestifter war, in den Stunden dazwischenredete und die Mitschüler vom Lernen abhielt. Auch wird für die Lehrer die Überlegung entscheidend gewesen sein, dass man mit Bernhard keine zukünftige Leuchte der Wissenschaft ausbilde, die fundierte Kenntnisse für das spätere Studium benötige, sondern dass er wohl sein Leben als robuste Hilfskraft im Straßenbau oder auf einem Acker zubringen und kaum mehr von dem Lehrstoff in seinem Leben brauchen werde, als ein normaler Dreiklässler bereits wisse. So wurde Bernhard, der sich kaum mit seinen Mitschülern abgab und außer durch seine beeindruckende Begriffsstutzigkeit den Unterricht in keiner Weise störte, Jahr für Jahr in die nächsthöhere Klasse versetzt, wodurch sich allerdings der unverstandene Wissensstoff bei ihm anhäufte und er in jedem neuen Schuljahr mit einem gewaltigeren Pensum von Unbegreiflichkeiten umzugehen hatte, da selbst all jenes, was er hätte verstehen und erfassen können, auf Voraussetzungen gründete, die sich bei ihm lediglich als tiefe, schwarze Löcher darstellten. Er saß schweigend auf seinem Platz, allezeit bereit, sich seiner Haut zu wehren, und allein seine Augen verrieten sein verzweifeltes Bemühen, etwas zu verstehen, und hatten den stumpfen Glanz der Vergeblichkeit. Sein Weiterkommen verdankte er seinem aussichtslosen, doch redlichen Bemühen, das für seine Lehrer wie Mitschüler fast schmerzhaft sichtbar wurde, wie dem Umstand, dass es in jedem Jahr einen ebenso schlechten Schüler wie ihn gab, den die Lehrer gern loswurden, so dass sie ihm den Versetzungsbescheid verweigerten, um ihn einem ihrer Kollegen zu überlassen.

Bernhard, obwohl er ein ganzes Jahr älter als alle anderen war, gehörte zu den Kleineren in meiner Klasse. Im Sportunterricht, bei dem wir uns nach der Größe aufzustellen hatten, stand er bei den Knirpsen ganz links, wurden jedoch für die Wettkämpfe die Mannschaften zusammengestellt, war er stets einer der Ersten, die man für die eigene benannte. Wenn er den Ball in Besitz bekommen hatte, wagte sich keiner ihm in den Weg zu stellen, denn er lief alle um und schnurstracks mit dem Ball bis zum Torkreis, um ihn dann mit einem mächtigen Wurf ins Tor zu donnern. Beim Fußball war er ebenso begehrt, er ließ sich durch Fouls nicht vom Ball trennen, und die es versuchten, ihm ein Bein zu stellen, saßen danach spielunfähig am Rand des Spielfeldes und rieben sich jammernd ihr Schienbein. Wo Ausdauer und Kraft gefragt waren, nahm es keiner mit ihm auf, doch wenn im Sportunterricht nicht allein Stärke und Mut, sondern zudem eine gewisse Geschicklichkeit gefordert waren, versagte er. Wenn die Barrenholme sich durchbogen und zu brechen drohten, weil Bernhard die fehlende Eleganz und Körperbeherrschung durch eine wilde Kraftanstrengung zu kompensieren suchte, fürchtete selbst der Sportlehrer, dass der Junge sich in seinem berserkerhaften Einsatz verletzen könnte, und schickte den Protestierenden, der keinesfalls aufgeben wollte, auf die Bank zurück. Sein unermüdlicher Eifer und der Entschluss, keinerlei Rücksichten auf sich selbst zu nehmen, brachten ihm trotz einer sehr unbeholfenen Körperbeherrschung stets eine Eins im Fach Sport und Körperertüchtigung ein, und diese Eins nahm sich seltsam verloren auf seinem Zeugnis aus, das ansonsten sehr viel höhere Zahlen aufzuweisen hatte.

In meiner Klasse hatte Bernhard keinen Freund. Auf dem Schulhof unterhielt er sich häufig mit einem älteren Jungen aus einer anderen Klasse, der ebenfalls Umsiedler war und nur seine Mutter und zwei Schwestern hatte, der Vater war gefallen. Dieser Junge und seine Familie waren am Stadtrand untergebracht, in einer der Schnittersiedlungen, die früher einmal zum großen Gutshof gehörten, einer riesigen Anlage, die nach dem Krieg als Staatsgut betrieben und später der Genossenschaft übergeben wurde. Dort wohnten vor dem Krieg Erntehelfer, Saisonkräfte aus Pommern und während des Krieges die russischen und polnischen Fremdarbeiter. Die drei Schnitterkasernen neben dem Gutshof, langgestreckte einstöckige Häuser, bei denen die Eingangstüren dicht nebeneinander lagen und von jeweils zwei winzigen Fenstern unterbrochen wurden, hießen in der Stadt immer noch die Polensiedlung, und wir fanden es daher eigentlich richtig, dass die Vertriebenen dort untergebracht wurden, denn sie kamen schließlich aus Polen und sprachen ein Deutsch, das polnisch klang. Der Junge aus der Polensiedlung war sein Freund, wenigstens sah ich Bernhard nie mit einem anderen Jungen länger zusammenstehen.

In der Klasse jedenfalls gab es niemanden, der mit ihm in den Pausen zusammenstand. Gelegentlich wurden die besseren Schüler von einem Lehrer aufgefordert, den leistungsschwächeren zu helfen, und für Bernhard übernahm ein Mädchen die Patenschaft und verpflichtete sich, mit ihm die Hausaufgaben zu machen. Da Bernhard das Mädchen nie zu sich nach Hause einlud, er schien darauf zu achten, dass keiner der Mitschüler seine Wohnung betrat, und er die vereinbarten Termine vergaß oder absichtlich versäumte, kam diese Hilfe bald ins Stocken und hörte schließlich ganz auf. Gelegentlich ging das Mädchen in den kleinen Pausen, in denen wir nicht auf den Schulhof gehen durften, zu ihm, sah seine Hefte durch, machte ihn auf Fehler aufmerksam oder nannte ihm ein fehlendes Ergebnis, das er dann rasch vor Beginn der Unterrichtsstunde in sein Heft schrieb. Auch dann bedankte er sich lediglich mit einem Kopfnicken, als sei es ihm eigentlich gleichgültig. Wir, seine Klassenkameraden, interessierten ihn nicht, genauso wenig wie die Lehrer oder der Schulstoff. Seine Teilnahmslosigkeit führte dazu, dass unser Interesse an ihm rasch erlahmte, da es kaum Berührungspunkte zwischen uns gab und wir ihm aus dem Weg gingen, zumal er sich rabiat wehrte, wenn er sich angegriffen, bedrängt oder belästigt fühlte.

Sein einziger und wirklicher Freund war sein Hund, ein junger Terriermischling, den er von Bauer Griesel bekommen hatte als Lohn für eine Woche Feldarbeit und dem er den merkwürdigen Namen Tinz gegeben hatte. Er brachte den Hund sogar zum Unterricht mit. Eines Morgens erschien er mit dem Hund auf dem Schulhof. Als es zur Stunde klingelte, band er den Terrier an den niedrigen Lattenzaun, der den Schulhof zur Straße hin begrenzte, und sagte zu ihm, er solle sich hinsetzen und auf ihn warten. Der Hund setzte sich tatsächlich und sah ihn aufmerksam an.

»Sitzen bleiben und nicht bellen«, sagte Bernhard zu ihm. Dann ging er ins Schulgebäude, wobei er sich mehrmals nach dem Tier umwandte, das gehorsam auf dem angewiesenen Platz sitzen blieb und keinen Laut von sich gab.

Bereits in der ersten Schulstunde erschien der Hausmeister in unserer Klasse und fragte Bernhard, nachdem er sich kurz mit der Lehrerin besprochen hatte, ob ihm der Hund auf dem Schulhof gehöre. Als Bernhard schweigend nickte, sagte er, es sei nach der Schulordnung nicht erlaubt, Tiere in die Schule mitzubringen, es sei grober Unfug und Tierquälerei, und er wolle das Vieh nicht noch einmal auf seinem Schulhof sehen.

Am nächsten Morgen brachte Bernhard den Hund wieder mit in die Schule und ebenso am darauf folgenden Tag. Jedes Mal band er ihn an den Zaun und schärfte ihm ein, ruhig zu sitzen und auf ihn zu warten, was das Tier auch tat. In diesen drei Tagen war das Schulleben von Bernhards Terrier bestimmt. In den Hofpausen standen vor allem die Mädchen sämtlicher Klassenstufen in der Nähe des Hundes, redeten auf ihn ein, kauerten vor ihm, küssten ihn und versuchten, mit ihm zu spielen. Und obwohl Bernhard es allen verboten hatte, fütterten sie ihn mit den mitgebrachten Schulbroten, ließen sich von ihm die Hände lecken und wetteiferten untereinander um die Zuneigung des jungen Hundes. Auch während der Unterrichtsstunden fesselte das Tier die Aufmerksamkeit der Schüler, die von ihren Bänken aus oder beim Gang zur Wandtafel einen Blick aus dem Fenster zu werfen suchten. Tinz stellte eine so erhebliche Störung des gewohnten Schulbetriebs dar, dass Bernhard am zweiten Hundetag zum Direktor bestellt wurde. Da diese Unterredung nicht das gewünschte Ergebnis zeigte, sondern Tinz auch am dritten Tag von Bernhard am Zaun angebunden wurde, erschien der Direktor in unserer Klasse und drohte Bernhard die empfindlichsten Strafen an, falls er noch ein einziges Mal seinen Hund in die Schule bringe. Er sagte, er werde ihn dann von der Schule verweisen, obgleich es in ganz Guldenberg nur eine einzige gebe, so dass er dann jeden Tag mit dem Bus in die Nachbargemeinde oder in die Kreisstadt fahren müsse. Dann entschied er, dass Bernhard den Hund sofort heimzubringen habe und den dadurch versäumten Unterricht nach Schulschluss mit einer Strafaufgabe nacharbeiten müsse.

Tinz blieb seitdem daheim auf dem Bauernhof von Griesel. Noch Wochen und Monate später erkundigten sich die Mitschülerinnen bei seinem Besitzer nach ihm, und Bernhard nahm zufrieden zur Kenntnis, dass, von den Lehrern abgesehen, es alle bedauerten, seinen Hund nicht mehr auf dem Schulhof zu sehen.

Als das sechste Schuljahr begann, wurden wir von der Klassenlehrerin am ersten Tag wieder umgesetzt. Sie machte das jedes Jahr einmal, immer in der allerersten Stunde des neuen Schuljahres, und gelegentlich passierte es auch mitten im Schuljahr, dass Fräulein Nitzschke sich vor uns aufbaute, ihr kleines Notizheft aufklappte und uns mitteilte, wer von uns seine Sachen zusammenzuklauben und sich umzusetzen habe. Es gab immer Proteste unsererseits und bei den Mädchen manchmal Tränen, denn sie empörten sich besonders darüber, auseinander gerissen zu werden, wie sie sich ausdrückten. Nach einer Woche hatte jede sich an die neue Sitznachbarin gewöhnt, war nun mit ihr eng befreundet und schwatzte mit ihr genauso wie zuvor mit der Vorgängerin. Fräulein Nitzschke, so viel hatten wir begriffen, waren diese Umsetzungen ungeheuer wichtig, und vermutlich grübelte sie tagelang darüber nach, bevor sie sich entschied. Es wurden Schüler auseinander gesetzt, die gemeinsam den Unterricht störten, und es wurden bessere und schlechtere Schüler gemischt, aber sie setzte auch ohne erkennbare Gründe Schüler auf eine Bank zusammen, jedenfalls waren ihre Motive für uns nicht immer nachvollziehbar oder zu erraten. Wenn wir sie empört danach fragten, teilte sie uns lediglich mit, es erfolge aus pädagogischen Erwägungen, die sie uns nicht erläutern müsse.

Das Schlimmste, was einem Jungen passieren konnte, war, wenn er neben ein Mädchen gesetzt wurde. Dann johlten alle anderen Jungen vor Vergnügen und Schadenfreude, und der Jubel war umso größer, wenn man schon wusste, dass man nicht selbst neben ein Mädchen zu sitzen kam. Diejenigen, denen die Eröffnung noch bevorstand, lärmten aus der beklemmenden Angst heraus, ihnen könne ein ähnliches Schicksal bevorstehen. Es passierte selten, dass wir gemischt auf eine Bank gesetzt wurden. Vielleicht nahm Fräulein Nitzschke auf unsere kindliche Verlegenheit Rücksicht, und nur wenn gar kein anderer Platz frei oder ein Schüler besonders vorlaut und nicht zu zügeln war, wurde eine solche Zusammensetzung vorgenommen, die uns allen als eine besondere Strafmaßnahme erschien. Die Schulmappen unter den Arm geklemmt standen wir in diesen Minuten der Sitzverteilung an die Zimmerwände gelehnt und an den Fenstern und warteten gespannt darauf, wohin wir gesetzt würden.

Dieses Jahr wurde mir die Bank in der zweiten Reihe an

der Tür zugewiesen. Der schöne Fensterplatz, den ich im vergangenen Jahr hatte, war verloren, und während ich die zwei Schritte zu meinem neuen Sitzplatz ging, lauschte ich aufmerksam, welcher Schüler oder gar welche Schülerin nach mir aufgerufen werden würde, denn das würde für mindestens ein Jahr mein Sitznachbar werden.

»Bernhard Haber«, sagte Fräulein Nitzschke.

Ich schmiss meinen Ranzen wütend auf die Tischplatte. Es knallte so laut, dass ich mich erschrocken nach der Lehrerin umsah und eine Entschuldigung andeutete. Dann kam Bernhard an meine Bank und setzte sich neben mich, ohne mich eines Blickes zu würdigen. Er packte seine Schulsachen aus, legte sie vor sich auf den Tisch und schien sich für die ablaufende Platzverteilung überhaupt nicht zu interessieren. Irgendwann hielt ich es nicht mehr aus und sagte etwas zu ihm, eine Bemerkung über die Lehrerin und ihre alljährliche Sitzverteilung. Bernhard warf mir lediglich einen kurzen Blick zu und beschäftigte sich wieder mit dem Auspacken und mit dem Umordnen seiner Schulsachen in dem unförmigen Stoffbeutel, den er noch immer statt eines Ranzens benutzte. Haber als Banknachbarn zu haben war besser als ein Mädchen, aber nach den Mädchen war es Bernhard Haber, neben dem man keinesfalls sitzen wollte.

Wir saßen zwei Jahre in derselben Bank, bis er schließlich in der siebenten Klasse nicht versetzt wurde. Mitten im Schuljahr hatten wir einen neuen Lehrer für Physik und Mathematik bekommen, der Bernhard in beiden Fächern eine Fünf gab, so dass er in der achten Klasse nicht mehr neben mir saß.

Gesprochen haben wir in den zwei Jahren nicht viel miteinander und im ersten halben Jahr eigentlich gar nicht. Anfangs nahm ich jede Gelegenheit wahr, mit ihm in ein Gespräch zu kommen. Wenn er mir überhaupt antwortete und es nicht allein bei einem Nicken oder Schütteln des Kopfes beließ, so waren seine Antworten wortkarg und meistens einsilbig. Vielleicht wollte er sich mit uns nicht abgeben, weil er ein Jahr älter war. Viele der größeren Schüler lehnten es ab, mit den Jüngeren zu sprechen. Sie ärgerten und hänselten sie auf dem Schulhof, doch sie unterhielten sich nie mit ihnen. Vielleicht fühlte Bernhard sich nicht wohl in meiner Klasse und in unserer Schule und vermisste seine Heimatstadt und das Dorf, in dem er die letzten Jahre in Polen gelebt hatte.

Die meisten Vertriebenen waren merkwürdige Menschen, sie sprachen eigenartig und betonten die Worte ganz anders als wir, und sie benutzten Ausdrücke, die nicht deutsch klangen und die keiner in der Stadt verstand, und so war es natürlich, dass die Umsiedler und ihre Kinder untereinander befreundet waren. Sie sprachen eben anders und lebten anders, sie hatten andere Dinge erlebt. Irgendwie kamen sie aus einem Deutschland, das nicht unser Deutschland war.

Aus ihrem Land waren sie vertrieben worden, und in unserem wurden sie nicht heimisch. Sie hatten sich bei uns niedergelassen, sie hatten in unserer Stadt ihr Quartier aufgeschlagen, aber eigentlich bewohnten sie ihre verschwundene Heimat. Fortwährend sprachen sie darüber, was sie alles verloren hatten, und davon wollte keiner in der Stadt etwas hören, denn gut ging es in den Jahren nach dem Krieg auch denen nicht, die man nicht vertrieben hatte. Selbst jene, die keinen Bombenschaden oder andere Verluste durch den Krieg zu beklagen hatten, mussten sehen, wie sie zurechtkamen. Und denjenigen, denen es eigentlich recht gut ging und die eine Wohnung besaßen oder ein Haus, hatte die Stadtverwaltung irgendwelche Leute eingewiesen, Bombenopfer aus den benachbarten Städten oder eben eine der Umsiedlerfamilien. Und nicht jeder konnte seine zwangsweise einquartierten Gäste in einer Futterküche unterbringen, auf einem notdürftig hergerichteten Dachboden oder wie Bauer Griesel in unbenutzten Kammern des Hauses. Die meisten von denen, die Umsiedler zugewiesen bekamen, mussten ein oder sogar zwei Zimmer räumen, um den ungebetenen Gästen Platz zu machen und mit ihnen die Küche und die Toilette zu teilen, und wer ein Bad besaß, der durfte den Fremden die Benutzung nicht verwehren.

Diejenigen Einwohner, die keine Umsiedler zugewiesen bekamen oder nur für ein paar Monate, obwohl sie große Wohnungen oder ein Haus besaßen wie meine Eltern, wurden heftig beneidet, und man erzählte sich Geschichten, wie es ihnen gelungen sei. Vater sprach nie mit mir darüber, auch später nicht, ich ahnte, dass es etwas mit dem Kegelklub zu tun hatte, zu dem er zweimal im Monat ging und dem die Geschäftsleute von Guldenberg angehörten. In der Stadt hieß es, dass dort nicht bloß gekegelt werde, was genau beredet wurde, wusste keiner. Wenn ich Vater danach fragte, lachte er und sagte, ich würde ihm wohl das Vergnügen gönnen, zweimal im Monat mit Freunden ein Bier zu trinken. Er sagte mir, dass der Kegelklub uralt sei und früher Kegelklub Grün-Gold geheißen habe und später Deutscher Kegelklub. Nach dem Krieg wurde der Klub aufgelöst. Man traf sich jedoch weiterhin jeden zweiten Freitag im Adler. Viel später, als ich schon nicht mehr in Guldenberg lebte, hörte ich, dass es wieder einen eingetragenen Kegelklub gebe, der nachträglich in den Karnevalsverein Grün-Gold Guldenberg umbenannt worden sei. Vater und die anderen Mitglieder des Vereins bekamen jedenfalls damals keine Umsiedler eingewiesen, oder sie waren nur kurze Zeit bei ihnen untergebracht und wurden bald anderweitig versorgt, so dass wir unsere Zimmer behalten durften, was mir recht war, denn von den anderen Familien hörte ich schlimme Geschichten über die Flüchtlinge. Sie würden Strom klauen und Lebensmittel aus dem Eisschrank und dem Keller und wären nicht besser als die Zigeuner. Und auch, wer nicht solche unangenehmen Erlebnisse hatte, wusste nicht viel Gutes von ihnen zu erzählen. Denn da die Wohnungen und Einfamilienhäuser nicht für solche Einquartierungen gebaut waren, gab es fast jeden Tag böse Worte zwischen den Wohnungsinhabern und den eingewiesenen Umsiedlern, und wenn es in einer Kneipe oder auf der Kirmes eine Schlägerei gab, so konnte man darauf wetten, dass Einheimische sich mit Umsiedlern geprügelt hatten. Die Vertriebenen galten in der Stadt nicht als richtige Deutsche, hinter ihrem Rücken beschimpfte man sie als Polacken, oder man sagte, es seien die anderen Russen, womit man sie von den richtigen Russen, den Besatzungssoldaten, unterscheiden wollte.

Und Bernhard war eben ein Polacke. In unserer Klasse nannten wir ihn so, freilich nur dann, wenn er nicht im Raum war, denn keiner von uns verspürte die geringste Lust, sich mit ihm anzulegen.

Ein Jahr nachdem Bernhards Vater seine Werkstatt in der Tabakscheune eingerichtet hatte, brannte sie an einem Sonnabend ab. Um sechs Uhr, unmittelbar nachdem die Kirchenglocken geläutet hatten, begann die Sirene auf dem Spritzenturm aufzujaulen. Minutenlang konnte man in der ganzen Stadt das auf- und abschwellende Heulen hören, bis alle Männer der Freiwilligen Feuerwehr vor der Feuerwehrgarage versammelt waren. Sie holten den alten, rot lackierten Feuerwehrwagen aus der Halle neben dem Spritzenturm, zogen sich im Laufen die schwarzen Jacken mit den silbernen Abzeichen an und setzten ihre Helme auf. Die Helme hatten einen ledernen Nackenschutz, sie waren bei der Gründung der Wehr vor zwei Jahren von der Stadt neu angeschafft worden und bisher nie zum richtigen Einsatz gekommen, denn seit Kriegsende hatte es nicht einen einzigen Brand gegeben, so als wäre alles, was brennbar ist, schon während des kurzen einstündigen Bombardements der Stadt im allerletzten Kriegsjahr verbrannt. Bei den Übungen, die die Männer der Feuerwehr an einigen Wochenenden in den Sommermonaten durchführten, sie löschten dann selbstgelegte kleinere Brände auf dem Gelände der stillgelegten Panzerfabrik, trugen sie ihre schwarzen Mützen oder die alten Helme, die aus der Vorkriegszeit stammten.

Als die Feuerwehr vom Anger fuhr, rannten dreißig Kinder ihr hinterher. Einige waren mit ihren Fahrrädern gekommen und versuchten, mit dem Auto mitzuhalten. Zwei ältere Jungen hatten sich weit über ihre Lenker gebeugt und hielten sich an der Spritzenrolle fest, die am Heck des Fahrzeugs befestigt war. Sie ließen sich von dem roten Auto durch die Stadt ziehen, obwohl die Feuerwehrleute, die auf den seitlichen Bänken des offenen Fahrzeugs saßen, ihnen drohten und sogar mit den Holzgriffen ihrer Äxte nach den an die Rolle geklammerten Händen der Schüler schlugen.

Es hatte sich rasch herumgesprochen, dass Griesels Tabakscheune brannte, und ich lief mit zwei Schulkameraden in Richtung Niedermühle, wo direkt hinter dem Ortseingangsschild die Scheune stand. Als wir ankamen, stand der Feuerwehrwagen in einigem Abstand von der Brandstätte, die Schläuche waren ausgerollt, die tragbare Motorpumpe stand zwischen der lichterloh brennenden Scheune und dem Fluss. Vier Feuerwehrleute standen an den zwei Spritzen, sie hielten sich in beträchtlicher Entfernung und lenkten die Wasserstrahlen scheinbar wahllos in die Flammen. Zwei der Feuerwehrleute scheuchten immerzu die Kinder zurück und brüllten laut. Herr Keller, der Hauptmann der Wehr, der im Rathaus als Pförtner und Hausmeister beschäftigt war, verbot seinen Männern, dichter an die Flammen heranzugehen.

»Das ist Holz«, sagte er zu jedem, der sich ihm näherte, »trockenes Holz. Das muss man runterbrennen lassen.«

Er wiederholte es, als ein Polizist auf dem Fahrrad erschien und sich, das Rad in der Hand, neben ihm aufstellte. Die noch nie benutzten Helme der Feuerwehrleute leuchteten in den Flammen rötlich auf. Herr Keller ging mit zweien seiner Männer und gefolgt von dem Polizisten, der sein Rad schob, um die Scheune herum. Die Kinder, die sich ihnen anschließen wollten, schickten sie barsch zurück.

Das Dach brannte in voller Breite, und aus den Lüftungsschlitzen, die sich oberhalb des großen doppelflügligen Tors um die ganze Scheune zogen, quoll dichter dunkler Rauch, gelegentlich loderte eine vereinzelte rote Flamme hervor. Der Rauch stieg fast kerzengerade ein paar Meter hoch und zog dann langsam in Richtung Stadt. Ab und zu, wenn ein Dachbalken herunterfiel, hörte man es in der Scheune rumpeln, und es regnete Funken durch die Öffnungsschlitze, die mit dem dunklen Qualm aufstiegen und als leuchtender Regen zu Boden fielen. Als Herr Keller seinen Rundgang beendet hatte, befahl er den Männern, die Löscharbeiten an der Scheune zu unterbrechen und stattdessen die Wiese zwischen der brennenden Scheune und dem Feld mit der Wintergerste zu wässern, um ein Übergreifen der Flammen zu verhindern.

Als der einarmige Herr Haber mit seinem Sohn bei der Scheune erschien und die Feuerwehrleute sah, die mit zwei Schläuchen das Flusswasser gleichmäßig über die Wiese verteilten, schrie er die Feuerwehrleute an, wieso sie nicht seine Werkstatt retten wollten, statt das ganze Wasser nutzlos über die Wiese zu schütten. Bevor einer der Männer ihm antworten konnte, brach der Dachstuhl krachend und unter einem riesigen Funkenwirbel in sich zusammen. Sekunden später fielen die brennenden Bretter der Seitenwände ins Innere der Scheune und auf die ausgefahrene, lehmige Zufahrt. Kleine glühende Holzstücke flogen einige Meter durch die Luft und landeten vor den Füßen der zuschauenden Feuerwehrleute, die zurückwichen und die hinter ihnen stehenden Kinder verscheuchten.

Herr Haber ließ sich nicht zurückdrängen, er starrte stumm und stumpf auf das Feuer, das seinen ganzen kleinen Besitz hinwegraffte. Herr Keller erklärte dem Tischler, weshalb sie nicht die Wasserrohre in die Scheune hielten, sondern nur vorsorglich ein Übergreifen der Flammen auf die trockene Wiese und das Kornfeld zu verhindern suchten. Als er seine Erklärung beendet hatte, fügte der Feuerwehrhauptmann hinzu: »Da wollte wohl einer ganz schnell Feierabend haben und hat vergessen, eine Maschine abzuschalten. Oder hatten Sie eine Heizsonne? Die Hälfte aller Wohnungsbrände in unserem Bezirk wird durch Heizsonnen verursacht. Fragen Sie mich nicht, was ich da alles schon zu sehen bekommen habe. Grauenvoll! Heizsonnen, die sollte man verbieten.«

Der Tischler schüttelte stumm den Kopf, ohne den Blick von der Scheune zu wenden. Mittlerweile waren es fast hundert Zuschauer geworden, die sich hinter den Feuerwehrleuten angesammelt hatten, vor allem Kinder. Alle standen in Gruppen beieinander, sahen interessiert zu der brennenden Scheune und sprachen über die Arbeit der Feuerwehrleute, die unbeirrt die Wiese wässerten und sich um den altersschwachen Motor der Pumpe bemühten.

Eine Stunde später brach die letzte Wand in einem Funkenwirbel in sich zusammen, von der Scheune blieb allein ein hoher, glühender Ascheberg, aus dem einzelne geschwärzte Eisenteile herausragten. Auf Geheiß von Herrn Keller lenkten die Feuerwehrleute den Wasserstrahl der beiden Spritzrohre dort hinein. Die Asche zischte laut auf, wenn der Wasserstrahl sie traf, und verwandelte sich in einen schmutzig grauen Brei. Der Polizist, der nach seinem Auftauchen bald wieder verschwunden war, kam nun mit einem Kollegen im Auto zurück. Sie stiegen aus, winkten Herrn Haber zu sich heran und befragten ihn, wobei sie sich über die Motorhaube ihres Wagens beugten, auf die sie ihre kunstledernen Umhängetaschen gelegt hatten. Einer von ihnen schrieb in ein Schulheft langsam und Wort für Wort die Antworten, die ihnen der Tischler gab. Mit den beiden Freunden ging ich zu den Polizisten, wir stellten uns nicht zu nahe, um nicht verjagt zu werden, schauten zu der verbrannten Scheune und bemühten uns, kein Wort der Befragung von Tischler Haber zu verpassen.

Der fremde Polizist, der mit dem Auto aus der Kreisstadt gekommen war, ließ sich von Herrn Haber alle Maschinen nennen, die in der Scheune gestanden hatten und elektrisch oder mit einem Dieselmotor betrieben worden waren. Als sich Herr Haber erneut über die Feuerwehr aufregte, die seiner Meinung nach tatenlos seine Werkstatt hatte abbrennen lassen, sagte der Polizist aus der Kreisstadt: »Wir tun alle, was wir können, Bürger.«

»Oder auch nicht.«

»Ich verstehe Sie nicht, Herr Haber. Ich weiß nicht, was Sie damit sagen wollen.«

»Wenn Sie hier leben würden, wüssten Sie es.«

»Na schön, Bürger. Ein paar Auskünfte brauche ich von Ihnen. Und später, wenn wir die Brandstelle untersucht haben, wird es sicher noch ein paar Fragen an Sie geben.«

»Die nennen sich Feuerwehr und stehen nur rum und lassen alles abbrennen.«

»Da war nicht viel zu machen. Ein reiner Holzbrand, da richtet keiner was aus.«

»Wenn man nicht will, sicher nicht.«

»Alle tun, was sie können. Zuallererst müssen wir an das Menschenleben denken. Und hier konnte keiner etwas machen. War das Ihre Scheune?«

»Nein. Sie war gepachtet. Mir gehörte lediglich die Werkstatt.«

»Sie sind Tischler?«

»Ja.«

»Heute ist alles elektrisch. Darum passiert so viel.«

»Ich habe meine Werkstatt nicht angezündet«, sagte der Tischler empört.

»Das habe ich nicht gesagt. Das werden wir sehen. Das werden wir alles feststellen, Herr Haber«, erwiderte der Polizist bedeutungsschwer, »ich sage Ihnen, die Leute wundern sich immer wieder, was wir nach einem Brand alles beweisen können. Man glaubt, alles ist restlos vernichtet, und wir finden in der Asche den lückenlosen Beweis. Wir arbeiten heute mit Methoden, da bleibt uns nichts mehr verborgen, da klären wir alles auf. Mord und Totschlag und Brandstiftung, wir klären alles auf, Bürger.«

»Ich war es jedenfalls nicht. Das kann ich bei Gott beschwören.«

»Mit Gott hat das überhaupt nichts zu tun, den können Sie rauslassen. Wir klären das wissenschaftlich.«

»Warum sollte ich meine eigene Werkstatt in Brand stecken?«

»Es muss keine Absicht sein, Bürger. Auch fahrlässige Brandstiftung ist strafbar.«

»Fahrlässige Brandstiftung? Was wollen Sie damit sagen?«

»Vorläufig sage ich gar nichts. Zuerst müssen wir die Brandstätte untersuchen, und wenn es sich herausstellen sollte, und ich will es für Sie nicht hoffen, dass in der Scheune irgendeine Elektrik nicht abgeschaltet war, dann, guter Mann, dann können Sie von Glück reden, wenn kein Menschenleben zu beklagen ist. Und wenn es privater Besitz ist, wie Sie sagen, dann haben Sie noch mal Glück. Wäre das Volkseigentum, dann könnte ich nur sagen: Zuchthaus ist nicht schön.«

»In der Werkstatt war alles ausgeschaltet. Wie immer zum Feierabend. Das muss man einem erfahrenen Tischler nicht beibringen, das hat er im Blut.«

»Das sagen Sie. Ich verlasse mich lieber auf meine Untersuchungen.«

»Das ist nicht nötig.«

»So? Und warum nicht?«

»Alle Maschinen waren abgestellt.«

»Dass Sie glauben, Sie hätten alles abgestellt, das mag ja sein. Vielleicht haben Sie jeden Tag alles abgestellt, doch einmal nicht. Heute.«

»Ich kann es Ihnen beweisen.«

Herr Haber kramte etwas aus seiner Jackentasche hervor und hielt es dem Polizisten unter die Nase.

»Was ist das?«

»Das ist eine Sicherung.«

»Ja und? Was soll das beweisen?«

»Das ist eine von drei elektrischen Sicherungen. Ich schraube sie jeden Abend aus und jeden Morgen wieder ein. Das habe ich meinem Bauern versprochen. Und so habe ich es schon gehalten, als ich meine eigene Werkstatt besaß, damals, in der Heimat. Jeden Abend schraubte ich sie raus und jeden Morgen schraubte ich sie wieder ein.«

»Das wird man sehen. Wird alles festgestellt werden. Wenn Sie die Sicherung rausgeschraubt haben, gut. Vielleicht war die ganze Anlage nicht sicher.«

»Die ist ein Jahr alt. Oder vielmehr, die war ein Jahr alt. Ich hatte alles neu legen lassen. In der Scheune gab es früher keinen Strom, der Bauer brauchte das nicht. Und das habe ich alles bezahlt. Ich musste die Leitung hier raus legen lassen, einen Mast setzen und die Drähte, dreihundert Meter, das habe ich alles selber bezahlen müssen. Das war so teuer wie eine neue Fräse.«

»Ja, dann«, sagte der Polizist und verstummte. Er warf einen Blick auf den Tischler, steckte sein Schreibheft in die Tasche und starrte schweigend in den rotglühenden Aschehaufen.

»Es war Brandstiftung«, sagte Herr Haber schließlich.

Der Polizist pfiff durch die Zähne. Er verzog den Mund und sagte, ohne den Blick von den qualmenden Überresten der Scheune zu wenden: »Das wird sich herausstellen. Das werden die Untersuchungen zeigen. Keine voreiligen Beschuldigungen, Bürger.«

Der Polizist hielt einen Zeigefinger ausgestreckt vor seinem Gesicht, dann seufzte er, zog das Schulheft aus der Umhängetasche heraus, leckte den Tintenstift kurz an und hielt ihn dann schreibbereit über einer aufgeschlagenen leeren Seite.

»Haben Sie einen Verdacht?«, fragte er. »Können Sie mir einen Namen nennen? Was haben Sie beobachtet?«

»Sie fragen mich, ob ich etwas beobachtet habe? Ja. Seit ich hier leben muss. Seit ich als Umsiedler hierher eingewiesen wurde.«

»Ich spreche von dem Brand, ausschließlich von diesem Brand hier. Ich will von Ihnen wissen, ob Sie etwas beobachtet haben, was zur Aufklärung der Brandursache dienen kann.«

»Schreiben Sie die ganze Stadt auf. Wenn Sie den Täter haben wollen, schreiben sie Guldenberg hin.«

»Na, na, na«, sagte der Polizist drohend. Er war verärgert, weil er geglaubt hatte, der Tischler würde tatsächlich einen Namen nennen, und er sich bereits darauf vorbereitet hatte, einen weiteren Satz in sein Heft zu schreiben.

»Das will ich jetzt überhört haben«, fuhr er fort, »sonst könnte Sie das teuer zu stehen kommen, Bürger.«

»Es ist die Wahrheit. Zweimal habe ich alles verloren. Ich wurde zweimal ruiniert. In Breslau habe ich eine komplett eingerichtete Werkstatt an die Polen verloren, ich musste sie aufgeben, und nicht einen Pfennig habe ich dafür bekommen. Und jetzt das hier. Jetzt bin ich zum zweiten Mal bankrott.«

Der Polizist schüttelte den Kopf: »Das eine haben Sie Hitler zu verdanken, und das hier, das ist Schicksal. Feuer, das ist eine Naturgewalt. Gegen Feuer sind wir machtlos. Sie sehen es ja selbst. Wenn es Brandstiftung war, dann, Herr Haber, bekommen wir es raus, uns entgeht nichts, wir kriegen jeden Banditen am Wickel, und Sie bekommen jeden Pfennig ersetzt. Freilich, wenn es das Schicksal war oder gar Fahrlässigkeit, das ist dann etwas anderes.«

»Für mich ist es das Ende. Jetzt kann ich mir den Strick nehmen.«

»So etwas sollten Sie nicht sagen, Herr Haber. Irgendwie geht es immer weiter.«

»Ja ja, irgendwie. Aber irgendwann ist Schluss.«

Der Polizist klappte das Schulheft zu, steckte es zusammen mit dem Stift in die schwarze Tasche, die er sich umgehängt hatte, und legte eine Hand dem Tischler auf die Schulter: »Nun nicht gleich die Flinte ins Korn werfen, Herr Haber. Morgen früh sieht alles schon viel besser aus. Den Kopf wird es Sie nicht kosten.«

Er ging zu seinem Kollegen, und gemeinsam schritten sie bedeutungsvoll zu Herrn Keller, um mit ihm zu sprechen. Herr Haber stand als ein gebrochener Mann vor den Resten seiner Werkstatt, aus denen einzelne Flammen züngelten, der Mund stand ihm halb offen. Bernhard ging zu ihm und legte ihm für einen Moment die Hand auf die Schulter, sein Vater schaute ihn an, dann streichelte er ihm mit der verbliebenen linken Hand über den Nacken. Die beiden starrten in die Glut und auf die herausragenden grauschwarzen Maschinenteile. Lediglich das Zischen der mit Wasser besprühten Glut und das Geräusch des Wasserstrahls und der Pumpe waren zu hören. Viele der Kinder waren bereits verschwunden. Es standen etwa dreißig Leute um die Brandstätte herum, alle betrachteten schweigend die glimmenden Reste der Scheune, beobachteten die Arbeit der Feuerwehrleute, die allmählich die Glutherde zum Erlöschen brachten, und warfen immer wieder einen Blick auf den mit hängenden Schultern dastehenden Tischler Haber und seinen Sohn Bernhard.

Nach neun Uhr erschien mein Vater auf der Wiese. Er suchte mich, weil es inzwischen stockdunkel geworden war. Da keiner meiner Klassenkameraden nach Hause gehen wollte, war ich bei der Scheune und der Feuerwehr geblieben.

»Da bist du ja«, sagte Vater, als er eine Hand auf meine Schulter legte und mich ärgerlich herumriss, »ich dachte mir schon, dass ich dich hier finden werde. Abendbrot ist für heute vorbei, mein Lieber, und nun ab mit dir.«

Doch dann blieb er stehen und betrachtete die heruntergebrannte Scheune, während ich ihm erzählte, was die Polizei und Herr Haber gesagt hatten. Als ich sagte, dass der Tischler von dem Polizisten verlangt habe, er solle die Stadt Guldenberg als Brandstifter aufschreiben, schnaubte Vater kurz durch die Nase und lachte auf.

»Da hat er nicht einmal so Unrecht«, murmelte er halblaut, »komm mit.« Er nahm mich an der Hand, und wir gingen zu Herrn Haber, der mit Bernhard schweigend in die glimmenden Reste der Scheune starrte.

»Guten Abend, Herr Nachbar«, sagte Vater zu dem Tischler, obwohl wir überhaupt nicht nebeneinander wohnten.

Ich war sicher, dass Vater zum ersten Mal in seinem Leben mit Herrn Haber sprach. Vielleicht kam der Tischler gelegentlich in die Apotheke, als Krüppel brauchte er bestimmt verschiedene Medikamente und Binden, aber am Ladentisch bediente Frau Brendel, eine Angestellte von Vater, eine ältere Frau, deren Mann im Krieg gefallen war und die als Witwe noch eine Lehre als Apothekenhelferin absolviert hatte. Mein Vater dagegen hielt sich in dem großen Zimmer hinter dem Verkaufsraum auf, dem Labor, wie er sagte, wo er eigene Mixturen herstellte, die Bestellungen tätigte, die einkommenden Sendungen begutachtete und die in seiner Apotheke lagernden Bestände von Zeit zu Zeit zu überprüfen hatte. Vom Verkaufsraum zum Labor führte eine alte braune Tür, geschmückt mit geschliffenen Spiegelrosetten, die meistens offen stand, so dass Vater sich über das Geschehen in seiner Apotheke informieren konnte. Überdies hatte er eine schmale Glasscheibe in die Wand zwischen Labor und Geschäftsraum einsetzen lassen, die von den Kunden kaum bemerkt wurde, da sie unauffällig in einem Regalfach des wandhohen Apothekerschranks versteckt war, umrahmt von braunen Stöpselflaschen und den weißen Porzellantöpfen mit den lateinisch beschrifteten Etiketten. Vater hatte dadurch jederzeit den Überblick, er konnte sehen, wer in die Apotheke kam, wenn die Türglocke schellte, ohne erst von seinem Drehstuhl im Labor aufzustehen, und nur wenn Bekannte erschienen oder für ihn wichtige Leute der Stadt, die er persönlich begrüßen wollte, kam er nach vorn, stellte sich neben die Kasse und unterhielt sich mit ihnen, während Frau Brendel mit einem kleinen silbernen Tablett in der Hand an den Schränken entlanglief, die alten schweren Schubladen mit den Porzellanschildern aufzog und die benötigten Schachteln herausnahm und auf das Metalltablett stellte, auf dem das Rezept und die bereits herausgesuchten Medikamente lagen. Ich war mir sicher, dass Vater Herrn Haber vielleicht in seiner Apotheke durch den Spion, das schmale Fenster im Medikamentenschrank, gesehen hatte und seinen Namen von den Arztrezepten kannte, aber dass er nie seinetwegen von seinem Laborstuhl aufgestanden und nach vorn gegangen war. Herr Haber war schließlich ein Vertriebener, einer dieser Habenichtse aus dem Osten, von denen direkt nach dem Krieg auch in unser Haus jemand für ein halbes Jahr einquartiert wurde, die Frau Happe, die im Kirchenbüro arbeitete, und ihre gehbehinderte Tochter, die daheim für fremde Leute die Wäsche ausbesserte und nähte. Sie hatten damals zwei Zimmer in unserem Haus bekommen, in einem gab es eine Kochplatte und fließendes Wasser, sie durften unsere Küche benutzen, wenn es unumgänglich war. Wegen eines Umsiedlers wie Herrn Haber wäre mein Vater gewiss nicht in den Verkaufsraum gegangen, dafür gab es für ihn in der Apotheke zu viel zu tun, umso mehr war ich verblüfft, dass er ihn ansprach und sogar einen Nachbarn nannte.

Herr Haber wandte den Kopf zu ihm, jetzt konnte ich sehen, dass er Tränen in den Augen hatte.

»Es ist schlimm für Sie, sehr schlimm«, sagte mein Vater, »Sie tun mir Leid.«

Der Tischler starrte meinen Vater verständnislos an, als überlege er, was diese Worte bedeuteten. Dann nickte er hilflos, immer noch hoffnungslos, aber dankbar für die mitfühlende Bemerkung.

»Komm jetzt«, sagte Vater zu mir, »wir können hier nichts tun. Wir können nicht helfen, wir stören. Und für dich ist es Zeit.«

Den Arm hatte er auf meine Schulter gelegt, und so gingen wir zusammen nach Hause. Ich redete die ganze Zeit über den Brand und die Feuerwehr, Herrn Haber und den Polizisten aus der Kreisstadt, um der fälligen Zurechtweisung zu entgehen, doch Vater sagte überhaupt nichts. Als wir daheim ankamen, sah Mutter mich prüfend an, sie vermutete, dass ich eine Abreibung bekommen hätte.

»Wo warst du? Geh in die Küche, dort steht dein Essen.«

Vater entließ mich mit einem Klaps auf den Hinterkopf.

»Es hat gebrannt«, sagte er zu Mutter, »Griesels Scheune ist runtergebrannt, die alte Holzscheune kurz vor der Niedermühle, dort, wo der einarmige Herr Haber seine Tischlerwerkstatt hat. Oder vielmehr hatte, denn davon ist nichts übrig geblieben. Jetzt hat er zum zweiten Mal alles verloren, dieser Herr Haber.«

»Die arme Familie«, sagte Mutter, »vielleicht kann man ihnen irgendwie helfen.«

»Wie willst du ihnen helfen, Katharina? Der Mann ist einfach in der falschen Stadt gelandet. Ich an seiner Stelle würde mein Ränzel packen und weiterziehen. Die Stadt will ihn nicht, da kann man nichts machen.«

»Was willst du damit sagen? War es Brandstiftung? Hat man die Scheune abgebrannt?«

»Der Tischler jedenfalls ist dieser Meinung. Und ich werde ihm nicht widersprechen.«

»Aber wer sollte so etwas Gemeines tun?«

»Da würden mir schon ein paar Namen einfallen, wenn ich lange genug darüber nachdenke. Wäre ich an seiner

Stelle, meine Liebe, ich würde nicht mehr warten. Jedenfalls nicht so lange, bis mir der nächste Willkommensgruß entgegengeschleudert wird.«

»Gott im Himmel«, rief meine Mutter und sah Vater mit weit aufgerissenen Augen an, als habe er das Feuer an die Scheune des Tischlers gelegt, »versündige dich nicht. Traust du wirklich irgendjemandem in unserer Stadt eine solche Schäbigkeit zu?«

Vater lächelte. Er schaute mich an und fragte: »Geht der Sohn von dem Tischler noch immer in deine Klasse?«

Ich nickte und Mutter sagte: »Er ist sogar der Banknachbar von Thomas.«

»Schön«, sagte Vater, »dann hoffe ich, du weißt, was du zu tun hast.«

Ich nickte ohne zu zögern. Dann wurde ich rot und fragte: »Was meinst du? Ich meine, was meinst du genau, was ich tun soll?«

»Du stellst dich vor ihn, Thomas, das meine ich. Du stehst dafür ein, dass ihn keiner in deiner Klasse scheel ansieht, verstehst du? Die Familie hat es schwer genug, da müssen wir ihnen nicht das Leben zur Hölle machen.«

Ich nickte wieder, obwohl ich überhaupt nicht wusste, wie ich mich vor ihn stellen sollte. Vor Bernhard musste sich kein Schüler stellen, nicht aus unserer Klasse und nicht aus der ganzen Schule, er konnte für sich selber sorgen, und das tat er auch. Er hatte vom ersten Tag an dafür gesorgt, dass es keiner wagen würde, sich mit ihm anzulegen. Auf dem Schulhof ging man ihm aus dem Weg, und ich könnte eher seinen Schutz gebrauchen, als dass ich mich vor ihn stellen müsste, wie Vater meinte. Das wollte ich Vater nicht erzählen, und daher nickte ich zustimmend.

Am Montag erschien Bernhard nicht in der Schule, und wir konnten, ohne auf ihn Rücksicht nehmen zu müssen, über den Brand reden, das wichtigste Ereignis seit langer Zeit in der Stadt. Viele von uns waren am Samstagabend bei der brennenden Scheune gewesen, und wer das versäumt hatte, war am Sonntag hingegangen, um sich den Aschehaufen und die ausgeglühten Reste anzuschauen. Die Feuerwehr hatte bis Mitternacht die Wiese gewässert, damit nicht das trockene Gras oder die Stoppeln von der Glut erfasst würden. Dann hatte der Hauptmann der Wehr die Schläuche einrollen, die Motorpumpe von vier Männern anheben und in die Halterung am Heck des Fahrzeugs verfrachten lassen und zwei Leute als Nachtwache benannt. Bevor der Wagen abfuhr, waren alle noch einmal um die Reste der Scheune gelaufen.

In der Klasse waren alle davon überzeugt, dass es Brandstiftung war. Einige wussten oder behaupteten zumindest, dass die Polizei drei verschiedene Brandherde entdeckt habe, die Scheune sei an mehreren Stellen mit Benzin in Brand gesteckt worden, und nun sei das Gelände von der Polizei gesperrt worden, weil sie in den verkohlten Resten und in der Umgebung der Scheune nach Spuren suche. Irgendjemand wollte einen Namen wissen, ein Junge aus der Parallelklasse behauptete, den Namen des Brandstifters zu kennen. Obwohl ihn die älteren Schüler drängten, den Namen endlich auszuspucken, blieb er dabei zu wissen, wer den Brand gelegt habe, wollte jedoch keinesfalls mehr sagen. Und natürlich redeten wir darüber, ob nicht der Tischler selber, Bernhards Vater, die Scheune abgefackelt habe, um vielleicht eine Versicherungssumme zu kassieren oder von der Stadt eine richtige Werkstatt mitten in der Stadt zu bekommen. Die Stadtverwaltung müsse ihm nun etwas anderes zuweisen, irgendeinen leer stehenden Raum, der für eine Werkstatt geeignet wäre, und die Chancen, dass er diesmal etwas in einem Haus bekommt, das zentral gelegen ist, standen nach unserer Ansicht nicht schlecht. Was immer die Stadtverwaltung ihm anbieten würde, es konnte in keinem Fall weiter sein als die abgebrannte Tabakscheune von Griesel. Für uns sprach also einiges dafür, dass ihm der

Brand, wenn er ihn auch nicht selbst gelegt hätte, nicht ungelegen gekommen sei, obwohl er ein paar Sachen dabei eingebüßt habe. Mitleid mit ihm hatten wir keins, dafür war es ein viel zu aufregendes Erlebnis für uns.

Als Bernhard am nächsten Morgen wieder in der Schule erschien, schauten einige von uns verstohlen zu ihm. Keiner redete mit ihm über den Brand, und Bernhard blieb verschlossen wie immer. Eins der Mädchen sprach ihn an, um ihm ihr Mitgefühl auszudrücken. Er unterbrach sie nach den ersten Worten, fragte sie nach den Hausaufgaben des Vortags und ließ sich von ihr zwei Hefte geben, aus denen er die Texte vom Vortag abschrieb, ohne auf das Mädchen weiter zu achten.

In der zweiten Schulstunde hatten wir bei Fräulein Nitzschke Unterricht. Nachdem sie uns begrüßt hatte und wir uns hinsetzen durften, sprach sie über das Unglück, das über Bernhards Familie gekommen sei, und dass wir uns alle nach Kräften bemühen sollten, unserem Mitschüler zu helfen. Ich fragte mich, was sie damit meinen könnte, und ich war sicher, dass es allen Mitschülern wie mir erging, falls sie überhaupt den schmalzigen Worten von Fräulein Nitzschke zugehört hatten. Wie zum Teufel sollte man diesem verstockten und stummen Umsiedler helfen! Ich schielte zu ihm rüber. Bernhard starrte so unbewegt die Lehrerin an, als redete sie über den Nordpol. Als Fräulein Nitzschke an unsere Bank trat und ihm über die Haare strich, sah er mich an mit einem Blick, dass ich wusste, wenn ich lachen würde, wenn ich mir nur ein Grinsen nicht verkneifen könnte, so würde er mir in der folgenden Pause ein paar warme Ohren verpassen, wie das bei uns hieß. Also biss ich die Zähne zusammen und bemühte mich, gleichmütig zuzuschauen, wie Fräulein Nitzschke ihre bei uns allen verhassten Zärtlichkeiten an ihm ausließ. Sie erkundigte sich bei ihm, ob er etwas sagen wolle, darüber, was sein Vater nun vorhabe. Bernhard schüttelte den Kopf, und Fräulein Nitzschke ging an den Lehrertisch zurück und begann mit ihrem nervtötenden Unterricht.

Über das Feuer hat Bernhard uns gegenüber nie ein Wort verloren. Dass es eine Brandstiftung war, wurde amtlich festgestellt. Die Polizei sprach mit einigen Leuten, die am Stadtrand und in der Nähe der Niedermühle wohnten, und fragte sie, ob sie etwas Auffälliges bemerkt oder irgendwelche Personen gesehen hätten, die dort nicht wohnten, und so erfuhren wir, dass die Polizei nach einem Feuerteufel suchte. Vater bemerkte dazu, dass man lange suchen könne, wenn man eigentlich nichts finden will, und als ich ihm erzählte, dass viele in meiner Klasse der Ansicht seien, der einarmige Tischler habe seine Werkstatt, die alte Tabakscheune, selbst angesteckt, sah er mich lächelnd an, fasste nach meinem Kinn, damit ich ihm in die Augen sah, und fragte: »Und du? Bist du auch dieser Meinung?«

»Ich weiß nicht«, sagte ich, »ich habe keine Ahnung.«

»Nein«, sagt er, »das Feuer hat nicht der alte Haber gelegt. Wer es war, weiß ich nicht, ganz bestimmt nicht dieser einarmige Tischler. Und jeder von uns, nicht nur einer von den Vertriebenen, kann plötzlich in eine solche Lage kommen. Eine Stadt ist zu vielem fähig, mein Junge, da reicht eine kleine Dummheit aus, und dann findest du in einem so hübschen Nest wie dem unseren nicht mehr genug Sauerstoff, um zu atmen, mein Junge. Diese schönen Vorgärten, diese entzückenden Blumenbeete vor den kleinen Häusern, sie verströmen den Geruch von Neuritis und Wahnsinn, denn sie werden mit Depressionen gedüngt. Ich muss es wissen, denn bei mir holen sie sich die Tabletten. Und wenn ich sie ihnen verkaufen dürfte, so würden sie sich ein paar endgültige Tabletten besorgen, um hier herauszukommen. – So, und nun verschwinde. Iss dein Abendbrot, und dann ab ins Bett.«

Zwei Monate nach dem Brand bekam Haber mehrere Räume in einem Haus in der Molkengasse als Werkstatt zugewiesen. Die Stadtverwaltung vermietete ihm die leeren Räume im Erdgeschoß der alten Matratzenfabrik, die an einem der allerletzten Kriegstage ausgebrannt war, wobei ihr Besitzer, ein älterer verwitweter Mann, bei dem Versuch, das sich ausbreitende Feuer im Haus zu löschen oder einzudämmen, an einer Rauchvergiftung gestorben war. Er hatte keine Kinder und offenbar auch keine Erben, denn nach seinem Tod erhob niemand einen Anspruch auf die Ruine, die frühere Fabrik. Die Fenster der beiden oberen Stockwerke waren herausgeschlagen, das Dach war lediglich mit Pappe regendicht gemacht worden, um den weiteren Verfall aufzuhalten, zu nutzen waren allein die Räume im Erdgeschoß, von denen einer vollständig gefliest war wie das Schlachthaus eines Fleischers. Der alte Haber hatte von der Stadtverwaltung einen Mietvertrag für das Erdgeschoß bekommen mit der Zusicherung, sobald das Haus wieder hergestellt sei, bei der Vergabe der darüber liegenden Räume, die irgendwann einmal Wohnungen werden sollten, berücksichtigt zu werden. Man sagte ihm, es würde lange dauern, sehr lange, denn die Stadt besitze viele Häuser, die beschädigt und nur eingeschränkt bewohnbar waren, und es gebe eine Dringlichkeitsliste, auf der das Haus in der Molkengasse nicht einmal erwähnt wurde, denn zu viel sei an diesem Haus zu reparieren, und man überlege, es abzureißen und neu zu bauen, was vermutlich billiger sei. Mit dem Mietvertrag und allen notwendigen Genehmigungen der verschiedenen Ressorts im Rathaus, die bei einer Vergabe von gewerblich genutzten Räumen befragt werden mussten, bekam er einen Schein für die Sonderzuteilung von Baustoffen, falls er selbst das Haus wieder instand setzen wollte. Für diesen Fall wurde in Aussicht gestellt, dass man ihm das gesamte Objekt, sobald es nach der Fertigstellung vom Bauamt abgenommen sei, lebenslang und unentgeltlich überlassen werde. Frau Steinmar, die Sachbearbeiterin, die ihm die Formulare überreichte, sagte: »So sind unsere Vorschriften, Herr Haber, tut mir Leid. Ich sehe ja, dass Sie das Haus nicht bauen können.« Und dann fügte sie achselzuckend hinzu: »Besseres können wir Ihnen nicht geben. Sie wissen ja selbst, wie es in Guldenberg aussieht.«

»Danke. Ich bin zufrieden. Die alten Fabrikräume haben gerade die richtige Größe für mich. Und so eingebaut zwischen den anderen Häusern, da wird man sie mir nicht anzünden.«

»Glauben Sie denn wirklich, dass jemand aus unserer Stadt die Scheune ...«

»Vielen Dank für Ihre Mühe.«

»Und Sie wollen da wirklich einziehen? Es steht nur leer, weil die Decke einzustürzen droht.«

»Ich weiß. Ich habe es gesehen. Ich bin zufrieden damit.«

»Tut mir Leid. Etwas anderes haben wir tatsächlich nicht. Es sind einfach zu viele Flüchtlinge, zu viele Umsiedler.«

»Ich weiß.«

»Ich meine ... ich wollte Ihnen nicht zu nahe treten, Herr Haber, wir sind halt eine kleine Stadt. Wir haben selbst genug Opfer bringen müssen, und die Bomben haben uns nicht verschont.«

»Jaja.«

»Ich weiß, Sie haben alles verloren, aber aus dem Vollen kann bei uns keiner leben. Sehen Sie es so: Wenn die Räume in Ordnung wären, dann hätte man sie längst vergeben. Dann hätte das Haus ein anderer bekommen, einer aus der Stadt.«

»Ich weiß.«

»Und insofern ist es ein Glücksfall für Sie, dass das Haus so marode ist.«

»Ja.«

Haber erhielt einen Kredit von der Stadt, bei der Sparkasse wurde für ihn ein Konto eröffnet, mit dessen Hilfe er sich eine Kreissäge und das nötigste Werkzeug beschaffen konnte, denn mit der Scheune war seine gesamte Einrich-

tung verbrannt, und eine Versicherung hatte er zwar abgeschlossen, aber sie bezahlte nichts, da er seine Werkstatt in
einer hölzernen Scheune eingerichtet hatte, was laut Vertrag bei seinem Gewerbe nicht erlaubt war.

Von Herrn Satern, dem das Schreibwarengeschäft
gehörte, das auch einige Bücher anbot und selbst gefertig-
te Ansichtskarten der Stadt und der beiden Sehenswürdig-
keiten der Umgebung, des Luthersteins und des Bismarck-
turms, ließ er sich ein zurechtgeschnittenes Holzbrett
beschriften, das er über dem Eingang zur ehemaligen Matratzenfabrik anschraubte: ›Bau- und Kunsttischlerei G. Haber‹ war da in dicken geschwungenen Schriftzeichen zu lesen. Das Brett überdeckte die im Putz eingebrachte Kenn-
zeichnung der früheren Fabrik notdürftig, über und unter
dem Brett ließen sich die alten, auffälligen Frakturbuchsta-
ben der Matratzenfabrik erkennen.

»Reich werden kann er jedenfalls nicht bei uns«, hatte
Vater dazu gesagt, »aber wenn er für sich und seine Familie
das Brot verdienen kann, dann ist das schon viel in dieser
Zeit.«

Zu tun gab es für den Tischler wenig. Die Einheimischen
beauftragten die alteingesessenen Tischler, und die Vertriebenen, die unsere Stadt überschwemmt hatten, besaßen
nicht genug, dass sie einen Handwerker bitten konnten, für
sie etwas anzufertigen. Sie sägten und nagelten die Holzbretter selber und bauten sich recht und schlecht zusammen, was sie benötigten.

Vor dem Krieg hatte es in Guldenberg fünf Tischler gegeben, und jeder von ihnen hatte ausreichend zu tun. Als
die Habers in die Stadt kamen, existierten drei Tischlereien,
die anderen Handwerker waren gestorben oder weggezogen. Arbeit gab es mehr als je zuvor, doch die Leute besaßen
nichts mehr und reparierten ihre Fenster selber, und ehe sie
eine neue Tür anfertigen ließen, nagelten sie lieber ein Brett
über die schadhafte Stelle, als dass sie das wenige Geld, wel-

ches sie besaßen, zu einem Handwerker trugen. Und schon gar nicht wollten sie es einem der Vertriebenen zukommen lassen, die allein das Elend der Stadt vergrößerten. Wie der alte Haber aus einem großen Brett eine Rundung ausschneiden oder einen Hobel führen wollte, war für uns ohnehin ein Rätsel. Gelegentlich hörte ich die Erwachsenen über ihn reden, manche bedauerten ihn, einen Auftrag wollte ihm aber keiner geben, jedenfalls keiner unserer Verwandten und Bekannten. Alle in der Familie waren der Ansicht meines Vaters, der nichts gegen die Umsiedler hatte, jedoch meinte, dass das Mitleid mit diesen Leuten nicht die Vernunft vernebeln sollte.

»Bei einem einarmigen Tischler etwas zu bestellen«, hatte Vater gesagt, »das ist vielleicht christlich und menschlich gehandelt, aber das tut nur, wer nicht bis zwei zählen kann.«

Ein Jahr später konnte die Familie Haber die Dachzimmer von Bauer Griesel verlassen und zog in eine Wohnung in der Mühlenstraße. Der vorherige Bewohner war im Mai über Nacht ins westliche Deutschland geflüchtet. Zuvor war er Parteisekretär in der Maschinenfabrik gewesen und nun, wie es in der Stadt hohnlachend hieß, unter Mitnahme der Parteikasse, der Mitgliederlisten und wichtiger Akten der Fabrik geflohen. Wegen seiner Flucht gab es wochenlang einige Aufregung in Guldenberg. Auch in der Schule verlangten die Lehrer von uns höhere Wachsamkeit. Der Geschichtslehrer sprach wiederholt über die Anschläge des Klassenfeinds und redete über Sabotage, Diversionsakte, Infiltration und Agenten, und wir hörten ihm schweigend und uninteressiert zu. Unter uns sagten wir ›Sabogenten‹, denn all diese Schlagworte waren für uns bedeutungslos.

Die Wohnung des früheren Parteisekretärs blieb wochenlang versiegelt, dann wurden die Möbel ausgeräumt und weggebracht, und nach dem Verlauf weiterer Wochen bekam der Tischler die Drei-Zimmer-Wohnung zugesprochen, da die oberen Stockwerke der Matratzenfabrik in absehbarer Zeit nicht bewohnbar gemacht werden konnten, und er zog mit seiner Familie in die Wohnung in der Mühlenstraße ein.

Um seinen Eltern beim Umzug zu helfen, wurde Bernhard für zwei Tage vom Unterricht freigestellt, obgleich er ein schlechter Schüler war. Die größeren Möbelstücke fuhr Bauer Griesel mit dem Pferdefuhrwerk in die Mühlenstraße, und die Kartons und die kleineren Stücke transportierte Bernhard mit dem Hundegespann. An einen kleinen hölzernen Handwagen mit blechbeschlagenen Rädern hatte sein Vater eine Gabeldeichsel angebracht, und Bernhard hatte aus alten Kunststoffgurten der Pferdegespanne, die auf dem Bauernhof nicht mehr gebraucht wurden, da sie mehrmals gerissen waren, einen Halsgurt für seinen Hund zusammengenäht, der an zwei Haken des Querjochs eingehängt wurde. Dem Hund wurde der Gurt umgelegt, dann wurde er vor den Wagen gespannt. Bei dem Umzug wurde der Handwagen voll beladen und Bernhard zog mit Tinz an der Deichsel und lenkte den Wagen. Nach dem erfolgten Umzug sah man Bernhard häufiger mit seinem Hundekarren durch die Stadt fahren, denn er kutschierte nicht allein über den Bauernhof, sondern ließ sich von seinem Tinz durch die Parkanlagen ziehen. War der Weg ansteigend, lief er neben dem Wagen und schob ihn, wenn sie auf ebene und glatte Teerflächen und auf die ausgetretenen Parkwege kamen, sprang Bernhard in den Wagen und ließ sich von Tinz ziehen, wobei er mit ausgestreckten Beinen die Gabeldeichsel lenkte und gelegentlich mit auf der Erde schleifenden Füßen das Gefährt abbremste.

Seinen Hund hatte er nicht lange, nur zwei Jahre. Tinz starb wenige Monate nach dem Umzug, während der Ferienzeit im Sommer. Man fand den Kadaver eines Tages am Fluss, hundert Meter von unserer Badestelle entfernt, versteckt in einem Gebüsch. Kleine Kinder hatten ihn gefunden, weil das tote Tier die Insekten anzog und bereits stank. Die Kinder liefen aufgeregt nach Hause und berichteten unterwegs atemlos jedem, der ihnen über den Weg lief, von ihrem Fund. Ein Mann aus der Siedlung, dessen Kinder tagsüber an der Badestelle waren, hielt sie schließlich auf und ließ sich von ihnen den Fundort zeigen. Er holte den Kadaver mit einem Stock unter dem Gebüsch hervor, band einen Bindfaden um den Kopf des Hundes, zog ihn vom Fluss und der Badestelle weg und vergrub das verwesende Tier mit Hilfe eines Kinderspatens, den er sich am Bade-strand auslieh, an der Straßenböschung. Als er zurückkam, den kleinen Spaten im Flusswasser säuberte und den Kin-dern zurückgab, sagte er: »Das Tier hat man umgebracht. Mit einer Drahtschlinge. Schad drum. Wer macht so et-was?«

Er erkundigte sich, ob jemand das Tier und seinen Besit-zer kannte. Es meldeten sich mehrere Mädchen, und der Mann sagte, sie sollten zu dem Hundehalter hingehen und ihm Bescheid geben. Sie sollten ihm sagen, er habe das Tier sofort vergraben müssen, denn es sei schon seit einigen Ta-gen tot, und wo er ihn vergraben habe, wüssten sie ja. Sie sollten dem Jungen, dem der Hund gehört hatte, die Stelle zeigen, er habe einen Eschenzweig darauf gelegt. Doch sie sollten ihm einschärfen, dass er seinen Hund nicht ausgra-ben dürfe, wenn er sich nicht die Krätze holen wolle, denn das Tier sei bereits stark verwest.

Zwei Mädchen liefen sofort los, um Bernhard Haber zu suchen und ihm die Nachricht vom Tode seines Hundes Tinz zu überbringen. Wie Bernhard auf diese Mitteilung reagierte, habe ich nie erfahren. Ich sah ihn in diesem Som-mer nicht. Während der Ferien sah ich ihn nie. Vielleicht verreiste er oder besuchte Verwandte und Freunde in Polen, obwohl ich nicht glaube, dass seine Familie das Geld für eine so weite Fahrt aufbringen konnte. Ich vermutete, dass er in allen Ferien seinem Vater in der Werkstatt helfen musste und darum nie in der Stadt zu sehen war und nicht zu unserer Badestelle kam.

Am ersten Schultag des neuen Schuljahres, Fräulein Nitzschke hatte uns wieder umgesetzt, und ich war zusammen mit Bernhard auf die zweite Bank in der Mitte gekommen, gleich in der ersten kurzen Pause, drehte er sich zu mir und sagte leise: »Hör zu. Ich sage es dir und allen.«

Dann schwieg er und fixierte mich böse. Ich bemühte mich, seinem Blick standzuhalten und sagte möglichst gelassen: »Warum flüsterst du? Wenn du es allen sagen willst, musst du schon lauter sprechen.«

Er atmete tief durch und sagte dann genauso leise: »Hör zu. Denjenigen, der Tinz umgebracht hat, den bringe ich um. Sag das den anderen.«

Ich nickte erschrocken und wurde knallrot, als ob ich es gewesen wäre, der seinen Köter getötet hatte. Bernhard sah mich mit zusammengekniffenen Augen an. Ich zog meinen Schulranzen unter der Bank hervor und tat, als würde ich etwas suchen. Ich spürte, dass er mich immer noch anstarrte, und wagte nicht, den Kopf zu heben.

»Was weißt du davon, Thomas?«

»Nichts. Nichts weiß ich. Was soll ich denn wissen?«

Er sah mich an und schwieg und wartete.

»Ich wusste gar nicht, dass dein Hund tot ist«, log ich. »Hat man ihn wirklich umgebracht? Vielleicht ist er einfach so gestorben.«

Bernhard sah mich an.

»Das kann nur ein Verrückter gewesen sein, Bernhard. Ganz sicher ein Verrückter, aber keiner aus unserer Klasse.«

Ich stieß die Worte hastig hervor. Die Vorstellung, Bernhard würde einen meiner Klassenkameraden totstechen oder irgendwie anders umbringen, ließ mich frösteln. Er hatte es so leise und kalt gesagt, dass ich davon überzeugt war, er würde seine Ankündigung wahr machen.

Wer seinen Tinz mit einer Drahtschlinge umgebracht hat,

wurde nie bekannt, jedenfalls habe ich weder damals in Guldenberg noch später etwas darüber gehört. Wie Bernhard es mir befohlen hatte, informierte ich meine Mitschüler in der nächsten Hofpause über seine Ankündigung. Die Jungen lachten darüber, aber ich spürte, dass sie nicht an der Ernsthaftigkeit seiner Drohung zweifelten. Die Mädchen dagegen waren verängstigt und schnatterten tagelang über Bernhard und seinen toten Hund. Irgendwann hieß es in der Klasse, ein Mann aus der Siedlung oder aus einer der Schnitterkasernen, ein Umsiedler, habe Tinz umgebracht, doch das war nichts als ein Gerücht, denn ich hörte nie einen Namen, und keiner konnte etwas Genaueres sagen, auch erfuhr ich nie, wer das Gerücht aufgebracht hatte. Eigentlich waren durch den Tod des Hundes und mehr noch durch die ausgesprochene Drohung alle in der Klasse aufgeregt, alle bis auf Bernhard Haber. Er sagte nie wieder etwas über seinen Hund. Wenn ein Mädchen ihm sagte, wie sehr es den Tod von Tinz bedauere, und dass es abscheulich und ein Verbrechen sei, einen kleinen unschuldigen Hund umzubringen, sah er es verständnislos an und wandte sich wortlos ab.

Drei Wochen später kam Herr Engelmann, der Direktor, in unsere Klasse. Er stellte sich vor den Lehrertisch, an dem Fräulein Nitzschke saß, und bat Bernhard Haber aufzustehen. Dann sprach er darüber, dass irgendjemand den Hund eines unserer Mitschüler umgebracht habe, und er hoffe, dieser Unbekannte, gleichgültig, ob es ein Schüler oder ein anderer Bewohner der Stadt sei, würde den Mut haben, sich zu melden und sich bei Bernhard Haber entschuldigen.

»Es ist mir zu Ohren gekommen«, fuhr er fort, »dass Bernhard Haber gegen diesen Unbekannten finstere Drohungen ausgestoßen hat. Damit hast du deine Mitschüler eingeschüchtert und in Angst und Schrecken versetzt«, sagte er und wandte sich direkt an Bernhard. »Das will und darf ich nicht hinnehmen. Ich habe nicht allein für eure

Ausbildung und Erziehung zu sorgen, sondern bin auch verantwortlich für den Schutz und die Sicherheit eines jeden von euch.«

Dann sprach er sehr lange darüber, dass er für alle Schüler seiner Schule zuständig sei und ihre Unversehrtheit zu sichern habe, wofür er alle nötigen Rechte besitze. Wie ein Kapitän eines Passagierschiffes habe er die Hauptverantwortung zu tragen, aber ebenso uneingeschränkt besitze er als Direktor für seine Schule alle Rechte. Falls Gefahr im Verzuge sei, vertrete er die Staatsgewalt in seinem Haus, und er werde nicht zögern, bei Bedarf seine ihm zugesprochene Macht zu nutzen, um Schaden von den ihm anvertrauten Kindern abzuwehren.

Alle in der Klasse verstanden, wem die Ansprache des Direktors galt, zumal er Bernhard hatte aufstehen lassen, aber keiner von uns konnte sich eine Vorstellung von jenen Machtmitteln machen, die dem Direktor angeblich zur Verfügung standen und die er gegen uns oder gegen Bernhard einsetzen konnte. Dass der Direktor sich mit einem Kapitän verglich, fand unsere Aufmerksamkeit, und wir diskutierten später lange über diese Äußerung, die uns rätselhaft war, da wir den kleinen blassen Mann nie als einen sonnengebräunten Seebär in einer prächtigen weißen Uniform gesehen hatten, und von der Staats- und Polizeigewalt eines Kapitäns wussten wir, dass er Leute auf seinem Schiff verheiraten und Nottaufen vornehmen durfte und Verstorbene auf hoher See den Wellen übergeben. Da keines dieser Ereignisse an unserer Schule zu erwarten war, wurde in den folgenden Tagen über die unserem Direktor zukommenden Gewalten auf dem Schulhof ergebnislos debattiert. Wir konnten nichts Seemännisches an unserem kleinwüchsigen Direktor entdecken, und unwidersprochen blieb schließlich die Bemerkung eines Mitschülers, der der Ansicht war, Herr Engelmann habe ursprünglich zur See fahren wollen, sei wegen seiner Größe abgelehnt worden und führe nun hinter der für uns verschlossenen Tür zum Lehrerzimmer ein seemännisches Kommando. Jedenfalls sprachen wir seit dem Tag nur noch vom Käptn, wenn wir über den Direktor sprachen.

Nachdem er seine Ansprache beendet hatte, sah Herr Engelmann Bernhard Haber erwartungsvoll an und forderte ihn schließlich auf, sich zu erklären, da der Junge ihn unbewegt und scheinbar unbeeindruckt ansah. Bernhard zuckte gelangweilt mit den Schultern und fragte: »Darf ich mich setzen?«

Fräulein Nitzschkes Gesicht erschien hinter der Schulter des Direktors, der einen ganzen Kopf kleiner als sie war. Hochrot und erregt verlangte sie von Bernhard, sich zu entschuldigen, zweimal zu entschuldigen, einmal für die Frechheit, in dieser Art dem Direktor zu antworten, und zum anderen für die ausgesprochene Drohung, mit der er seine Klassenkameraden beunruhigt habe und für die es eigentlich keinerlei Entschuldigung gäbe. Der Direktor legte Fräulein Nitzschke beruhigend eine Hand auf den Arm und bedeutete ihr, ihm diesen Fall zu überlassen.

»Du hast deine Schulkameraden bedroht«, sagte er zu Bernhard, während wir atemlos dem Geschehen folgten, »das ist ungeheuerlich.«

»Nein«, erwiderte Bernhard und sah mich dabei an.

»Und feige bist du auch noch.«

Bernhard schüttelte langsam den Kopf und blickte auf den Fußboden.

»Ich habe gesagt«, begann er. Er stockte und unterbrach sich selbst, um schließlich hervorzustoßen: »Irgendjemand hat Tinz umgebracht, meinen Hund.«

»Das ist schlimm und sehr bedauerlich«, sagte der Direktor, »aber es ist kein Grund, deine Mitschüler in Furcht und Schrecken zu versetzen.«

Bernhard sah stumm auf seine Schuhe.

»Sieh mich an! Hast du mich verstanden?«

Bernhard nickte ohne aufzusehen.

»Dann sag hier, hier vor allen anderen, dass du deine dumme Äußerung bedauerst. Dass du leichtsinnig und völlig unüberlegt etwas gesagt hast, das dir Leid tut.«

Bernhard biss die Zähne zusammen und starrte unentwegt auf seine Schuhe.

»Na los! Wir warten. Und wir warten so lange, bis du es uns sagst.«

Es war ganz still in der Klasse, und alle sahen zu Bernhard, der reglos neben seinem Platz stand und den Kopf gesenkt hielt. Es schien ihm überhaupt nicht peinlich zu sein, im Mittelpunkt des Interesses zu stehen, er wirkte überhaupt nicht nervös, eher unbeteiligt.

»Na? Höre ich etwas?« Der Direktor legte eine Hand hinter das Ohr, er begann zu schwitzen.

»Nun rede schon, Bernhard. Sag es endlich«, mischte sich Fräulein Nitzschke erneut in das Gespräch. Sie sah Bernhard fast flehend an und warf immer wieder einen besorgten Blick auf den Direktor.

Bernhard stöhnte vernehmlich, dann sah er die Lehrerin an, presste die Lippen zusammen und schien geduldig auf das zu warten, was kommen würde.

»Wenn du dich nicht entschuldigst, Junge, wenn du das schlimme Wort nicht zurücknimmst, werde ich dich von der Schule verweisen. Das muss ich tun, das ist meine Pflicht. Und was das bedeuten würde, weißt du. Deine Eltern müssten dich bei einer anderen Schule anmelden, in Eilenburg oder sonstwo, du müsstest jeden Tag mit dem Bus fahren oder mit der Bahn. Und vielleicht wird dich die andere Schule nicht aufnehmen, Gründe dafür gibt es genug. Unter Umständen musst du sehr weit fahren, vielleicht so weit, dass du in ein Schülerheim kommst, in ein Internat, und dann kannst du lediglich in den Ferien deine Eltern sehen. Das solltest du dir überlegen, mein Junge. Und zwar auf der Stelle.«

Der Direktor betrachtete Bernhard mit sorgenvollem Gesicht, dann warf er einen Blick zu unserer Lehrerin, die nervös ihr Taschentuch zusammenknüllte. Er wirkte jetzt so hilflos, als habe er und nicht Bernhard sich für eine Schandtat zu verantworten.

»Ich werde dir keinen Tadel erteilen, Junge, nicht einmal eine schriftliche Rüge, aber allein deshalb, weil das mit einem Tadel nicht aus der Welt geschafft ist. Das war eine Morddrohung, mein lieber Junge. Und wenn ich das ernst nehmen würde, wenn ich nur eine Sekunde glauben würde, es sei so gemeint, wie du es gesagt hast, dann müsste ich jetzt die Polizei informieren und den Staatsanwalt, verstehst du.«

Überraschend nickte Bernhard, er sah jedoch nicht auf. Der Direktor war erleichtert, dass der Übeltäter endlich eine Reaktion zeigte und forderte ihn wiederum zu einer Entschuldigung auf. Bernhard stand ungerührt neben mir und machte keinerlei Anstalten, den Wunsch des Schuldirektors zu erfüllen. Langsam wurde es in der Klasse unruhig, man flüsterte miteinander, einige erregten sich über die Uneinsichtigkeit und Starrköpfigkeit von Bernhard, andere teilten den Schulkameraden mit, dass sie mit dem bisherigen Verlauf der Unterrichtsstunde zufrieden seien und hofften, dass Bernhard nicht zu schnell nachgeben würde. Fräulein Nitzschke und der Direktor schienen die leise Unruhe nicht zu bemerken, beide starrten gebannt auf Bernhard Haber, immer wieder schoben sie ihre Köpfe ein Stück nach vorn, als wollten sie ihm dadurch behilflich sein, den Mund zu öffnen und die geforderte Entschuldigung endlich auszusprechen.

Ich sah zu Bernhard hoch, der gleichmütig neben unserer Bank stand. Ich bewunderte ihn. Ich war nicht so stark wie er, ich könnte nicht stundenlang neben der Bank stehen und irgendetwas verweigern, worauf die Lehrerin, der Direktor und die ganze Klasse nun schon eine Ewigkeit warteten. Ich wusste, ich hätte längst klein beigegeben und den verlangten Satz von mir gegeben, gleichgültig, ob ich es meinte oder nur dahinsagte.

Auf der Stirn des Direktors hatten sich winzige Schweißperlen gebildet, sie netzten die Haut über seinen Augenbrauen. Er biss sich auf die Unterlippe, und wir konnten geradezu sehen, wie er nachdachte, wie er sich bemühte, mit Bernhard fertig zu werden oder zu einem Ende zu kommen, ohne seine Autorität zu verlieren.

»Junge, Bernhard«, sagte er schließlich, »dir tut es Leid, nicht wahr? Du bedauerst es, dass du diesen dummen Satz gesagt hast? Du bereust, dass du ihn ausgesprochen hast und entschuldigst dich bei deinen Mitschülern? Einverstanden?«

Bernhard nickte kurz, so knapp, dass man es kaum sehen oder für eine unwillkürliche Bewegung seines Kopfes halten konnte, der Direktor schien damit zufrieden zu sein.

»Nun, das freut mich, mein Junge«, sagte er aufatmend, »das freut mich wirklich. Und damit ist der ganze unangenehme Vorfall aus der Welt geschafft, und ich will niemals wieder so etwas hören, weder von dir noch von irgendeinem anderen.«

Bei seinen letzten Worten ließ er den Blick über die Klasse streifen und funkelte uns an, als ob irgendeiner von uns angedeutet hätte, etwas Ähnliches zu äußern. Dann drehte er sich zu Fräulein Nitzschke um und sagte selbstzufrieden: »Schön und gut, Sie können jetzt mit dem Unterricht fortfahren, Frau Kollegin.«

Er warf nochmals einen prüfenden und grimmigen Blick über die Klasse, forderte Bernhard auf, sich zu setzen, und ging zur Tür. Bernhard sah mich an, als er sich langsam auf den Sitz zurückgleiten ließ. In seinem Gesicht war nichts zu erkennen, kein Zeichen von Scham oder Reue, auch nicht die Andeutung eines Triumphes, obwohl er durchgehalten und nicht nachgegeben hatte, denn das bißchen Kopfnicken zählte nicht, das konnte der Direktor nicht ernsthaft als eine Entschuldigung werten. Bernhard hatte vor der ganzen Klasse den Direktor besiegt, er hatte den Kampf gewonnen, und wir alle hatten es miterlebt. Trotzdem verzog Bernhard keine Miene, obwohl er eben sensationell gewonnen hatte. Er tat, als habe er mit alledem nichts zu tun. Als der Direktor die Tür erreichte, drehte er sich zu Bernhard um und sagte halblaut, als spräche er zu sich: »Der Kerl gehört über das Knie gelegt. Aber von einem, der mit zwei gesunden Armen zupacken kann.«

Dann öffnete er die Tür und verließ unser Klassenzimmer. Alle in der Klasse hatten seinen Satz gehört. Bernhards Gesicht wurde plötzlich ganz weiß.

»Auge um Auge«, stieß er hervor, »Drahtschlinge für Drahtschlinge.«

Fräulein Nitzschke erstarrte und schüttelte sich kurz, als habe sie sich fürchterlich erschreckt.

»So, dann wollen wir mal wieder«, sagte sie, lächelte bemüht und klatschte in die Hände.

Ich weiß nicht, ob sie Bernhards laut gezischte Bemerkung nicht gehört hatte oder es vorzog, sie stillschweigend zu übergehen. Zehn Minuten später ertönte die Pausenklingel, und wir rannten auf den Schulhof, um das Ereignis zu diskutieren und über Bernhard zu reden und seinen Sieg über den Direktor, und über den kleinen blassen Herrn Engelmann, der der Meinung war, er sei an unserer Schule ein Kapitän der Weltmeere. Bernhard stand mit den Umsiedlerkindern aus den siebenten Klassen zusammen, sie lehnten sich gegen das geschlossene Kirchentor, das auf der gegenüberliegenden Seite den Schulhof begrenzte, aßen ihre Pausenbrote und unterhielten sich. Ich war sicher, dass er den anderen Umsiedlern nichts von seinem soeben errungenen Erfolg vermeldete, jedenfalls machte es nicht den Eindruck, dass er stolz davon berichtete. Wie immer sprach er wenig und blieb gelassen. Vielleicht bedeutete es ihm nichts, grandios den Direktor besiegt zu haben, vielleicht war er einfach uns allen überlegen.

Auch in die neue und größere Wohnung, in der er sicherlich ein eigenes Zimmer besaß, lud er nie einen Mitschüler ein. Wenn es unumgänglich war, dass einer von uns ihn aufsuchen musste, weil er krank war und jemand ihm die Hausaufgaben mitteilen oder nach dem Ende des Unterrichts eine dringende Nachricht überbringen musste, öffnete er die Wohnungstür einen Spalt, sagte, er komme sofort, verschloss dann die Tür, um nach einigen Minuten mit seiner Joppe zu erscheinen, und ließ sich, während er den Besucher die Treppe hinunter begleitete, erzählen, was zu berichten war. Gab es etwas zu notieren, setzte er sich auf eine Treppenstufe und schrieb alles mit seiner ungelenken Schrift auf einen Wisch, den er aus einer der Taschen seiner Joppe angelte. Er legte so großen Wert darauf, keinen in seine Wohnung zu lassen, dass es uns allen auffiel. Wir fragten uns, ob er überhaupt ein eigenes Bett besaß. In den Jahren nach dem Krieg gab es keine reichen Leute bei uns, doch wenn auch das Elend allgemein war, es gab eine Armut, für die man lediglich Verachtung aufbrachte.

Der Tischler blieb jedenfalls in der Stadt, und Bernhard besuchte weiterhin meine Klasse. Als ich in die achte Klasse kam, trennten sich unsere Wege, denn er musste die Siebente wiederholen und ich blieb nur noch ein Jahr auf der Grundschule und wechselte dann auf die Oberschule in Eilenburg, so dass ich jeden Wochentag zweimal eine Stunde mit der Bahn fahren musste und erst am späten Nachmittag und manchmal am Abend wieder daheim ankam. Ich hatte keine Zeit, um irgendjemanden von den alten Freunden zu treffen, geschweige denn Burschen wie Bernhard, mit denen mich nichts verband.

Vier Jahre lang fuhr ich in die Kreisstadt, und in den Ferien machte ich mit den beiden neuen Freunden von der Oberschule Radwanderungen. Einmal waren wir sieben

Wochen ununterbrochen unterwegs und radelten durch ganz Bayern. In dieser Zeit waren wir nur an vier Tagen nicht mit dem Hintern auf dem Sattel, als wir nämlich die Räder bei dem Onkel eines Schulkameraden unterstellen konnten, der ein Bauerngehöft im Bayerischen Wald besaß. Unseren geplagten Gesäßen ging es in diesen vier Tagen nicht besser, ganz im Gegenteil, denn an diesen Tagen saßen wir in zwei Faltbooten, die uns dieser Onkel bei einem Nachbarn ausgeliehen hatte, und bemühten uns mit aller Kraft auf der Menach voranzukommen ohne umzukippen, was uns stromaufwärts wie -abwärts an keinem Tag gelang, so dass wir die Nächte in durchnässten Zelten verbringen mussten. Für mich gab es keinen Anlass, Bernhard nach der gemeinsamen Schulzeit nochmals wiederzusehen, zumal ich nach dem Abschluss der Schule und dem Abitur zum Studium nach Berlin ging und selten nach Hause kam. Bei den kurzen Besuchen meiner Eltern hörte ich gelegentlich etwas von ihm, aber lediglich das, was Vater und die Schulfreunde, mit denen ich Kontakt hatte, erzählten. Ich sprach Bernhard nie mehr. Aber miteinander gesprochen haben wir in den zwei Jahren, die wir auf einer Schulbank saßen, eigentlich nie, Bernhard wollte es nicht. Wenn ich etwas zu ihm sagte, nickte er oder schüttelte den Kopf, und allein wenn es unumgänglich war, knurrte er eine kurze Antwort.

Ein einziges Mal hatte ich ein längeres Gespräch mit ihm. Im vierten Winter, den er in unserer Stadt lebte, traf ich ihn an einem späten Nachmittag an den Rangiergleisen. Ich kam vom Klavierunterricht von Frau Lorentz, der Inspektorenwitwe, die in dem kleinen Haus an der Steinlache wohnte. Frau Lorentz bekam seit dem Kriegsende keine Witwenpension mehr ausgezahlt. Ihr Mann, hieß es nun, habe dem alten Regime gedient und hätte sich, wenn er nicht im dritten Kriegsjahr an einem Herzinfarkt gestorben wäre, nach der Befreiung verantworten müssen und wäre gewiss zu einer Gefängnisstrafe verurteilt worden. Sehr viel mehr habe ich darüber nie erfahren. Vater winkte ab, wenn ich ihn fragte, und sagte, damals sei eben viel passiert, und heute sei eine andere Zeit, in der man nun plötzlich alles anders sehe. Manche hätten Glück gehabt und andere nicht, und die müssten für etwas bezahlen, das sie nicht zu verantworten hätten. Jedenfalls konnte sich Frau Lorentz nicht mehr monatlich im Rathaus ihr Geld abholen wie früher, weil ihr Mann im Staatsdienst gewesen und gestorben war, jetzt bekam sie stattdessen eine winzige Rente, und um zu überleben, musste sie Stunden geben, Klavier und Englisch und Stenografie. Ich ging einmal die Woche zu ihr, hatte mich auf den runden Hocker vor ihrem Flügel zu setzen und ihr vorzuspielen, was ich daheim geübt hatte. Sie saß auf einem Stuhl dicht neben mir, so dicht, dass ich ihr Parfüm riechen musste. Spielte ich falsch oder nicht rasch genug, legte sie ihre Hände über meine und drückte meine Finger auf die Tasten. Zufrieden war sie nie mit mir, und wenn es nach ihr gegangen wäre, hätte ich jeden Tag stundenlang daheim am Klavier sitzen und üben können. Einmal im Monat, immer am ersten Donnerstag, überbrachte ich ihr das Geld. Ich bekam von Mutter einen verschlossenen Briefumschlag, der mit den Randstreifen von Briefmarkenbögen zusätzlich verklebt war und in dem das Geld für die Unterrichtsstunden steckte, die Frau Lorentz mir und meinem Bruder gab. Es waren jeden Monat zwanzig Mark, die ich ihr brachte, ich konnte das immer dann überprüfen, wenn der Klebestreifen leicht und spurenlos zu lösen war.

An diesem Winternachmittag bummelte ich auf dem Heimweg über das Rangiergelände der Bahn. Güterzüge fuhren hier selten entlang. Manchmal wurde dort einer der verschlossenen, rotrostigen Waggons für einige Tage abgestellt. An diesen Tagen waren stets ein paar der größeren Kinder auf dem Rangiergelände zu finden. Solange es hell war und die Rangierer dort zu tun hatten oder in ihrem fahrbaren Häuschen saßen und den Kanonenofen beheizten, hielten alle gebührenden Abstand zu den abgestellten Waggons, man blieb in der Nähe und spielte mit Münzen oder mit Messern. Einige Kinder hatten Geld in den Taschen, ein Messer aber besaß jeder von uns, ein zusammenklappbares Taschenmesser vom Vater oder Großvater oder einen Hirschfänger in einer ledernen Scheide, die man am Gürtel tragen konnte. Und einige waren stolze Besitzer von Armeemessern, die sie im Wald gefunden hatten. Einer hatte sogar einen Ehrendolch, ein stehendes Messer mit einem Hakenkreuz oben am Griff. Er sagte, er habe es einer Leiche abgenommen, und erzählte gern und ausführlich, wie der tote Soldat ausgesehen habe. Mit den Messern waren wir eigentlich immerfort beschäftigt, während der Schulstunden, in den Hofpausen, auf dem Schulweg, daheim, zu jeder Tageszeit, wir schnitzten etwas oder kerbten irgendein Holz, machten Messerwerfen oder das gefährliche Messerspitzeln, bei dem man möglichst schnell zwischen den eigenen Fingern hindurchstechen musste, ohne sich zu verletzen. Solange die Bahnbeamten und Rangierer zu sehen waren, blieben wir in einem gehörigen Abstand zu den abgestellten Eisenbahnwaggons, um die Männer nicht misstrauisch zu machen. Wenn sie Feierabend machten und nach Hause gingen, stürzten wir uns auf die verlassenen Waggons und versuchten, die schweren Schiebetüren zu öffnen. Die Eisen- und Holzbohlentüren waren mehrfach gesichert und selbst die unverschlossenen Riegel und Haken ließen sich, angerostet wie sie waren und von vielen Schlägen verbogen, von uns kaum bewegen. Tatsächlich haben wir nie einen der richtig verschlossenen Waggons öffnen können. Wenn wir mit Eisenstangen allzu heftig gegen die großen Riegel und die Metalleinfassungen schlugen, verzogen sich die eisernen Verstrebungen und knallten dröhnend zurück, so dass wir, aus Furcht entdeckt zu werden, es unterließen, weiter daran zu rütteln. Nur in die leeren, offengelassenen Waggons kamen wir hinein, aber diese waren vollkommen geleert, sie wirkten wie ausgefegt, und selten entdeckten wir etwas in ihnen, einen zurückgelassenen Besen, irgendwelche schweren gusseisernen Teile oder einen Putzlappen. Wir haben nie etwas gefunden, das wir gebrauchen konnten, doch selbst den Besen und die Gusseisen nahmen wir mit, schleppten sie eine Zeit lang auf dem Heimweg mit, bevor wir sie gelangweilt und ermüdet irgendwo in einen Straßengraben warfen.

An jenem Januartag stand kein einziger Waggon auf einem der drei Gleise. Die Prellböcke, mit denen zwei Gleisstränge endeten, waren vollständig zugewachsen, zwischen den blattlosen Zweigen waren der kleine Aufbau von Holzschwellen und die eisernen Puffer kaum zu erkennen, zumal alter, verharschter Schnee sie bedeckte. Ich war über die Schrebergartenstraße gelaufen, um einen Blick auf das Rangiergelände zu werfen, bevor ich in der beginnenden Dämmerung nach Hause lief. Schon von der Gartenanlage aus hatte ich gesehen, dass kein Waggon vorhanden war. Ich sah auch, dass jemand über die Gleise lief, und ging darum näher heran. Es war Bernhard, er hatte den kleinen Leiterwagen mit den blechbeschlagenen Holzrädern bei sich, den früher sein Hund Tinz ziehen musste, suchte irgendetwas zusammen und sammelte es in einen Sack, der auf seinem Wagen stand.

Ich grüßte ihn, als ich bis auf wenige Schritte herangekommen war. Er sah kurz auf, nickte und sammelte weiter die kleinen Kohlestückchen in den alten Kartoffelsack. Es waren kleine, sehr kleine Kohlestücke, sie waren winzig. Eigentlich war es Abfall, was Bernhard da einsammelte, Kohlesplitter, die in dem glitzernden schwarzen Grus steckten und die durch die Zinken der Kohlegabeln gefallen waren. Bernhard fasste mit beiden Händen in den Grus, schüttelte die Hände vorsichtig und ließ den Kohlestaub durch die Finger auf den Boden rieseln, um diese kleinen Stücke herauszufischen und in seinen Sack zu werfen. Fast hätte ich Bernhard gefragt, was er denn mit diesem Dreck anfangen wolle, denn damit könne man keinen Ofen heizen, das Zeug ersticke die Flammen, statt zu brennen. Bei unserer letzten Kohlelieferung lag zum Schluss, nachdem wir mit Vaters Lehrling die Kohlen in den Keller gebracht hatten, ein ganzer Berg von diesem Grus vor unserem Kellerfenster, mindestens zwei Zentner, wie Vater meinte, und er musste zweimal mit dem Händler sprechen, bis dieser den liegengebliebenen Dreckhaufen abfuhr und zwei Säcke mit brauchbaren Kohlen anliefern ließ.

Der Grusberg zog sich über eine Länge von fünfzig Metern neben dem Gleis entlang. Ich sah Bernhard zu, trat auf der Stelle, um mich zu erwärmen, und wusste nicht, was ich machen sollte. Einfach weiterzugehen schien mir irgendwie unangebracht, denn ich hatte gesehen, wie er in dem Dreck herumwühlte, und er würde sicher denken, dass ich auf dem Schulhof darüber erzählen könnte. Also blieb ich unschlüssig stehen und sah zu, wie er mit den bloßen Fingern in dem schwarzen Staub wühlte, um winzige Kohlenstückchen herauszusuchen. Bernhard kümmerte sich nicht um mich. Er hatte mich flüchtig wahrgenommen und ließ den Blick nicht von seinen Händen, die er vorsichtig hin und her bewegte, während der dunkle Kohlenstaub durch die Finger rann.

»Eine Schaufel wäre gut«, sagte ich.

Bernhard knurrte etwas.

»Oder so etwas wie ein Sieb. Wie die Bauarbeiter haben.«

»Habe ich nicht.«

»Da saut man sich ganz schön ein. Eine Scheißarbeit.«

»Von nichts kommt nichts. Und Hände kann man waschen.«

Ich legte meine Tasche auf einer Signallampe ab, von der ich zuvor den verharschten Schnee abgewischt hatte, zog die wollenen Handschuhe aus, steckte sie in die Manteltaschen und schob die Ärmel zurück. Mit dem Schuh stocherte ich unschlüssig in dem Kohlestaub, hob mit zwei Fingern einzelne Stücke auf und legte sie beiseite. Als Bernhard mich ansah, kauerte ich mich hin und begann mit beiden Händen in dem Dreck zu wühlen und ihn wie Bernhard mit den Fingern zu sieben. Ich versuchte dabei, mit Bernhard ins Gespräch zu kommen, er blieb einsilbig.

»Was meinst du, warum hat man die Kohlen hierher geschüttet?«

»Weiß nicht.«

»Um sie umzuladen, muss man sie nicht erst hierher schütten.«

»Hmhm.«

»Wann sind die Kohlen angekommen?«

»Weiß nicht.«

»Der Dreck liegt sicher schon ein paar Tage hier, festgefroren wie er ist.«

»Vorgestern war er noch nicht hier.«

»Na, lange werden die Kohlen hier nicht gelegen haben. Über Nacht sicher nicht, da hätten sie Beine bekommen.«

»Gut möglich.«

»Meinst du denn, dieser Dreck brennt? Wenn du das in den Ofen schüttest, da geht das Feuer aus. Da kommt keine Luft ran.«

»Eine kleine Schaufel zuschütten, dann gehts.«

»Ja, so könnte es funktionieren. Ist wirklich ein Dreck. Kohle kann man das nicht nennen. Ich meine, wir sollten etwas dafür bekommen, dass wir der Bahn hier den Dreck wegmachen. Das macht ja sonst keiner.«

»Hmhm.«

»Hast du schon einen Sack nach Hause gebracht oder ist das dein erster?«

»So viel ist das nicht.«

»Ja, viel ist es nicht. Es kann Stunden dauern, ehe wir damit fertig sind.«

Meine Hände waren jetzt mit einer dicken schwarzen Paste des nasskalten Kohlestaubs verschmiert, und ich fragte mich, warum ich mich überhaupt darauf eingelassen hatte, doch ich konnte jetzt nicht einfach aufhören und mich verabschieden. Jetzt musste ich es durchstehen, zumindest eine Stunde oder eine halbe Stunde sollte ich aushalten, um mich nicht lächerlich zu machen. Warum zum Teufel hatte ich mich überhaupt darauf eingelassen? Zu Hause wartete man auf mich, und wenn ich Stunden zu spät kam und dann aussah wie eine Sau, konnte ich mich sicher auf einiges gefasst machen.

»Hast du keinen Sack bei dir?«, fragte Bernhard.

»Nein. Ich wusste ja nicht, ich kam zufällig hier lang.«

»Wie willst du die Stücke nach Hause schaffen? Hast du nicht irgendetwas bei dir?«

»Was denn?«

Fast hätte ich gesagt, dass ich ihm nur helfen wollte, die Kohlestückchen herauszuklauben, damit er schneller seinen Sack voll bekäme. Im gleichen Moment wurde mir klar, dass ich mich damit bei ihm lächerlich machen würde. Bernhard würde überhaupt nicht verstehen, was ich meine, schließlich waren wir keine Freunde, und er sprach nie mit mir. Wenn ich ihm gesagt hätte, dass ich die Stücke in seinen Sack legen wollte, er hätte mich nicht verstanden und mir einen Vogel gezeigt. So schwieg ich lieber.

»Ich habe noch einen alten Sack, den kannst du haben. Unten hat er ein Loch. Du musst einen Knoten reinmachen, dann gehts.«

Er stand auf, ging zu seinem Handwagen und warf mir einen zusammengelegten Sack zu. Er hatte mehr als ein Loch, und ich musste vier Knoten reinmachen, wodurch er sehr klein wurde, was mir recht war.

»Bist du denn einverstanden?«, erkundigte ich mich.

»Womit einverstanden?«

»Nun, dass ich hier Kohle einsammle?«

»Ist ja genug da.«

»Ich dachte, weil du zuerst hier warst.«

»Gehört mir ja nicht. Gehört keinem.«

»Wird keiner einen gesteigerten Wert darauf legen, nicht wahr?«

»Hmhm.«

»So ein Dreck ist ja schließlich keine Kohle. Ist bloß Dreck.«

»Hmhm.«

Eine halbe Stunde später band Bernhard seinen Sack zu und machte, ohne einen Ton zu sagen oder sich zu verabschieden, Anstalten, mit dem Handwagen loszuziehen. Mein Sack war nicht einmal halb voll, obwohl er durch die Knoten winzig klein geworden war.

»Gehst du?«

»Ja.«

»Na, ich glaube, ich muss auch nach Hause. Es wird ja langsam stockfinster. Ein Stück können wir zusammen gehen, jedenfalls bis zum Paradeplatz.«

Er gab keine Antwort. Für einen Moment blieb er stehen, das blecherne Geklingel, das die metallbeschlagenen Holzräder vollführten, verstummte, dann lief er wortlos weiter. Ich hielt den Sack mit beiden Händen, über die Schulter wollte ich ihn nicht werfen, um mich nicht vollständig einzusauen, und lief ihm hinterher.

»Schmeiß ihn rauf«, sagte Bernhard ohne anzuhalten und wies mit dem Daumen auf den Handwagen.

Ich warf den Sack auf den Wagen, fasste am vorderen Querholz der Deichsel an, wo er früher den Hund eingeschirrt hatte, und half ihm ziehen. Auf unserem Weg wurden wir dreimal von dem Laternenanzünder überholt. Er fuhr mit dem Fahrrad an uns vorbei, seine lange Stange, mit der er die Gaslampen anzündete, hatte er in den Fahrradrahmen eingehängt. An den gusseisernen Laternenmasten hielt er an, zog umständlich die Stange aus der Halterung

hervor, fädelte die gebogene Spitze seiner Stange in den kleinen Metallring ein, der neben dem Glaskolben der Gas-
lampe hing, und zog ihn ein Stück herunter, wodurch der
kleine glimmende Gasstrumpf hell aufflammte.

Ich überlegte, was ich mit meinem Sack machen sollte.
Am besten wäre es, wenn Bernhard ihn mitnehmen würde,
denn ich wusste nicht, was Vater sagen würde, wenn ich mit
diesem Dreck zu Hause ankäme. Außerdem musste mir
eine Ausrede einfallen, weil ich zu spät kam und völlig verdreckt war.

»Hast du Tiere zu Hause?«

Bernhard war unvermittelt stehen geblieben und überraschte mich mit seiner Frage.

»Tiere? Was meinst du? Was für Tiere?«

»Na, Tiere eben.«

»Einen Hund oder so?«

»Ja.«

»Nein, wir haben keinen Hund. Wir haben keine Tiere.
Nur ein Kätzchen. Mein Vater ist kein Bauer. Er ist Apothe-
ker. Ihm gehört die Apotheke am Markt, die Löwenapo-
theke.«

»Weiß ich. Trotzdem könnt ihr Tiere haben. Eine Kuh ist
gut, oder eine Ziege, wegen der Milch. Am besten ist ein
Schwein, das kostet nichts. Das Fressen für ein Schwein,
das fällt nebenbei ab. Ein Schwein, sagt mein Vater, kann
jeder großziehen.«

»Nein, haben wir nicht. Eine Katze haben wir, das ist
alles.«

»Eine Katze, was soll das? Wenn es wenigstens ein Hund
wäre, so ein scharfer Wachhund. Was willst du mit einer
Katze anfangen?«

»Meine Mutter wollte sie. Das Kätzchen liegt den ganzen
Tag auf dem Sofa herum.«

»Und was macht ihr mit den Essensresten? Schmeißt ihr
die einfach weg?«

»Nein. Tine nimmt sie mit. Das ist unsere Haushaltshilfe.«

»Ach so. Sonst hätte ich sie abholen können. Ich meine, bevor ihr sie wegschmeißt.«

»Wenn du willst, ich kann mit meinen Eltern sprechen, dann könntest du sie dir holen.«

»Neenee, lass mal.«

»Habt ihr denn ein Schwein?«

»Ja. Sicher.«

»Wie gesagt, Bernhard, wenn du willst. Ich gebe zu Hause Bescheid, dann kannst du die Reste für dein Schwein bekommen.«

»Wenn es eure Frau bekommt, geht das in Ordnung. Ich meinte, ehe ihr alles wegschmeißt.«

So überraschend, wie er stehen geblieben war, zog er wieder an der Deichsel und riss mich fast um. Ich bemühte mich, mit ihm im Gespräch zu bleiben, er antwortete einsilbig oder schwieg. Am Paradeplatz blieb er stehen und wartete, bis ich meinen Sack vom Wagen genommen hatte. Ich fragte, ob ich ihm den alten Sack wiederbringen sollte. Bernhard ließ die Deichsel auf die Erde fallen, kam zu mir, betrachtete die Knoten, die ich geknüpft hatte, stocherte mit dem Finger in einem der Löcher und sagte dann, ich solle ihn wegschmeißen, er sei nicht mehr zu gebrauchen. Er nahm die Deichsel auf und zog mit dem Handwagen weiter.

An der kleinen Gärtnerei warf ich den Sack in den Straßengraben, ich konnte nicht mit ihm daheim erscheinen. Vater wäre fassungslos, wenn ich mit diesem Dreck ankäme, er würde an meinem Verstand zweifeln. Ich war erleichtert, als ich ihn in das dürre, blattlose Gesträuch geworfen hatte. Nach ein paar Schritten kehrte ich um, knüpfte ihn auf und verstreute den Inhalt portionsweise über die Baumwurzeln. Den leeren Sack steckte ich in eine vor sich hin rostende Öltonne vor der Gärtnerei.

Am nächsten Morgen nickte ich Bernhard zu und grüßte

ihn herzlich, er verlor kein Wort über unsere Aktion und war so wortkarg wie immer. In meiner Klasse hieß er Holzwurm oder Holzwürmchen. Ich glaube nicht, dass er das wusste, denn so nannten wir Bernhard nur hinter seinem Rücken. Ich glaube nicht, dass es je einer gewagt hatte, ihn mit diesem Namen anzusprechen.

# Marion Demutz

Es wird Frühjahr. Heute morgen habe ich das Gesicht in die Sonne gehalten, sie wärmt bereits. An den Wegrändern liegen verschmutzte Schneereste, zusammengefegte, verkrustete Randstreifen, die so verharscht und festgetreten sind, dass der Fuß keinen Abdruck hinterlässt. Die Bäume am Paradeplatz haben bereits zentimetergroße Knospen, und in den Vorgärten blüht es weiß und blau, späte Schneeglöckchen und wilde Märzveilchen. Am Wochenende will ich einen langen Waldspaziergang machen, um mir ein paar Zweige zu holen, die in der Vase bis Ostern aufblühen können.

Auf das Frühjahr habe ich dieses Jahr wie noch nie gewartet. Im letzten Oktober entdeckte ich am rechten Oberarm drei kleine Knoten. Mein Arzt überwies mich gleich in das Krankenhaus, und dort hat man mir Proben entnommen. Es sei alles gutartig, wurde mir schließlich mitgeteilt, aber in den Wochen, in denen ich auf den Bescheid wartete, habe ich auf eine ganz bestimmte Art mit dem Leben abgeschlossen. Ich habe die Wohnung gründlich aufgeräumt. Alle Schubläden bin ich durchgegangen und die beiden Schränke, ich habe die gesamte Wäsche und meine Kleidung durchgesehen und viel weggeworfen. Auch die Küche habe ich bis ins Letzte ausgemistet und die Speisekammer und den Kühlschrank, und ich habe weggeworfen, was ich nicht mehr brauchte und voraussichtlich in den nächsten Wochen nicht vermissen würde. Einiges von dem, was in den Müll kam, habe ich eigentlich nie benötigt, und ich kann mir gar nicht erklären, warum ich es mir irgendwann einmal gekauft hatte. Ich fuhrwerkte durch die Wohnung wie vor einem Umzug, und ein großer Umzug hätte es ja für mich werden können.

Bei Lichte betrachtet, habe ich zu Susanne gesagt, benötigt man sehr wenig, jedenfalls bei dem Licht, das einem drei kirschkerngroße Knoten aufstecken. Irgendwann, dachte ich bei mir, wirst du nicht mehr dazu in der Lage sein, alles in deiner Wohnung durchzugehen. Dann werden Katja oder wildfremde Leute kommen und deine Wohnung auflösen und ausräumen. Es wäre mir unangenehm, wenn sie dann schlecht über mich reden, wenn sie sich darüber amüsieren, was es alles in meiner kleinen Wohnung zu entdecken gibt, auch wenn ich hilflos und vielleicht ohne Bewusstsein in einem Krankenhaus liege oder bereits unter der Erde. Wenigstens sollte alles sauber bei mir sein, sagte ich zu Susanne, da soll man mir nichts nachreden können.

Und nun ist alles geordnet, und ich habe plötzlich wieder viel Platz. Ich hatte gedacht, ich werde meine Wohnung für immer verlassen und sie anderen übergeben müssen, doch nun bin ich noch einmal zurückgekehrt. Zurückgekehrt für eine kleine Zeit, denn damit muss ich mich abfinden. Ein Leben lang hatte ich eine Unendlichkeit vor mir, eine Vielzahl von Jahren, eine scheinbar unbegrenzte Zeit. Das ist vorbei. Seit dem letzten Herbst weiß ich, dass ich nur noch einen Lebensrest habe, wenige Jahre, vielleicht zehn, vielleicht sehr viel weniger. Das ist nun mal so. Ich werde dieses Frühjahr erleben und vielleicht ein zweites, sicher nicht mehr sehr viele. Meine Zeit ist geschrumpft, sie ist ein kleiner Schneestreifen in der Sonne, langsam und unaufhörlich vergehend. Vielleicht müsste ich bereits die Tage zählen, die mir verbleiben, aber ich bin ruhig und glücklich. Jetzt endlich ist alle Unruhe aus meinem Leben geschwunden, und ich genieße jeden Tag. Noch nie in meinem Leben habe ich das ankommende Frühjahr so intensiv gespürt und geschmeckt. Jeder Tag ist eine Freude, und ich genieße es sogar zu atmen. Alles, was ich früher kaum beachtete, ist nun für mich ein großes Vergnügen geworden, und ich kann nur den Kopf über mich schütteln, dass ich so alt werden musste, um zu verstehen, was es heißt zu leben. Früher war alles Mögliche für mich wichtig, und ich war immerzu besorgt um das, was die Zukunft bringen würde. Nun habe ich keine Zukunft mehr, jedenfalls keine nennenswerte, und nun genieße ich endlich mein Leben und bin vergnügt, wie ich es nie zuvor im Leben war. Nun bin ich ein glückliches, närrisches, altes Weib. Ich habe meine Zeit mit allen möglichen Verrichtungen und Vorkehrungen vertan, so besorgt um alle möglichen Dummheiten, dass ich darüber fast vergessen hätte, auch zu leben. Seit ich das große Reinemachen in meiner Wohnung veranstaltet habe, sind die unsinnigen Ängste verschwunden, die mich früher nächtelang wachhalten konnten. Jetzt fühle ich mich endlich wie ein junges Mädchen, leicht, glücklich, unbeschwert, und ich könnte den ganzen Tag über singen, und das tue ich auch, denn heute bin ich viel glücklicher als damals, als ich noch ein naives, umschwärmtes Mädchen war.

In drei Jahren werde ich sechzig, ich glaube, das sieht man mir nicht an, jetzt, wo ich wieder ganz schlank bin und ein Gewicht habe, das ich mit achtzehn, neunzehn hatte. Das ist das Schöne an dieser Krankheit, sie hat den Geruch des Todes, aber sie macht schlank. Um die Nase herum bin ich ein bisschen spitz, mit meiner Nase war ich allerdings nie zufrieden. Als Kind fand ich sie stinkhässlich, eine richtige Knolle. Ich träumte immer von einer schmalen Nase, möglichst mit einem kleinen Höcker, der sie interessant macht. Wichtiger war für mich, dass sie schmal ist und dass man die Nasenlöcher nicht sieht. Damals glaubte ich, ich hätte die hässlichste Nase der Welt, dafür konnte ich nichts, denn Mutter hatte gleichfalls so eine hässliche Gurke im Gesicht und wohl nie im Leben gehört, dass einer etwas von einem süßen Näschen zu ihr sagte. Mit meiner Figur war ich zufrieden, sehr zufrieden. Ich hatte keinen dicken Hintern und eine gute Taille, mit meiner Brust konnte ich mich sehen lassen und mit meinen Beinen sowieso. Nur die Nase war zum Abschneiden. Ich stand stundenlang vor dem Spiegel, und was ich auch ausprobierte und womit immer ich sie vollschmierte, es half alles nichts. Sie wurde nicht kleiner oder schmaler, wenn ich sie bearbeitete, sondern lediglich knallrot, als hätte meine Freundin Caroline oder Vater daran gezogen.

Wenn ich sage, ich war mit meiner Nase nie zufrieden, so heißt das nicht, dass sie etwa hässlicher war als die der anderen Mädchen in der Schule und später in der Berufsschule. Nein, verglichen mit diesen Hühnern hatte ich eine Nase wie Königin Kleopatra, von der, keiner weiß, warum, eine Gipsbüste im Schaufenster des Friseursalons stand, in dem ich meine Ausbildung machte.

In der achten Klasse nannten mich alle Mädchen Simone, weil ich die gleiche Frisur wie Simone Signoret in dem Film »Thérèse Raquin« hatte. Ich hatte mir den Film dreimal angesehen, und ich hätte ihn mir wegen der Signoret sogar viel öfter angeschaut, aber alle Filme wurden immer nur an drei Tagen in unserer Stadt gezeigt, dann wechselte das Programm. Ich war dreimal im Kino, um diesen Film zu sehen, obwohl er ab sechzehn war und ich mir extra die Stöckelschuhe meiner Mutter ohne ihr Wissen ausleihen musste, um damenhafter zu wirken und eingelassen zu werden, doch es war nicht allein die Frisur, weshalb man mich Simone rief, die gleiche Frisur unterstrich bloß die Ähnlichkeit.

Als ich später »Die Hexen von Salem« sah, in dem die Signoret eine ganz andere Frisur trug, die mir nicht gefiel und die ich mir nicht machen ließ, wurde ich trotzdem von meinen Freundinnen und Bekannten auf die Ähnlichkeit mit der Schauspielerin angesprochen.

Ich glaube, der Einzige in der Klasse, der nichts von meiner Ähnlichkeit mit der Signoret wusste, war Bernhard, weil der nie ins Kino ging und sie nie gesehen hatte. Seine Familie hatte kein Geld für Kinokarten, und ausgerechnet Bernhard war es, mit dem ich befreundet war.

Mit Bernhard ging ich drei Jahre lang, doch es war nur soso, nichts Richtiges. So ein bisschen küssen und anfassen, nichts weiter. Kurz bevor ich die Schule verließ, kam er in meine Klasse. Er war sitzen geblieben und ein ganzes Stück älter als wir, da er aus Polen kam, wo er keinen Unterricht gehabt hatte oder jedenfalls nicht den richtigen und darum bereits eine Klasse wiederholen musste, bevor er in unserer Schule landete. Die meisten Mädchen redeten abfällig über ihn, nicht nur, weil er ein Sitzenbleiber war, sondern vor allem, weil er sich maulfaul und ungesellig anstellte. Die Jungen hatten Respekt vor ihm, denn er war sehr kräftig und zögerte nie, seine Kraft einzusetzen, wenn ihn einer scheel ansah.

Eine Zeit lang saßen wir zusammen in der ersten Reihe. Unser Klassenlehrer platzierte alle Schüler nach ihren Leistungen, die besten saßen hinten, weil sie ohnehin alles wussten, und wir, die Nieten, wie er uns bezeichnete, mussten direkt vor ihm sitzen, damit er uns immer im Auge hatte. Wir konnten uns daher schon bei der Zeugnisvergabe ausrechnen, mit wem wir im nächsten Schuljahr zusammensitzen würden, es sei denn, ein Neuer oder ein Sitzenbleiber käme in unsere Klasse.

Ich kann nicht sagen, dass ich unheimlich verliebt in Bernhard gewesen bin, dazu sah er einfach nicht gut genug aus. Er war kräftig und hatte Muskeln, und keiner kam gegen ihn an, das gefiel mir, er war, obwohl er zwei Jahre älter als alle anderen war, der kleinste Junge in der Klasse. Ich war genau neun Zentimeter größer als er, und als wir zusammen gingen, machten die anderen Mädchen hämische Bemerkungen über den Größenunterschied und zerrissen sich hinter unserm Rücken das Maul. Mir machte das nichts aus oder nur wenig. Geärgert habe ich mich wegen der dummen Sprüche, die ich zu hören bekam und über die die anderen Mädchen lachten. Mir fiel keine Entgegnung ein, jedenfalls nicht sofort, sondern immer erst Stunden später, doch irgendwie hat uns das alles noch enger zusammengebracht, die Gemeinheiten der Mädchen und der Spott über den Sitzenbleiber, der mit mir gehe, weil ich wie er jedes Jahr knapp am Hängenbleiben vorbeischramme.

Anfangs redete Bernhard mit keinem in der Klasse. Auf dem Schulhof stand er mit anderen Schülern zusammen, die nicht in meine Klasse gingen und heimlich Zigaretten rauchten. Auch mit denen sprach er wenig. Wenn er etwas sagte, hörten ihm alle zu und nickten, als ob sie einverstanden wären. Sie behandelten ihn achtungsvoll. In der Klasse sprach er mit keinem und war mit keinem befreundet. Er schrieb auch nie kurz vor Beginn des Unterrichts die Hausaufgaben ab, sondern ließ sich stattdessen vom Lehrer runterputzen, wenn er nichts vorzuweisen hatte. Er stand dann neben der Bank, sah gleichmütig auf seine Schuhe und schwieg zu allen Fragen. Und wenn ein Lehrer einen Witz über ihn machte, drehte er sich für einen Moment zu uns um und warf rasch einen Blick über alle. Wir wussten Bescheid und lachten über keinen dieser Lehrerwitze, die auf seine Kosten gingen, selbst wenn er komisch und zutreffend war. Wir wussten, Bernhard würde demjenigen, der gelacht oder gegrinst hätte, in der Pause mit einer einzigen Bewegung einen blauen Fleck verpassen, der ihn tagelang daran erinnert hätte.

Ich weiß nicht, was Bernhard an mir gefiel. Vielleicht hatten die Mädchen Recht, und es war bloß der Umstand, dass ich mich in der gleichen hoffnungslosen Lage wie er befand. Ich war zwar kein Umsiedlerkind, dem Unterricht konnte ich jedoch genauso wenig wie Bernhard folgen, und wenn uns unsere Arbeiten zurückgegeben wurden, hatten wir zwei immer die gleiche Note, und die war nicht eben berauschend. Wir sahen uns dann kurz an, für eine winzige Sekunde, keiner sagte etwas, keiner verzog eine Miene, während der Lehrer die üblichen Ermahnungen und Belehrungen vom Stapel ließ und die anderen sich mit ihren guten Zensuren brüsteten. Vielleicht waren es diese Sekunden, die uns einander so nahe brachten, dass Bernhard eines Tages, wir waren beide in die achte Klasse versetzt worden, nach dem Unterricht zu mir sagte: »Komm, gehen wir zum Fluss. Oder musst du gleich nach Hause?«

Ich war völlig perplex. Bernhard hatte mit mir nie gesprochen, ein ganzes Jahr nicht, und irgendwie hatte ich mich damit abgefunden, während der Schulstunden nie mit meinem Tischnachbarn zu flüstern, ihm weder etwas zuzustecken noch ihn nach einer Lösung zu fragen. Und nun, nachdem wir schon ein Schuljahr hindurch zusammen auf einer Bank gesessen hatten, lud er mich plötzlich zu einem Spaziergang ein. Ich war so verblüfft, dass ich nur nicken konnte und wahrscheinlich knallrot wurde. Und erst, nachdem ich mich wieder gefasst hatte, sagte ich hastig: »Nein, ich muss nicht nach Hause. Ich wollte ohnehin zur Mulde gehen.«

Wir liefen schweigend nebeneinander her. Als wir durch die Molkengasse kamen, schlug Bernhard vor, unsere Schultaschen in der Werkstatt seines Vaters abzustellen. Ich gab ihm meinen Ranzen, und er ging mit ihm und seinem komischen, selbstgeschneiderten Schulbeutel durch die Toreinfahrt hinein. Es dauerte einige Minuten, ehe er wieder herauskam. Er sagte, sein Vater habe ihn nicht gehen lassen wollen, er solle ihm in der Werkstatt helfen, und er habe versprechen müssen, bald zurück zu sein.

»Du musst ihm viel helfen?«

Bernhard nickte.

»Es ist blöd mit einem Arm, besonders wenn man Tischler ist und zwei Hände braucht«, sagte ich, als wir über den Anger liefen.

»In Guldenberg ist es auch blöd, wenn man zwei Arme hat«, sagte Bernhard finster. Ich lachte und sagte, dass er Recht habe und ich in dieser Stadt die Schule und danach die Lehre machen werde, um dann in eine Großstadt zu gehen, nach Leipzig oder nach Berlin.

»Ich gehe an die See«, sagte er, und nach einer Pause ergänzte er: »Nach der Schule verschwinde ich an die See. Vielleicht auf eine Insel.«

»Als Seemann? Oder als Fischer?«

»Weiß nicht. Das ist nicht so wichtig, was ich dort mache. Hauptsache, ich bin am Meer.«

»Warst du schon einmal am Meer?«

»Nein. Dafür haben wir kein Geld.«

»Wir auch nicht. Bei uns heißt es immer; sparen, sparen, sparen. Sogar beim Wasser wird bei uns gespart. Baden ist einmal in der Woche, und dann heißt es: ein Wasser, zwei Mann. Ich wechsle mich mit Katja ab, meiner kleinen Schwester, wenn ich erst nach ihr in die Wanne komme, ist das schon eine richtige Brühe, dreckig und seifig und arschkalt.«

»Wir haben keine Badewanne. Nur so einen kleinen Holzzuber, in dem man kaum stehen, geschweige denn sitzen kann.«

»Keine Badewanne? Nee, so möchte ich nicht leben. In der Badewanne sitzen, das ist unglaublich schön. Wenn ich zuerst drankomme, sitze ich im warmen Wasser und träume, und da kann noch so lange gegen die Tür gepocht werden. Bevor ich nicht vor Kälte klappere, bekommt man mich da nicht raus. Katja sitzt ja auch stundenlang drin, wenn sie vor mir dran ist.«

»Ja, das muss toll sein. An der See werde ich eine Badewanne haben. Und ein richtiges Badezimmer, mit allem, was dazu gehört.«

»Und wenn du mit dem Baden fertig bist, gehst du ins Meer und kannst nochmal baden.«

»Ja. Genau. Mach ich.«

»Gehst du allein? Ich meine, wirst du allein am Meer wohnen?«

»Ich weiß nicht. Allein oder mit …« Er verstummte, sah mich an und fügte hinzu: »Das werden wir sehen.«

»Ein großes Badezimmer werde ich später auch haben. Das ist für mich wichtiger als Küche und Schlafzimmer, kann ich dir sagen. Eine Badewanne und Kacheln und ein großer Spiegel. Und warm muss es sein. An den Kohlen wird bei mir nicht gespart. Und am Wasser auch nicht, das kann ich dir sagen.«

Bernhard nickte. Wir stiegen die Uferböschung an der Brücke hinunter und setzten uns auf einen der umgefallenen Stämme der Weiden, die hier den Fluss entlang standen und deren Zweige ins Wasser reichten.

»Ich bin jedenfalls heilfroh, wenn ich die Schule hinter mir habe«, sagte ich, als wir in das Wasser starrten und den darin treibenden Dreck und die Holzstücke beobachteten.

»Ja, mein Fall ist Schule auch nicht. Ich bin mehr für das Handfeste. Und arbeiten kann ich, da stecke ich alle in den Sack, alle Schüler und alle Lehrer. Ich möchte mal mit einem der Lehrer um die Wette arbeiten. Ich kann dir sagen, wenn es darum geht, Säcke zu schleppen oder einen Baum zu fällen oder einen Hund abzurichten oder was immer du willst, da würden alle Lehrer mit mir nicht mithalten können. Da möchte ich den sehen, der es mit mir aufnimmt.«

»Das glaube ich dir. Kraft hast du. Wie ein Bulle,« erwiderte ich und lachte laut auf: »Bernhard, der Bulle.«

Bernhard grinste geschmeichelt. Dann saßen wir wieder stumm nebeneinander. Bernhard träumte vielleicht von seinem Meer, und ich überlegte, warum er mich zu einem Spaziergang eingeladen hatte. Ich wusste nicht, ob das so eine Laune von ihm war und so bedeutungslos, wie für ihn offenbar alles in der Klasse. War es morgen vergessen, und er würde mich weiter so behandeln wie bisher und einfach nicht beachten? Oder hatte er mich eingeladen, weil ich für ihn irgendetwas bedeutete? Von Verliebtsein wollte ich nicht reden, nicht einmal daran denken. Aber warum sollte er sich sonst mit mir hierher setzen und schweigend ins Wasser starren?

Ich hatte bemerkt, dass er mich im Unterricht manchmal verstohlen ansah, das machten fast alle Jungen in der Klasse, weil ich das einzige Mädchen war, das schon eine richtige Brust hatte. Wenn ich die gelbe Bluse mit dem Spitzeneinsatz anzog, dann konnte ich darauf wetten, dass alle Jungs auf meine Brust starrten. Und beim Sport sowieso. Den Sportunterricht hatten wir gemeinsam mit der Parallelklasse. Herr Stieglitz hatte die Jungen aus beiden Klassen, und die Mädchen bekamen bei Frau Gertz ihren Unterricht. Wenn ich an einem Gerät vorturnen musste und die Jungen in der Nähe standen, fielen ihnen fast die Augen aus dem Kopf, so wie sie dann auf mich starrten. Auch Bernhard sah mir zu, er sagte nie etwas, während die anderen Jungen anzügliche und freche Bemerkungen machten, über die ich lachte. Bernhard sah mich stumm an, und wenn ich ihn dabei ertappte, drehte er den Kopf weg, als sei er überhaupt nicht an mir interessiert. Warum also hatte er mich zum Fluss mitgenommen?, habe ich damals Susanne gefragt.

»Ich glaube, ich muss gehen«, sagte er schließlich, »mein Vater wartet auf mich.«

Er blieb sitzen und sah mir in die Augen, mindestens eine Minute lang. Ich dachte, nun würde er mich küssen, und hatte Angst, dass er mir wehtun würde. Er stand auf, wartete, bis ich mein Kleid gesäubert hatte, und dann gingen wir nebeneinander in die Molkengasse zurück. Ich wartete vor dem Eingang, bis er wieder herauskam und mir meinen Schulranzen gab.

»Es war schön am Fluss. Ich meine, mit dir.«

Und dann gab er mir zum Abschied die Hand und sagte: »Also, bis morgen.«

Er ließ mich ratlos zurück. Ich wusste nicht, ob ich nun seine Freundin war. Geküsst hatte er mich nicht, und anfassen und streicheln, das hatte er auch nicht gemacht. Im Grunde hat er gar nichts gemacht, bloß stumm neben mir gesessen. Vielleicht, dachte ich damals, ist so die Liebe, und man hat völlig falsche Vorstellungen von ihr. Vielleicht, dachte ich, ist im Leben alles ganz anders als im Kino, jedenfalls sagte Mutter das, und so, wie sie es sagte, musste man es ihr glauben.

Ich schlief schlecht in dieser Nacht. Ich hatte Angst davor, am nächsten Tag irgendeine Dummheit zu machen und lächerlich zu wirken. Ich nahm mir vor, nichts zu sagen und zu warten, bis er mich ansprach. Und wenn er nichts sagen würde, so wie in dem ganzen Jahr, das er in meiner Klasse und auf meiner Bank saß, dann würde ich die Letzte sein, die nur einen Pieps äußerte. Dann würde ich diesen Spaziergang vergessen, und er könnte mir den Buckel runterrutschen.

Als ich das Klassenzimmer betrat, ich muss schrecklich ausgesehen haben, unausgeschlafen und aufgeregt, wie ich war, saß Bernhard bereits auf seinem Platz.

»Na dann«, sagte er, bei ihm wirkte es wie eine überaus herzliche Begrüßung. Er stand sogar auf, um mir meine Schultasche abzunehmen und sie unter der Bank zu verstauen. Karla hatte es beobachtet und es gleich ihrer Freundin erzählt, und so galt ich von dieser Minute an für die ganze Klasse als Bernhards Freundin.

Wir gingen drei Jahre zusammen, das letzte Schuljahr und die ersten beiden Jahre unserer Lehrzeit. Ich lernte Friseuse, und Bernhard wurde Tischler. Er lernte bei Mostler, dem Tischler in Spora, da sein Vater keine Lehrlinge ausbilden durfte, dafür fehlte ihm eine Bescheinigung, und er bekam in Guldenberg keinen Ersatz dafür, weil die anderen Tischler es nicht wollten, wie mir Bernhards Vater sagte. Eine fehlende Bescheinigung, sagte er zu mir, das sei genauso schlimm wie ein fehlender Arm, und davon verstehe er etwas.

Bernhard und ich kamen gut miteinander zurecht, und ich glaube, er liebte mich wirklich. Und für mich war er der erste Junge, der sich wirklich für mich interessierte und nicht nur auf meine Brust starren und sie anfassen wollte. Mehr war da nicht, und ich kann nicht sagen, dass ich in ihn verliebt gewesen war. Es schmeichelte mir, von ihm verehrt zu werden, doch großes Herzklopfen bekam ich in seiner Nähe nicht. Das lernte ich erst kennen, als ich schon zwanzig war und Butzer traf, den Pianisten der Kettlers. Den hatte ich nach einem Konzert in Halle getroffen und war drei Monate mit ihm zusammen. Bei Butzer haben mir wirklich die Knie gezittert, wenn ich ihn sah, und wenn er mich anfasste, wurde mir überall ganz heiß.

Bernhard war nur ein Freund. Ein sehr verlässlicher Freund, auf dessen Wort man bauen konnte. Er hat nie viel geredet, wenn er einmal etwas gesagt hatte, dann blieb er dabei, gleichgültig, was danach passierte und selbst wenn es ihm schadete. Wir waren so lange zusammen, dass alle meinten, wir würden einmal heiraten. Selbst meine Mutter fand sich irgendwann mit dem Gedanken ab, obwohl sie von einer besseren Partie für mich geträumt hatte. Bernhard und ich redeten nie darüber. Er wohl, weil es für ihn gleichfalls beschlossene Sache war und er nie viele Worte machte und schon gar nicht über Dinge, die für ihn klar waren. Und ich vermied es, darüber nachzudenken, da ich ihn gern hatte und gern mit ihm zusammen war, aber von einer völlig anderen Hochzeit träumte, von einem Mann, der mich aus allem herausholen und mit dem ich ein wunderbares Leben führen würde. Heiraten war für mich etwas Endgültiges und Märchenhaftes. Natürlich erwartete ich nicht einen Prinzen, ich war schließlich kein Kind mehr, doch er sollte etwas Fantastisches haben, eine Figur aus einem Zauberland, jemand, der sich von dem Alltäglichen und Gewöhnlichen unterschied, der mich so glücklich machen sollte, wie ich nie zuvor glücklich war, und um den mich alle Freundinnen beneideten. Mit der Hochzeit sollte ein Traum in Erfüllung gehen, und der unbekannte künftige Bräutigam gehörte daher für mich zur Welt meiner Träume.

Und das alles war Bernhard gewiss nicht. Er war der Sohn eines einarmigen Tischlers und würde selbst Tischler werden, und um ihn, den Sohn von Vertriebenen, würde mich niemand in Guldenberg beneiden. Je länger wir zusammen waren, umso mehr verstand es sich wie von selbst, und schließlich lief alles darauf hinaus, dass wir heiraten würden. Caroline, meine beste Freundin, machte ihre Scherze darüber und hörte damit erst verwundert auf, als ich in Tränen ausbrach. Sie verstand mich nicht, ich verstand mich ja selber nicht. Irgendwie passieren Dinge mit uns, sagte ich zu Susanne, die wir nicht wollen, die dann geschehen, weil es keinen Ausweg gibt, und das ist wohl das, was wir Schicksal nennen.

Zumindest würde er Tischler sein und kein Mechaniker oder Schlosser wie mein Vater, der jede Woche mit einem Haufen ölverdreckter Wäsche ankam, die man stundenlang schrubben konnte und den Dreck und Gestank trotzdem nie ganz wegbekam. Nein, einen Schlosser wollte ich schon gar nicht, und da fast alle Jungen, die ich kannte, unbedingt Automechaniker werden wollten, kam von ihnen keiner in die engere Wahl. Ein Tischler ist einfach nicht so dreckig, da gibt es ein paar Holzspäne und Sägemehl, die kann man ausschütteln und dann die Arbeitsklamotten mit der anderen Wäsche waschen, ohne befürchten zu müssen, dass ein einzelner übersehener Putzlappen die gute Bettwäsche versaut. Mutter bekam Zustände, wenn sie die Kochwäsche mit dem Holz aus der kochenden Lauge herausholte und einen verölten Fetzen entdecken musste, den Vater einfach mit in den Korb für die Schmutzwäsche geworfen hatte. Tischler war besser, und irgendwie hatte ich mich mit Bernhard abgefunden, auch wenn ich mir eigentlich ein anderes Leben erträumt hatte. Wen hätte ich sonst schon in unserem Kaff treffen sollen. Die Kurgäste, die in unsere Stadt kamen, waren alle alt und meistens krank, und viele rochen unangenehm. Dass ich später auf Butzer traf, war ein großes, unerwartetes Glück für mich, selbst wenn es nur drei Monate hielt und Butzer nicht eben nett zu mir war. Er war ein Schwein, das hatten mir alle, die ihn ein bisschen kannten, vorhergesagt und mich gewarnt, mich mit ihm einzulassen. Ein Schwein war er wirklich, aber das war mir damals egal. Ihn habe ich geliebt, wie nie einen Mann zuvor und nie danach, und ich wusste immer, dass es nicht lange gehen würde. Selbst in den drei Monaten, die ich in seiner Wohnung lebte, hatte er andere Weiber und verheimlichte es nicht einmal. Trotzdem bin ich froh, mit ihm zusammen gewesen zu sein. Das jedenfalls war etwas in meinem Leben, das ich nicht missen möchte, nie, nicht damals, als wir zusammen waren, und nicht, als es vorbei war, auch wenn mich keiner außer Susanne verstand und mich alle bedauerten.

Mit Bernhard war das anders. Und wenn nicht diese Geschichte passiert und Mutter ausgerastet wäre, und selbst Vater, bei dem ich mir alles erlauben durfte, mir verboten hätte, mich mit Bernhard zu treffen, wenn es also nicht diesen Auftritt gegeben hätte, über den die ganze Stadt sprach, obwohl die meisten ihn nur vom Hörensagen kannten, dann wäre ich vielleicht seine Frau geworden und wäre es vielleicht heute noch und hätte jetzt ein Haus mit Vorgarten und Garten und ein eigenes Auto und eine Haushaltshilfe. Und nicht meine beiden missratenen Kinder, die nichts mehr von mir wissen wollen, sondern stattdessen zwei wohlerzogene, wie es sich bei den feineren Leuten gehört, die eine gute Erziehung bekommen und einen anständigen Beruf und sogar studieren und denen man irgendwann etwas vererben kann, denn vererben kann der Bernhard Haber inzwischen einiges. Dann hätte ich jedoch Butzer nicht kennen gelernt, denn mit Bernhard wäre ich nie zu einem Auftritt der Kettlers gegangen. Wie ich ihn kenne, hätte ihm das Geld für ein solches Konzert Leid getan, denn Geld hatte Bernhard damals nie, und eingeladen wurde man von ihm nicht, jeder bezahlte für sich, und das war die ganze Zeit so.

Nach unserem Spaziergang zur Mulde und vor allem, nachdem Karla gesehen hatte, wie Bernhard mir den Ranzen abnahm, galt ich als seine Freundin. Drei Wochen später hatte es unser Klassenlehrer bemerkt und setzte uns auseinander, was mir recht war, denn ich wurde neben Katharina gesetzt, die zwar eine tüchtige Pullertrude war, doch sie war nicht so stocksteif und schweigsam wie Bernhard, und man konnte sich während der Stunde mit ihr unterhalten.

Wenn ich mich an die Zeit mit Bernhard erinnere, sehe ich uns beide durch die Stadt laufen, an der Mulde spazieren gehen oder im Kurpark. Bernhard geht neben mir, den Kopf hält er ein wenig gesenkt, als müsse er auf den Weg achten, er läuft schwerfällig, als schleppe er eine große Last mit sich, sieht nur gelegentlich zu mir und schweigt. Und ich rede und rede, schwatze daher, was mir durch den Kopf geht, und bin froh, jemanden zum Zuhören zu haben.

Zuhören konnte er gut, und er vergaß nie etwas. Ich musste höllisch aufpassen, dass ich mir nicht selbst widersprach, denn dann hakte er ein und sagte mir, was ich ihm vor Tagen oder Wochen gesagt hatte. Über die Schule verloren wir kein Wort, das war nicht nötig, wir wussten beide, was davon zu halten ist, und zu den überheblichen Bemerkungen der Lehrer und den versteckten Sticheleien einiger Klassenkameraden war nichts zu sagen, das war eben so, und wir hatten gelernt, damit zu leben. Ich spürte, dass er mir besonders gern zuhörte, wenn ich über unsere Zukunft sprach. Ich malte ihm mein Leben aus und entwarf ihm seins, und er war meistens überrascht, was ich ihm über seine Aussichten erzählte, er nickte dann und war einverstanden.

An Politik und Zeitungsmeldungen waren wir beide nicht interessiert. Im Unterricht wurde ab und zu über ein aktuelles Problem gesprochen, über den Weltfrieden und die fortschrittlichen Kräfte, die mit uns verbündet waren, die meisten in der Klasse waren jedoch nicht daran interessiert, es meldeten sich immer die gleichen, Karla und Fred, deren Eltern besonders fortschrittlich waren. Wir alle vermuteten, dass Karla und Fred später einmal große politische Tiere werden, Chef von einem Betrieb oder Bürgermeister, und so sagten wir nichts zu ihrem Eifer. Alle anderen hörten sich den politischen Kram geduldig an und murmelten, wenn sie zu einer Stellungnahme aufgefordert wurden, irgendeinen erwünschten Unsinn, über den alle grinsen konnten. Bernhard und ich wurden nie gefragt, wir mussten nie eine Stellungnahme abgeben. Ich hatte einmal irgendeinen großen Unsinn gesagt, über den alle in der Klasse schallend gelacht hatten, und seitdem wurde ich nie wieder vom Lehrer aufgerufen, wenn es um Politik ging. Und Bernhard antwortete grundsätzlich nur, wenn er etwas sagen wollte, und zu solchen Sachen wollte er nie etwas sagen. Wurde er aufgerufen, obwohl er nichts sagen wollte, so stand er neben der Bank, hielt den Kopf gesenkt und schwieg einfach. Der Lehrer konnte auf ihn einreden, so lange er wollte, die ganze Stunde lang. Bernhard schwieg. Es half nichts, ihn zu bestrafen. Wenn er nachsitzen sollte, nahm er diese Ankündigung regungslos zur Kenntnis, und erteilte Strafarbeiten führte er aus oder nicht, das konnte vorher keiner wissen. Die Lehrer hatten es schließlich aufgegeben, ihn erziehen zu wollen. Sie ließen ihn einfach in der Klasse mitlaufen und verzichteten darauf, sich mit ihm auseinander zu setzen. Um sich nicht eine ganze Schulstunde mit einem einzigen, hartnäckig schweigenden Schüler abgeben zu müssen, vermieden sie jeden Konflikt mit Bernhard. Sie waren an seinem Dickschädel gescheitert. So konnten wir zwei sicher sein, nicht aufgerufen zu werden, wenn es um das politische Zeug ging und wir dann vielleicht Sachen sagen würden, über die die ganze Klasse gelacht hätte. Der Lehrer müsste sonst wieder stundenlang reden, um uns und den anderen klarzumachen, dass es völlig falsch sei, was wir geäußert hätten. Er hätte lang und breit erzählen müssen, dass alles in der Welt viel komplizierter war, als wir es uns vorstellten, und man lernen müsse, politisch zu denken, wofür der Augenschein nicht ausreiche und nicht das, was man den gesunden Menschenverstand nenne, denn mit dem Verstand einiger Menschen, und dabei sah der Lehrer immer zu Bernhard und mir, sei es nicht weit her.

Wenn ich an die gemeinsame Schulzeit mit Bernhard zurückdenke, kann ich es mir überhaupt nicht erklären, was damals – es muss im Mai gewesen sein, denn bereits zu Pfingsten fuhr ich mit Caroline zum Müritzsee – vorgefallen war. Bernhard war nie politisch gewesen, jedenfalls hatte er weder in der Schule noch bei unseren Spaziergängen je ein Wort über so was geredet. Vielleicht war das damals so ein verrückter Einfall von ihm, das wäre denkbar, denn gelegentlich machte er Sachen, bei denen alle den Kopf schüttelten, und wenn ich ihn danach fragte, sagte er: »Ich wollte es eben.«

Meine Eltern meinten, es stecke jemand dahinter, man habe ihn aufgestachelt, und er hätte sich zu einem nützlichen Idioten machen lassen, doch das glaube ich nicht. Bernhard machte stets, was er wollte, und wenn er spürte, dass irgendjemand von ihm etwas Bestimmtes erwartete, dann machte oder sagte er garantiert das genaue Gegenteil, selbst wenn er das ursprünglich nicht vorhatte oder es ihm schadete. Schließlich war das sein eigentliches Problem an der Schule, er wusste genau, was man von ihm wollte, und dann tat er genau dieses nicht. Ich war da anders, ich wollte immer das Erwünschte und Erwartete sagen, mir fiel es nur nicht ein, und wenn ich etwas völlig anderes machte oder sagte, dann ganz bestimmt nicht, weil es meine Absicht war. Ich war nicht so mutig wie Bernhard, dem es nichts ausmachte, wenn er alle in der Klasse gegen sich aufbrachte und sogar die Lehrer reizte. Ihm war es sehr wichtig, den eigenen Kopf durchzusetzen, das habe auch ich zu spüren bekommen, und darum glaube ich nicht, dass sich Bernhard, von wem auch immer, etwas hat einreden lassen, das war einfach nicht seine Art.

Mit mir hatte er vorher nicht gesprochen und hinterher gleichfalls nicht. Wenn er überhaupt etwas gesagt hat, dann bloß: ich wollte es eben so. Und dann brauchte ich nicht nachfragen, das konnte ich mir sparen.

Seit unserem Spaziergang zum Fluss trafen wir uns regelmäßig. Meistens gingen wir aus der Stadt raus, zum Alaunwerk, zur Niedermühle und sehr oft auf den Waldfriedhof, oder wir liefen durch den Wald oder an der Mulde entlang. In den Kurpark gingen wir selten, dort waren immer alte Leute, die einen unverschämt neugierig anstarrten. Und auf den Markt oder den Paradeplatz, wo die meisten Jugendlichen herumstanden, gingen wir, wenn dort Rummel war oder irgendeine Vorführung, die sich jedermann ansehen wollte. Ansonsten zogen wir es vor, allein zu sein, Bernhard wollte es so. Er sagte, die anderen in der Klasse seien dumme, unreife Gören, mit denen er nichts zu tun habe wolle.

»Alle?«, fragte ich. »Doch nicht alle.«

Er schnaubte verächtlich durch die Nase und meinte, ich möge aufpassen, mit meinen Freundinnen und denen, die ich dafür hielt, würde ich früh genug mein blaues Wunder erleben, er kenne die Menschen. An diese Bemerkung habe ich später oft denken müssen, denn mein blaues Wunder habe ich mit allen erlebt, mit allen, denen ich vertraute und die ich liebte. Mit allen, nur nicht mit Bernhard. Er hat mich nie enttäuscht, und ich hatte, bedrängt von meinen Eltern und allen möglichen Freunden, mit ihm Schluss gemacht, bevor ich von ihm enttäuscht werden konnte. Damals war ich über seine Antwort entsetzt und fragte ihn: »Liebst du denn niemanden?«

»Doch«, sagte er. Er schwieg ganz lange und sagte dann heiser: »Dich.«

96

Ich erschrak, weil mir klar wurde, wie sehr er mich liebt und dass ich ihn eigentlich gar nicht liebe.

»Das meine ich nicht. Ich will wissen, wen du außer mir gut leiden kannst.«

Er dachte lange nach und sagte dann: »Meine Eltern.«

»Das zählt nicht. Und außer deinen Eltern? Hast du denn keinen Freund? Gibt es denn keinen, mit dem du dich verstehst?«

»Doch«, sagte er, »Tinz. Den habe ich geliebt.«

Ich musste nicht fragen, wer Tinz ist, ich wusste Bescheid. Ich glaube, die ganze Stadt kannte die Geschichte mit Tinz. Es hieß, er habe angekündigt, den umzubringen, der seinen Hund getötet habe.

»Das gilt nicht«, sagte ich, »Tinz war ein Hund, der zählt nicht.«

»Jedenfalls habe ich jemanden genannt«, widersprach Bernhard, »und für mich zählt Tinz.«

»Das ist einfach schrecklich, wenn du außer deinen Eltern nur einen Hund liebst.«

»Ja«, sagte er, »für dich vielleicht.«

»Ein bisschen verrückt bist du«, sagte ich, das sagte ich im Stillen, nur für mich. Bernhard konnte sehr wütend werden, wenn man so etwas sagte. Wenn man irgendwie andeutete, dass es mit seinem Verstand nicht weit her sei, wurde er richtig rabiat, auch zu mir, trotzdem war das die Wahrheit. Ich meine, ich war nicht eben eine Leuchte der Wissenschaft, und in der Schule konnten wir beide uns die Hand geben, was unsere Leistungen betraf, im praktischen Leben kam ich dafür gut zurecht, jedenfalls sehr viel besser als Bernhard, der alles so beurteilte, wie er es haben wollte. Ich dagegen war der Ansicht, wenn irgendwer, und sei es ein Lehrer, eine bestimmte Antwort erwartet, dann gebe ich sie ihm und muss mir dabei nicht die Zunge abbeißen. Ich sage einfach, was gewünscht ist, besonders dann, wenn ich meine Ruhe haben will. Mit dem Kopf durch die Wand zu gehen, das ist einfach dumm, und wer das immer wieder versucht, muss sich nicht wundern, wenn ihm schließlich der Schädel brummt. Bernhard war so einer. Mit dem Kopf durch die Wand, das war genau sein Fahrplan für das Leben, das konnte man schon damals erkennen, als er noch zur Schule ging oder mit der Lehre begann. Schlechter als ich ist er damit auch nicht gefahren, denn ich bin nicht eben allzu glücklich davongekommen, und leicht war mein Leben bestimmt nicht. Mir hätte es schon geholfen, wenn ich nicht immerzu mit dem Geld hätte rechnen müssen, ein paar Mark auf dem Konto zu haben, das hatte ich mir stets gewünscht, damals, als ich jung war, und jetzt im Alter sowieso, es hat nicht sollen sein, und irgendwie bin ich ja zurechtgekommen, bisher jedenfalls.

Mit Bernhard war nicht zu reden. Wenn er von etwas überzeugt war, dann konnte ihn der Klügste nicht vom Gegenteil überzeugen, und auch kein Stärkerer. Er nahm die Bestrafung hin, ganz egal, ob es eine schlechte Note war oder eine andere Buße, und man konnte ihm nie ansehen, ob er sich darüber ärgerte. Man wusste nicht einmal, ob es ihm etwas ausmachte. Umstimmen jedenfalls ließ er sich von keinem. Die einzige Ausnahme war ich. Ich konnte ihn manchmal überreden, weil ich wusste, wie man es bei ihm anfangen muss.

Anfangs war alles normal. Wir gingen zusammen, und in der Klasse redeten sie über uns. Manche Mädchen wollten von mir wissen, wie gut er küssen kann und wie weit er bei mir gehen darf, was ich ihm erlaube. Ich sagte den dummen Hühnern irgendetwas, damit sie den Mund hielten und etwas zum Staunen hatten. In Wahrheit gingen wir ein halbes Jahr miteinander, ohne dass er den Versuch machte, mich zu küssen. Ich hatte mir genau überlegt, wie ich reagieren würde, falls er es versuchen sollte. Ich hatte einen genauen Plan, denn so ohne weiteres wollte ich es ihm nicht erlauben. Da er keine Anstalten machte, mich zu küssen, konnte ich mir meinen schönen Plan sonstwohin stecken. Irgendwann wurde ich unruhig. Alle Mädchen in meiner Klasse, selbst diejenigen ohne einen festen Freund, hatten sich schon geküsst, nur ich nicht. Wenn ich etwas klüger gewesen wäre, hätte ich vermutet, dass er vom anderen Ufer sei, wie es so heißt, dass er schwul ist, davon hatte ich damals keine Ahnung. Ich überlegte, ob ich für ihn vielleicht so etwas wie ein Freund sei, ein guter Kumpel und dass ich ihm als Mädchen nichts bedeute. Und dafür war ich mir eigentlich zu schade. Jedenfalls war alles, was ich mir vorgenommen hatte, falls er mich küssen wollte, für die Katz. Alles, was ich mir ausführlich ausgedacht und zurechtgelegt hatte, war nutzlos, weil ich es war, die ihn küssen musste, ich meine, richtig küssen. Es war an einem Montag auf dem Waldfriedhof. Wir saßen auf einer Eisenkette, die gar keine Kette war, sondern starr und unbeweglich, ich erzählte und Bernhard hörte mir zu. Und als er mich einmal anstarrte und eben wieder sein »Wirklich?« fragen wollte, beugte ich mich rasch zu ihm und küsste ihn auf die Lippen.

Das ging ganz schnell, und gespürt habe ich nichts. Ich weiß noch, dass Bernhard strahlte. Und wie er strahlte! Sein Gesicht leuchtete richtig, wie ich es bei ihm nie gesehen hatte. Mit dem winzigen Kuss muss ich ihn unendlich glücklich gemacht haben. Er war plötzlich der reinste Sonnenstrahl, so etwas habe ich nie wieder erlebt, nicht mit Bernhard, nicht mit den Jungen nach ihm, und mit Butzer sowieso nicht, der tat immer so, als interessiere es ihn nicht, ob wir uns küssen oder richtige Liebe machen. Bei Butzer war ich es wohl, die so strahlte.

Bernhard lächelte glückselig vor sich hin und sagte und tat nichts. Ich weiß noch, dass ich dachte, jetzt fehlte noch, dass er die Augen schließt und umkippt, dann haben wir den Salat. Das tat er zwar nicht, er lächelte nur. Ich glaubte, nun müsse er mich seinerseits küssen, denn schließlich war er der Junge, und ich wollte mich nicht zum Affen gemacht haben. Er sollte mich zum Ausgleich küssen, damit nicht nur ich es war, die geküsst hatte und er das herumerzählen könnte, obwohl ich wusste, dass Bernhard das nie tun würde. Aber er küsste mich nicht, und auf dem Heimweg fasste er lediglich nach meiner Hand und hielt sie, bis die Häuser zu sehen waren. Das war alles damals, und daheim habe ich lange darüber nachgedacht, wieso und warum ich ihn geküsst habe und er mich nicht. Warum ich es getan hatte, dafür gab es mehrere Gründe, die alle glasklar waren, jedenfalls für mich, sein Verhalten dagegen konnte ich mir nicht erklären, denn das war etwas eigenartig. Andere Jungen hätten sich eine solche Gelegenheit kaum entgehen lassen und womöglich sogar nach meiner Brust gefasst, auf die sie sowieso dauernd schielten.

Sehr viel später habe ich ihn einmal gefragt. Erst tat er so, als wüsste er nicht, wovon ich rede, dann hat er mein Ohr gestreichelt, so wie ich es liebe, und gesagt: »Es war schön. So schön, da wollte ich nichts weiter.«

Das war seine ganze Erklärung, die mir nicht viel sagte, so war er eben. Später hat er mich schon geküsst, da war er ein richtiger Weltmeister. Küssen wollte er immerfort. So, wie er mir früher zugehört hatte, wollte er nun immerzu küssen, was mich ziemlich nervte, denn bei ihm war es eine einzige Schmatzerei, bei der ich nichts empfand, nur seine nassen Lippen und seine Zunge, die mir unangenehm war. Ich habe ihm immer wieder gesagt, er möge das lassen, das war wie in den Wind gesprochen. Ich weiß noch heute, wie ich ununterbrochen »Lass das endlich sein« zu ihm sagte. Ich weiß das so genau, weil mich Jahre später Butzer mit den gleichen Worten zurückstieß, wenn ich ihn zu küssen versuchte. So ist das im Leben.

Meine Mutter drängte mich, Bernhard einzuladen, weil sie ihn kennen lernen wollte, er jedoch fand immer einen Vorwand, nicht zu uns zu kommen. Mutter glaubte, er sei zu schüchtern oder schäme sich, weil er aus einer armen Familie komme und nicht so gut angezogen sei wie wir. Das könne sein, erwiderte ich, innerlich musste ich lachen. Schüchtern war Bernhard ganz bestimmt nicht, und seine Kleidung war für ihn kein Problem. Wenn in der Klasse irgendjemand etwas über seine alten Hosen sagte oder die unmögliche gestrickte Mütze, lächelte er ganz kalt und abfällig und wurde nicht einmal wütend. Die Wahrheit war, dass Bernhard uns verachtete, uns, die wir hier in der Stadt wohnten und schon immer hier gelebt hatten. Er war ein Umsiedler, und die waren in der Stadt nicht beliebt, und darum verachtete er alle. Deswegen wollte er sich nicht bei meinen Eltern an den Kaffeetisch setzen, obwohl er dort einen Kuchen bekommen hätte, wie er ihn zu Hause sicher nicht bekam, mit guter Butter und mit echter Schlagsahne. Insgesamt war er in den drei Jahren, die wir zusammen waren, fünf-, sechsmal bei uns zu Hause, wenn meine Eltern da waren, ansonsten kam er zu mir, wenn mein Vater und meine Mutter verreist waren.

Bei seinen Besuchen bei mir ist nichts vorgefallen, was ich nicht wollte oder verantworten konnte. Mein Zimmer habe ich ihm gezeigt, er hat es sich lange angeschaut, wie es seine Art war, und dann haben wir uns ins Wohnzimmer gesetzt oder in der Küche etwas gekocht, meistens Spaghetti, die er liebend gern aß, mit ein bisschen Fett oder irgendeiner Soße, die ich zusammenrührte. Frech und zudringlich wurde er nie, auch dann nicht, als mir einmal ein Wassertopf aus der Hand rutschte und ich, nachdem ich die Küche aufgewischt hatte, mein nasses Kleid ausziehen musste, um etwas Trocknes anzuziehen. Ich hatte die Tür von meinem Zimmer einen Spalt offen gelassen, um mich weiter mit ihm zu unterhalten, und zog mich dort bis auf meine Unterhose aus. Er machte keinen Versuch, in das Zimmer zu kommen, und probierte nicht einmal, durch den Türschlitz zu spähen, was mich wunderte.

Bei seinem ersten Besuch zeigte ich ihm die ganze Wohnung. Im Badezimmer blieb er lange stehen, und ich musste ihn zweimal rufen, ehe er in die Küche kam. Er druckste herum, und als ich ihn aufforderte, endlich auszupacken, was ihm auf der Seele lag, sagte er verlegen: »Ich würde gern in der Wanne baden. Wenn das geht.«

Nun war ich es, die verlegen wurde. Ich wusste, daheim hatten sie keine Wanne, das hatte er mir erzählt, und ich verstand, dass er gern einmal im warmen Wasser liegen wollte. Andererseits hieß das, er würde sich in unserer Wohnung ausziehen. Er würde völlig nackt bei mir in der Wohnung sein, während meine Eltern außer Haus waren. Mir war etwas unbehaglich bei dem Gedanken, ganz abgesehen davon, dass natürlich durch einen dummen Zufall meine Eltern früher zurückkommen konnten oder plötzlich Oma zu uns kam, weil sie mir ein Mittagessen kochen wollte. Ich stellte mir vor, wie Bernhard splitternackt in der Wanne saß und einer von denen an der Tür klingelte.

Bernhard merkte, dass ich zögerte und unschlüssig war, und sagte: »War so ein Gedanke, Marion.«

Ich schüttelte den Kopf: »Nein, du musst dich etwas gedulden. Eine halbe Stunde dauert es, ehe das Wasser warm ist.«

Ich holte einen Eimer Holz und drei Kohlenstücke aus dem Stall im Hof und feuerte den Ofen an. Dann setzte ich mich mit Bernhard ins Wohnzimmer, und zusammen warteten wir darauf, dass das Wasser im schmalen Badeofen warm wird. Wir waren nun beide verlegen, und ich sagte kaum ein Wort. Alle fünf Minuten lief ich ins Bad, um nach dem Feuer zu sehen und die Temperatur zu prüfen, und zwischendurch suchte ich ein Handtuch heraus, das ich Bernhard geben konnte, ohne dass Mutter etwas auffallen würde, wenn es dann im Korb mit der Schmutzwäsche läge. Als das Wasser zu sieden begann, sagte ich zu ihm, ich würde nun das Wasser einlassen, er könne sich fürs Bad fertig machen.

»Was denn fertig machen?«, fragte er verwundert.

»Naja, du wirst ja nicht mit deinen Sachen in die Wanne steigen wollen. Oder willst du dich im Bad ausziehen?«

»Ja. Im Badezimmer. Ist so am einfachsten.«

Ich nickte, obwohl unser Bad winzig klein war und keiner von uns sich im Badezimmer an- und auszog.

»Du kannst abschließen. Die Badezimmertür kann man von innen abschließen.«

»Habe ich schon gesehen.«

Er stand auf, nahm das Handtuch und verabschiedete sich mit einem Kopfnicken. Ich saß nun allein im Wohnzimmer und dachte immerzu, hoffentlich kommt jetzt keiner, nicht meine Eltern, nicht meine Oma und nicht eine meiner Freundinnen. Denn wenn ausgerechnet jetzt jemand käme, und an dem Schornsteinqualm konnte man ja sehen, dass einer da ist, dann säße ich ganz schön in der Tinte. Nach zehn Minuten schlich ich mich auf den Flur und lauschte. Ich hörte ihn pfeifen, ganz leise. Ich ging zur Badtür und klopfte.

»Bernhard?«

»Ja. Was ist?«

»Du kannst dir Haarwaschmittel nehmen, wenn du willst. Ich meine, wenn du dir die Haare waschen willst. Das ist die gelbe Glasflasche, Schampon steht drauf. Nimm dir nicht zu viel. Vater ist immer sauer, wenn ich mir zu viel von dem Zeug nehme.«

»Ja, danke. Ich sehe die Flasche. Was ist das, Schampon?«

»Haarwaschmittel eben. Irgend so eine Seife mit Eigelb, damit es richtig schäumt.«

»Mit Eigelb? Das kenne ich. Das machen wir auch. Wir machen uns das selber.«

»Dann ist alles in Ordnung?«

»Ja.«

Er machte keine Anstalten, aus der Wanne zu kommen

oder sich zu beeilen, und ich stand vor der Tür und wusste nicht, was ich tun sollte, ob ich im Wohnzimmer auf ihn warten sollte, oder lieber vor das Haus gehen, um eventuelle Besucher abzufangen und davon abzuhalten, in unsere Wohnung zu kommen. Und ich hoffte, Bernhard stellte im Bad nicht irgendwelche Dummheiten an, woran man merken könnte, dass jemand gebadet hatte. Den Badeofen musste ich gründlich säubern, das durfte ich nicht vergessen, denn der Ofen wurde nur einmal in der Woche geheizt, am Sonnabend, und im Winter, wenn es draußen stark fror, legte Vater eine Kohle während der Woche in den Ofen, damit das Wasser darin nicht gefror. Doch wenn er merken würde, dass ich richtig toll eingeheizt hätte, dann würde er nicht bloß wegen der Vergeudung schimpfen, sondern Mutter und Vater würden sicher misstrauisch werden und mich mit Fragen löchern.

Bernhard hatte wieder zu pfeifen angefangen, und ich stand unschlüssig vor der Tür.

»Soll ich dir den Rücken einseifen?«

Die Frage war mir rausgerutscht, und ich erschrak selber. Ich lauschte und wartete ängstlich auf seine Reaktion. Im Bad war es still geworden. Ich wollte ihm sagen, dass ich einen Spaß gemacht habe, aber das würde mir jetzt nicht mehr helfen, denn gesagt ist gesagt, und ich fragte mich, was er jetzt von mir denken würde. Es verging sicher eine Minute, ehe er antwortete.

»Nö, ist nicht nötig. Kann ich selber.«

Ich atmete erleichtert auf.

»Gut. Ich hatte es gesagt, weil ich mir gern den Rücken schrubben lasse. Wenn ich in der Wanne sitze und meine Mutter mir den Rücken wäscht, das ist schön.«

»Ja. Ich kann es allein.«

»Gut, dann gehe ich. Ich warte im Wohnzimmer auf dich.«

Er antwortete nicht. Als er eine halbe Stunde später endlich im Zimmer erschien, wurde ich puterrot. Er war angezogen, seine Haare waren verstrubbelt.

»Das war gut. Das Wasser habe ich herausgelassen. Ist das richtig?«

»Ja. Ich mach dann sauber.«

»Es ist alles sauber. Und aufgewischt habe ich auch.«

»Aber die Wanne muss ich auf jeden Fall reinigen. Ich wette, die hat einen Dreckstreifen.«

»Hast du einen Kamm für mich?«

»Ich kann dir meinen geben. Oder ich schneide dir die Haare, wenn du möchtest.«

»Nein. Vielen Dank. Danke für das Bad. War nicht schlecht.«

»Wenn du willst, kann ich mit meinen Eltern sprechen. Sie werden dir sicher erlauben, bei uns ab und zu mal zu baden.«

»Nein. Will ich nicht. Ich wollte mal sehen, wie das ist.«

Ich strich ihm durch die nassen Haare, und dann küssten wir uns. Ich sagte ihm, dass er frisch gewaschen viel besser schmecke, und er lachte.

Bernhard hat nie wieder bei uns gebadet, obwohl ich es ihm anbot, wenn die Eltern verreist waren.

Als wir die Schule endlich hinter uns gebracht hatten, waren wir beide erleichtert. Über die Zeugnisse war nicht viel zu sagen, wir hatten beide bestanden, überstanden besser gesagt, und über die Zensuren haben wir gelacht. Unsere Lehrstellen hatten wir sicher, die einzige Bedingung im Vertrag war, dass wir die Schule erfolgreich abschließen, und diesen Abschluss konnten wir vorweisen. Im September würde ich meine Lehre im Frisiersalon Heidepriem beginnen, und Bernhard würde jeden Tag nach Spora fahren, um bei dem Tischler dort seine Ausbildung zu beginnen. Einmal in der Woche würden wir nach Eilenburg fahren, wo die Berufsschule war. Der Unterricht für die Friseure und Tischler fand im gleichen Gebäude statt, wir hatten am Dienstag und die Tischler am Freitag Unterricht. Ich freute mich auf die Lehre, ich wollte schon immer Friseuse werden, schon seit meiner Kindheit, und ich habe es nie bereut, auch wenn ich vor zehn Jahren eine eklige Allergie bekam, weil wir immerzu diese Chemie an den Fingern haben. Ich war sehr stolz damals, als Frau Heidepriem mich ausgewählt hatte, obwohl sich drei andere Mädchen um die eine Lehrstelle beworben hatten, drei Mädchen, die alle bessere Zeugnisse vorweisen konnten.

»Weißt du«, hatte Frau Heidepriem zu mir gesagt, »meine Mädchen müssen keine Rechenkünstler sein, dafür habe ich eine Registrierkasse, die das kann. Und ob sie lange Briefe ohne Fehler schreiben können, das ist mir egal. Was ich verlange ist, dass meine Mädchen mit den Kundinnen zurechtkommen. Du darfst nicht frech werden, du musst es freilich mit der Höflichkeit nicht übertreiben. Das Einzige, was zählt, deine Kundinnen müssen wiederkommen. Und dafür reicht es nicht aus, dass die Dauerwelle korrekt sitzt. Es gibt da noch andere Dinge im Leben, und die sind im Salon vielleicht viel wichtiger. Und das ist Veda, mein Kind. Frag mich bitte jetzt nicht, was das ist. Ich kann es dir nicht erklären, ich weiß nur, der eine hat es, und der andere nicht. Mir hat das mal ein sehr kluger Mann erklärt, und damit meine ich ganz bestimmt nicht meinen Mann. Der hat mir gesagt, dass ich Veda habe und darum Erfolg bei den Kunden. Und ich glaube, oder ich müsste mich sehr irren, Mädchen, du hast es auch. Du hast Veda, also enttäusche mich nicht.«

Frau Heidepriem war zufrieden mit mir und nach der Lehrzeit blieb ich bei ihr, also musste ich wohl etwas von diesem Veda haben, aber außer in meinem Beruf hat es mir nicht viel geholfen. Oder vielleicht braucht man für die Männer und die Liebe ein anderes Veda, und das jedenfalls hatte ich überhaupt nicht. Davon wusste ich damals nichts, und ich wusste überhaupt nicht, dass ich irgendein Veda habe, und bis heute habe ich nicht herausbekommen, was das sein soll. Die Chefin jedoch war zufrieden mit mir und meine Kundinnen auch.

An dem Tag, an dem wir die Zeugnisse in der Schulaula überreicht bekamen, Bernhard und ich erhielten sie zuletzt, da sie in der Reihenfolge des Zensurendurchschnitts verteilt wurden, und die beschließenden Bemerkungen des Klassenlehrers, mit denen jeder Schüler bedacht wurde, fielen bei uns beiden sehr knapp aus und waren die üblichen Ermahnungen, an jenem Tag fuhren wir nach der Feier mit den Rädern nach Spora. Bernhard hatte Herrn Mostler, dem Tischler in Spora, bei dem er im September seine Lehre beginnen wollte, versprochen, ihm das Zeugnis sofort vorzulegen, und er hatte mich überredet, mit ihm zu fahren. Da meine Eltern erst am Abend nach Hause kommen würden, rannte ich nach Hause, warf die Schulmappe mitten ins Wohnzimmer, das Zeugnis legte ich obendrauf, und holte mein Rad aus dem Schuppen.

Bernhard hatte gesagt, wir würden eine Radpartie machen. Dass es nach Spora ging und zu seinem Lehrmeister, erfuhr ich unterwegs, aber das war mir gleichgültig. Und warum ich unbedingt dabei sein sollte, wenn er Herrn Mostler sein Zeugnis zeigte, begriff ich erst hinterher. Vor der Tür der Tischlerei in Spora wollte ich auf ihn warten, er nahm mich an der Hand und sagte, ich solle mitkommen. Bevor er das Zeugnis aus der Tasche holte, stellte er mich Herrn Mostler und den beiden Gesellen vor. Bernhard wollte dem Meister und seinen künftigen Kollegen zeigen, dass er eine Freundin hatte. Ich war wie sein Zeugnis eine Trophäe, die er vorweisen wollte, ein Ausweis seiner Männlichkeit. Damals war ich stolz darauf, stolz auf ihn und stolz, dass er sich zu mir bekannte. Die Männer haben irgendetwas Freches gesagt, das ich nur zur Hälfte verstand, ich ahnte, was es bedeuten sollte, und lachte laut auf. Herr Mostler ging mit uns in den Schuppen neben der Werkstatt, wo die Bretter und Balken aufgestapelt waren, und Bernhard musste sagen, von welchen Bäumen das dort zum Trocknen gelagerte Holz stammt. Er konnte fast alles richtig beantworten, obwohl man lediglich ein paar geschnittene Holzbretter sah und von einigen nur eine schmale Kante.

»Gut, mein Junge. Da hast das Auge eines Tischlers. Wenn du dich anstrengst, dann kann aus dir etwas werden, dann können wir dein Zeugnis vergessen. Wir sehen uns im September, am ersten, um sieben Uhr. Und nicht verschlafen, Junge, sonst bekommst du mit mir Ärger.«

Zum Abschied schenkte mir der Chef ein gedrechseltes Tischbein, das im Abfall lag, weil es gerissen und nicht mehr zu brauchen war. Ich hatte es aus der Kiste mit den Sägespänen und den Holzresten herausgenommen.

»Das ist wunderbar. Warum werfen Sie es weg?«

»Was heißt wunderbar? Das ist Dreck. Die Arbeit war umsonst. Ich war fast fertig, da reißt es, siehst du hier, quer durch die Maserung.«

»Es ist trotzdem schön. Das muss man nicht wegschmeißen.«

»Wer will das haben! Das kann ich keinem anbieten. Willst du es mitnehmen, Kleine?«

»Umsonst?«

»Natürlich. Ich schenke es dir. Weil du Bernhards Mädel bist.«

»Danke.«

»Und was willst du damit anfangen?«

»Ich weiß nicht. Vielleicht nehme ich es als Kerzenhalter.«

»Mach das. Wenn ihr zwei dann bei Kerzenschein zugange seid, dürft ihr mich nicht für die Folgen haftbar machen, verstanden?«

Bernhard wurde rot, und die Gesellen lachten laut. Ich sah Herrn Mostler ins Gesicht und erwiderte: »Da würden Sie wohl gern dabei sein?«

»Ganz schön frech, deine Kleine«, sagte er zu Bernhard und sah mich dabei an, »pass auf, dass du bei der nicht unter den Pantoffel kommst.«

Als wir zurückradelten, das gedrechselte Stück Holz hatte Bernhard auf seinen Gepäckträger geklemmt, sagte Bernhard lange nichts, obwohl wir nebeneinander fuhren. Schließlich hielt ich es nicht mehr aus.

»Warum freust du dich so?«

»Nur so.«

»Red schon.«

»Jetzt habe ich es geschafft«, sagte er. Er griff unter meinen Sattel und schob mich.

»Und was hast du geschafft? Darf man das erfahren?«, fragte ich, da er nichts weiter sagen wollte.

»Ich habe die Schule bestanden, ich habe eine gute Arbeit, und jetzt werde ich es allen zeigen.«

Ich warf einen kurzen Blick zu ihm. Er hielt wie immer den Kopf gesenkt, ich konnte erkennen, dass er glücklich war. Er strahlte so wie damals, als ich ihn küsste.

Im ersten Lehrjahr trafen wir uns selten. Bernhard kam an den Wochentagen erst spät aus Spora zurück, und an den Wochenenden musste er seinem Vater helfen, der jede Woche etwas für ihn zu tun hatte. Etwas musste bei ihm immer bis zum Wochenende liegen bleiben, weil er nur einen Arm besaß. Bernhard sollte die Tischlerei seines Vaters übernehmen, sobald er die Lehre beendet und seinen Meister gemacht hätte, und so war er gezwungen, schon jetzt beim Vater mitzuarbeiten, selbst in seiner Freizeit. Einige Male ging ich in ihre Werkstatt und sah ihnen zu, dann konnte ich mich anschließend daheim im Badezimmer völlig ausziehen und musste jedes Wäschestück gründlich ausschütteln, überall hatten sich winzige Holzspäne festgesetzt, und selbst wenn ich gerade erst die Haare gewaschen hatte, konnte ich sie danach wieder unter die Dusche halten. Zeit hatte Bernhard für mich kaum noch. Es fehlte bloß noch, dass ich mit dem Essen in einem Henkeltopf zu ihm gegangen wäre, dann hätte ich endgültig das Gefühl gehabt, wir seien ein uraltes Ehepaar. Ich habe es ihm gesagt, dass unsere Beziehung nicht sehr aufregend sei und ich gern ein bisschen mehr Spaß hätte, denn schließlich sei ich nicht vierzig oder achtzig. Er hat genickt, als ob er mich verstehe, und dann gesagt, er müsse seinem Vater helfen.

Im Sommer nach dem ersten Lehrjahr fuhren wir zwei Wochen zelten. Natürlich nicht wir zwei allein, das hätten meine Eltern nie erlaubt, und seine sicher auch nicht. Ich fuhr mit Sylvie, die früher in die Parallelklasse ging und jetzt eine Lehre als Sekretärin und Sachbearbeiterin beim Rat der Stadt machte. Sie war keine Freundin von mir, war sie nie gewesen, jedenfalls keine richtige, sie war eine Bekannte, und dass ich mit ihr in den Urlaub fuhr, war ein Zufall und weil Caroline mit ihren Eltern einen Urlaubsplatz an der Ostsee bekommen hatte.

Ich hatte Sylvie auf einem Geburtstag getroffen, wir waren ins Gespräch gekommen, und da es ihr wie mir ging, hatten wir uns verabredet, zu viert zelten zu fahren. Wir konnten beide unseren Eltern erzählen, dass wir mit einem Mädchen zelten, und die Jungen, Bernhard und Sylvies Freund Norbert, konnten eine gleichartige Geschichte daheim präsentieren. Wir hatten uns für den Süßen See entschieden, weil irgendjemand gesagt hatte, der Zeltplatz sei nicht teurer als die anderen, jedoch viel, viel besser, das Wasser sei in Ordnung und man könne dort jede Menge Spaß haben. Mit den Rädern müssten wir die Strecke in fünf Stunden spielend schaffen, und so stimmte ich zu. Bernhard machte ohnehin das, was ich ihm sagte, jedenfalls glaubte ich das und meistens lief es so ab.

Schon die Hinfahrt war eine Katastrophe und hätte mich misstrauisch machen sollen. Statt fünf Stunden waren wir neun Stunden unterwegs, immerzu hatte irgendeiner eine Panne mit seinem Rad, und einmal fiel ein Zeltsack genau vor das Vorderrad von Norbert, so dass er darüber stürzte und wir ihm Pflaster aufkleben mussten. Die Jungen blieben auf der Fahrt ruhig, Sylvie und ich schimpften wie die Rohrspatzen, und als wir endlich in der Abenddämmerung den Zeltplatz erreichten und die Gebühren bezahlt hatten, ließen wir uns von den Jungen unser Zelt aufbauen und gingen schlafen, ohne auch nur danke zu sagen. Statt eines Abendbrots aßen wir eine Art von Schokolade, eine eklig süße Tafel, die Sylvie im Gepäck hatte und bei der man nach wenigen Bissen satt war. Als wir endlich in den Schlafsäcken lagen und zuhörten, wie die Jungen nebenan im Dunklen das zweite Zelt aufbauten und leise fluchten, flüsterte Sylvie: »Eins kann ich dir sagen, ich werde froh sein, wenn ich das hier hinter mir habe und daheim in meinem Bett liege.«

»Das kannst du dir in dein Gebetbuch eintragen. Und in meins dazu«, sagte ich.

Plötzlich schraken wir hoch und saßen beide in unseren Schlafsäcken. Direkt neben unserem Zelt war ein Motorrad angetreten worden, dann brüllte jemand, ein Hund bellte, und schließlich hörte man auf dem ganzen Zeltplatz Leute schimpfen.

Sylvie stöhnte laut auf, und ich sagte: »Es war deine Idee, hierher zu fahren.«

»Was denn? Wolltest du im Urlaub zu Hause bleiben? Wäre keine gute Idee.«

»Wer sagt denn das? Sich totstrampeln müssen, um schließlich an einem gottverlassenen Platz zu landen, auf dem die ganze Nacht über Halbstarke herumlärmen, das stelle ich mir nicht unter Urlaub vor. Das ist kein Urlaub, jedenfalls nicht für mich und meiner Mutter Tochter.«

»Warten wir ab. Vielleicht wird es gar nicht so schlecht. Ich meine, es ist ja erst der erste Tag. – Wie ist denn dein Bernhard? Viel reden ist nicht seine Stärke, wie?«

»Ums Wort kämpfen muss ich bei ihm nicht.«

»Vielleicht nicht schlecht. Und sonst?«

»Was meinst du?«

»Naja, wie ist er ansonsten? Sehr stürmisch oder muss man ihn erst auf Trab bringen?«

»Er ist eben ruhig.«

»Ein stilles Wasser, wie? Da pass auf, die sind manchmal tief und man kann reinfallen. Tief reinfallen, wenn du verstehst.«

»Ich pass schon auf. Bin nicht von gestern. – Und deiner? Wie ist Norbert?«

»Der grapscht am liebsten. Immerzu ist er mit seinen Händen zugange. Bei dem muss ich mir ganz genau überlegen, was ich anziehe. Wenn irgendwo ein Stück Fleisch herausschaut, ist er sofort mit seinen Fingern dran. – Ist deiner auch so?«

»Hmhm.«

»Auch so aufgeregt immer? Meine Mutter sagt, so was kommt, wenn die Jungen zu viel Fleisch essen. In dem Alter sollten sie nur Gemüse bekommen. Doch bei Norbert würde das nicht helfen.«

»Hmhm. Ich glaube, Bernhard isst ausreichend Gemüse.«

»So? Wie meinst du das?«

Und dann begann sie zu kichern, und ich konnte mich gleichfalls nicht mehr halten. Wir prusteten vor Vergnügen so laut, dass wir beide mit dem Kopf unter den Schlafsack krochen, um uns auszulachen. Als wir uns wieder hinsetzten, hatte ich Lachtränen in den Augen und Sylvie sicher auch.

»Ausreichend Gemüse. Hihi, das hört sich nicht eben gut an.«

»Ich meine, weil seine Eltern nicht viel Geld haben. Es sind doch Vertriebene.«

»Ich weiß. Gar kein Fleisch, das ist bestimmt nicht gut in seinem Alter.«

Sie begann wieder zu lachen, ihr Kopf verschwand unter

dem bunten wattierten Stoff. Durch die Leinwand konnte man vor unserem Zelt Schatten sehen.

»Was ist mit euch? Schlaft ihr schon oder wollen wir einen kleinen Spaziergang machen? Nur um zu sehen, was hier los ist.«

Eine Hand knüpfte an dem Verschlussknopf, dann wurde der Reißverschluss heruntergezogen und der Kopf von Norbert erschien im Zelteingang. Sylvie schrie auf und sagte, er solle sich davonmachen, sie sei völlig erledigt. Erschrocken schaute uns Norbert an, sein Mund stand halb offen, er war verwirrt, zog langsam den Kopf zurück und verschloss unseren Zelteingang.

Nachdem er gegangen war, fragte Sylvie: »War doch richtig, oder? Die sollen uns in Ruhe lassen.«

Ich war müde und brummte zustimmend. Am Zelt liefen Leute vorbei, man hörte das Rascheln des Grases und die leisen Stimmen. Von irgendwo war Musik zu vernehmen. Ich hatte mich darauf gefreut, vierzehn Tage lang nicht die nörgelnde Stimme meiner Mutter zu hören und Vaters Erklärungen, der immer alles wusste und stets Recht hatte, was mir mächtig auf den Wecker ging. Ich hatte gedacht, es müsste wunderbar sein, wenn ich endlich einmal für ein paar Tage von zu Hause wegkam. Jetzt fühlte ich mich so hilflos und allein gelassen, dass ich sicher geheult hätte, wäre ich allein im Zelt gewesen.

Mutter war dauernd um mich besorgt, und was ich auch anzog, sie musste immer einen Kommentar dazu abgeben, was dazu führte, dass wir uns ständig stritten. Und Vater verstand alles, konnte immer sagen, was man tun musste, und er hatte jedes Mal Recht, was mich nicht aufmunterte, denn es ist nicht einfach, mit einem Vater zu tun zu haben, der ewig und immer alles besser weiß und erledigt. Es mag ja einiges in meinem Leben falsch sein, damals wie heute, und es gibt ein paar Entscheidungen, die ich lieber nicht getroffen hätte oder völlig anders, doch auch sie gehören zu mir, und ich glaube nicht, dass man nur richtig lebt, wenn man alles richtig macht. Was mir danebengegangen ist, gehört zu mir, und was falsch war, ist auch mein Leben. Aber damals fehlten mir meine Eltern, und zelten fand ich nicht mehr so gut. Ich spürte den Erdboden durch den Schlafsack und die Luftmatratze hindurch und würde am nächsten Morgen sicher einen wunden Rücken haben. An meine Kleider, die in den Fahrradtaschen steckten, durfte ich gar nicht denken. Nach vierzehn Tagen im Zelt und in den Taschen wären sie endgültig zerknautscht und sähen aus, wie aus einem Mülleimer gezogen.

»Schläfst du?«

»Ja«, knurrte ich. Ich starrte auf die kaum erkennbare Zeltleinwand und hätte Sylvie am liebsten angebrüllt, wie sie es sich denn vorstelle, in diesem blöden Zelt und mit dem ganzen Lärm und Krach drum herum einschlafen zu können, wenn man es nicht gewöhnt war, mitten auf einem Güterbahnhof zu wohnen.

»Was hast du plötzlich? Wolltest du denn mit den Jungen spazieren gehen? Jetzt, im Dunklen?«

»Nein.«

»Meine Mutter würde sagen, wer so was macht, ist mannstoll.«

»Bin ich nicht. Du bist wirklich blöd.«

»Weißt du, was mannstoll ist?«

»Ach, lass mich in Ruhe.«

»Ich habe so eine Tante. Alle in der Familie sagen, sie ist mannstoll. Eigentlich ist sie ganz nett, ich verstehe mich mit ihr. Sie hat einen süßen Hund, einen Cockerspaniel, mit dem ich stundenlang durch die Wohnung toben kann. – Weißt du, was das ist, mannstoll?«

»Die sind hinter Männern her. Das sind Frauen, die einen Mann haben wollen.«

»Das stimmt nicht. Jede Frau will einen Mann haben, oder? Nee, nee, mannstoll, das ist etwas ganz anderes.«

»Woher willst du denn das wissen, Fräulein Oberschlau?«

»Ich weiß es eben. Von meiner Mutter.«

»Und was weißt du?«

»Das sind nämlich Frauen, die keine Unterhosen tragen.«

Für Sekunden war es ganz still im Zelt.

»Nie? Die tragen nie eine Unterhose?«

»So ist es.«

»Auch während der Tage nicht?«

»Weiß ich nicht. Ich habe Tante Bärbel einmal gefragt. Natürlich nicht so direkt, ich wollte ihr nicht sagen, dass sie mannstoll ist. Sie hat gelacht und zu mir gesagt, lass dir nie von keinem untern Rock schauen, und schon gar nicht von anderen Weibern.«

»Das ist ja ekelhaft. Wenn ich mir vorstelle –, nee, ich könnte keinen Schritt laufen.«

»Geht mir auch so. Und außerdem, wenn der Stoff ein bisschen reibt, das ist mir nicht eben unangenehm. Darum ziehe ich mir am liebsten noch eine Hose drüber.«

»Und wenn man Treppen hochgeht oder auf einer Mauer entlang –, ich glaube, ich würde sterben.«

»Klar. Und da kann man sich jede Menge Krankheiten holen. Das ist schließlich alles empfindlich. Frauen sind untenrum zart besaitet, das ist nicht so wie bei den Jungs. Wir müssen immerfort aufpassen und uns warm halten. Die Jungen stellen sich mit ihrem Piephahn sogar im Winter ins Freie, um zu pinkeln, wir Frauen könnten uns so den Tod holen.«

»Ohne Hose! Das ist eine Schweinerei.«

»Natürlich. Mannstoll, das ist wie eine Krankheit, man hat es, oder man hat es nicht.«

»Und wie bekommt man das?«

Auf diese Frage wusste Sylvie keine Antwort.

»Hast du schon einmal, ich meine, mit einem Jungen –?«

»Was denn?«

»Na, du weißt schon?«

»Geküsst?«

»Nein, Mensch! Nicht nur geküsst.«

»Du meinst, mit anfassen?«

»Ja, mit anfassen und noch mehr. Die Ines, die in meiner Klasse war, die sagt, sie sei schon viel weiter gegangen. Sie ist keine Jungfrau mehr.«

»O Gott! Stimmt das?«

»Ich weiß nicht. Sie hat es gesagt. Und ihr macht es nichts aus, wenn die Jungen in der Klasse darüber reden. Ganz gemein reden die über sie, aber sie lacht und ist sogar stolz darauf.«

»Vielleicht lügt sie.«

»Vielleicht. Kann durchaus sein. Sie muss ja immer im Mittelpunkt stehen.«

»Hat sie einen Freund?«

»Muss sie ja wohl. Und mehr als einen. Küssen kann die jeder, das habe ich selbst gesehen.«

»Ist sie krank?«

»Krank? Wieso?«

»Ich meine, ist sie mannstoll?«

»Bestimmt.«

»Du musst doch wissen, ob sie eine Unterhose trägt.«

»Natürlich trägt sie eine Unterhose.«

»Aber dann …«

Ich verstummte, weil ich nicht weiterwusste. Dass Frauen oder große Mädchen ohne eine Hose herumlaufen, wollte mir nicht in den Kopf. Dass sie das freiwillig machen, begriff ich schon gar nicht, und mannstoll war mir nicht so richtig klar, ich merkte, dass Sylvie keinen Deut mehr wusste als ich, und dass ich ebenso gut Mund und Augen fest schließen konnte und so tun, als wäre ich eingeschlafen, denn etwas Vernünftiges würde ich von ihr nicht erfahren. So richtig leiden konnte ich sie nicht, und mit jedem Mädchen wollte ich nicht die ganze Nacht durchquatschen.

Wir hatten einen einzigen Kocher mit, um das Essen und den Tee zuzubereiten, oder vielmehr, um das Wasser zu erwärmen, denn wirklich heiß bekamen wir nicht einmal das Teewasser, und Kochen, das konnten wir vergessen. Der Kocher bestand aus einem hellen Aluminiumteil, auf den man den Topf setzen musste, und einem winzigen Tiegel in der Mitte des Kochers, auf den man weißliche Tabletten legte und mit einem Streichholz anzündete. Vielleicht war unser Topf zu groß, oder wir nahmen zu viel Wasser, oder das Ding war nicht für Camping geeignet, sondern ein Kocher für Puppenstuben, wo zwar alles richtig funktionierte, aber bei dem man nur so tat, als ob. Die Teeblätter mussten wir jedenfalls mit lauwarmem Wasser übergießen, und die Tütensuppen klumpten im Topf. Wir konnten noch so lange darin herumrühren, die Suppenstreusel lösten sich nicht auf, und wir bekamen eine dicke Paste zu kauen, die nach Maggi schmeckte, und dazu eine Kelle trübes Wasser. Nach drei Tagen weigerte ich mich, weiter davon zu essen, und kaufte mir stattdessen Brötchen, mit denen ich mich voll stopfte, bis ich pappesatt war. Dazu aß ich Augustäpfel, die Bernhard und Norbert organisierten. Nach Einbruch der Dämmerung zogen sie durch die Gärten und Obstplantagen und klauten, was sie tragen konnten. Ansonsten verbrachten wir den Tag am Strand und badeten oder lasen. Oder wir lagen am Tag in den Zelten und schliefen oder dösten vor uns hin. Spazieren gehen konnte man nicht. Die Jungen und Sylvie hatten keine Lust dazu. Ich wäre allein gegangen, doch abgesehen von der Autostraße und der Zufahrt zum See gab es rings um den Zeltplatz Kornfelder und Kartoffeläcker. Um den See führte ein breiter zerfurchter Sandstreifen, als ich ihn einmal ablaufen wollte, waren meine Beine nach einem halben Kilometer hochrot und angeschwollen von den vielen Distelstichen.

Am dritten Tag kamen die Jungen zu uns an das Zelt und wollten uns sprechen. Sie hockten sich auf unsere Luftmatratzen und drucksten herum. Bernhard bekam gar kein Wort heraus, und erst nachdem Sylvie ärgerlich wurde und sie hinauswerfen wollte, rückte Norbert mit der Sprache heraus.

»Wie wäre es denn, ich meine, was haltet ihr davon, wir könnten einmal tauschen.«

»Was willst du tauschen, Storchenbein? Von was redest du eigentlich?«

»Ich dachte, also es ist so, Bernhard und ich haben uns überlegt, wir müssen ja nicht den ganzen Urlaub über, also immer im gleichen Zelt, das ist langweilig.«

»Habt ihr euch gedacht?«

»Ja.«

»Toll, mein Süßer, tolle Idee. Und da meinst du, Marion und ich sollen nun in euer Zelt ziehen, und ihr beide macht euch hier breit?«

»Wie? Was soll das denn?«

»Ich denke, du willst tauschen, Storchenbein? – Hat er nicht gesagt, wenn er mit Bernhard in unserem Zelt schläft und wir beide in ihrem, dann wäre es weniger langweilig?«

»So war das nicht gemeint.«

»Und was hatten wir vereinbart, Storchenbein? Worüber haben wir vor dem Urlaub gesprochen? Alles schon vergessen?«

»Wenn du es nicht willst, lassen wir es bleiben.«

»Wir waren uns doch einig, oder? Gilt das nicht mehr?«

»Schon gut. Vergiss es.«

»Immer wieder fängst du damit an. Ich will das nicht, verstanden?«

»Reg dich ab, Sylvie. War nur ein Gedanke. Wenn er euch nicht gefällt, gut. Bleibt es eben, wie es ist.«

»Das machst du jedes Mal, du Blödmann. Jedes Mal versprichst du, nicht zu nerven, und ich kann darauf warten, dass du wieder damit anfängst.«

»Gehen wir«, sagte Norbert zu Bernhard, »du hörst ja, wir nerven die Weiber.«

»Ja, verschwindet alle beide. Und in den nächsten Stunden will ich nichts von euch hören und sehen, verstanden?«

Ich war erleichtert. Ich wusste, dass die Jungen den Vorschlag machen würden, ich hatte es vom ersten Tag an erwartet, aber ich hatte überhaupt nicht gewusst, wie ich darauf reagieren sollte. Ich wollte es, und ich wollte es nicht, und vor allem wollte ich keine Zimtziege sein, was die Jungen sicher von mir denken würden, wenn ich nein gesagt hätte. Sylvie hatte ihnen kräftig die Leviten gelesen, und ich war erleichtert, dass sie mir die Entscheidung abgenommen hatte.

»Na, ich denke, das haben die beiden verstanden, Sylvie. Die werden nicht noch einmal damit anrücken.«

»Da bin ich überhaupt nicht sicher. Ich kenne doch Norbert, der hat überhaupt nichts anderes im Kopf. Der ist versessen auf das Gegrapsche, dieser Blödmann.«

Nach einer Woche wurde das Wetter schlecht. Es regnete jeden Tag mehrere Stunden, alles im Zelt war feucht, und ich hatte ständig kalte Füße. Nachts lag ich stundenlang wach, bis mir endlich so warm war, dass ich einschlafen konnte. Irgendwann riss mir der Geduldsfaden. Ich hatte gleich nach ein paar Tagen bemerkt, dass Sylvie ständig etwas mit Bernhard zu bereden hatte. Sie arbeitete beim Rat der Stadt und tat sich damit wichtig, als sei sie der Bürgermeister oder seine rechte Hand. Sie erzählte ständig von irgendwelchen Sitzungen und Entscheidungen, was keinen von uns interessierte. Bernhard, der kleine Trottel, hörte ihr zu, genauso wie er mir sonst zuhörte. Sylvie war eine ganz Fortschrittliche, sie war überall dabei, und genauso war sie schon an der Schule. Wenn damals irgendetwas gewählt wurde, eine Kommission oder ein Gremium oder eine Delegation, ließ sie sich jedes Mal als Kandidat aufstellen, und wenn sie dann nicht gewählt wurde, war sie todunglücklich. Meistens wurde sie ja gewählt, da man mit Mühe und Not gerade so viele Kandidaten zusammenbekam, wie

gewählt werden mussten. Sie lief jeden Tag mit dem Pionier-
halstuch herum, was außer den Kleinen nun wirklich keiner
machte oder nur, wenn es unumgänglich war. Sie glaubte
daran, sie glaubte wirklich daran, an die Politik und die
Reden, und sie konnte diese politischen Lieder auswendig
und sang sie laut mit, damit es jeder bemerkte, vor allem
die Lehrer. Mich interessierte Politik nicht die Bohne, und
ich hielt mich aus allem heraus und sagte allenfalls das
Nötigste. Ich sagte das, was man von mir erwartete, und
das war leicht zu erraten. Jedenfalls fing Sylvie am Süßen
See wieder damit an, darüber zu reden, und mein Bernhard
hörte ihr zu. Ich konnte mir nicht vorstellen, dass es ihn
interessierte. Wir hatten nie über Politik gesprochen, niemals, ich nicht und er sowieso nicht.

Anfangs fiel mir nichts auf. Ich las in meinen Romanhef-
ten oder döste in der Sonne und kümmerte mich nicht um
die beiden. Und wenn ich Bernhard aufforderte, mit mir ins
Wasser zu gehen oder in das Dorf zu fahren, um etwas einzukaufen, und er dann sagte, er habe keine Lust, weil er sich
gerade mit Sylvie unterhalte, habe ich gelacht und mir
nichts dabei gedacht. Ich lachte über die beiden, denn es
war wie immer mit Bernhard eine sehr einseitige Unterhaltung, nach zwei, drei Tagen jedoch stank es mir gewaltig,
und ich habe abends im Zelt etwas zu Sylvie gesagt, ich
habe ihr gesagt, sie soll ihre krummen Finger von Bernhard
lassen und ihn nicht dauernd voll quatschen. Sie war sofort
eingeschnappt und erwiderte, dass ich es nicht verstehe,
es sei anders, als ich es mir vorstelle, und Bernhard sei im
Unterschied zu mir gesellschaftlich interessiert und wolle
nicht in den Tag hineinleben, sondern das Leben gestalten.
Ich sagte, dass ich ihr dazu gratuliere, sie möge gefälligst ihr
eigenes Leben gestalten und nicht meins oder Bernhards,
sonst würde ich ihr etwas gestalten, das ihr nicht gefiele, ihr
Gesicht zum Beispiel. Ich habe ihr in der Nacht noch einiges
gesagt, wenngleich mir die besten Sachen immer erst einen

Tag später einfallen. Sie tat, als schliefe sie, obwohl ich genau wusste, dass sie jedes Wort hörte.

Am Tag darauf habe ich mir Bernhard gegriffen. Ich habe ihn gefragt, ob er mit mir oder mit Sylvie zelten gefahren sei, und er möge sich entscheiden, denn ich würde auf keinen Fall das fünfte Rad am Wagen spielen, eher reise ich ab. Er war erschrocken, weil ihn mein heftiger Ausbruch überraschte, und beteuerte, dass sie sich über berufliche und politische Dinge unterhalten hätten und natürlich wir beide hierher gefahren seien und sich daran nichts geändert habe.

»Scheint mir aber so«, sagte ich.

»Aber Marion«, erwiderte er hilflos.

»Dann beweise es«, sagte ich und ließ ihn stehen.

Am liebsten wäre ich sofort nach Hause gefahren, doch mit dem Fahrrad die lange Strecke allein zu bewältigen, davor hatte ich etwas Bammel, und außerdem regnete es immerzu, und man war in wenigen Minuten klitschnass.

Der Rest des Urlaubs verging irgendwie. Es war alles langweilig, und ich freute mich wie nie zuvor darauf, daheim etwas richtig vorgesetzt zu bekommen. Ich wusste zwar, dass Mutter mich einen ganzen Tag lang umständlich befragen würde, um herauszubekommen, ob etwas vorgefallen sei, was sie unbedingt wissen müsse. Und so war es dann auch. Sie fragte und fragte, und die direkteste Frage lautete, ob wir uns näher gekommen seien.

Ich tat so, als wüsste ich nicht, was sie meinte. Als es mir schließlich zu bunt wurde, sagte ich, Oma werde sie nicht, denn mit Bernhard hätte ich nicht geschlafen, wenn es das sei, was sie wissen wolle, und außerdem gebe es den Coitus interruptus, wenn man keinen dicken Bauch haben wolle. Mutter wurde rot und behauptete, dass sie so was überhaupt nicht wissen wolle, und dass ich nicht so mit ihr zu sprechen habe und sie sich wundere, was ich für Worte in den Mund nehme, von ihr hätte sie die jedenfalls nicht. Da ich nichts zurücknehmen wollte und mich nicht entschuldigte, sondern sie trotzig ansah, verließ sie schließlich das Zimmer.

Ich hatte sie nicht belogen. Ich habe nicht mit Bernhard geschlafen, nicht am Süßen See und später auch nicht. Ich hatte keine Angst davor, entjungfert zu werden, schließlich war ich alt genug, und mit sechzehn war keine meiner Freundinnen noch Jungfrau, wenn ich ihnen glauben durfte, doch bei Bernhard gab es nichts, das mich kribbelig machte. Er war nett zu mir und sehr lieb, so eine berauschende Erregung jedoch oder ein wahnsinniges Zittern, von denen die anderen Mädchen erzählten, habe ich nie in seiner Nähe verspürt. Manchmal tat er mir Leid, und ich beschimpfte mich selbst, weil ich nicht freundlicher zu ihm war, es war eben so, und ich konnte mich zu Zärtlichkeiten schließlich nicht zwingen.

Am Süßen See haben es die zwei nach meinem Rabatz vermieden, allein miteinander zu reden. Beide hatten sogar etwas Angst vor mir, was mir recht war. Sylvie saß die restlichen Tage neben ihrem Norbert und redete auf ihn ein, und Bernhard legte sich, wenn endlich mal die Sonne schien, neben mir in den Sand und hörte mir zu. Wenn es regnete, setzten wir uns in unser Zelt, es war etwas größer als das der Jungs, und spielten Karten. Ich habe nie wieder in meinem Leben so viele Stunden Skat gespielt.

Die Heimfahrt war nicht so schrecklich, vielleicht weil ich wusste, was uns erwartete, oder weil ich heilfroh war, diesen Urlaub und dieses Zelt überstanden zu haben. Zelten jedenfalls wurde danach für immer aus meinem Leben gestrichen, ich bin eben eher der Typ Hotelzimmer. Bernhard sah ich nach dem Urlaub selten, es vergingen manchmal zwei Wochen, in denen wir uns nicht ein einziges Mal trafen, ich hatte meine Arbeit und meine Freundinnen, und er kam jeden Wochentag erst spät aus Spora zurück und musste dann seinem Vater helfen. Sylvie und Norbert sah ich nur aus der Ferne, wir gingen uns aus dem Weg. Sylvie kam nie wieder in meinen Salon, sie ließ sich seit diesem Urlaub bei einem anderen Friseur die Haare schneiden und legen oder von einer Freundin, das machten ja viele.

Im zweiten Lehrjahr hatte Bernhard seinen großen Auftritt. Es kam ankündigungslos, auch für mich, und ich weiß überhaupt nicht, welcher Teufel ihn geritten hat. Ich vermute, er hat sich nach dem unseligen Urlaub weiterhin mit Sylvie getroffen, und sie hat ihn beredet. Denn wenn ich lange genug auf ihn einredete, wusste er irgendwann nichts zu entgegnen und machte, was ich von ihm verlangte, und vielleicht hatte Sylvie ihn auch so in der Hand. Ich will nicht behaupten, dass er vor Frauen Angst hatte, er war nicht eben geschickt, und jedes Mädchen konnte ihn verlegen machen. Diese Erfahrung hatte ich mit ihm gemacht, und ich denke, wenn eine Frau mit ihm etwas anderes erlebt hat, dann hatte sie nicht lange genug mit ihm gesprochen. Bernhard redete nicht nur wenig und war störrisch, man konnte ihn außerdem leicht beeinflussen, wenn man wusste, wie. Irgendwie hatte er etwas von einem Esel an sich, von einem halsstarrigen, eigensinnigen Esel, der weder mit Worten noch mit Hieben zu bewegen war vorwärts zu gehen, und der dann urplötzlich und wenn man es schon aufgegeben hatte, in die gewünschte Richtung loslief, weil ihm vielleicht endlich klar geworden war, was man von ihm wollte. Alles, was ich ihm sagte, musste er erst gründlich kauen und verdauen, bevor es wirklich in seinem Kopf ankam. Er war schwerfällig von Begriff und wie sein Vater und die ganze Familie ewig misstrauisch, und alle in der Familie machten diese merkwürdigen Augen, wenn man mit ihnen sprach. Sie starrten einen an, als ob sie einem von den Lippen lesen oder sich kein Wort entgehen lassen wollten. Sie kniffen die Augen nicht direkt zusammen, der Schlitz verengte sich, als warteten sie gespannt darauf, was nun kommen könnte. Vielleicht war das in ihrer Heimat üblich, vielleicht waren dort, wo sie herkamen, alle so misstrauisch, oder sie hatten dort irgendetwas Schlimmes erlebt und befürchteten, es könnte ihnen auch bei uns zustoßen. Mutter sagte einmal, Bernhard sei ein richtiger Bauer. Damals dachte ich, sie wolle ihn und mich damit beleidigen, später verstand ich, dass sie etwas anderes damit sagen wollte. Bernhard war ein Bauer. Vielleicht lag es an schlimmen Geschichten, die in ihrer Heimat passiert waren oder bei der Vertreibung, denn auch die anderen Vertriebenen waren irgendwie seltsame Leute, oder der Argwohn lag ihnen im Blut, und sie schleppten ihn von den Urgroßeltern her immer weiter bis ans Ende der Welt. Ich weiß es nicht. Ich weiß, dass ich von seiner Familie nicht eben mit offenen Armen empfangen wurde, sondern eher wie ein Eindringling, den man vorsichtig beäugt und nie aus den Augen lässt.

Mit Bernhard und mir war es natürlich anders, aber geöffnet hat er sich mir nicht, doch das habe ich erst zum Schluss begriffen, als meine Eltern und alle möglichen Leute mich nach ihm ausfragten und ich eigentlich gar nichts über ihn sagen konnte. Ich war drei Jahre mit ihm zusammen und wusste eigentlich nicht mehr als alle anderen über ihn und konnte nicht sagen, was in ihn gefahren war.

Seit zwei, drei Jahren gab es bei uns eine Genossenschaft, eine Vereinigung vor allem der Neubauern mit ihren kleinen Feldstücken, die in dieser Genossenschaft alles zusammengeworfen hatten und seitdem gemeinsam die Felder bewirtschafteten und ihr Vieh züchteten. Von den Einheimischen war anfangs keiner in die Genossenschaft eingetreten, und die alten Bauernfamilien, die schon seit Generationen auf ihrem Acker hockten, weigerten sich entschieden, ihr Eigentum aufzugeben, obwohl jeden Tag in der Zeitung Erfolge der Genossenschaft gemeldet wurden. Die Genossenschaft in Guldenberg hatte den Namen ›Neuer Kurs‹, und mein Vater sagte, es sei ein Klub von Faulenzern und Hungerleidern, die sich zusammengeschmissen hätten, um abwechselnd die einzige Hose anzuziehen, die sie haben.

Und so redeten auch die anderen Leute in der Stadt, und in meinem Salon habe ich nie nur ein gutes Wort über die Genossenschaft gehört, zumal viele der Neubauern auch Umsiedler waren, die man nicht allzu sehr liebte. Im Salon sagte einmal eine Kundin, der Name der Genossenschaft müsse eigentlich ›Neuer Konkurs‹ lauten. Alle haben gelacht, sogar Frau Heidepriem, dann sagte die Chefin, das sei Politik und davon verstehe sie nichts, und sie habe es nicht gern, wenn in ihrem Salon darüber geredet werde. Alle verstanden sofort, und so haben wir mit den Kundinnen über Männer und die Kinder, über Frisuren und Schauspieler gesprochen.

Die Bauern, die in der Genossenschaft waren, mussten weniger arbeiten als die anderen Bauern. Sie hatten einen richtigen Feierabend und sogar einen Jahresurlaub, worüber die alten Bauernfamilien den Kopf schüttelten, denn das konnte nicht gut gehen. Tatsächlich erntete die Genossenschaft viel zu wenig Korn, das wussten alle, auch wenn in der Zeitung etwas anderes stand, und ihre Kühe waren keinesfalls besser als die der privaten Bauern, eher schlechter, obwohl die Genossenschaftsbauern bevorzugt beliefert wurden und von der Ausleihstation für Maschinen und Traktoren alles bekamen, was sie brauchten, während die privaten Bauern wochenlang warten konnten und ihre Ernte mit Pferden, alten mechanischen Mähdreschern und den Leiterwagen vom Feld holen mussten.

Im Frühjahr wurde die Genossenschaft umbenannt, sie hieß nun nicht mehr ›Neuer Kurs‹, sondern ›Morgenrot‹. Vater sagte, durch die Umbenennung habe man den Konkurs abwenden können, das sei eine Milchmädchenrechnung, die man Journalisten verkaufen könne, aber keinem Menschen, der schon mal einen Stall von innen gesehen habe. Ich interessierte mich nicht dafür, schließlich war ich Friseuse, und im Salon gab es andere Probleme. Mir konnte die ganze Genossenschaft gestohlen bleiben, denn was ich brauchte, das war eine anständige Schere, eine aus Solingen, denn unsere Scheren waren eher für eine Rupfenfrisur geeignet oder zur Pflege des Vorgartens, nicht für so einen eleganten Schnitt, wie er in den westlichen Zeitungen zu sehen war, die uns die Kundinnen präsentierten, wenn wir sie nach ihren Wünschen fragten. Frau Heidepriem war nicht auf den Mund gefallen. Wenn eine Kundin ihr das Hochglanzgesicht einer Schauspielerin vorlegte und dann erklärte, sie brauche genau die gleiche Frisur wie Sophia Loren, dann sagte die Chefin: »Einverstanden, dann bringen Sie mir die Haare von Sophia Loren.« So frech durften wir nicht zu den Kundinnen sein, und ich als Lehrling schon gar nicht. Ich hatte meine eigenen Probleme, und dazu gehörte die Aufregung um die Genossenschaft weiß Gott nicht, und Frau Heidepriem achtete darauf, dass im Salon nie wieder darüber gesprochen wurde.

Die Zeitung war voll mit Berichten über die Genossenschaft. Von denjenigen, die eingetreten waren, wurden Fotos veröffentlicht, wenn sie wieder eine Prämie erhalten hatten, und wer nicht eintreten wollte, wurde in der Zeitung namentlich genannt und als ein Friedensfeind bezeichnet, der nichts aus dem letzten Krieg gelernt habe. Doch das stand immer auf der ersten oder zweiten Seite, und die las im Salon sowieso niemand. Wir blätterten die ersten Seiten rasch um und lasen, was über Mode und Film oder über unsere Stadt mitgeteilt wurde. Die Mitteilungen und Annoncen über Geburten und Beerdigungen wurden aufmerksam gelesen, denn darüber konnten wir mit den Kundinnen reden, und das monatliche und wöchentliche Kinoprogramm schnitten wir uns sogar aus. Frau Heidepriem und die beiden Ausgelernten studierten stundenlang die Lottoergebnisse, weil sie eine Spielgemeinschaft gebildet hatten und sich jede Woche mehrere Lose von ihren Trinkgeldern kauften. Sie konnten sich das leisten, sie verdienten richtig und bekamen von einigen Kundinnen dicke Trinkgelder. Sie bekamen auch das Trinkgeld, das eigentlich mir zustand, wenn ich eine Kundin fast ganz allein bedient hatte, im Salon war es Gesetz, dass immer der Ausbildende das Trinkgeld für den Lehrling einstecken darf. So haben wir im Geschäft jeden Tag und unaufhörlich miteinander geredet, über den ›Neuen Kurs‹ und das ›Morgenrot‹ verloren wir allerdings kein Wort, und mit Bernhard sprach ich nie darüber.

Ein paar Wochen später hieß es, die Genossenschaften werden alle aufgelöst, da sie nicht rentabel arbeiteten und zu wenig produzierten. Im ganzen Land gehe man deshalb daran, die bäuerlichen Vereinigungen, die sich als zu schwach und wirtschaftlich unergiebig erwiesen hätten, zu beseitigen. Künftig sollten die privaten Bauern stärker unterstützt werden und bei der Zuteilung von Saatgut und Dünger nicht mehr benachteiligt. Bei der Zuteilung der Maschinen von den Ausleihstationen sei künftig streng nach den gesetzlichen Bestimmungen und gerecht vorzugehen, denn die privaten Bauern hätten einen erheblichen und bislang zu wenig gewürdigten Beitrag zur Volksernährung geleistet. In irgendwelchen Zeitungen soll darüber offen berichtet worden sein, angeblich hätte dort sogar gestanden, dass unser Land einen deutschen Weg zu gehen habe und nicht den russischen. In unserer Zeitung stand nichts darüber, auffällig war, dass kaum noch etwas über Genossenschaften und Landwirtschaft in dem Blatt stand, obwohl sonst monatelang auf der Titelseite über nichts anderes berichtet wurde.

Ich hörte von diesen Geschichten durch Vater. Er war seit dem Krieg mit zwei Bauern aus unserem Ort befreundet, denen er damals nach Feierabend geholfen hatte, weil ihre Knechte als Soldaten eingezogen worden waren und sie die viele Arbeit nicht allein bewältigten. Nach dem Kriegsende, als es kaum etwas zu kaufen gab, unterstützten nun diese beiden Bauern unsere Familie, wir gingen jede Woche einmal auf einen der Höfe und holten Eier und Mehl, und gelegentlich gab es sogar ein Stück Fleisch. Mit Herrn Ebert und Herrn Griesel, den beiden Bauern, traf Vater sich regelmäßig im alten Preußischen Hof, einer richtigen Kneipe, die jetzt Deutscher Hof hieß. Herr Ebert und Herr Griesel waren nicht Mitglieder der Genossenschaft geworden, obwohl man sie heftig bedrängt hatte. Ihre Höfe betrieben sie ganz allein, ihre Frauen und die Kinder halfen und ab und zu ein paar Leute, die sich ein paar Pfennige dazuverdienen wollten. Die beiden Bauern hatten Vater von den vielen Ungerechtigkeiten erzählt und dass man es den Faulenzern in der Genossenschaft vorn und hinten reinstecken würde. Sie sagten, man müsse nur einmal über die Felder gehen, dann wisse man Bescheid. Als jetzt die neuen Nachrichten aus Berlin die Runde machten, waren sie erleichtert, selbständig geblieben zu sein, und sie hofften, nun werde es für sie besser werden. Mit den Bauern von der Genossenschaft redeten sie kein Wort. Sie würden ihnen nicht einmal guten Tag sagen, denn das seien keine Bauern, jedenfalls keine wie sie selbst, und von denen würde wohl nicht einer die Auflösung der Genossenschaft überstehen, da sie nicht gelernt hätten zu arbeiten. Sie waren davon überzeugt, dass diese Leute nach der Auflösung vom ›Morgenrot‹ ihre Höfe über kurz oder lang aufgeben und in der Maschinenfabrik nach Arbeit fragen müssten.

Ein paar Wochen später hörte ich von Vater, dass der Sekretär für Landwirtschaft beim Rat der Stadt strafversetzt worden sei und dass man ihn vor Gericht stellen werde. Er habe im Bund mit anderen Funktionären des Landes, die ebenso wie er der ausländischen Propaganda aufgesessen seien, versucht, den Sozialismus auf dem Lande zu schwächen, und damit objektiv die Wiederherstellung des Kapitalismus begünstigt. In unserer Zeitung stand nichts darüber, aber das Gerücht machte seine Runde durch die Stadt, und verschiedene Leute versicherten Vater, es habe lautstarke

Versammlungen im Rathaus gegeben, und die Parteigruppen im Wohnbezirk und in der Maschinenfabrik seien zu erhöhter Wachsamkeit aufgefordert worden. Auf der Titelseite der Zeitung wurde nun wieder über die Erfolge der Genossenschaft berichtet, jeden Tag stand etwas über die Ernteschlacht darin, und die Genossenschaftsbauern bekamen wieder Prämien und wurden für die Zeitung fotografiert.

An einem Abend kam Herr Griesel zu uns, was er bisher noch nie getan hatte, und saß mit Vater drei Stunden im Wohnzimmer. Mutter und ich blieben in der Küche, wir sollten die Männer nicht stören. Nachdem der Bauer gegangen war, erzählte uns Vater, dass die Genossenschaft ›Morgenrot‹ nicht aufgelöst würde. In Berlin sei eine neue Entscheidung gefallen, und jetzt sollten die Genossenschaften mit aller Kraft vergrößert und gestärkt werden. Vor allem jene privaten Bauern, die in den letzten Jahren immer ihr Abgabesoll erfüllt hatten, sollten von einer Mitgliedschaft überzeugt werden. In wenigen Jahren, hieß es nun, sollten alle Bauern des Landes in landwirtschaftlichen Kommunen arbeiten, und die private Bauernwirtschaft würde dann der Vergangenheit angehören.

Die meisten Bauernhöfe von Guldenberg lagen um die Stadt herum, in Vorwerken oder völlig vereinzelt. In der Stadt gab es fünf Gehöfte, diese Höfe waren seit Generationen bewirtschaftet, und ihre Eigentümer besaßen das meiste Land und waren wohlhabend, denn sie hatten die nötige Erfahrung, während die Neubauern erst seit der Bodenreform Landbau und Viehzucht betrieben und früher Arbeiter waren, die zuvor nie eine Kuh gesehen hatten und mit Pferden nicht umgehen konnten. Oder es waren Vertriebene, die einmal im Osten Land besessen und nach dem Krieg alles verloren hatten und völlig mittellos dastanden. Ihnen hatte man ein Stück Land und eine Wohnung oder sogar ein Haus gegeben, das war alles, was sie besaßen, zum

Leben zu wenig und zum Sterben zu viel. Sie hatten Hühner und eine Ziege, und ein paar wenige hatten zwei, drei Schafe und eine Kuh, eine richtige Viehkoppel jedoch und Pferdegespanne wie die alteingesessenen Bauern hatte keiner von ihnen. Allein Herrn Griesel und Herrn Ebert gehörten mehr Kühe und Pferde als der gesamten ›Morgenrot‹ zusammen. Und nun sollten die erfolgreichen Bauern, die Großbauern, wie man sie nannte, in die Genossenschaft gepresst werden. Herr Griesel hatte berichtet, dass der neu ernannte Kreissekretär schon dreimal auf seinem Hof war und jedes Mal mit Leuten, die er nicht kannte. Sie hatten auf ihn eingeredet und ihm gedroht. Vor zwei Tagen habe man ihm eine Buchprüfung angekündigt, bei der man unweigerlich so viel finden werde, dass man ihn wegen eines Verbrechens an der Volkswirtschaft als Schädling vor Gericht bringen und ihn enteignen werde. Sie hatten ihm genau drei Wochen Zeit gegeben, um den Antrag auf Mitgliedschaft zu stellen, danach könne man ihm für nichts garantieren, denn dann sei er ein Fall für den Staatsanwalt.

Herr Griesel habe nicht gewagt, nein zu sagen oder sie vom Hof zu weisen. Er habe den Kopf geschüttelt und immer wieder beteuert, er sei ein guter und ehrlicher Bauer, der sich nie etwas zu Schulden habe kommen lassen und der alle Abgaben pünktlich und vollständig geliefert habe. Seine Frau sei inzwischen durchgedreht, sie jammere immerzu, weil sie ihn schon im Gefängnis sehe. Nun überlege er, in die Genossenschaft einzutreten oder in den Westen abzuhauen. Da er seinen Hof nicht mitnehmen und ihn nicht im Stich lassen könne, werde er unterschreiben.

»Und was hast du zu ihm gesagt?«, erkundigte sich Mutter.

»Nichts. Nichts habe ich dazu gesagt. Was sollte ich sagen?«

»Gut so. Es ist besser so, Richard. Wer weiß schon, was daraus wird. Sag gar nichts.«

»Ich bin man froh, kein Bauer zu sein.«

»Und warum kam er? Was wollte er von dir?«

»Was weiß ich.«

»Hat er nichts gesagt? Sollst du ihm helfen?«

»Nein. Was soll ich helfen? Vielleicht später wieder, bei der Ernte.«

»Oder auch nicht«, sagte Mutter.

»Was hast du? Warum soll ich ihm nicht mehr bei der Ernte helfen? Mache ich schon seit Jahren. Und seine Kartoffeln schmecken dir besser als alle gekauften.«

»Halt dich besser raus. Wir wollen schließlich nicht zwischen die Räder kommen.«

»Du siehst mal wieder Gespenster, Trude.«

»Oder nicht.«

»Hast du etwas läuten hören?«

»Ach was. Du weißt selbst, sie machen eine Kampagne. Und wenn du da irgendetwas dagegen sagst, nun, es sind schon Leute für viel weniger verschwunden. Und das gilt genauso für dich, Mädchen. In deinem Salon hältst du dich raus. Wenn eine Kundin damit anfängt, sagst du, davon verstehe ich nichts, und hältst deinen Schnabel. Hast du verstanden, Marion?«

»Das musst du mir nicht sagen. Ich bin nicht blöd. Und Frau Heidepriem achtet schon von selbst drauf. Sie will nichts Politisches in ihrem Salon.«

»Gut so. Und richte dich danach.«

»Was ist denn in dich gefahren, Trude?«

»Es geht uns nicht an, das meine ich.«

In der Zeitung stand nun wieder jeden Tag etwas über die Genossenschaft, beim Abendbrot las Vater uns die Stellen vor. Der Kreissekretär für Landwirtschaft war mehrfach im Gespräch mit Genossenschaftsbauern abgebildet, er hatte der Zeitung gesagt, dass Eilenburg der erste vollgenossenschaftliche Kreis des Landes werden könne und ein Beispiel für die ganze Republik. Es seien nur noch wenige Bauern dem rückwärts gewandten Denken verhaftet und müssten nun durch geduldige Überzeugungsarbeit für den Fortschritt gewonnen werden. Besonders Guldenberg müsse sich anstrengen, wenn es nicht die rote Laterne des Bezirkes angehängt bekommen wolle. Um sieben stellte Vater wie an jedem Abend das deutschsprachige Programm vom Sender London an. Da der Sender gestört wurde und der Sprecher kaum zu verstehen war, drehte Vater ununterbrochen an dem Radioknopf und bewegte den ganzen Apparat hin und her, um einen besseren Empfang zu bekommen. Wenn es einen Kommentar zur Situation in Ostdeutschland gab, mussten Mutter und ich mucksmäuschenstill sein, damit Vater alles verstehen konnte.

Einmal kam im englischen Rundfunk ein Bericht über ein Dorf in der Nähe von Guldenberg, und Mutter und ich lauschten genauso aufmerksam wie Vater. Wir wollten hören, ob wir einen Namen kannten und ob sie etwas über unsere Stadt sagten. Unser Fluss wurde erwähnt, und für einen Moment war ich so stolz darauf, dass mir fast schlecht wurde. Der Mann im Rundfunk sagte, dass die unrentablen Genossenschaften vor Wochen noch aufgelöst werden sollten, sich nun die Dogmatiker durchgesetzt hätten und ab sofort ein entgegengesetzter Kurs mit Gewalt eingeschlagen werden solle. In Berlin seien Funktionäre abgesetzt und verhaftet worden, und im ganzen Land würden die Agitationen verstärkt. Insbesondere die erfahrenen, erfolgreichen und wohlhabenden Bauern werbe man nun für die Genossenschaft, und sie würden die nächsten Opfer der Zwangskollektivierung sein.

»Zwangskollektivierung«, wiederholte Vater nach der Sendung und fügte hinzu: »So wird es kommen.«

»Hast du gehört, der Mann aus London hat von der Mulde gesprochen«, warf ich ein.

»Jaja, die sind gut informiert. Die haben überall ihre Leute.«

»Und Herr Griesel und Herr Ebert werden in die Genossenschaft gehen?«

»Auf Dauer wird ihnen nichts anderes übrig bleiben. Du sitzt am kürzeren Hebel, habe ich Griesel gesagt. Wenn sie ihm nicht mehr liefern, was er braucht, wenn er sich nicht kaufen kann, was er für den Hof benötigt, wird es für ihn aussichtslos. Aber er will nicht. Seine Familie hat den Hof achtundneunzig Jahre, da will er nicht aufgeben, bevor die Hundert erreicht ist.«

»Aber dann braucht er nicht mehr so viel zu arbeiten. In der Genossenschaft haben sie einen Achtstundentag. Sie haben sogar Urlaub.«

»Das steht in der Zeitung, Mädchen. In der Zeitung steht viel.«

»Meinst du, es stimmt nicht? Meinst du, sie lügen?«

»Weiß ich nicht. Es ist alles Propaganda, Mädchen. Davon darfst du kein Wort glauben. Rede nicht darüber. Wenn die es so haben wollen, dann hilft es nichts, dagegen anzurennen. Und genau das habe ich Griesel gesagt.«

Jeder in der Stadt wusste, dass die Agitatoren bald bei den fünf Bauern in Guldenberg auftauchen würden. In den Dörfern und auf den Gehöften rings um die Stadt waren sie bereits. Und an einem Sonntag im Juni, früh um zehn, rückten sie bei Herrn Griesel und den anderen vier Bauern von Guldenberg an. Herr Griesel hat Vater eine Woche später die ganze Geschichte erzählt. Wie er sagte, erschienen sie bei allen fünf Bauern zur gleichen Zeit. Zu Griesel kamen insgesamt sieben Mann, der Vorsitzende der Genossenschaft ›Morgenrot‹ und der Stadtrat für Landwirtschaft beim Rat der Stadt, ein Mann vom Kreissekretariat und vier Jugendliche. Eine Zeit lang hat diese Gruppe vor dem verschlossenen Tor gestanden. Dann sei einer der Jugendlichen über die Mauer geklettert und habe das Hoftor geöffnet. Da Griesels Hund an diesem Sonntagmorgen bereits wieder in seinem Zwinger lag, konnte die ganze Gruppe sofort über den Hof und zum Wohnhaus laufen. Sein Hund läuft nachts frei und unangekettet über den Hof, und Griesel habe überlegt, ihn aus dem Zwinger zu lassen, als die Agitatoren vor seinem Gehöft erschienen. Dann habe er sich gesagt, wenn sein Köter auf die Funktionäre losgeht und einen von ihnen verletzt, und das würde er, scharf wie er sei, dann habe er noch mehr Ärger am Hals.

Die Leute hatten einmal angeklopft, waren dann ins Haus eingedrungen und in die Küche gekommen, wo Griesel und seine Frau sie erwarteten. Die erwachsenen Männer setzten sich einfach auf die Stühle, ohne abzuwarten, ob man sie dazu auffordern würde, und redeten auf Griesel und seine verschreckte Frau ein. Das Wort führte der Mann vom Kreis, die anderen hörten ihm schweigend zu und nickten zustimmend, wenn ihnen etwas besonders bedeutsam erschien. Als der fremde Mann vom Kreis mit seiner Rede fertig war, sagte der Vorsitzende der Genossenschaft mehrmals zu Griesel: »Wir brauchen dich, Hannes.«

Griesel, der meinem Vater später die Geschichte erzählte, sagte, dass er sich nie mit diesem Kerl geduzt habe und überrascht war, dass der ihn mit seinem Vornamen ansprach.

Als die beiden Männer fertig waren, haben sie Griesel und seine heulende Frau angeschaut und gewartet, dass der Bauer ihnen antworte. Griesel habe sie schweigend angesehen, dann habe er ausgespuckt, mitten auf die Fliesen seiner Küche, und zu seiner Frau gesagt: »Sei still. Hör auf zu flennen. Ich unterschreibe ja.«

Und das habe er dann gemacht. Als die Agitatoren ihm nach der Unterschrift gratulieren wollten, habe er gebrüllt: »Hinaus.«

An diesem Sonntag haben vier von den fünf Bauern in Guldenberg unterschrieben. Der fünfte, Herr Hausmann, besaß ein Telefon und war von dem Anrücken der Agitatoren zuvor unterrichtet worden. Er sicherte das Hoftor und die Tür und ließ den Hund von der Kette. Als die Gruppe vor seinem Hof erschien, ließ er sie eine Stunde vor dem verschlossenen Tor stehen, dann habe er sich über seinen Sonntagsanzug einen Bademantel gezogen, sei in den Pferdestall gegangen, von dem aus ein Fenster zur Straße geht, habe es geöffnet und den Agitatoren gesagt, er sei krank und könne darum keinen Besuch empfangen. Dann habe er mit der Frau in der Küche gewartet, bis die wilde Jagd, wie er sagte, weitergezogen sei. Wenn die anderen so klug gewesen wären, dann hätten sie noch heute freie Bauern sein können. Das erzählte Herr Hausmann am Sonntagabend in der Kneipe, aber es hat ihm nichts geholfen. Zwei Tage später sei eine andere Truppe gekommen, sie habe ihn in seinem Kuhstall bedrängt, und Herr Hausmann habe schließlich unterschrieben, weil er der letzte Bauer im ganzen Kreis gewesen sei, der keinen Aufnahmeantrag für die Genossenschaft gestellt hatte, was die Partei nicht länger hinnehmen wollte.

An jenem Sonntag, als sie bei Griesel und den anderen Bauern in Guldenberg erschienen, hatte ich zum ersten Mal meine Lackschuhe an, die schwarzen Lackschuhe mit Schnallen. Ich hatte sie eine Woche im Schuhhaus Gerhartz zurückstellen lassen, weil ich das Geld nicht zusammenhatte. Am Donnerstag war ich gleich nach der Arbeit zu Gerhartz gerannt, hatte der alten Frau Gerhartz, die noch immer durch den Laden tackelt, das Geld auf den Tisch gepackt und war, ohne sie nochmals anzuprobieren, mit den traumhaften Lackschuhen aus dem Geschäft nach Hause gerannt. Dort bin ich gleich hineingeschlüpft und habe sie Mutter vorgeführt. Sie gefielen ihr auch, nur fand Mutter sie viel zu teuer, obwohl ich ihr einen niedrigeren Preis nannte. Da ich sie von meinem eigenen Geld gekauft hatte, konnte sie nichts sagen. Anschließend habe ich sie wieder in das Seidenpapier gewickelt und in den Pappkarton gelegt, um sie erstmals am Sonntag anzuziehen.

Vater bemerkte natürlich nichts, er sah die Schuhe gar

nicht, obwohl ich sie ihm direkt vor die Nase hielt, Mutter schaute sie sich immer wieder an. Nach dem Frühstück ging Mutter in die Kirche, Vater zog seine Arbeitsklamotten an und marschierte in seinen geliebten Kleingarten an der Hüfnermark, und ich räumte den Tisch ab und wusch das Geschirr ab. Um zehn Uhr traf ich mich mit ein paar ehemaligen Schulfreundinnen am Paradeplatz. Ich hatte mich mit ihnen nicht verabredet, am Sonntagvormittag trafen sich die früheren Mitglieder des Schulchors nach wie vor dort an einer der Bänke. Meistens waren es drei oder vier Mädchen, denn einige waren weggezogen und andere kamen nicht mehr so regelmäßig wie früher. Man hatte daheim zu tun oder traf sich mit dem Freund, denn einen Freund hatten schließlich alle von uns. Als ich eintraf, saß Traudel auf der Bank, und Kathrin stand vor ihr. Sie musterten mich schweigend von oben bis unten, bevor sie guten Tag sagten. Ich war froh, dass ich nicht die Windjacke angezogen hatte, denn so wie die Mädchen mich musterten, hätte mir das alte Ding sicher eine bissige Bemerkung eingebracht. Die Schuhe sahen sie sofort. Traudel wusste sogar den Preis, sie hatte sie bei Gerhartz anprobiert und sagte, ihr würden sie nicht passen, sie hätte einen zu hohen Spann, und deshalb könne sie keine Schnallenschuhe tragen. Dass sie ihr zu teuer waren, sagte sie nicht, und ich verlor kein Wort darüber. Ich setzte mich neben Traudel und schlug ein Bein über das andere, so dass sie meine Schuhe immer im Blickfeld hatte.

»Darf ich es sagen?« fragte Kathrin, und bevor Traudel antworten konnte, fuhr sie fort: »Sie will sich verloben.«

»Wer? Du, Traudel?«

»Stell dir vor. Und so richtig mit Ringen und Familienfeier. Wenn ich damit zu Hause ankäme, meine Alten würden ausrasten, glaube ich. Schon wegen dem vielen Geld. Die jammern heute schon, wenn sie darüber reden, dass sie meine Hochzeit bezahlen müssen.«

»Wirklich, Traudel? Ist das wahr?«

Traudel nickte stolz.

»Willst du Paul wirklich heiraten?«

»Weiß ich nicht. Verloben ist schließlich nicht heiraten.«

»Festmachen und weitersuchen, nicht wahr?«

»So ähnlich. Ich bin schließlich schon zwei Jahre mit ihm zusammen.«

»Das bin ich mit Bernhard auch. Sogar schon länger. An Verloben würde ich nicht einmal denken.«

»Würde ich auch nicht an deiner Stelle.«

»Was meinst du denn damit? Was willst du sagen? Er gefällt dir nicht, wie? Muss er ja nicht, Hauptsache, mir gefällt er.«

»Ach, gifte mich nicht an. Ich meine ja nur, dein Bernhard ist irgendwie komisch.«

»Komisch? Pass mal auf, dass du nicht gleich komisch aus der Wäsche schauen wirst.«

»Ich meine, jahrelang kriegt er den Mund nicht auf, ich wüsste nicht, wann ich jemals zwei zusammenhängende Sätze von ihm gehört hätte ...«

»Er redet nicht viel, na und? Besser, als wenn er den ganzen Tag von irgendwelchen Motorrädern herumfaselt, die er sich angeblich kaufen will.«

»Das wirst du erleben. Paul kauft uns die neue MZ. Und vielleicht sogar eine mit Beiwagen.«

»Ja, sicher. Und ein Haus dazu mit einem Garten. Dann kannst du dir den Brautkranz über die Tür nageln.«

»Hört auf. Seid ihr hergekommen, um zu streiten?«

»Jedenfalls belästigt Paul nicht fremde Leute.«

»Geht das auf mich? Oder auf Bernhard? Wen belästigen wir denn?«

»Ach, nee. Hältst du das etwa für normal? So etwas hat es bei uns in tausend Jahren nicht gegeben, sagt mein Vater.«

»Was ist los? Spucks aus, bevor du dran erstickst.«

»Wie würdest du denn das nennen? Vor fremder Leute Häuser zu ziehen und ihnen die Pistole auf die Brust setzen.«

»Hab keine Ahnung, von was du hier redest. Verstehst du ein Wort davon, Kathrin?«

»Sie meint Bernhard. Er ist bei der Truppe dabei, die zu den Bauern geht, um sie in die Genossenschaft zu pressen.«

»Bernhard? Was redest du?«

»Sicher. Dein Bernhard. Er ist immer dabei. Hast jetzt einen ganz fortschrittlichen Freund. Wenn du willst, dann schau dir selber den Auflauf an. Heute toben sie durch Guldenberg. Den ganzen Tag soll es gehen, bis alle unterschrieben haben.«

»Bernhard auch?«

»Er ist einer der ganz Eifrigen. Dein Bernhard ist mit bei denen, die den Griesel bearbeiten.«

»Griesel? Ausgerechnet Griesel?«

»Ja, stell dir das vor. Ausgerechnet Griesel. Und der hat ihn damals aufgenommen, ihn und seine bucklige Verwandtschaft. Er hat den einarmigen Haber aufgenommen, der ihm sicher keine Hilfe war. Hat den Umsiedler durchgefüttert, und jetzt rückt ihm Bernhard zum Dank auf den Pelz.«

»Wollen wir hingehen? Willst du es selbst sehen, Marion?«

»Wer ist denn noch dabei? Sylvie?«

»Sicher. Die war schon immer so. Die ganze Familie von der ist rot. Dunkelrot.«

»Sylvie also. Mein lieber Schwan, jetzt geht mir ein Licht auf. Ein ganzes Kirchenlicht.«

»Was ist denn mit Sylvie?«

»Die hat sich immer an Bernhard rangemacht. Im letzten Sommer habe ich ihr deswegen schon eine vor den Latz geknallt, dann hat sie Ruhe gegeben. Wenn das stimmt, wenn Bernhard wirklich mit ihr rumzieht, dann ist Feierabend bei mir. Dann lasse ich unwiderruflich die Jalousie runter.«

»Siehs dir an. Komm, gehen wir.«

Wir liefen an der Gärtnerei entlang und die Gartenstraße hoch, um in Höhe des alten Friedhofs auf die Gustav-Adolf-Straße zu gelangen, in der Griesels Gehöft lag. Ich war den beiden immer einen Schritt voraus, sie konnten kaum mit mir mithalten, ich wollte nicht neben ihnen laufen. Ich wollte mit ihnen nicht reden, ich hatte meine Gedanken zu ordnen und meinen Kopf, um zu begreifen, was mir Traudel und Kathrin erzählt hatten.

Dass Sylvie sich mit Bernhard verstand, das hatte ich mitbekommen. Aber wieso beteiligte er sich an diesem politischen Zeug? Das hatte ihn bisher ebenso wenig interessiert wie mich, und von seinen Eltern wusste ich, dass sie nichts damit am Hut hatten, die trauerten der alten Zeit hinterher, als es ihnen noch gut ging. Sylvie musste ihn irgendwie herumbekommen haben. Sie hatte ihn auf eine Art und Weise in der Hand, wie es mir nie gelungen war. Irgendetwas an ihr musste es geben, das ich nicht hatte und das Bernhard gefiel, und ganz gewiss war es nicht ihr Aussehen. Sylvie hatte das Gesicht einer Maus, einer blassen, verfrorenen und verängstigten Spitzmaus, deren winzige Augen beständig unterwegs waren, misstrauisch und zugleich begierig, nichts zu versäumen und immer auf der Hut zu sein. Sie hatte wirklich die Augen eines kleinen Nagetiers, dicht zusammenstehend und unruhig. Wenn man sie ansah, wurde man selbst unruhig, weil ihre kleinen Augen fortwährend um einen herumtasteten, als würden sie sogar die Luft drum herum beobachten. Ihre Nase sprang hervor, spitz und kantig und ohne jede Rundung, an der kann man sich blutig verletzen. Und sie hatte dicke Beine, richtige Kartoffelstampfer, bei denen man weder die Wade noch die Knöchel erkennen konnte, das war alles eine Linie, ungeformt, als wären es Rohlinge, aus denen man eines Tages erst ein

Paar Beine machen wollte. Sylvie war hässlich, abgrundtief abstoßend, ihr Bild würde man nie in einer Zeitschrift sehen können, und bei ihr kam keiner auf den Gedanken, sie sei einer berühmten Filmschauspielerin ähnlich.

Aber irgendetwas gab es, das die Jungen zu ihr hinzog. So war es schon in der Schule gewesen. Es gab die Schönheiten, zwei oder drei, nach denen sich die Mädchen richteten und ihre Frisuren und Kleidung anzupassen versuchten, und es gab die Frechen und Vorlauten, die überall den Ton angaben. Und ich gehörte eigentlich zu diesen beiden Gruppen, auch wenn ich bei den Mädchen in der Klasse nicht hoch im Kurs stand. Ich sah gut aus und war immer tipptopp angezogen, und auf den Mund gefallen war ich nicht. Wenn das letzte Wort gefallen war, wenn irgendetwas zu einem Abschluss gekommen war, dann konnten alle darauf wetten, dass mir noch eine Bemerkung einfiel, die ich laut verkünden musste, selbst wenn sie mir einen Tadel einbrachte. Ich konnte meine Einfälle nicht unterdrücken, sie kitzelten mir im Magen, in der Brust, auf der Zunge, ich musste den Satz loswerden, ganz egal, was es mich kosten würde.

Und dann gab es da die anderen, die durch nichts auffielen, die weder hübsch waren, noch sich durch ihre Kleidung hervortun konnten, die immerzu mit ihren Freundinnen tuschelten, mit Mädchen, die ebenso unauffällig wie sie selbst waren, und die verstummten, sobald ein anderer hinzukam. Graue Mäuschen, die durch nichts auffielen. Wenn die einmal eine große bunte Schleife in ihr Haar banden, sagte keins der Mädchen zu ihnen: toll, gut sieht das aus, denn bei denen wirkte es nur lächerlich, und wer es gut mit ihnen meinte, der übersah es einfach, und am nächsten Tag erschienen diese Mädchen wieder mit ihren üblichen und unansehnlichen Klamotten. Wenn ein Junge mit einer von denen zusammenstand und es hieß, sie würden miteinander gehen, so war nie jemand neidisch. Man war verwundert und sagte etwas Freundliches, eine anerkennende Bemerkung, weil man es gar nicht für möglich hielt und keinesfalls für dauerhaft.

Sylvie war eine von diesen grauen Mäusen, aber sie hatte immer zwei, drei Bengel um sich, und sie war wahrscheinlich die Erste in unserem Jahrgang, die einen festen Freund hatte, schon in der vierten Klasse. Wenn es auseinander ging, war sie es stets, die Schluss gemacht hatte, und es gab immer gleich einen neuen Jungen, der sich bei ihr einzukratzen versuchte. Es war nicht ihre Schönheit, das ganz gewiss nicht, vielleicht hatte sie einen Geruch an sich, der die Jungen anzog, einen Geruch, den nur die Jungen riechen, einen Geruch, mit dem die hässlichste Blume der Welt noch Scharen von Hummeln und Bienen anlocken kann. Irgendetwas war an ihr, das ich nicht verstand und das auch die anderen Mädchen nicht begriffen. Keine verstand, wieso die Jungen um sie herumstanden und laut lachten, wenn sie etwas sagte, das witzig sein sollte.

Griesels Gehöft lag dem Friedhof gegenüber. Eine lange und hohe Mauer, unterbrochen von zwei kleinen Stallfenstern, dem riesigen Tor und einer uralten Hoftür, grenzte es zur Straße ab. Die Hoftür wurde nie benutzt, das Hoftor dagegen stand den ganzen Tag über weit offen und gab den Blick frei auf die Stallungen und den Misthaufen. Das Wohnhaus lag rechts hinter der Mauer, man konnte es sehen, wenn man den Hof betrat. Am heiligen Sonntag wurde bei Griesels nicht gearbeitet, dann war das Tor verschlossen. Als wir eintrafen, standen sieben Leute vor dem Tor, die Agitatoren. Auf der gegenüberliegenden Straßenseite gab es einen schmalen Fußgängerweg, dahinter führte ein kleiner Abhang zur Friedhofsmauer hoch. Auf das Gras des Abhangs hatten sich Kinder hingesetzt und verfolgten von dort aus das Geschehen vor Griesels Gehöft.

»Na, was habe ich dir gesagt?«, erkundigte sich Traudel und wies mit dem Kopf zu der Gruppe vor Griesels Tor. Ich war stehen geblieben und sah mir die Leute an. Einige von ihnen kannte ich, allen voran natürlich Bernhard und Sylvie, die dort nebeneinander standen.

»Und du hast wirklich von alldem nichts gewusst?«

Ich antwortete nicht, sondern ging langsam weiter. Herr Trebel vom Rat der Stadt klopfte gegen das Tor, er haute mit seinem Stiefel dagegen und rief, man möge öffnen, sofort öffnen. Dann sah er resigniert zu den anderen, wandte sich wieder zum Hoftor und brüllte, man habe Zeit, man würde so lange hier stehen bleiben, bis er herauskomme und aufschließe. Bernhard hatte mich kommen sehen, da war ich mir sicher. Er hatte einen Blick in meine Richtung geworfen, dann rasch weggesehen und vermied es nun, zu mir zu schauen. Ich ging langsam weiter, immer weiter, bis ich bei der Gruppe war und neben Bernhard und Sylvie stand.

»Tag, Bernhard«, sagte ich.

Er wandte den Kopf und tat überrascht, mich zu sehen. Sylvie sagte etwas zu mir, ich sah Bernhard an und achtete nicht darauf, was sie tat oder sagte. Bernhard war verlegen und konnte mich kaum ansehen.

»Ist ein schöner Sonntag heute«, sagte ich, »ich dachte, du kommst und holst mich ab.«

»Ich habe jetzt zu tun. Ich komme am Nachmittag.«

»Kann ich dich sprechen?«

»Jetzt ist schlecht, Marion. Wir sehen uns am Nachmittag.«

»Ich muss dich jetzt sprechen.«

»Na, schön. Was gibt es denn?«

»Ich muss dich allein sprechen.«

»Das geht nicht. Ich habe hier zu tun.«

»Ja? Was denn?«

»Das siehst du doch.«

»Ja, das sehe ich. Komm für einen Moment beiseite. Wenn Herr Griesel das Tor aufmacht, dann kannst du sofort gehen. Dann kannst du mit hineinstürmen. – Na, komm schon.«

»Bin gleich zurück, Sylvie.«

»Musst du Sylvie fragen, ob du gehen darfst?«

»Was hast du denn?«

»Na, komm schon. Ich will dich allein sprechen. Was ich zu sagen habe, ist nicht für deine Sylvie bestimmt.«

»Also, was ist?«

»Ich würde von dir gern wissen, was das hier soll?«

»Wir haben einen Auftrag.«

»Aha. Einen Auftrag. Und von wem hast du den Auftrag bekommen? Von Sylvie?«

»Das ist ein staatlicher Auftrag.«

»Ich bin beeindruckt, Bernie, wirklich. Ein staatlicher Auftrag für Bernhard Haber, toll. Und Sylvie? Was macht die hier?«

»Sylvie gehört dazu.«

»Zu dir? Seit wann denn?«

»Wir sind in einem Einsatz für die Genossenschaft. Wir wollen die Bauern überzeugen, dass sie eintreten. Das ist besser für sie und für uns alle.«

»Was hast du denn mit der Genossenschaft zu tun? Du willst Tischler werden, dachte ich immer. Und jetzt wirst du plötzlich Bauer?«

»Natürlich nicht, wir machen einen gemeinsamen Einsatz für die Bauern.«

»Wer ist denn wir? Du und Sylvie?«

»Der Rat der Stadt, der Kreis, die Parteien und der Jugendverband.«

»Ach, und du gehörst dazu? Ich wusste gar nicht, dass du so eifrig bist.«

»Man muss sich eben irgendwann einmal in seinem Leben entscheiden, Marion.«

»Ja. Und du hast dich für Sylvie entschieden.«

»Das hat mit Sylvie überhaupt nichts zu tun. Das ist allein meine Entscheidung.«

»Und warum erfahre ich nichts davon? Ich hätte gern

gewusst, dass du so fortschrittlich geworden bist. Wo ist denn das passiert? Beim Zelten am Süßen See?«

»Das hat nichts miteinander zu tun.«

»Seh ich anders, Bernie, ganz anders.«

»Ich muss jetzt gehen. Wir sehen uns am Nachmittag. Ich hole dich um drei ab, einverstanden?«

»Bist du sicher, dass du nicht lieber Sylvie abholen willst?«

»Also bis drei.«

»Ich weiß nicht, ob ich dann Zeit habe. Ich glaube, ich habe heute keine Zeit.«

»Ich komm trotzdem.«

»Tu, was du nicht lassen kannst. Das machst du ja sowieso. Und grüß Sylvie von mir. Nicht vergessen, Bernhard.«

Er lief wie ein begossener Pudel zu seiner Gruppe zurück. Ich sah, dass Sylvie ihn ansprach und dann zu mir herüberschaute. Wenn Wünsche helfen würden, dann wäre sie auf der Stelle in Flammen aufgegangen, tot umgefallen und von der Erde verschlungen worden. Ich lief zu Kathrin und Traudel zurück, die mir tausend Fragen stellten, ich erwiderte, dass ich hier genug gesehen hätte und zum Paradeplatz zurückgehen wolle.

»Ich weiß nicht, ob er mit ihr geht«, sagte ich auf dem Rückweg zu den beiden Mädchen, »ich weiß nur, dass ich nicht mit ihm gehe. Nicht mehr. Für mich ist mit ihm Schluss.«

Traudel gratulierte mir dazu, ich sagte grob zu ihr, sie solle gefälligst ihren Mund halten und sich um ihre eigenen Angelegenheiten kümmern.

Am Nachmittag kam Bernhard tatsächlich angetrottet und klingelte bei uns. Nach dem fünften Klingeln schickte mich Mutter raus. Sie sagte, ich solle jetzt nicht kneifen, sondern Bernhard sagen, dass er ab heute anderswo klingeln könne, bei seinen neuen Freunden beispielsweise. Ich ging in den Hausflur, öffnete die Tür einen Spalt und sagte zu Bernhard, dass ich für ihn keine Zeit habe. Als er fragte, wann wir uns sehen können, sagte ich: »Ich weiß nicht, Bernie. Man kann dir nicht vertrauen. Du redest nie ein Wort, und dann machst du plötzlich solche linken Dinger. Ich denke, es ist am besten, wir trennen uns.«

Er war sehr erschrocken, damit hatte er nicht gerechnet, was mich wunderte, denn er musste doch gespürt haben, dass wir zwei nicht zusammenpassen. Er bat mich, mit ihm ein paar Schritte zu gehen, damit wir darüber reden könnten, ich sagte, dass es für mich längst entschieden sei und ich darüber kein Wort weiter verlieren wolle.

»Es ist aus, Bernie, Schluss und vorbei. Du hast ja Sylvie.«

Als ich ihm zum Abschied die Hand reichte, um mich zu verabschieden, schwammen seine Augen in Tränen, was ich schon gar nicht erwartet hatte.

»Es ist besser so«, sagte ich freundlich. Als ich die Haustür zumachte und ins Zimmer zurückging, tat er mir fast ein bisschen Leid. Eigentlich sagte ich es, weil ich nicht auf Wiedersehen sagen wollte, denn das erschien mir unpassend, und das wollte ich nun wirklich nicht.

Am späten Nachmittag kam Vater vom Sportplatz zurück, er hatte sich dort ein Fußballspiel angesehen. Ich stand im Badezimmer und toupierte meine Haare, als er kurz anklopfte, ins Bad hereinkam, sich auf den Rand der Badewanne setzte und mir schweigend zusah. Dann erzählte er mir, was ich schon wusste und selber gesehen hatte. Ein paar seiner Freunde und Arbeitskollegen hatten ihm von dem Auftritt der Agitatoren berichtet und davon, dass Bernhard mit ihnen zu den Bauern gezogen sei, um sie in die Genossenschaft zu pressen. Wie Vater erzählte, seien die Agitatoren in das Gehöft von Griesel eingedrungen, das muss kurze Zeit nach meinem Gespräch mit Bernhard gewesen sein, und hätten ihn schließlich dazu gebracht, den Aufnahmeantrag zu unterschreiben.

»Und dein Bernhard war dabei, Mädel.«

»Es ist nicht mein Bernhard.«

»Ein merkwürdiger Junge. Immerhin war es Griesel, der sie damals aufgenommen hatte.«

Ich zuckte mit den Schultern und beschäftigte mich intensiv weiter mit meinen Haaren.

»Ich mache mir Sorgen um dich, meine Kleine. Der Junge ist nichts für dich.«

»Um mich musst du dir keine Sorgen machen. Mit Bernhard habe ich Schluss gemacht. Endgültig. Hat es dir Mutter nicht gesagt?«

Ich beobachtete ihn im Spiegel, er schien zufrieden zu sein. Dann stand er auf, pustete mir in den Nacken, küsste meinen Hals und ging hinaus. Beim gemeinsamen Abendbrot beobachteten mich meine Eltern verstohlen, ich ließ mir überhaupt nichts anmerken. Am Abend kam Mutter in mein Zimmer und wollte mit mir über Bernhard reden und mich trösten, und ich sagte ihr, dass es mit Bernhard sowieso nicht mehr lange gegangen wäre.

»Jetzt warte ich auf meinen Traumprinzen«, sagte ich zu ihr, und dann lachten wir beide, und sie sagte, sie sei erleichtert, dass ich mir die Sache nicht allzu sehr zu Herzen nehme.

Als ich am nächsten Morgen im Salon erschien, nahm Frau Heidepriem mich beiseite, um mit mir über Bernhard und seinen Auftritt vom Sonntag zu sprechen.

»Soll jeder selig werden, wie er will«, sagte sie, »aber bei mir gibt es keine Politik. Dass du nicht plötzlich im Salon damit anfängst. Versteh mich nicht falsch, Mädchen, ich bin überhaupt nicht dagegen. Das mag alles gut und richtig sein, aber alles zu seiner Zeit und an seinem Platz, und in meinem Salon ist dafür nicht die Zeit und nicht der Platz, niemals.«

Ich sagte ihr, dass ich nie über Politik rede, nicht im Salon und sonst auch nicht, sie interessiere mich überhaupt nicht, die Politik nicht und nicht die Bauern. Und zum Schluss sagte ich: »Und mit dem Bernhard Haber habe ich nichts mehr zu tun. Das war einmal und war viel zu lange.«

»Sehr schön«, sagte Frau Heidepriem und strahlte mich an, »ich wusste, das ich mich auf dich verlassen kann. Du hast Veda, Mädchen. Und nun geh und schließ die Tür auf. Es ist schon neun.«

Mit Bernhard habe ich nie wieder gesprochen. Man sah sich gelegentlich, und zweimal war ich in seiner neuen großen Werkstatt, um etwas zu bestellen, doch da haben wir über die Bestellung gesprochen und kein Wort darüber hinaus. Er war inzwischen längst verheiratet, nicht mit Sylvie jedoch, wie ich gedacht hatte. Ein paar Jahre nach mir hatte er ein Mädchen aus Spora geheiratet, auch das ließ mich kalt, denn ich hatte andere Freunde und andere Interessen.

Heute denke ich manchmal daran, was aus mir geworden wäre, wenn wir zusammengeblieben wären und vielleicht geheiratet hätten. Und dann bin ich froh und erleichtert, denn er gehört nicht zu meinen guten Erinnerungen. Wenn man so wenig Liebe für einen anderen Menschen hat wie ich für Bernhard, so hätte das nicht lange gereicht, und wir hätten uns ein Leben lang gehasst oder uns verachtet. Wie so viele Ehepaare in der Stadt, denn mir haben die Frauen auf dem Stuhl und unter der Haube alles erzählt, jedenfalls wenn ich sie längere Zeit als Kundinnen hatte. Wenn ich hinter ihnen stand und unsere Augen sich im Spiegel begegneten, dann begannen sie alle zu erzählen, ob jung oder alt. Dann sprudelte es nur so aus ihnen heraus. Sie haben mir von ihrem Glück erzählt und ihren Kindern, und sie sprachen über ihren Mann und die Ehe, und ein paar sagten ganz offen, dass sie ihren Kerl umbringen würden, wenn sich dafür eine Gelegenheit biete. Im Salon habe ich Sachen erfahren, die ich nicht für möglich hielt, habe von Schweinereien gehört, die unglaublich sind und von denen ich im

Kino nie etwas gesehen hatte. Wenn ich mit der Frau fertig war und ihr Kopf in Ordnung, jedenfalls das, was ich machen konnte, dann hat sie sich rasch die Tränen abgetupft, und schon beim Bezahlen an der Kasse wirkte sie wieder stolz und kräftig und von aller Welt bewundert. Ich denke, selbst die gläubigen Frauen haben mir wahrscheinlich mehr erzählt als ihrem Priester.

Ich dagegen habe mit Susanne immer alles besprochen. Mit allem, was mir wichtig war, ging ich zu ihr. Und darum wollte ich damals, dass ich meinen ersten Kuss bei ihr auf dem Waldfriedhof bekomme. Ich ging oft mit Bernhard dorthin, denn dort lag meine ältere Schwester, die ich nie kennen gelernt hatte. Susanne war zwei Jahre vor mir geboren und hatte nur fünfzehn Monate gelebt. Sie bekam Tuberkulose, und die Ärzte im Waldkrankenhaus konnten nichts machen. Zu ihr bin ich mein Leben lang gegangen, von der ersten Klasse an. Ich pflanzte Blumen auf ihr Grab und goss sie, und ich erzählte ihr alles. Wenn ich von ihr nach Hause kam, ging es mir immer viel besser.

Bernhard sagte kein Wort, als ich ihm das erste Mal vorschlug, auf den Friedhof zu gehen, er fand es nicht merkwürdig, auf einem Friedhof spazieren zu gehen, wie die anderen in der Klasse. Und irgendwann erzählte ich ihm von meiner Schwester, und da nickte er, als sei es selbstverständlich. Er sagte, er würde gern zu seinem Großvater gehen, der liege ein paar hundert Kilometer entfernt, und sein Grab sei für die ganze Familie nicht erreichbar.

»Hattest du deinen Opa gern?«, fragte ich ihn.

Er hat genickt, die Unterlippe vorgeschoben und gesagt: »Mein Opa war der Einzige ...«

Dann brach er ab und hat diesen Satz nie vollendet. Ich habe ihn manchmal nach diesem Großvater gefragt, er hat mir nie mehr über ihn erzählt. Vielleicht hat er ihn so geliebt wie ich meine Schwester. Oder vielleicht noch mehr, denn er hatte ihn kennen gelernt, während ich sie nie gesehen habe.

Jedenfalls habe ich Bernhard an Susannes Grab geküsst, weil ich meinte, lange genug gewartet zu haben, und weil ich der Ansicht war, dies sei genau der richtige Platz. Wenn irgendjemand wissen sollte, dass ich einen Freund habe, dann war es meine ältere Schwester, die nicht einmal zwei Jahre alt geworden war, und falls sie zusah, als ich mich zum ersten Mal mit ihm küsste, dann würde es ihr vielleicht Spaß machen. Wir saßen auf der winzigen verrosteten Grabeinfassung von Frau Grambow, die neben ihr lag, die dort schon zweiunddreißig Jahre und achtzehn Tage gelegen hatte, bevor Susanne starb, ich erzählte, und Bernhard hörte mir zu, und dann küsste ich ihn. Das war schön, sehr schön. Und es war gut, dass nie mehr zwischen uns passiert ist und ich ihn nicht geheiratet habe. Bernhard war der Mann in meinem Leben, der mir zu meinem Glück fehlte.

Ich dachte an die verstorbene Frau Heidepriem, meine frühere Chefin, und sagte zu Susanne, auch wenn ich nie verheiratet war und zwei Kinder habe, die nichts von mir wissen wollen, eigentlich hatte ich wirklich in meinem Leben Veda gehabt, was immer das sein soll.

# Peter Koller

Als kein Hochwasser mehr zu erwarten war, wurden die Reste der Holzbrücke abgetragen, und im Mai begann der Bau der neuen Steinbrücke. Riesige Tieflader standen auf beiden Seiten der Mulde, und neben den Rollwagen, in denen die Arbeiter wohnten und die wie alte ausrangierte Zirkuswaggons aussahen, türmten sich Sandberge und Steinquader. Auf einem mit einem Drahtzaun abgesperrten Platz lagerten Bauholz und mit einer dunkelroten Rostschicht überzogene Stahlstangen.

Damals gingen wir nach Feierabend häufig zum Fluss, um den Arbeitern zuzusehen, die in den Wohnwagen ihr Essen kochten, sich wuschen und rasierten oder sich in ihrer Arbeitskleidung an das Ufer gesetzt hatten, eine Angel in das Wasser hielten und ihr Bier tranken. Es war nicht warm genug, um im Fluss zu schwimmen, doch wir gingen so häufig zur Mulde wie sechs Jahre zuvor, als ein Autobahnabschnitt wegen Straßenarbeiten gesperrt war und alle Autos umgeleitet wurden und über unsere Holzbrücke fahren mussten, um zur nächsten Autobahnauffahrt zu gelangen. Damals ging ich noch zur Schule und saß fast jeden Nachmittag mit meinen Freunden auf dem Geländer der Brücke. Wir begutachteten die vorbeifahrenden Autos und genossen das Vibrieren der alten Holzbrücke, die unter jedem darüber fahrenden Wagen zitterte und ächzte. Sie muss wohl damals den letzten Hieb abbekommen haben, denn im darauf folgenden Winter hielt sie herantreibenden Eisschollen nicht mehr stand.

Ein halbes Jahr lang wurde der Autobahnverkehr über unsere Brücke umgeleitet, und wir bekamen nie genug davon, uns die vielen Autos anzusehen, die Marken und Typen der herannahenden Wagen zu erraten und Wetten darauf abzuschließen. Damals gab es nicht viele Autos in unserer Stadt, vielleicht achtzig Leute besaßen einen eigenen Wagen und das waren zumeist Vorkriegsmodelle, die notdürftig instand gehalten wurden, sogar ein Holzvergaser war dabei, mit dem Greschel, der Fleischer, seine Touren machte. Der umgeleitete Autobahnverkehr brachte uns Autos vor Augen, die von Berlin nach München rasten und die wir zuvor nur von Bildern kannten, aus Zeitungen oder von den Sammelbildern, die jeder von uns besaß. Wir träumten von Autos. Wir träumten von ihnen, wenn wir auf der Brücke saßen, wenn wir auf dem Schulhof zusammenstanden und uns unterhielten, und noch im Bett kreisten unsere Gedanken allein um die Autos. Ein paar Jungen redeten ab und zu über Mädchen, aber mehr als an dünnen Hippen, die vorne und hinten nichts vorweisen konnten, waren sie an den Autos interessiert, die über unsere Brücke polterten. Autos aus ganz Europa waren dort zu sehen, die neuesten Modelle waren dabei, für uns war es eine fortwährende vorüberrollende Automobilausstellung, eine tagtägliche Vorführung aller Wagen, die auf der Welt für Geld zu haben waren. Da sie sehr langsam über die Brücke fahren mussten, hatte man dort den besten Platz, um sie zu betrachten, einzuschätzen und fachmännische Urteile über sie abzugeben.

Damals auf der Brücke kam ich mit Bernhard zum ersten Mal ins Gespräch, zuvor hatte ich ihn auf dem Schulhof gesehen, aber nie ein Wort mit ihm gewechselt. Es war schon Abendbrotzeit, und die meisten Kinder waren verschwunden. Da die Dämmerung einsetzte, holten wir ganz offen unsere Zigaretten heraus und steckten uns eine an oder eine halbe, denn um zu sparen, pflegten wir sie mit einer Rasierklinge in der Mitte durchzuschneiden, um immer nur eine halbe zu verbrauchen. Bedeutsam war für uns ohnehin allein das Entzünden der Zigarette, die ersten zwei, drei Züge und dann das gekonnte Wegschnippen der

Kippe, möglichst hoch durch die Luft und zielgenau auf einen bestimmten Punkt. Das machte uns Spaß und brachte Anerkennung, das Rauchen selbst langweilte mich damals und mich ekelte vor dem Geruch, der an meinen Fingern haftete. Wenn die Kleinen zu uns kamen und auf die Zigaretten starrten, um rechtzeitig und vor den anderen nach den weggeschnippten Kippen zu greifen, scheuchten wir sie weg und sagten, sie sollten heimgehen, für sie sei der Aufenthalt auf der Brücke zu gefährlich und außerdem verboten.

An jenem Abend waren wir vier Jungen, die auf dem Geländer saßen. Der weiße Opel blieb mitten auf der Brücke stehen, er verreckte direkt vor uns. Er war uns schon vorher aufgefallen, da er sich langsam der Brücke näherte und ruckartig fuhr, sein Motor machte ein paar würgende Geräusche, als schnappe er nach Luft, dann gab es eine laute Fehlzündung, und er gab seinen Geist auf. Ein älterer Mann im Anzug und mit einem Tuch um den Hals stieg aus dem Auto, ging nach vorn, öffnete die Kühlerhaube und klappte sie hoch, die Scheinwerfer des Wagens hatte er nicht ausgestellt. Er ging an den Kofferraum, holte Handschuhe heraus und zog sie sich an, dann griff er an den Motor, klopfte dagegen, schaute sich lange den Motorraum an, als suche er etwas, und schloss schließlich die Motorhaube. Er blieb unschlüssig neben dem Wagen stehen und sah sich hilflos um. Er winkte uns, und wir gingen sofort alle vier zu ihm. Er zog seine Handschuhe langsam aus und warf sie auf die Motorhaube. In der Dämmerung schien es mir, als habe er eine bronzene Haut, und ich wartete gespannt darauf, dass er den Mund öffnete und zu uns etwas sagte. Ich wollte seine Stimme hören, die gewiss etwas von dem gleichen kostbaren Schimmer seiner Haut haben müsste. Vielleicht würde er uns in einer fremden Sprache ansprechen, oder er würde mit einem Akzent sprechen, der auf ferne, verheißungsvolle Länder verwies. Doch als ich vor ihm stand, sah ich, dass seine Haut lediglich gelb war, ein ungesundes, schmutziges Gelb wie die Fingerspitzen eines Rauchers. Er fragte uns nach einer Autowerkstatt, die seinen Wagen reparieren könnte, und wir beschrieben ihm den Weg. Er öffnete die Fahrertür und schaltete die Scheinwerfer aus. Dann ging er zur hinteren Tür, holte einen weichen braunen Mantel heraus und zog ihn sich über. Zum Schluss griff er nach einem breitkrempigen Filzhut von der Farbe seines Mantels und setzte ihn auf, bevor er den Wagen verschloss. Als er in Richtung Stadt gehen wollte, sagte ich zu ihm, er solle seinen Wagen nicht auf der Brücke stehen lassen oder das Licht anschalten, denn hier sei viel Verkehr und die Brücke sehr schmal. Er blieb stehen, nickte, sah zu seinem Auto und bat uns, ihm schieben zu helfen. Er setzte sich an das Steuer und wir schoben sein Auto von der Brücke zurück auf den Grünstreifen neben dem Asphalt. Er hatte das Fenster heruntergeleiert und steckte den Kopf heraus. Ich stand hinter ihm und drückte gegen den Rahmen, dabei zog ich den kleinen Knopf an der hinteren linken Tür heraus, der sie verschloss. Der Mann bemerkte es nicht, und als er sein Auto wieder abschloss, blieb diese Tür offen. Bis zur Brücke begleiteten wir ihn. Wir setzten uns auf das Geländer, während er allein weiter in Richtung Stadt lief.

Als ihn die Dunkelheit verschluckt hatte, sprang ich vom Geländer herunter. Bevor ich etwas sagen konnte, fragte mich Bernhard, ob wir uns den Wagen mal genauer ansehen wollen. Er grinste, und ich wusste, er hatte meine Manipulation bemerkt. Alle vier liefen wir zu dem abgestellten Auto, öffneten die beiden hinteren Türen und durchsuchten rasch den ganzen Wagen. Wir fanden Landkarten, dreckige Putztücher, eine Bonbonschachtel und eine leere Thermoskanne. Da die Kofferklappe verschlossen war, wollten wir uns schon mit den Bonbons und der Thermoskanne zufrieden geben und verschwinden, als Bernhard plötzlich die Rückenlehne eines Rücksitzes abbaute und mit dem Oberkörper hinter der Sitzbank verschwand. Es dauerte einige

Sekunden, dann öffnete er die Kofferklappe von innen und kam hervor. Im Kofferraum lagen ein Ersatzreifen, ein Kunststoffkasten mit einem roten Kreuz darauf und ein kleiner schwarzer Koffer. Wir holten den Kunstlederkoffer und den Rot-Kreuz-Kasten heraus und öffneten beide. Im Koffer lagen zwei Mappen mit Papieren, zerknüllte Wäsche und Reiseutensilien. In dem Plastikkasten waren Binden und Pflaster und Tabletten. Jeder von uns schnappte sich etwas. Wir griffen alle rasch zu, damit uns keiner zuvorkomme. Ich bekam das Reisenecessaire in die Finger. Es gefiel mir, weil es aus Leder war oder aus einem Lederimitat und weil es so klein war, dass es bequem in meine Jackentasche passte. Dann verschlossen wir den Koffer und den Kasten, legten beides zurück, ordneten den Rücksitz, schlossen alle Türen des Wagens, die wir geöffnet hatten, und machten uns sofort auf den Heimweg.

An der Auffahrt zum Heimatmuseum kam uns der alte Diesel-Lieferwagen von Schrader entgegen, dem die Schmiede und die Reparaturwerkstatt gehörten. Neben ihm saß jemand, vielleicht war es der ältere Mann, dessen Auto wir geplündert hatten. In der Dunkelheit und bei den funzligen Gaslaternen war es nicht zu erkennen, zumal uns die Scheinwerfer des Lieferwagens blendeten. Als sie an uns vorbeigefahren waren, drehten wir uns nach ihnen um und johlten und winkten ihnen hinterher. Am Neumarkt, wo sich unsere Wege trennten, blieben wir an einem erleuchteten Schaufenster stehen und zeigten einander, was wir uns genommen hatten. Ich konnte mit meiner Beute zufrieden sein, wenn ich auch nicht wusste, wozu ich es gebrauchen konnte. Die anderen hatten noch überflüssigere Dinge gestohlen. Bernhard schleppte den Wagenheber mit, und als ich ihn fragte, was er denn damit anfangen wolle, erwiderte er, so etwas könne man immer gebrauchen, er würde ihn seinem Vater geben, der in seiner Werkstatt sicher dafür Verwendung habe.

»Und was sagst du ihm? Was sagst du, wo du es her hast?«

Er zuckte mit den Schultern. »Gefunden«, sagte er dann.

In der folgenden Zeit sah ich Bernhard öfter. Er kam auf dem Schulhof manchmal zu mir und meinen Freunden, stellte sich neben uns und hörte zu, ohne sich am Gespräch zu beteiligen. Er stand da wie bestellt und nicht abgeholt, und da er nicht in unsere Klasse ging, sprachen wir kaum mit ihm. Irgendwann sprach er mich auf unseren gemeinsamen Diebstahl an, er fragte mich nach dem Necessaire, und ich erwiderte, ich wüsste gar nicht, wovon er redete, und er solle besser den Mund halten, was er dann auch tat.

Ein halbes Jahr später, als die Autos nicht mehr durch unsere Stadt umgeleitet wurden, zerstörte das Eis die Brücke. Mitte Februar kam das Hochwasser und stieg bis knapp unter den höchsten je gemessenen Wasserstand. Da der Fluss große Eisschollen mit sich führte, die von den der Brücke vorgelagerten hölzernen Eisbrechern nicht zerteilt wurden, sondern sich an diesen schrägen Holzpfeilern übereinander stapelten, wurden Tag und Nacht Wachen aufgestellt. Die hatten mit langen Stangen die Schollen frei zu machen, um sie dann durch die Brücke hindurchzumanövrieren. Wenn eine besonders große Eisscholle herantrieb, die sich vor der Brücke die Schräge hochschob ohne zu bersten, knirschte die Brücke laut auf, und wenn man auf ihr stand, spürte man durch den ganzen Körper die Erschütterung. Die Männer, die mit den Stangen hantierten, an denen oben Eisenhaken angebracht waren, versuchten von beiden Uferseiten aus, die Eisschollen von den Brechern zu lösen und einen Riss oder Spalt in sie hineinzuschlagen, damit die herausgebrochenen Bruchstücke vom Wasser mitgerissen werden konnten. Und wie wir uns ein halbes Jahr zuvor die Autos angesehen hatten, so saßen wir nun wieder auf dem hölzernen Geländer, schauten den Männern zu und schlossen Wetten auf ihre Versuche ab, die Eisschollen von den Brückenpfeilern zu lösen und die dicken, aufeinander getürmten Eisklumpen auseinander zu bekommen und unter der Brücke hindurchzuführen.

Nach zwei Tagen wurden wir von der Brücke gescheucht. Es war Barthel, einer unserer Polizisten, der stets mit seinem Schäferhund durch die Stadt marschierte. Über der linken Schulter hing seine schwarze Diensttasche, die er bedeutungsvoll aufklappte, wenn er sich etwas zu notieren hatte, mit der rechten Hand hielt er seinen Hund an einer kurzen Leine und hieß ihn, sich neben ihn zu setzen, wenn er beide Hände brauchte, um etwas aufzuschreiben. Wenn ihn jemand ansprach, sah der Hund ihn an, sprungbereit, wie es uns schien, und wandte nicht eine Sekunde den Blick von ihm ab. Barthel erzählte viel über das Vieh, es sei ein ausgebildeter Polizeihund, bestens abgerichtet und in der Lage, es mit jedem Banditen aufzunehmen. Als Barthel mit dem Hund zu uns auf die Brücke kam, ahnten wir, was er wollte. Zuvor hatte er mit den Männern an der stadtseitigen Uferböschung gesprochen, die Männer hatten auf uns gewiesen, und danach war Barthel die Böschung hochgelaufen und direkt zu uns gekommen.

»Verschwindet hier«, sagt er grob.

Als wir protestierten, machte der Hund einen Schritt auf uns zu. Ich wusste nicht, ob es der Hund von sich aus tat, ob er unseren Widerspruch spürte und darauf trainiert war, aggressiv zu reagieren, oder ob sein Herr ihm unmerklich mit der Führungsleine ein Zeichen gegeben hatte. Jedenfalls war die Hundeschnauze nur noch dreißig Zentimeter von meinen Beinen entfernt, das Tier knurrte, und mir erstarrte das Blut in den Adern, als ich die scharfen Zähne des Hundes vor mir sah und seinen Atem roch. Ich rührte mich nicht und versuchte, lässig zu grinsen, wobei ich meine Hände langsam zurückzog und in die Jackentasche steckte. Ich bemühte mich, den Blick von den gefletschten Zähnen und den Augen des Hundes zu lösen und mich unbeeindruckt zu geben, aber es gelang mir nicht, ich klebte förmlich an der spitzen Schnauze des Hundes, der heraushängenden Zunge, von der der Geifer troff, und den schmutzigen, gelben Zähnen des Tieres, die jetzt eine Handbreit von mir entfernt waren. Plötzlich sprach Bernhard den Hund an. Er sagte ›komm‹ oder ›komm her‹, streckte seine Hand nach ihm aus, und der Hund wandte seinen Kopf von mir ab, legte die Ohren an und sah zu Bernhard.

»Komm, komm, komm«, sagte der wieder und machte mit der ausgestreckten Hand eine kraulende Bewegung, als würde er den Hals des Tieres streicheln. Der Hund knurrte leise, es klang nicht mehr bedrohlich. Bernhard beugte sich vornüber und streichelte nun tatsächlich die lange Nase des Hundes und das Fell zwischen den Ohren. Er strich über die Augen des Köters, die dieser genüsslich schloss, die Hinterläufe gaben nach, als wolle er sich hinsetzen. Barthel, der Polizist, riss an der Leine und herrschte seinen Hund an, das Tier richtete sich wieder auf, streckte seinen Kopf weiterhin Bernhard entgegen, um sich von ihm kraulen zu lassen. Mit dem Ende der Hundeleine zog Barthel ihm eine über das Hinterteil, der Hund jaulte kurz auf, dann schnappte er nach Bernhards Hand, der sie rechtzeitig zurückzog, der Hund schnappte erneut zu und biss Bernhard in die Wade. Bernhard schrie auf und sprang vom Geländer. In seiner Hose war ein Riss, er zog das Hosenbein hoch, es blutete nicht, aber die Hundezähne zeichneten sich deutlich sichtbar auf seiner Haut ab. Auch der Polizist war erschrocken. Er hatte den Hund zurückgezogen und hielt ihn jetzt am Halsband. Er schimpfte mit ihm und tätschelte dabei seinen Kopf. Wir hatten alle gesehen, dass er sein Vieh auf Bernhard gehetzt hatte. Bernhard rieb sich die Wade, dann untersuchte er den Riss in seiner Hose. Er streifte das Hosenbein runter, richtete sich auf und funkelte Herrn Barthel an, dunkel vor Wut.

»Die Hose müssen Sie mir bezahlen.«

»Die Hose und ein Schmerzensgeld«, sagte ich und stellte mich neben Bernhard.

»Ich hatte euch gesagt, dass ihr von der Brücke verschwinden sollt. Ich hatte euch gesagt, es ist gefährlich. Und wenn ihr meinen Hund ärgert, dann schnappt der zu. Das hast du dir ganz allein zuzuschreiben. Ein abgerichteter Polizeihund, mit dem kannst du nicht umgehen wie mit einem Schoßhündchen, der ist immer gefährlich. Du hast die Hand nach ihm ausgestreckt, das ist für das Tier ein Angriff, da wehrt es sich.«

»Sie haben ihn auf mich gehetzt. Der Hund war ganz ruhig. Ich habe ihn sogar streicheln können.«

»Man streichelt keine fremden Hunde, jedenfalls nicht, wenn man bei Verstand ist. Mein Hund ist scharf, wenn er angegriffen wird, wehrt er sich.«

»Sie haben ihn auf mich gehetzt.«

»Quatsch. Hätte ich meinen Hund auf dich losgelassen, da wäre nicht viel von dir übrig geblieben, mein Junge. Er hat dich ein bisschen geknuppert, er ist verspielt. Du hast ja gesehen, es blutet nicht einmal.«

»Die Hose ist hin. Die müssen Sie mir ersetzen.«

»Deine Hose war schon vorher hin. Die ist völlig blank gewetzt, und der winzige Riss, der war sicher schon drin. Gar nichts werde ich dir bezahlen, überhaupt nichts. Ihr bekommt schon genug von der Stadt. Immerzu haltet ihr die Hand auf und lasst es euch vorn und hinten reinstecken, als ob wir auf euch gewartet hätten. Wer hat euch gerufen, zum Teufel! – Und nun haut ab, Kinder. Verschwindet von der Brücke. Du musst lernen, keine fremden Hunde zu reizen, jedenfalls keine, die gut abgerichtet sind. So etwas macht man bei uns nicht, das ist bei uns nicht üblich.«

»Alle haben es gesehen. Sie haben den Hund auf mich gehetzt, er sollte mich beißen. Und die Hose werden Sie mir bezahlen müssen.«

»Ja, was denn noch!«

»Die Hose und ein Schmerzensgeld«, warf ich wieder ein.

Der Hund starrte unverwandt auf Bernhard, der schien überhaupt keine Angst vor ihm zu haben, obwohl er gerade von ihm gebissen worden war. Bernhard schien sich mit diesen Mistviechern gut auszukennen.

»Schluss jetzt. Mir reicht es«, sagte der Polizist, »Ende der Diskussion. Und ihr verschwindet von der Brücke, wie ich es euch gesagt habe.«

Dann drehte er sich um und ging in Richtung Stadt, der Hund lief neben ihm her und wandte immer wieder den Kopf zu uns um, bis ihm sein Herr mit der ledernen Leine eins überzog.

»Das muss er bezahlen«, sagte ich zu Bernhard, »schließlich können wir es alle bezeugen. Der Kerl ist gemeingefährlich, den Hund auf einen zu hetzen.«

»Dieser Idiot«, knurrte Bernhard und betrachtete sorgenvoll das Loch in seiner Hose, »meine Mutter wird sich freuen. Und was ist, wenn der nicht zahlt?«

»Dann verklagst du ihn. Du hast genug Zeugen. Wir können es alle bestätigen.«

Alle Jungen, die bei uns saßen oder standen, nickten.

»Verklagen? Einen Polizisten? Das kostet einen Haufen Geld, und uns werden sie nicht glauben.«

Wir blieben ein paar Minuten auf der Brücke stehen, aus Stolz und weil der Polizist ein schlechtes Gewissen hatte und sicherlich nicht noch einmal kommen würde. Als wir nach Hause gingen, sagte ich zu Bernhard, er könne gut mit Hunden umgehen, und fragte ihn, ob er nicht Angst gehabt hätte, denn ich hätte mir fast in die Hosen gemacht. Dabei legte ich ihm eine Hand auf die Schulter, und ich denke, er verstand, dass ich mich damit bedanken wollte. Er sagte, er könne mit Hunden umgehen, mit allen, und dass er vor keinem Tier Angst habe. Vor einem Hund, sagte er, müsse eigentlich keiner Angst haben, weil Hunde die körperliche

Größe anerkennen und fürchten und darum nie einen Menschen angreifen würden, wenn man sie nicht dazu aufhetzte. Wenn man sich vor ihnen fürchte, werden sie aggressiv und gefährlich, weil sie dann Rudelführer sein wollen, denn der Hund stamme vom Wolf ab und sei es gewohnt, in Rudeln zu leben, in denen es immer ein Tier gebe, das alles bestimme, das sich gegen jeden durchsetze und dem sich alle unterzuordnen hätten. Ich sagte zu ihm, mir könnten Hunde gestohlen bleiben, vielleicht würde ich mir mal einen Wachhund zulegen, einen großen, vor dem alle Respekt hätten und der mir aufs Wort folgen müsste.

»Der Hund hätte nie zugeschnappt, wenn Barthel es ihm nicht befohlen hätte«, sagte Bernhard.

«Ich weiß. Das hat man gesehen. Sein Köter hätte dir fast aus der Hand gefressen.«

»Ja, mit Hunden kann ich umgehen.«

»Sicher«, sagte ich.

Ich nickte ihm zu, als wir uns verabschiedeten. Ich war heilfroh, dass das Vieh nicht meine Hose zerrissen hatte.

Zwei Tage später wurde die Brücke für den gesamten Verkehr gesperrt, nicht einmal Fahrradfahrer und Fußgänger durften sie überqueren. Wer auf die andere Seite wollte, musste nun nach Grehna fahren, wo damals die Fähre in Betrieb war, die dort nach der Bombardierung des Dorfes und der Brücke eingerichtet worden war.

Ende März ging das Hochwasser zurück, und es kamen Spezialisten von außerhalb, die den Zustand der Brücke untersuchten. Sie blieben vier Tage in der Stadt, kletterten die Brücke hoch und runter und stiegen mit Gummihosen, die ihnen bis zum Kinn reichten, in das Wasser, um die Pfeiler zu begutachten. Nachdem sie abgereist waren, blieb die Brücke weiterhin gesperrt, und nach drei Wochen stand in unserer Zeitung, dass der Bericht einer Kommission vorliege, wonach die Guldenberger Brücke nicht mehr zu retten sei und abgerissen werden müsse. Sie sei ohnehin nur nach dem Krieg als provisorische Notbrücke errichtet worden.

Die alte Steinbrücke war in den letzten Kriegstagen von der Wehrmacht gesprengt worden, um den Einzug der Amerikaner zu verhindern, doch bereits einen Tag später, als der deutsche Truppenteil weitergezogen war, wurde die Stadt von den Einwohnern den Amerikanern überlassen, die schon am anderen Muldeufer standen. Ein Polizist, hieß es, soll mit einer weißen Fahne über die Reste der Brückenpfeiler geklettert sein, um die Stadt, in der sich kein Soldat mehr aufhielt und aus der die Stadtleitung, der Bürgermeister und zwei hauptamtliche Mitarbeiter, geflohen waren, dem amerikanischen Armeekorps zu übergeben. Mit Hilfe einer mitgeführten Pontonbrücke zogen die Amerikaner am gleichen Tag in die Stadt ein, die überfüllt war von Flüchtlingen. Die Amerikaner setzten eine neue Stadtverwaltung ein aus Leuten, die ein wenig Englisch sprachen. Den amerikanischen Offizieren war es gleichgültig, welchen Beruf die neuen Stadtväter eigentlich ausübten und was sie in der Nazizeit gemacht hatten. Die neue Stadtleitung war zwei Wochen im Amt, ganz genau nur neun Tage, denn die Amerikaner zogen Ende April davon, und fünf Tage später, am 4. Mai, zogen die Russen ein. Sie beschlagnahmten die besten Gebäude, in der alten Post wurde die Kommandantur der Roten Armee errichtet, und die große Villa von Tefler bewohnten die drei obersten Offiziere mit ihren Adjutanten. Am Tage ihres Einzugs in die Stadt wurde die von den Amerikanern eingesetzte Stadtverwaltung aus dem Rathaus verjagt. Alle Positionen wurden nun mit Kommunisten besetzt und Leuten, die von der kommunistischen Partei benannt worden waren. Und wenn zuvor Geschäftsleute und Beamte Amtsleiter geworden waren, so wurden es nun ausschließlich Arbeiter und Angestellte. Über die Mulde führte jetzt ein schmaler Holzsteg, denn die Amerikaner hatten ihre zusammenklappbare Brücke abgebaut und mitgenommen, und die Russen besaßen solche Technik nicht, sie waren sogar mit Pferden gekommen, die ihre Lafetten zu ziehen hatten. Den Holzsteg hatten russische Soldaten gebaut, die Deutschen hatten ihnen das Holz zu liefern und mussten Handlangerdienste verrichten.

Damals wohnten meine Eltern in einer Scheune am Stadtrand. Wir waren keine Vertriebenen, sondern kamen aus Leipzig und waren ausgebombt. Die Stadt hatte meine Eltern mit anderen Leuten vom Treck in diese Scheune eingewiesen. Tagsüber mussten meine älteren Geschwister bei den Sachen bleiben, damit sie nicht gestohlen wurden, und so hockten sie mit mir den ganzen Tag in der Scheune und konnten nicht zum Fluss gehen, um den Soldaten beim Brückenbau zuzuschauen. Wir wussten nur das, was uns die anderen Kinder erzählten, denn wir durften die Scheune erst verlassen, wenn die Eltern zurück waren, und dann war es bereits dunkel, und es wurde uns verboten, in der Nacht an die Mulde zu gehen.

Zu dem schmalen und wackligen Holzsteg, auf dem die Männer den Fluss überquerten, den Frauen erschien er zu gefährlich, und allen Kindern war es laut einer aushängenden Bekanntmachung verboten, ihn zu betreten, zu diesem Steg kam einen Monat später eine Fähre, die von den Arbeitern der Sägefabrik und den drei Tischlern des Ortes gebaut wurde und mit der selbst Pferdefuhrwerke über den Fluss gebracht werden konnten. Im Juni wurde mit dem Bau der Holzbrücke begonnen, und kurz vor dem Winter wurde sie fertig. Bereits drei Monate später wurde sie durch Eisgang in Mitleidenschaft gezogen und musste im Frühjahr für zwei Wochen gesperrt und repariert werden. Einer der hölzernen, schräg gestellten Brückenpfeiler, der die Eisschollen zerschneiden sollte, damit die zerkleinerten Stücke unter der Brücke hindurchgleiten könnten, hatte sich um einige Zentimeter verkantet, und an der Stelle, wo er mit der eigentlichen Brücke verbunden war, sah man zersplitterte

Balken und verbogene Eisenkrampen. Der Pfeiler wurde mit Bolzen am Unterbau der Brücke gesichert, und in den Fluss wurden Beton- und Eisenpfähle eingelassen, um die Eisbrecher und Brückenpfeiler zu entlasten.

Einige Jahre hielt diese Konstruktion, da es wenig Hochwasser gab und das Eis schon geborsten war, ehe es unsere Stadt erreichte, doch acht Jahre nach der Errichtung der Holzbrücke erreichte der Wasserpegel die alte Höchstmarke, und riesige Eisschollen trieben heran und zerstörten drei der fünf Pfeiler, so dass die Brücke erneut gesperrt werden musste. Im Mai begann der Abriss, und die Sägewerksarbeiter zerlegten die Holzkonstruktion. Am Ufer wuchsen riesige Bretterhaufen und Stapel von schwärzlichen, teergetränkten Holzbohlen, und zusammen mit einigen Kameraden klauten wir jede Woche Holz von den unbewachten Lagerplätzen und schafften es mit Handkarren nach Hause. Es war unübersehbar viel Holz, das am Ufer gelagert wurde, doch da die halbe Stadt sich mit Brennholz für den Winter versorgte, wurde schließlich ein Zaun aufgestellt und, weil er allein die Diebstähle nicht verhindern konnte, ein Nachtwächter mit Hund eingestellt. Trotzdem lagen Ende Mai nur noch die meterlangen mannsstarken Bohlen auf der Wiese, die zu schwer und unhandlich waren, als dass man sie ohne Fuhrwerk und Maschinen abtransportieren konnte.

Im Mai begann der Bau der Steinbrücke, wenige Meter neben der früheren Notbrücke und an derselben Stelle, wo die alte und durch Sprengung zerstörte Brücke gestanden hatte. Die steinernen Reste, die die ganzen Jahre aus dem Wasser geragt und dem Hochwasser und den Eisschollen getrotzt hatten, wurden teilweise abgetragen und zum Teil bei dem Neubau benutzt. Die Brückenbauer kamen aus Leipzig. Die meisten von ihnen wurden am Morgen mit einem Bus gebracht und verließen am Abend die Baustelle, zwei Männer wohnten die Woche über in einem Bauwagen, der direkt am Fluss aufgestellt worden war und in dem sie sich Wasser warm machen und übernachten konnten.

Am späten Nachmittag liefen wir nun wieder zum Fluss, statt uns am Markt zu treffen, denn der Brückenbau brachte eine Abwechslung in unser Leben. Wir sahen den Arbeitern zu, die bis zum Beginn der Dämmerung an den Brückenfundamenten arbeiteten, um dann, ungewaschen und in ihrer dreckigen Kleidung, in den Bus zu klettern, der sie nach Hause bringen würde. Danach schauten wir den beiden verbliebenen Bauleuten zu, die ihr Abendbrot vor dem Waggon, in dem sie schliefen, einnahmen, Karten spielten und Bier tranken, wobei sie ein kleines Holzfeuer in einem Eisenkorb am Brennen hielten. Manchmal riefen sie uns etwas zu, wir sollten verschwinden oder unsere Schwester zu ihnen schicken, dann antworteten wir ihnen, aber meistens saßen wir in der Nähe des Bauwagens auf dem gestapelten Bauholz und den behauenen Steinquadern, unterhielten uns wie früher auf dem Marktplatz und beobachteten träge das Geschehen an der Baustelle und dem Wohnwagen.

Im Juni wurde die Stadt von Kartoffelkäfern heimgesucht. Eine Invasion von rotgelben, zentimeterlangen Käfern schwirrte in die Stadt ein und bedeckte die Straßen, Gehwege und Dächer. Von den Häusern leuchtete ein Teppich der schwarzgestreiften Flügeldecken herab, und die Sandwege und der Asphalt waren mit einem dünnen, gelblichen Brei der zertretenen Käfer bedeckt. Die Käfer waren erst nach dem Krieg in der Stadt aufgetaucht, seitdem kamen sie Jahr für Jahr im Mai und Juni, und die Pflanzen auf den um die Stadt liegenden Feldern waren mit den widerlichen Larven und Käfern bedeckt. Die Blätter der Feldfrüchte wiesen große Löcher auf, die von dieser Plage hineingefressen wurden, und die Schulkinder bekamen mehrere Tage schulfrei, um die Schädlinge von den Blättern abzusammeln und in Schraubgläser zu stecken und bei einer Sammelstelle abzugeben, wo man für jeweils zehn Käfer oder Larven einen Pfennig erhielt. Trotzdem vernichteten die Käfer in jedem Frühsommer ganze Felder und ließen verfaulende Kartoffeln im Erdboden zurück, die nur noch umgepflügt werden konnten. Da sich kein Mensch daran erinnern konnte, jemals vor dem Ende des Krieges Kartoffelkäfer gesehen zu haben, entstand in der Stadt die Meinung, sie seien mit den Flugzeugen der Alliierten gekommen und absichtsvoll über unserem Land ausgesetzt worden. Die Amerikaner hätten sie als Waffe gegen das Deutsche Reich eingesetzt, um mit einer dadurch bewirkten Hungersnot eine raschere Niederlage der Wehrmacht zu erzwingen. Woher sie immer kamen, sie blieben seit dem Krieg in keinem Jahr aus, und weder die chemischen Mittel zur Schädlingsbekämpfung, die in jedem Frühjahr von riesigen Tankfahrzeugen, an denen zwanzig Meter lange Gestänge montiert waren, reichlich über die aufkeimenden Pflanzen versprüht wurden, konnten den Blattfraß verhindern und den damit unvermeidlichen Ernteschaden noch die Horden von Schulkindern, die vergnügt und wie auf einem Schulausflug über die Felder zogen und sicherlich mehr Schaden als Nutzen anrichteten und denen die Kartoffelkäfer so willkommen waren wie ein heißer Sommertag, an dem nach der dritten Schulstunde alle nach Hause gehen konnten, oder wie die zusätzlichen Kälteferien, wenn der Kohlenkeller der Schule ausgeräumt war, das Schulhaus nicht beheizt werden konnte und der Schulleiter auf die neue Lieferung wartete. Aber bisher waren die Käfer in keinem Jahr in die Stadt gekommen, sie lagerten auf den Feldern rings um die alte Stadtmauer und hielten sie eingeschlossen wie ein feindliches Heer, das die Stadt zur Übergabe zwingen will.

Ende Juni aber, als sie schon über die Felder hergefallen waren, kamen neue Scharen und zogen sogar in die Stadt. Sie saßen dicht an dicht auf den Bäumen, sie krochen über die Straßen und Mauern, in den Vorgärten waren die Farben der Blüten nicht mehr zu erkennen, so gleichmäßig waren diese von den schwarzgelbgestreiften Käfern bedeckt. Die Hausfrauen sammelten sie tagtäglich von den Pflanzen in ihren Vorgärten ab, zertraten und verbrannten sie, um am nächsten Morgen nach einem Blick aus dem Fenster resigniert festzustellen, dass erneut die sorgsam und liebevoll gehegten Blumen und Stauden mit Schwärmen der gelbschwarzen Käfer überdeckt waren. Scheinbar reglos klebten sie eng nebeneinander auf den Blättern. Wenn sie gefressen hatten und das Blatt nur noch aus großen Löchern bestand, ließen sie sich auf den Erdboden fallen, blieben dort stundenlang reglos liegen, um dann, wenn man sie nicht totgetreten hatte, zu ihrem nächsten Fressplatz zu fliegen. Es war wie eine Invasion. Immer wieder hörte man ein hysterisches Aufschreien von den Frauen oder den kleinen Kindern, wenn ein Käfer in ihrem Haar oder Gesicht landete oder sie versehentlich einen Kartoffelkäfer mit der bloßen Hand zerdrückten und nun den ekligen Brei auf ihrer Haut hatten. Die Stadtverwaltung klebte Zettel an die vier Litfaßsäulen der Stadt und an Telegrafenmaste, um die Bürger über das richtige Verhalten zu informieren. Bereits am dritten Tag waren die Zettel nicht mehr zu lesen. Die Käfer hatten sich darauf niedergelassen und waren auf ihnen zerquetscht worden, so dass man nicht mehr die unnützen und hilflosen Ratschläge des Bürgermeisters lesen konnte, der sich über Hygiene und Wachsamkeit ausließ, weil er nicht wusste, was gegen die Käferplage zu tun war.

Die Brückenbauer schimpften den ganzen Tag über. Sie drohten, die Arbeit abzubrechen und in ihre Heimatstadt zu fahren. Sie fürchteten sich vor den Käfern, sie hatten Angst, von ihnen mit irgendetwas angesteckt zu werden und sich eine Krankheit zu holen. Wir lachten über sie und sagten ihnen, dass es eigentlich harmlose Käfer seien, dumm und träge, die lediglich Blätter fressen und vor denen man sich nicht fürchten müsste. Sie würden die halbe Ernte wegputzen, was die Brückenbauer kaum interessieren dürfte, davon abgesehen seien sie völlig ungefährlich. Einer der Bauarbeiter hörte mir misstrauisch zu, dann sprang er plötzlich auf und trat mit seinen schweren Arbeitsschuhen auf den toten Käfern herum, die vor ihm auf der sandigen Erde lagen. Wir kugelten uns vor Lachen.

Ich setzte mir zwei der Käfer auf die Handfläche und stocherte mit einer Tannennadel, um sie dazu zu bringen, miteinander zu kämpfen, sie bewegten sich vor Schreck überhaupt nicht und ich schnipste sie in die Luft.

»Sie sind sehr nahrhaft«, warf Bernhard plötzlich ein, »viele Vitamine und Aufbaustoffe.«

»Von was redest du, Junge?«

»Man kann die Käfer essen. Sie schmecken nicht schlecht. So ein bisschen wie Huhn. Man muss sie in Öl braten, etwas Salz und Pfeffer dazu, dann ist das eine leckere Mahlzeit.«

Ich sah Bernhard an, er verzog keine Miene, und ich wusste nicht genau, ob er es ernst meinte oder sich über die Bauarbeiter lustig machen wollte.

»Das ist ja das Ekelhafteste, was ich je gehört habe«, sagte einer von ihnen und schüttelte sich, »ich kann es einfach nicht glauben.«

»Fall nicht auf diesen dummen Jungen rein. Er will dich auf den Arm nehmen, Karl.«

»Es ist die reine Wahrheit. Probieren Sie es nur. Sie werden mir für den Tipp noch dankbar sein.«

»Hau endlich ab, du kleine Kröte. Einen alten Mann auf die Schippe nehmen wollen. Hau ab.«

»Es ist wahr. Glauben Sie mir. Etwas anbraten und ein bisschen Salz und Pfeffer, mehr braucht man nicht. Und am leckersten sind sie, wenn man sie lebend in die heiße Pfanne schmeißt. Dann werden sie besonders knusprig.«

»Verschwinde, du kleiner Bastard, eh mir die Hand ausrutscht. – Nein, solch ein Bengel. Den müsste man mal übers Knie legen.«

Wir verzogen uns, denn wenn auch die meisten der Männer lachten, war einer von ihnen so gereizt, dass wir unsicher waren, ob er nicht tatsächlich handgreiflich werden würde. Einer von uns fragte Bernhard, ob sie denn tatsächlich die Käfer essen würden, und ich sagte zu ihm, er solle seinen Mund halten. Wir liefen zur Straße hoch und sahen den Arbeitern von oben zu. Ich stellte mich neben Bernhard und nickte ihm zu.

»Hast du gut gemacht.«

»Naja«, sagte er nur, »das sind Idioten. Haben vor kleinen Käfern Angst. Wie Mädchen oder Babys.«

»Die sind halt aus der Stadt. Dort kennt man so was nicht.«

»Trotzdem. Wie kann man so blöd sein.«

»Vielleicht probieren sie dein Rezept.«

»Dämlich genug wären sie. Vielleicht sollten wir ihnen eine kleine Überraschung bereiten.«

»Was meinst du, Bernhard?«

»Ich weiß nicht. Irgendetwas mit den hübschen kleinen Käfern.«

Er grinste und kniff die Augen zusammen.

»Was denn?«

»Lass uns überlegen. Hier müsste etwas zu machen sein.« Er wies mit einer alles umfassenden Handbewegung auf die Brückenbaustelle.

Dann sagte er halblaut: »Was immer uns einfallen sollte, wir sollten es allein machen. Falls es Ärger gibt, verstehst du.«

Ich nickte. Wir betrachteten noch einmal die Baustelle und überlegten, was wir tun könnten, während die anderen immer wieder über die gebratenen Kartoffelkäfer redeten.

Am nächsten Tag wussten wir immer noch nicht, was wir anstellen wollten, aber die Käfer wurden weniger. Der gelbe Brei der totgetretenen Viecher klebte überall in der Stadt, doch auf den zerfressenen Blättern in den Vorgärten waren nur wenige von ihnen zu entdecken. Vielleicht hatten sie sich überfressen oder fanden nichts mehr, weil sie alles vertilgt hatten. Oder das Heer der Käfer war einfach weitergezogen, um über andere Städte und Dörfer herzufallen.

Dafür gab es bei uns eine andere Aufregung. Die Leute hingen alle an ihren Radioapparaten, um aus dem Rauschen und Gepiepse der Störsender ein paar Nachrichten der verbotenen Sender herauszufischen. Die Stalinorgeln, wie die Störsender bei uns hießen, hatten mal wieder voll aufgedreht. In Berlin gab es irgendwelche Tumulte auf der Straße, über die ausschließlich die westdeutschen Sender etwas meldeten. Sie sprachen von einem Streik, der auf das ganze Land übergreife. In unseren Zeitungen stand nichts davon, und in der Stadt war es ruhig, jedenfalls waren nicht mehr Leute als sonst auf der Straße, und die streikten nicht, sondern gingen einkaufen oder spazieren. Auf dem Schulhof redeten wir über die Gerüchte, und zu Hause saßen meine Eltern jede Stunde vor dem Radio und hörten sich das entsetzliche Schnarren und Pfeifen an, das aus der runden stoffbezogenen Lautsprecheröffnung kam. Wenn sie ein paar Worte verstanden hatten, wiederholten sie diese, um dann wieder zu lauschen. Mich interessierte es nicht, und ich fand es komisch, wie meine beiden Alten mit aufgerissenen Augen vor der Truhe hockten. Schallplatten zu spielen war natürlich ausgeschlossen, alle hatten ganz ruhig zu sein, damit sie kein Wort verpassen.

Mit Bernhard hatte ich mich für den Nachmittag verabredet. Da die Käfer knapp wurden, mussten wir rasch handeln. Wir hatten am Vortag eine leere runde Pappschachtel von der Baustelle mitgenommen, in der vorher die grobkörnige Seifenpaste war, mit der sich die Arbeiter am Fluss den gröbsten Dreck von den Händen wuschen. Wir wussten nicht, was wir anstellen wollten, und wir wussten nicht, wozu wir die alte Schachtel benutzen könnten, wir hatten sie gefunden und eingesteckt, wie wir alles einsteckten, was uns irgendwie brauchbar erschien. Als ich mich mit Bernhard nach der Schule traf, sammelten wir Kartoffelkäfer im Kurpark, bis die alte stinkende Pappschachtel randvoll war. Bernhard steckte sie sich unter die Jacke, und wir liefen zum Fluss. Was wir mit der Schachtel und den Käfern machen wollten, wussten wir immer noch nicht. Alles, was uns einfiel, war dummer Schabernack, wie ihn kleine Kinder veranstalten, und wir wollten die Bauarbeiter richtig ärgern.

Am Anger kamen sie uns plötzlich entgegen. Ein Dutzend Arbeiter lief in Richtung Marktplatz. Sie trugen ihre Arbeitskleidung, einige hatten Mützen oder breitkrempige Hüte auf, und alle hatten den Ledergurt umgeschnallt, in dem ihr Hammer steckte. Sie unterhielten sich aufgeregt und beachteten uns gar nicht, obwohl sie uns fast über den Haufen gerannt hätten. Ich glaube, sie haben uns nicht einmal gesehen. Sie hatten irgendetwas Wichtiges vor und waren sehr beschäftigt. Bernhard sah mich an, wir wussten sofort, dass uns in der nächsten Stunde keiner auf der Baustelle stören würde.

Es war tatsächlich kein Mensch dort, auch keine Kinder. Wir konnten in aller Ruhe über den Platz laufen und alles durchstöbern. Der Kran war abgeschlossen, die Tür klapperte, als wir daran rüttelten, ließ sich jedoch nicht öffnen. Auch in den Waggon, in dem die beiden Arbeiter übernachteten, kamen wir nicht hinein. Ich ließ mir von Bernhard die Seifenbüchse mit den Käfern geben und ging zu der Holzbank am Flussufer, wo alte Lappen herumlagen, ein verdrecktes Handtuch und die Seifendose. Plötzlich rief mich Bernhard. Er stand an dem Lastwagen, auf dem als Aufsatz eine hölzerne Baubude befestigt war, in der das Handwerkszeug der Arbeiter verwahrt wurde. Als ich zu Bernhard sah, lachte er, griff nach der Türklinke der Bude und öffnete sie. Ich sah mich um, kein Mensch war zu sehen, dann rannte ich zu ihm.

»Wie hast du das aufbekommen?«

»Es war offen. Diese Idioten.«

Bevor wir hineinkletterten, kontrollierten wir die ganze Umgebung. Die hölzerne Trittleiter klappten wir nicht heraus, wir sprangen mit einem Satz auf den Laster und in die Baubude. Es war dunkel. Das einzige Fenster war mit einer Platte verstellt, wir mussten die Tür einen Spalt offen lassen, um etwas erkennen zu können. Rechts stand ein Regal mit großen Schubkästen, in denen Schrauben und Muttern lagen. Darüber hingen in Lederschlaufen die Werkzeuge, Schraubenschlüssel, Monierzangen, Kellen, Rohrzangen, Schlegel, Handzangen, Metallschneider, verschieden große Sägen und Hobel. In der Ecke lag ein ganzer Berg von gusseisernen Kupplungen. Links vor dem verschlossenen Fenster stand eine Werkbank, auf der kleinere Teile durcheinander lagen, auch eine Benzinlötlampe, die fast neu war.

Bernhard und ich sahen uns an, dann inspizierten wir, jeder für sich, die vor uns liegenden Schätze. Bernhard war es, der damit begann, einen Stapel von Werkzeugen zusammenzustellen. Als ich es bemerkte, raffte ich ein paar Stücke zusammen.

»Nimm nicht so viel«, sagte ich zu ihm, als sein Haufen immer größer wurde, »so viel kannst du nicht mitnehmen. Und ein zweites Mal können wir hier nicht auftauchen.«

»Jaja«, erwiderte Bernhard und legte einen Gehrungswinkel auf seinen Stapel.

Plötzlich pfiff er durch die Zähne. Ich sah zu ihm, er ging an die Tür und schaute sich um. Dann holte er unter der Werkbank einen Seilaufzug mit elektrischer Winde hervor.

»Das wärs«, sagte er nur.

»Die kriegst du hier nicht weg. Das Ding ist zu schwer. Und wie willst du es ungesehen durch die Stadt schleppen?«

»Das wäre das Einzige, was ich brauche. Der Rest interessiert mich eigentlich nicht.«

»Wenn der Apparat fehlt, stellen sie die Stadt auf den Kopf. Ich meine, wir nehmen ein paar kleine Sachen, die ihnen nicht gleich fehlen werden. Da werden sie herumsuchen und irgendwann neue bestellen. Einen Elektromotor aber, den werden sie nicht so leicht verschmerzen.«

»Das sollen sie auch nicht, ich will ihnen eine Lehre verpassen, die sie nicht vergessen. Ich versteck das Ganze und hole es erst raus, wenn die Brücke fertig ist und die Arbeiter verschwunden sind. In ein paar Monaten sucht keiner mehr nach dem Motor.«

»Nein. Vergiss es. Nimm dir die anderen Sachen und lass uns verschwinden.«

Ich stopfte mir die Taschen voll, die Lötlampe klemmte ich unter der Joppe zwischen Arm und Körper. Ich sprang aus dem Wagen und lief probeweise ein paar Schritte. Der sperrige Apparat drückte gegen meine Rippen, doch ich konnte mit ihr laufen, und in den Taschen klapperte nichts. Als ich mich umwandte, stand Bernhard vor dem Lastwagen und zog die Winde heraus. Er rief mir zu, ich solle ihm helfen, ich schüttelte den Kopf und blieb stehen. Ohne ein weiteres Wort zu sagen, lud er sich den Motor auf den Rücken, die Radaufhängung hielt er in der Hand, das Stahlseil hatte er in der Bude gelassen. Ich schüttelte den Kopf und ging los, hinter mir hörte ich Bernhard keuchen. Auf der Böschung wartete ich, bis er den Motor hochgezogen hatte.

»Und was jetzt? Wo willst du mit dem Ding hin? Am besten, du schmeißt es hier einfach die Böschung runter und wir verschwinden.«

Bernhard lud sich den Motor wieder auf den Rücken und lief in Richtung der Flutwiesen. Er wollte wohl zu dem Wäldchen von Korsitzke, um den Apparat dort zu verstecken. Ich folgte ihm, weil ich herausbekommen wollte, was er vorhatte. Außerdem wollte ich nicht direkt in die Stadt zurück, um nicht den Arbeitern in die Hände zu laufen, die irgendwann zu ihrer Baustelle zurückkehren würden. Als wir schon ein paar hundert Meter gelaufen waren, legte Bernhard den Motor ins Gras. Ich dachte, er wollte eine

Pause machen. Als ich zu ihm trat, sagte er, dass einer von uns zurückgehen müsse, um die Schachtel mit den Kartoffelkäfern zu holen. Sie würde uns verraten, denn die Arbeiter wüssten dann, wer in ihrer Abwesenheit die Baubude geplündert habe. Ich hatte keine Lust, nochmal auf den Bauplatz zu gehen, aber ich wollte nicht neben seinem Motor auf ihn warten.

»Na geh schon«, sagte ich schließlich, »ich pass hier auf.«

Nach einer halben Stunde kam er zurück und sagte, es sei alles in Ordnung, und ich müsse mir keine Sorgen machen.

»Ich mache mir keine Sorgen«, erwiderte ich, »es ist nur so, dass du etwas verrückt bist, Junge.«

Bernhard sah sich wütend nach mir um. Für einen Moment dachte ich, er würde mich schlagen, dann nahm er den Motor auf und lief weiter. Er versteckte den Apparat in der Wurzel eines umgekippten Baumes. Er streute altes Laub und abgebrochene Zweige darüber, aber wenn hier einer entlangkam, würde er den Motor natürlich sehen. Bernhard wollte ihn in der Nacht nach Hause schaffen. Zusammen liefen wir einen großen Umweg über die Schrebergartenstraße und kamen dann von der Bahnhofstraße her in die Stadt zurück. Vor der Post standen zwei Polizisten, die wir nicht kannten. Vorsichtshalber wechselten wir den Bürgersteig. Sie riefen uns und verlangten, dass wir zu ihnen kommen. Sie wollten wissen, was ich unter der Jacke habe. Ich zog die Lötlampe hervor und hielt sie ihnen vor. Einer der beiden fragte, was das sei und wozu ich das mit mir herumschleppe. Ich erklärte ihm, dass ich dabei sei, einen Karnickelstall zu bauen. Dann wollte er sehen, was ich in den Taschen habe, und ich musste alles auspacken und auf den Bürgersteig legen. Während ich Stück für Stück die Werkzeuge aus meiner Tasche hervorholte und auf den Bürgersteig legte, sah ich zu Bernhard. Er schien völlig ruhig zu sein und sah scheinbar teilnahmslos zu den Polizisten. Als sie ihn aufforderten, seine Taschen zu leeren, zeigte er ihnen gelangweilt, dass er nichts bei sich habe.

»Und wo hast du das geklaut?« fragte mich der Polizist, der direkt vor mir stand und mit der Schuhspitze in dem Werkzeug herumstocherte.

»Das gehört alles meinem Vater. Das habe ich für den Karnickelstall gebraucht.«

«Und wieso hattest du alles versteckt, wenn du es nicht geklaut hast?«

»Irgendwie muss ich es ja transportieren.«

Der Polizist warf einen Blick zu seinem Kollegen, der abfällig mit der Hand winkte.

»Also, verschwindet. Und ich gebe euch den guten Rat, lasst euch heute nicht mehr auf der Straße blicken. Wenn ich euch noch einmal aufgreife, nehme ich euch mit. Ist das klar?«

Ich nickte und packte das Werkzeug in die Taschen und steckte die Lötlampe wieder unter die Jacke. Die Polizisten beachteten uns nicht, und wir gingen rasch weiter.

»Wenn einer der Bauarbeiter vorbeigekommen wäre und das gesehen hätte«, sagte Bernhard nur.

»Ja«, sagte ich, »das wärs dann gewesen. Und wenn du deinen blöden Motor mitgeschleppt hättest, Gott im Himmel.«

»Da ist schon wieder ein Polizist. Was ist denn heute los?«

»Komm, wir gehen den Graben entlang und an der alten Gasanstalt vorbei.«

»Ich habe nichts bei mir. Mir kann keiner etwas.«

»Ja, komm schon.«

Irgendetwas war in der Stadt los, es waren Polizisten da, die ich noch nie gesehen hatte, und auch die Leute bewegten sich anders, unruhiger als sonst, sie liefen nicht wie sonst durch die Stadt, sondern hatten es eilig und beachteten uns nicht, was mir recht war. Ich war heilfroh, dass ich nicht nochmals angehalten wurde, denn inzwischen bereute ich es, dass wir das Zeug mitgenommen hatten. Richtig gebrauchen konnte ich es eigentlich nicht, und wenn Vater es entdeckte, würde ich ein paar Fragen gestellt bekommen, auf die ich keine Antwort wusste, jedenfalls keine, die ihn zufrieden gestellt hätte. An der Brunnenstraße trennten wir uns.

Bei mir daheim war niemand. Ich brachte das Werkzeug in mein Zimmer und versteckte es im Schrank. Dann lief ich in die Stadt. Auf dem Weg dorthin spürte ich wiederum die eigenartige Stimmung. Als würde der Motor der Stadt vibrieren und sich langsam in Bewegung setzen. Irgendetwas war anders, die Leute liefen anders, sie redeten anders, und ich hatte das Gefühl, etwas verpasst zu haben. Alle bewegten sich in Richtung Markt, und so lief ich einfach mit ihnen mit. In der Kirchstraße traf ich drei Jungen aus meiner Klasse. Ich fragte sie, was denn los sei, und sie sagten, es würde gestreikt, kein Mensch arbeite, und auf dem Markt stünden alle beisammen.

»Und die Polizei?«, fragte ich.

»Auf dem Markt ist von denen nichts zu sehen. Und das Rathaus ist verschlossen. Ein paar haben versucht hineinzukommen. Die große Tür ist regelrecht verrammelt. Entweder sind die abgehauen, oder sie haben sich verbarrikadiert.«

»Streik? Das ist verboten.«

»Ja. Es streiken auch nur die von der Maschinenfabrik und die von außerhalb, die vom Brückenbau. Die anderen stehen alle bloß herum und gucken zu.«

»Und warum geht ihr?«

»Ich habe mir das lange genug angeschaut, drei Stunden lang. Jetzt verschwinde ich. Auf dem Markt passiert nichts weiter, und ich habe mehr zu tun als herumzustehen.«

»Ist ja toll, ein Streik. Ich hätte nie geglaubt, dass in unserem kleinen Drecksnest mal gestreikt wird.«

»Naja, eine Überraschung ist es, aber ziemlich langweilig. Ich geh. Also, bis morgen.«

»Ist denn morgen Schule?«

»Ich weiß nicht. Ich denke schon. Oder willst du streiken, Koller?«

»Wenn alle streiken, ist keine Schule.«

»Mein Vater sagt, heute Abend und in der Nacht werden sie ein paar Leute verhaften, und dann ist morgen der ganze Spuk vorbei.«

»Kommt jemand mit auf den Markt?«

»Nein, keine Lust.«

»Ich muss nach Hause. Ich will keinen Ärger kriegen.«

Wir verabschiedeten uns mit einer lässigen Handbewegung.

Auf dem Markt standen einige Männer auf dem Fahrdamm um den großen weißgestrichenen Holzkasten herum, auf dem eine ausgesägte riesige Friedenstaube thronte und an dem jahraus, jahrein Fahnen hingen. Die Männer standen da und redeten miteinander. Auf den Bürgersteigen rund um den Markt standen viele Leute und sahen zu ihnen, und das war alles, was von dem Streik zu sehen war. Langsam ging ich einmal um den Platz herum. Dreimal wurde ich von Bekannten angesprochen, die mir sagten, ich solle schleunigst nach Hause gehen, hier hätten Kinder nichts verloren. Ich nickte und hielt Ausschau, ob einer von meinen Eltern zu sehen war oder ein Lehrer, aber von ihnen war keiner zu sehen. Ich war enttäuscht. Ich kannte Streiks aus dem Kino, von den Wochenschauen oder aus einigen Spielfilmen, da waren es immer Tausende, die wild entschlossen eine Straße langmarschierten, Lieder sangen, Parolen riefen und irgendein Plakat oder Spruchband herumschwenkten. Auf dem Markt jedoch standen gerade mal dreißig Leute herum, es waren fast alles Männer, keiner rief etwas, und es wurden auch keine Lieder gesungen, es war wirklich langweilig. Nach einer halben Stunde machten drei der Männer vom Brückenbau eine Räuberleiter und holten die drei Fahnen herunter und warfen sie auf die Straße. Das wurde fast wortlos vollzogen, und keiner schrie etwas oder jubelte, wie ich es aus dem Kino kannte. Hinter den Fensterscheiben war ab und zu jemand zu sehen, die Gardine wurde ein wenig beiseite geschoben, und man sah eine Nasenspitze und ein paar Augen, die minutenlang auf den Marktplatz blickten. In den Fenstern vom oberen Stockwerk des Rathauses sah ich ein paar Köpfe, sie zeigten sich für einen Moment und verschwanden, ehe sie von der Menge unten auf dem Platz entdeckt werden konnten. Nachdem die Fahnen verdreckt auf der Straße lagen, war es wieder ruhig geworden, alle standen herum und warteten, und eigentlich war es so wie jeden Tag.

Nachdem eine halbe Stunde lang nichts passierte, schlenderte ich sehr langsam und ruhig direkt über den Platz, so dass ich an den Brückenbauern vorbeikam, die die größte Gruppe an der Friedenstaube bildeten. Sie warfen einen kurzen Blick zu mir, beachteten mich jedoch nicht weiter, so dass ich für einige Momente stehen blieb, um ihnen zuzuhören. Sie redeten nicht laut miteinander, sie waren erregt, und vor allem waren sie offenbar ratlos. Sie wussten nicht, was sie tun und wie lange sie hier bleiben sollten. Einer schlug vor, zur Brücke zurückzugehen und die Arbeit wieder aufzunehmen, was die Mehrheit lustlos zurückwies. Sie hatten keinen Anführer, ihnen fehlte jemand, der wusste, was zu tun war und dem sie folgen konnten, so wie ich es im Kino gesehen hatte. Einer schubste mich und sagte, ich solle verschwinden und mich heimscheren, das hier sei nichts für Kinder. Ich grinste ihn an. Wenn du wüsstest, dachte ich bei mir, du wirst Augen machen, du Arschloch, wenn du zu deinem blöden Bauwagen zurückkommst, die Augen werden dir herausfallen, diesen dummen Streik wirst du nie vergessen, es wird teuer für dich, mein Lieber, und ich wette, sie lassen euch alles bezahlen, alles, was wir mitgenommen haben, Bernhard hatte ganz Recht, so viel wie möglich wegzuschleppen, ich wäre gern dabei, wenn du auf den Bauplatz zurückkommst, dann möchte ich dein dummes Gesicht sehen, das ist nichts für Kinder, nicht wahr, du weißt gar nicht, wie Recht du hast.

Ich ging langsam zur Apotheke rüber, dort schob ich mich durch die Herumstehenden hindurch, die auf dem Bürgersteig standen, zu den Männern auf dem Platz schauten und sich unterhielten. Vier Jungen aus meiner Klasse standen neben der aufgegebenen Tankstelle, von der nur noch die blecherne verrostete Säule übrig geblieben war, der Benzinschlauch war abmontiert, die kleine Bude, in der früher der Tankstellenpächter gesessen hatte, mit der Zeit Stück für Stück abgetragen worden, um die Steine für andere Bauten zu benutzen. Wir begrüßten uns mit einer leichten Kopfbewegung.

»Grüß dich.«

»Kommst du erst jetzt? Wo warst du?«

»Zu Hause.«

»Hier ist was los. Sie streiken. Sauber, was?«

»Eher etwas langweilig.«

»Immerhin, es ist verboten. Und in Berlin soll der Teufel los sein.«

»Vielleicht passiert hier was.«

»Glaube ich nicht. Nicht mal die Polizei ist aufgetaucht.«

»Die trauen sich nicht. Haben Schiss, dass man sie vermöbelt.«

»Ich habe sie gesehen.«

»Wo denn?«

»Und es sind mehr, als ihr glaubt. Sie haben einige aus der Umgebung herangekarrt.«

»Und wo sind sie? Wo hast du sie gesehen?«

»In der Nähe vom Bahnhof und an der Post. Vermutlich stehen sie rundum. Rund um den Markt.«

»Sie können nichts machen.«

»Warts ab. Wollen wir wetten? Um was?«

»Also, ich glaube, ich gehe jetzt besser.«

Bernhard erschien. Er kam von der Alten Leipziger Stra-ße, warf einen kurzen Blick auf den Platz und steuerte dann direkt auf uns zu.

»Was willst du hier?«

Meine Schulfreunde schauten verärgert zu Bernhard, der antwortete nicht. Er sah zu mir, als ob ich diese Frage beantworten könnte. Es war so ein erbärmlicher Blick, als ob ich ihm sagen könnte, warum er hier ist, warum er bei uns herumhängt, warum sich kein anderer mit ihm abge-ben wollte, wozu er überhaupt geboren wurde und auf der Welt war.

»Lasst ihn in Ruhe«, sagte ich, als das Schweigen feindse-lig wurde, »er ist in Ordnung.«

Zwei Jungen verabschiedeten sich, und wir warteten mit Karl und Freddie und den anderen Leuten darauf, dass et-was passieren würde. Irgendwann sagte Freddie, dass nur die Einheimischen und die Brückenbauer an dem Denkmal stünden, von den Vertriebenen sei nichts zu sehen, kein ein-ziger von ihnen sei dabei, obwohl genügend von ihnen sich in der Stadt breit gemacht hätten. Ich zog ihn am Jackenauf-schlag zu mir und fragte, was er damit sagen wolle.

»Nichts«, sagte er, »war bloß eine Feststellung.«

»Ach so«, sagte ich, »eine Feststellung. Dann behalte sie besser für dich, Mann, deine Feststellung. Könnte mich är-gern, verstehst du.«

»Jeder zieht sich den Schuh an, der ihm passt«, erwiderte er und machte sich los.

»Genauso ist es«, sagte ich und starrte ihm so lange in die Augen, bis er es nicht mehr aushielt und den Kopf ab-wandte.

»Ich denke, ich werd dann mal. Kommst du mit?«, fragte er Karl, und gemeinsam zogen sie ab.

Wir sagten nichts, sahen uns für einen Moment an und

schauten dann ihnen hinterher. Auf dem Markt war es ganz ruhig, obwohl sich so viele Leute versammelt hatten.

»Ich habe eine Idee, Koller«, sagte Bernhard.

»Eine Idee. Na, was denn?«

»Komm mit. Wir gehen zu den Brückenbauern.«

»Wozu, Mann?«

»Ich will ihnen nur stecken, dass die Stadt voll ist mit Polizei. Dass sie besser zur Brücke zurückgehen.«

»Das ist keine gute Idee. Ich meine, wenn wir hier stehen und zuschauen, kann uns keiner an den Wagen fahren. Aber wenn wir zu denen gehen, das ist ganz etwas anderes. Wenn das einer von der Schule erfährt, und genau das wird passieren, dann mach dich auf was gefasst.«

»Wir streiken nicht, Koller. Wir schauen zu. Wir gehen einmal über den Platz, das ist nicht verboten. Komm mit.«

Er schlenderte langsam über den Platz zu dem Holzmonument mit den Fahnen, um das herum die Arbeiter standen, und ich folgte ihm. Die Arbeiter aus der Stadt, es waren vielleicht dreißig, standen in kleineren Gruppen beieinander. Einige von ihnen kannte ich und grüßte sie. Sie sagten, wir sollten verschwinden und nach Hause gehen. Die Brückenbauer standen vor dem Rathaus, zwölf Männer in Arbeitsjoppen und verdreckten Manchesterhosen, um die Hüfte ein Gurt aus Leder oder Stoff, in dem ein Hammer steckte. Zwei Männer drehten sich gelangweilt nach uns um, sagten aber nichts. Bernhard sprach einen von ihnen an.

»Tschuldigung.«

»Was willst du, Junge?«

»Ich wollte Ihnen sagen, dass massenweise Polizei in der Stadt ist. Fünfzig mindestens.«

»Hast du sie gesehen?«

»Ja. Am Bahnhof. An der Post. Die Straße zur Siedlung raus. Überall stehen welche.«

»Die Bullen interessieren uns einen Scheißdreck.«

»Ich hörte, die wollen zum Fluss. Wollen zur Brücke.«

»So?«

»Ja. Das sagte einer von ihnen. Drei oder vier sollen zur Baustelle am Fluss und sie kontrollieren.«

»Da werden sie nicht viele von uns finden, Junge. Gut, dass du es uns gesagt hast, nun verschwindet. Das ist hier nichts für Kinder. Haut ab.«

Die beiden Arbeiter, die mit uns gesprochen hatten, wandten sich ab, unsere Mitteilung schien sie wirklich nicht zu interessieren. Warum Bernhard es ihnen sagen wollte, verstand ich nicht. Ich wusste, es war gelogen, er hatte nichts weiter von den Polizisten gehört und schon gar nicht, dass sie an den Fluss gehen wollten. Bernhard grinste mich zufrieden an. Dann drehte sich einer der Männer zu uns um und sagte nochmals, wir sollten machen, dass wir hier verschwinden. Langsam, sehr langsam gingen wir weiter, keiner sollte meinen, dass uns einer einfach so wegschicken könne.

»Und was sollte das Ganze?«, fragte ich ihn, »warum hast du ihnen gesagt, dass die Polizisten zur Baustelle gehen?« Ich verbesserte mich und sagte: »Die Bullen.«

So hatte der Arbeiter die Polizisten genannt. Ich kannte den Ausdruck nicht, er gefiel mir, wenn ich auch nicht verstand, was das bedeuten sollte. Es gefiel mir, wie man ihn aussprechen konnte. Vor den richtigen Bullen, diesen riesigen Tieren, hatte ich Respekt, jedermann nahm sich vor Bullen in Acht, aber so wie der Arbeiter das Wort ausgesprochen hatte, war es das Allerletzte, vor dem man sich fürchten musste.

»Überleg selber. Wenn sie zurückkehren und die Bescherung entdecken, was werden sie sich zusammenreimen?«

»Du glaubst doch nicht …«

»Jedenfalls werden sie nicht auf uns kommen.«

In der nächsten halben Stunde passierte nichts auf dem Markt. Dann gingen ein paar Arbeiter weg und kamen mit einer Holzfälleraxt zurück und einer Brechstange. Sie begannen den weißen Holzkasten mit der Friedenstaube, auf dem zuvor der Fahnenschmuck gehangen hatte, zusammenzuschlagen. Die Latten splitterten beim ersten Schlag, und in wenigen Minuten lag das gesamte Holzgerüst auf dem Straßenpflaster. Von der Friedenstaube war nicht viel übrig geblieben. Eins der aufgemalten Augen und der rote Schnabel waren unter dem zersplitterten Holz zu erkennen. Ein graues viereckiges Monument, das unter dem Kasten verborgen war, sah ich zum ersten Mal und ging näher heran. Es war ein Denkmal für die Gefallenen des Weltkriegs, des ersten Weltkriegs, wie man den Zahlen der Todesjahre entnehmen konnte, die hinter den Namen standen. Auf allen vier Seiten des Monuments waren Einschusslöcher zu sehen, und oben auf der Spitze des Denkmals wohl die Reste der Nachbildung eines Eisernen Kreuzes, es war lediglich zu vermuten, so sehr war es beschädigt. Die Männer, die das Gerüst zerstört hatten, schienen mit ihrer Arbeit zufrieden zu sein, sie lachten laut und deuteten auf das Denkmal und auf die daneben liegenden zersplitterten Holzwände. Dann trat auf dem Platz wieder Ruhe ein, weil alle sich das Monument ansahen, das seit dem Ende des Krieges unter dem Holzgerüst versteckt gewesen war. Plötzlich legte sich eine Hand auf meine Schultern, ich fuhr herum, neben mir stand Herr Frieder, ein Arbeitskollege von Vater, der manchmal bei uns klingelte, um Vater zur Arbeit abzuholen oder abends zum Kegeln.

»Komm, Jungchen, wir gehen jetzt«, sagte er.

Ich schüttelte den Kopf und wand mich aus seinem Griff.

»Komm«, sagte er nochmals, »jetzt ist der Spaß vorbei. Ab jetzt wird es ungemütlich.«

Er sagte es so leise und eindringlich, dass ich unsicher wurde und mich nach Bernhard umsah.

»Man muss immer wissen, wann Schluss ist. Komm.«

Ich sagte zu Bernhard, dass ich gehen müsse. Er nickte

nur. Auf dem Heimweg sagte Herr Frieder zu mir, ich solle nicht glauben, dass die sich das gefallen lassen. Sie würden sich alle vornehmen, die sich auf dem Markt irgendwie beteiligt hätten, einen nach dem anderen, und wenn ihnen das nicht ausreichen sollte, würden sie sich an die Zuschauer halten, auch an die, die völlig unbeteiligt waren, darauf könne ich mich verlassen, und ich solle ihm dankbar sein, dass er mich mitgenommen habe, und mein Kumpel täte besser daran, jetzt zu verschwinden. Ich nickte nur. Ich hätte gern gewusst, wen er meinte mit denen, die Polizisten oder die im Rathaus oder irgendwelche Leute von außerhalb. Als ich ihn fragte, sagte er nur, dass ich mir das wohl denken könne.

Vater und Mutter waren bereits zu Hause, als ich kam, und beide hörten Radio. Sie fragten, wo ich gewesen war, und verboten mir, in den nächsten Tagen auf den Markt zu gehen. Ich sollte nach der Schule direkt nach Hause kommen, sie würden es kontrollieren. Dann setzten sich beide wieder an den Apparat und versuchten, die aufgeregte Stimme eines Radiosprechers zu verstehen, die durch Krächzen und Knattern eines Störsenders kaum vernehmbar war. Ich ging in mein Zimmer, holte die Lötlampe und das Werkzeug aus dem Schrank und probierte alles aus. Als ich Schritte im Flur vernahm, schob ich den ganzen Kram rasch unter mein Bett und tat, als würde ich ein Buch lesen.

Es war eine Dummheit gewesen, in den Bauwagen einzubrechen und das Werkzeug mitzunehmen, denn ich konnte es eigentlich nicht gebrauchen. Schlimmer war, dass es bei mir nicht entdeckt werden durfte, denn dann gäbe es einen riesigen Radau. Ich hätte alles gern Vater geschenkt, aber ich wusste nicht, wie ich das anstellen sollte. Es einfach in den kleinen Werkzeugschuppen zu bringen und dort in irgendeiner Ecke unter seine Sachen zu stecken, das ging nicht. Vater würde es natürlich sehr bald entdecken und sofort wissen, dass ich es dorthin gelegt hätte. Und es ihm zu schenken, das ging nicht. Es war viel zu teuer, ich hätte ihm nicht sagen können, ich habe es gekauft, und außerdem war alles gebraucht. Mir fiel keine Geschichte ein, die so glaubwürdig war, dass ich sie Vater hätte erzählen können, ohne dass er misstrauisch geworden wäre und mich so lange gelöchert hätte, bis ich mit der Wahrheit hätte herausrücken müssen. Und was dann passiert wäre, weiß ich nicht, in jedem Fall, selbst wenn Vater das Zeug behalten würde, bekäme ich eine saftige Abreibung. Wahrscheinlich, sagte ich mir, sollte ich es mir bei nächster Gelegenheit vom Hals schaffen und einfach irgendwo in einen Straßengraben schmeißen. Wenn es der Zufall will, so könnte es ja sein, dass die Brückenbauer dort vorbeigingen, es entdeckten und wieder in ihre Bude brachten. Das wäre das Beste, und keiner hätte einen Schaden.

Ich fragte Bernhard am nächsten Morgen in einer Schulpause, ob er seinen Seilaufzug und die Winde abgeholt habe. Er nickte.

»Und was machst du damit?«

Er grinste und zuckte mit den Schultern.

»Das kann uns in Teufels Küche bringen, mein Lieber.«

»Abwarten. Lassen wir erst Gras über die Sache wachsen, dann findet sich was.«

»Was soll sich da finden? In Wahrheit brauche ich das ganze Zeug nicht. Das war ein blödsinniger Einfall von dir.«

»Werkzeug kann man immer gebrauchen. Werkzeug ist wie Gold.«

»Na, mein Gold kannst du von mir aus haben. Ich brauchs nicht.«

»Wirklich?«

»Es ist mir einfach zu heiß.«

»Wenn du es nicht brauchst, ich habe dafür Verwendung.«

»Und wenn dich einer fragt, wo du es herhast? Was machst du, wenn dich dein Vater danach fragt?«

»Ach, mir fällt schon was ein. Also, wenn du das Zeug nicht brauchst, gibst du es mir. Einverstanden?«

»Ich überlegs mir.«

Ich ließ ihn stehen und ging zu meinen Klassenkameraden, die über den Streik redeten und den russischen Panzer, der gestern Nacht in unsere Stadt gekommen war und auf dem Marktplatz stand. Wir wollten nach der Schule alle zum Markt gehen, um ihn zu sehen.

Drei Tage später war der ganze Spuk vorbei. Der Panzer fuhr ab, und es wurde wieder gearbeitet wie zuvor. Der Klassenlehrer setzte eine aktuelle Stunde an, in der über die Ereignisse gesprochen werden sollte, keiner von uns sagte etwas. Wir hörten stumm zu, was der Lehrer uns erzählte, er wiederholte das, was in der Zeitung stand. Als er fragte, ob einer von uns etwas sagen wolle oder Probleme habe, meldete sich keiner, und er schien damit zufrieden zu sein. Dann sprach er über die Zeugnisse, die wir in vierzehn Tagen erhalten würden und die uns mehr beunruhigten, denn es waren unsere Abschlusszeugnisse, und unsere Lehrverträge verlangten, dass wir mit zufriedenstellenden Zensuren die Schule beendeten. Kurze Zeit danach hörte ich, dass ein paar Leute in unserer Stadt verhaftet worden seien, eine Frau und fünf Arbeiter, ich kannte keinen von ihnen.

Zwei Monate später stand in der Zeitung etwas über einen Prozess in der Kreisstadt. Drei der Arbeiter von der neuen Brücke wurden zu zwei Jahren Gefängnis verurteilt, und ein vierter bekam sogar drei Jahre wegen Herabwürdigung der Polizei. Er hatte im Prozess behauptet, Polizisten hätten auf seiner Baustelle Werkzeug gestohlen, während sie auf dem Marktplatz standen. Er behauptete, ein Augenzeuge habe es ihm gesagt, er konnte keinen Namen nennen, so dass die Beschuldigung ins Leere lief oder vielmehr sich gegen ihn selbst wandte. Durch das Verlassen der Baustelle habe er den Diebstahl ermöglicht, und es spreche für seine abgrundtiefe Verworfenheit und feindliche Einstellung, wenn er solche haltlosen Beschuldigungen ausgerechnet gegen jene Ordnungskräfte erhebe, die in jenen Tagen unter Einsatz ihres Lebens und ihrer Gesundheit die sozialistische Ordnung zu schützen suchten. Alle vier Bauarbeiter hatten nicht allein die Prozesskosten zu tragen, sie mussten auch für das gestohlene Werkzeug aufkommen.

Als ich Bernhard im September zufällig auf der Straße traf, sprach ich ihn auf den Zeitungsartikel an. Ein Grinsen lief über sein Gesicht, und er meinte: »So ein Idiot. Wie konnte er diesen Quatsch dem Gericht erzählen.«

»Da haben wir Glück gehabt. Stell dir vor, der hätte beim Prozess unsere Namen nennen können!«

»Wieso? Hast du einen Polizisten stehlen sehen? Hast du irgendjemandem so etwas erzählt? Ich nicht. Ich hätte alles abstreiten müssen, und das wäre dann sogar die Wahrheit.«

»Trotzdem, ein armes Schwein. Wenn er uns in die Finger kriegen würde, ich glaube, da gibt es eine Abreibung für uns.«

»Ich weiß von nichts. Und wenn der Dummkopf sich an mir vergreifen will, bekommt er einen zweiten Prozess. Beruhige dich.«

»Ich bin nicht beunruhigt, überhaupt nicht.« Ich ärgerte mich, dass Bernhard, der noch immer zur Schule ging, mit mir redete, als sei ich ein Idiot oder ein kleines Kind.

»Schon gut«, sagte Bernhard, »und was ist mit dem Werkzeug? Hast du dir das überlegt?«

Ich schüttelte den Kopf, drehte mich um und ging wortlos davon. Ich wollte mit ihm nichts zu tun haben, und da ich meine Lehre machte, traf ich ihn selten und verlor ihn schließlich aus den Augen. Ich arbeitete in der Schlosserei von Herrn Merkel, und einmal in der Woche fuhr ich zur Berufsschule in die Kreisstadt. Ich hatte keine Zeit, irgendwo herumzustehen und zu schwatzen oder kindliche Streiche auszuhecken.

Die Arbeit war schwer, bei Merkel wurden die Lehrlinge

hart rangenommen. Pünktlich um sieben Uhr mussten wir umgezogen in der Werkstatt stehen, und dann ging es bis vier Uhr dreißig rund. Es gab zwei Pausen, die keiner überziehen durfte, denn dann fing Merkel gleich an zu brüllen, wir würden ihn ruinieren, und er würde es uns schon lehren, dem Herrgott nicht den Tag zu stehlen. Wir machten alles von Hand. An die elektrischen Maschinen durften nur die Gesellen ran, weil sie teuer waren und wir sie demolieren würden, und so mussten wir das Bohren und Schleifen und Entgraten alles mit seinem vorsintflutlichen Werkzeug machen, das sicher schon mehr als hundert Jahre alt war. Bei ihm hatten wir schwer zu schleppen. Wir hatten Gussstücke, die mindestens einen halben Zentner wogen, mit der Hand hochzuheben und einzuspannen. Es gab zwar zwei Seilzüge mit Elektromotoren in der Werkstatt, aber Merkel sah es nicht gern, wenn wir damit hantierten. Ihm dauerte es einfach zu lange, wenn wir den Seilzug heranholten und das Werkstück sorgsam befestigten, um es dann zur Werkbank oder zur Ablage an der Wand zu dirigieren. Merkel verlangte von allen Lehrlingen, die schweren Teile selber zu schleppen. Wir seien hier nicht in der Sommerfrische, sagte er, sondern wir sollten bei ihm etwas Verstand und ein paar Muskeln bekommen. Wer sich für die Arbeit zu schade sei oder sich nicht schmutzig machen wolle, solle sich ruhig bei ihm melden, er würde ihm dann schon weiterhelfen. Die Gesellen, die sich immer einen der Seilzüge holten, wenn sie etwas transportieren mussten, lachten dann laut, und wir standen mit gesenktem Kopf in der Halle und schleppten die Gussstücke, die uns den Schweiß auf die Stirn und die Tränen in die Augen trieben. Das Einzige, was an Merkel zu schätzen war, er behandelte alle gleich und bevorzugte niemanden, er war zu allen gleichermaßen unwirsch und grob, doch man konnte bei ihm was lernen, und darum war ich bei ihm und beschwerte mich nie über den Alten. Und bei wem hätte ich mich beschweren können? Lehrjahre sind

187

keine Herrenjahre, hatte mein Vater gesagt, und danach hatte ich mich zu richten. Nach der Lehrzeit wollte ich ohnehin nicht in Merkels Schlosserei bleiben. Ich wollte versuchen, als Autoschlosser zu arbeiten, das schien mir aussichtsreich und vielversprechend zu sein, und mit Automotoren kannte ich mich aus.

Von Bernhard hörte ich eigentlich nichts mehr, seitdem ich die Schule verlassen hatte, wir hatten nichts miteinander zu tun. Dann gab es diese Geschichte mit der Genossenschaft, über die alle in der Stadt redeten. Bernhard hatte sich dabei irgendwie hervorgetan. Ich selbst habe es nicht miterlebt, da wir in jener Zeit an einem größeren Auftrag außerhalb der Stadt arbeiteten, wir bauten an dem Stahlgerüst eines Gaswerkes und wohnten wochenlang in einem Bauwagen, der so ähnlich war wie der von den Brückenbauern damals.

Was mir von Bernhards Auftritt erzählt wurde, überraschte mich. Ich wusste, dass er die Schule verlassen und irgendwo eine Lehre als Tischler angefangen hatte. Ich nahm an, er wollte irgendwann die Bude von seinem Vater übernehmen, einem Kriegskrüppel, der sich eine Tischlerwerkstatt aufgebaut hatte und, obwohl er nur einen Arm besaß, Möbel anfertigte. Der Mann muss sehr geschickt gewesen sein, denn mit einer Hand hätte ich nicht einmal einen Nagel in die Wand schlagen können. Ich wusste, Bernhard machte seine Lehre bei einem Tischler irgendwo auf einem der umliegenden Dörfer. Wir sahen uns nicht, die Tischler gingen zu einer anderen Berufsschule als die Schlosser. Ich hatte keine Ahnung, wieso er sich plötzlich derart verändert hatte, es klang so, als ob er ein ganz Überzeugter geworden wäre, ein Parteifunktionär oder so etwas Ähnliches. Über Politik hatten wir uns in der Schule kaum unterhalten, jedenfalls nicht auf dem Schulhof und schon gar nicht in unserer Freizeit. Was in den Schulstunden gesagt wurde, zählte nicht, da sagte halt jeder das, was erwartet wurde, und wenn sich einer vor dem Lehrer besonders hervortun wollte, ließ man nach dem Unterricht eine ironische Bemerkung fallen, und damit war die Sache erledigt. Ich ging davon aus, dass die Lehrer uns das erzählten, was man von ihnen erwartete, und dass wir ihnen dann eben die gewünschte Antwort geben sollten, damit alle ihre Ruhe haben. In jeder Klasse gab es natürlich ein paar Schüler, die das anders sahen, die von der offiziellen Meinung und den Erklärungen der Lehrer völlig überzeugt waren und stundenlang darüber reden konnten. Irgendwie ergab es sich immer, dass ich mit denen nichts zu tun hatte, und in unserer Clique war von denen nie jemand. Natürlich gab es ein paar, die nicht mit allem einverstanden waren und die nicht den Mund halten wollten, sondern den Lehrern widersprechen mussten. Ich weiß bis heute nicht, warum sie es taten, sie hätten sich an den zehn Fingern abzählen können, dass das nichts als Ärger einbringen würde, aber sie legten sich immer wieder mit den Lehrern an. Das gab dann für alle anderen eine halbe oder ganze Schulstunde, in der kein Unterricht stattfand und wir nur so tun mussten, als hörten wir zu. Irgendwann war immer ein Punkt erreicht, wo der Schüler schließlich nachgeben musste oder nichts mehr erwidern konnte, wenn er sich nicht selbst als ein feindliches Element entlarven wollte. Er saß schließlich mit hochrotem Kopf in seiner Bank, der Lehrer trug eine Bemerkung ins Klassenbuch ein, und der Unterricht ging weiter. Alle waren dann zufrieden, der Lehrer hatte sich durchgesetzt und das letzte Wort gehabt, und er konnte sich einreden, den Schüler überzeugt zu haben, wir hatten sozusagen eine zusätzliche Freistunde bekommen, und dem Schüler, der sich mit dem Lehrer angelegt hatte, war anzusehen, wie stolz er auf sich war. Vermutlich glaubte er, dass wir seinen Mut bewundern würden, ich fand es idiotisch. Wenn er seine Meinung runtergeschluckt hätte, wäre er daran nicht erstickt und hätte einen Eintrag weniger, den er sicher irgendwann einmal bereuen würde. Mir jedenfalls konnten die Lehrer den dümmsten Unsinn erzählen, ich habe ihnen nie widersprochen, und ich denke, das tat ich nicht, weil ich etwa feige war. Dieser ganze politische Quatsch interessierte mich einfach nicht, und keiner der Lehrer, und schon gar nicht diejenigen, die uns politisch erziehen wollten, war mir so wichtig, dass ich ihm widersprach. Die Ohren auf Durchzug stellen, das war damals meine Haltung, und das ist sie bis heute geblieben, ich bin, denke ich, damit gut gefahren. Wenn mein Abschlusszeugnis nicht rosig zu nennen war, es war jedenfalls nicht getrübt von irgendwelchen politischen Bemerkungen, auf die mein Lehrausbilder hätte reagieren müssen.

Und Bernhard fiel, soviel ich weiß, politisch in der Schule nie auf. Man hatte sich durchzuschummeln und irgendwie über die Runden zu kommen, das war meine Haltung und die meiner Freunde und sicher auch seine, jedenfalls habe ich nie etwas anderes von ihm oder über ihn gehört. Ich habe mich nie mit ihm über solche Themen unterhalten, sie interessierten uns einfach nicht, und sich zusätzlichen Ärger einbrocken, daran war keinem von uns gelegen, wir hatten mit dem Schulstoff genug zu tun. Dass Bernhard plötzlich politisch wurde und mächtig auf die Pauke haute, als sei er sonst wer, überraschte mich. Für einige lohnte es sich vermutlich, sie wollten weiterkommen und traten deshalb in eine Partei ein, ich konnte mir jedoch nicht vorstellen, was es Bernhard bringen sollte. Schließlich wollte er Tischler werden, da musste man nicht wie die Zeitung reden, aber vielleicht hatte er eine ganz andere Karriere im Auge und wollte auf sich aufmerksam machen. Jedenfalls tat er sich sehr dabei hervor, als die Bauern für die Genossenschaft geworben werden sollten. Manchmal verrammelte der Bauer das Hoftor und ließ sie nicht auf sein Gehöft, dann stellten sie sich stundenlang vor seinem Haus auf und riefen immer wieder seinen Namen. Auf den Dörfern kamen sie sogar mit Lautsprecherwagen, stellten sie vor den Gehöften auf und spielten dann stundenlang und sehr laut Musik, unterbrochen von den Aufforderungen, das Tor zu öffnen, sich nicht dem Fortschritt zu verweigern und in die Genossenschaft einzutreten. Bei uns in der Stadt wurden keine Lautsprecherwagen aufgestellt. Die Gruppen der Agitatoren standen vor der Tür oder dem Hoftor, und ab und zu klopften sie energisch dagegen. Es gab Bauern, die nach kurzer Zeit die Tür öffneten, weil ihnen der Menschenauflauf vor ihrem Haus peinlich war. Andere weigerten sich hartnäckig zu öffnen, nach einigen Stunden mussten sie aufgeben, weil das Vieh zu versorgen war, das auf der Weide stand, oder weil sie ihre Arbeit nicht liegen lassen konnten und mit dem Trecker vom Hof fahren mussten. Dann wurden sie aufgehalten und in ein Gespräch verwickelt, oder es wurde ihnen vielmehr so zugesetzt, dass ihnen kaum etwas anderes übrig blieb, als den Aufnahmeantrag zu unterschreiben. Einige Bauern weigerten sich trotzdem, sie wollten weiterhin allein wirtschaften und ihr Eigentum nicht aufgeben, denen machte man das Leben schwer, sie bekamen weniger Saatgut und Dünger als die anderen, und auf Maschinen konnten sie lange warten. Nach einiger Zeit gaben alle auf. Einige gingen nun in die Genossenschaft, andere ließen alles stehen und liegen und flohen in den Westen, um dort neu anzufangen.

Es gab ein paar Leute in der Stadt, die sagten, was man den Bauern antue, das sei Terror, doch das sagte keiner laut oder öffentlich. Die meisten missbilligten, was da passierte, hielten allerdings den Mund, um nicht aufzufallen und nicht selbst Unannehmlichkeiten zu bekommen. Und von den Leuten, die die Bauern agitierten, hielt man sich fern. Die meisten Einwohner schätzten sie nicht und verachteten sie, auch das sprach man nicht aus, sondern deutete es an, man verstand sich ohne viele Worte.

Bernhards Name allerdings wurde nicht nur hinter der

vorgehaltenen Hand genannt, über ihn empörte man sich besonders und sagte es, da von ihm nichts zu fürchten war, direkt ins Gesicht. Er war ein Umsiedlerkind, von dem man Dankbarkeit erwartete und keine Unverschämtheiten. Und dass er sogar den Bauern agitiert hatte, bei dem er und seine Familie zuerst Unterkunft gefunden hatten, verübelte man ihm besonders. In dieser Zeit sah ich ihn ein einziges Mal, er begrüßte mich, ich nickte lediglich und ging weiter.

Nach der Lehre ging ich von zu Hause fort, ich zog nach Naumburg. Ich hatte dort eine Stelle in einer Schlosserei bekommen, in der vor allem landwirtschaftliche Maschinen, aber auch Personenautos repariert wurden. Die Arbeit gefiel mir, und mit dem Chef und den Kollegen kam ich zurecht, so dass ich mich darauf einrichtete, in Naumburg zu bleiben. Mit etwas Glück kam ich sogar zu einer eigenen Wohnung. Einer unserer Kunden arbeitete bei der Wohnungsverwaltung. Als ich dort wieder einmal nach einer Wohnung fragen wollte und den Gang entlanglief, öffnete ein Mann eine Zimmertür. Ich kam in diesem Moment an dem Zimmer vorbei und sah in der geöffneten Tür unseren Kunden an einem Schreibtisch sitzen. Auf dem Türschild stand sein Name und dass er der verantwortliche Leiter des Wohnungsreferates sei. Ich wartete nur, bis sein Besucher wieder herauskam, dann ging ich rasch hinein, streckte ihm die Hand entgegen und fragte ihn, ob er nun mit seinem Wagen zurechtkomme. Er erkannte mich nicht gleich, war dann sehr erfreut, bat mich, Platz zu nehmen und bot mir sogar Kaffee an. Ich sagte ihm, weshalb ich zum Wohnungsamt gekommen sei, er nickte und notierte sich etwas. Dann sagte ich ihm meinen Namen, und er versprach, mich anzurufen, und das machte er bereits eine Woche später. Es war eine Zwei-Zimmer-Wohnung, für die ich mir bei ihm den Besichtigungsschein abholte, sie war gut geschnitten, und die Lage gefiel mir, und so sagte ich sofort zu und zog eine Woche später ein. Alles lief für mich prächtig, und vielleicht wäre ich mein Leben lang in Naumburg wohnen geblieben und hätte Bernhard nie wieder gesehen. Dann gab es diese Geschichte mit Gitti, und mir blieb schließlich nichts anderes übrig, als die Arbeit und die Wohnung aufzugeben und wegzuziehen.

Gitti lernte ich gleich in der ersten Woche kennen. Ich traf sie an einem Samstagnachmittag, als ich allein durch die Stadt zog, um sie mir anzusehen. Aus dem Festsaal des Goldenen Löwen, einer großen Holzbaracke, die man durch den Gastraum betreten konnte, erklang Tanzmusik. Ich ging in die Gaststätte, in der drei alte Männer an einem Tisch saßen und Skat spielten. Neben dem Tresen der Gaststätte führte ein Gang zu den Toiletten und zum Eingang des Festsaals. Hinter der Tür der Männertoilette saß ein kleines Männchen mit einer verkrüppelten Hand an einem Tisch und verkaufte Eintrittskarten für den Saal. Ich stellte mich neben den Mann und versuchte, einen Blick in den Saal zu werfen. Eine Drei-Mann-Kapelle spielte alte Schlager, und der Gitarrist stand an einem Mikrofon und sang dazu. Das Publikum bestand, soweit ich es erspähen konnte, aus älteren Leuten, und auf der Tanzfläche waren keine Jugendlichen zu sehen. Ich fragte den Mann, was eine Karte kostet und wie lange die Musik noch spielt. Er sagte, es koste drei Mark, und sie würden bis sechs spielen. Ich sah auf die Uhr und sagte, für eine knappe Stunde Musik sei das sehr teuer. Er wiederholte nur, es koste drei Mark, und ich ging auf die Toilette. Als ich zurückkam, standen drei Mädchen bei dem Männchen und verhandelten mit ihm. Sie wollten gleichfalls nicht den vollen Preis bezahlen, der Mann ließ nicht mit sich reden. Schließlich beschimpften sie ihn und gingen hinaus. Ich folgte ihnen. Eines der Mädchen gefiel mir, sie hatte sehr kurzes Haar und eine lange Nase und war die Wortführerin bei dem alten Mann an dem Kassentisch gewesen. Die Mädchen blieben vor der Gaststätte stehen, und ich rauchte eine Zigarette und wartete ab, was passieren würde. Als sie sich voneinander verabschiedeten, lief ich dem Mädchen mit den kurzen Haaren hinterher und sprach sie an. Sie sagte schnippisch, sie habe keine Zeit, aber dann durfte ich sie nach Hause begleiten und verabredete mich schließlich mit ihr für den nächsten Tag, den Sonntag.

Um zwei stand ich vor Gittis Haus und wartete darauf, dass sie herunterkomme. Als sie die Tür öffnete, sagte sie, ich solle für einen Moment mit ihr nach oben kommen. Auf der Treppe fragte ich sie, ob ihre Eltern ausgegangen seien und sie allein sei, sie schüttelte den Kopf und sagte, ich solle ihrer Mutter guten Tag sagen.

»Wozu denn das, um Himmels willen?«, fragte ich.

»Na, komm schon. Es geht ganz schnell, und dann können wir losgehen.«

Ihre Eltern saßen im Wohnzimmer, hörten Radio und lasen in Zeitschriften. Als Gitti mit mir ins Zimmer kam und mich vorstellte, sahen die beiden kurz auf und nickten. Sie gaben mir nicht die Hand und kümmerten sich nicht weiter um mich. Ich hatte nicht den Eindruck, dass ihre Eltern von ihr verlangt hatten, mich zu sehen.

»Und was war das eben?«, fragte ich Gitti, als wir endlich aus dem Haus gingen.

»Sie wollten dich sehen.«

»Das schien mir gar nicht so.«

»Darum musst du dich nicht kümmern. Die sind eben komisch.«

»Ich hatte das Gefühl, du wolltest mich vorführen?«

»Bilde dir nur nichts ein. So eine Schönheit bist du nicht, dass ich dich überall vorführen würde. Was machen wir denn jetzt? Ich hoffe, du hast dir etwas überlegt. Ich will nicht einen schönen Sonntag irgendwie verplempern.«

»Vielleicht könnten wir aus der Stadt rausgehen. In den Wald.«

»In den Wald. Toller Einfall. Ich komme mir vor wie meine eigene Großmutter. Willst du dort Pilze suchen?«

»Vielleicht. Vielleicht suche ich was, vielleicht finde ich was.«

»Das kannst du gleich vergessen. Ich denke, mit dir will ich nicht in den Wald gehen. Ich dachte, du spendierst mir etwas. Ein Glas Sekt vielleicht.«

»Sekt? Mein Gott, am Nachmittag schon Sekt. Ich weiß gar nicht, ob ich so viel Geld bei mir habe. Für ein Eis wird es reichen.«

»Wer mit mir ausgehen will, sollte nicht gleichzeitig sparen wollen.«

»Ich habe gerade erst angefangen und kriege nur ein paar Kröten, die müssen für einen ganzen Monat langen.«

»Na, ich seh schon, große Sprünge sind jedenfalls nicht angesagt.«

»Warts ab. Ich verdiene noch jede Menge Geld. Und in einem Jahr habe ich einen eigenen Wagen. Ich bin schon dabei, mir ein altes Auto wieder aufzubauen, eine riesige Limousine, die mir der Meister billig überlassen hat. Ich richte sie mir wieder her. Dann habe ich einen Wagen, der auch aussieht wie ein richtiges Auto.«

»Was? Vom Schrottplatz?«

»Davon siehst du bald nichts mehr. Und wenn der erst fertig ist, sieht der aus wie geleckt. Unter der Haube ist dann alles picobello, alles vom Feinsten. Mit dem werde ich jeden Wagen abhängen, das kannst du mir glauben.«

»Glauben ist das eine, sehen das andere. Also, was ist, spendierst du mir ein Eis?«

»Na gut. Gehen wir zum Markt?«

»Lieber zu Blumenreich. Bei denen schmeckt es besser.«

Es ging dann alles sehr schnell mit Gitti und mir. Sie verstand sich mit ihrer Mutter und dem Stiefvater nicht und wollte so rasch wie möglich zu Hause ausziehen, aber da sie Lehrling war, sie wollte Schneiderin werden, war das finanziell nicht möglich, denn ihre Mutter wollte nichts davon wissen und sie nicht unterstützen. Als ich meine Wohnung bekam und sie Gitti zeigte, war sie ganz begeistert und entwickelte sofort Ideen, wie sie einzurichten sei. Sie half mir dabei, alte Möbel zu beschaffen, die ich umsonst oder sehr billig von ihren Bekannten und Freunden bekam. Ich hatte ihr angeboten, bei mir zu wohnen, was sie lachend ablehnte, jedoch schon zehn Tage später kam sie von sich aus darauf zurück und sagte, sie würde bei mir einziehen. Am nächsten Tag half ich ihr in der Mittagspause beim Transport ihrer Kleider und der wenigen Möbelstücke, die ihr gehörten. Gitti wollte ausziehen, während ihre Mutter und der Stiefvater auf der Arbeit waren. Sie wollte sie vor vollendete Tatsachen stellen, um sich Diskussionen, einen Tränenausbruch der Mutter und einen Wutanfall des Stiefvaters zu ersparen, das gelang ihr nicht ganz. Eine Woche später tauchten ihre beiden Alten in unserer Wohnung auf und zeterten mit ihr herum, und mich behandelten sie, als wäre ich Luft oder ein Stück Dreck. Wenn ich mich in den Streit einmischte und etwas sagte, verstummten sie einen Augenblick, um dann, ohne mich nur eines Blickes zu würdigen, wieder mit Gitti herumzuschreien.

Gitti blieb ihnen kein Wort schuldig. Ich legte die Ohren an, als ich hörte, wie sie mit den beiden umsprang. Sie hatte Haare auf den Zähnen, mein Gott. Als der Alte sie zu schlagen versuchte, ging ich dazwischen und drückte seine Arme herunter, was mir leicht fiel, denn er war nicht sehr kräftig. Er tat dann so, als hätte ich ihm einen Arm gebrochen, und so etwas Ähnliches erzählte er später in der Stadt herum, aber ich wollte ihn lediglich daran hindern, Gitti zu schlagen. Schließlich war es ihre Mutter, die heulend davonzog, und der Stiefvater brüllte etwas von Polizei und Jugendwerkhof, ich wusste, sie konnten uns nichts anhaben. Ich hatte die Wohnung ordnungsgemäß zugewiesen bekommen, und wir waren beide für den neuen Wohnsitz angemeldet.

Gitti hatte rote Flecken im Gesicht, nachdem ihre Eltern abgezogen waren, doch sie heulte nicht.

»Das wars dann wohl«, sagte sie und begann dann hysterisch zu lachen.

Ich sagte ihr, sie hätte es den beiden gut gegeben, und die würden sicher nicht so schnell hier wieder auftauchen.

»Ja«, sagte sie, »und mit der Erbschaft, das wird wohl nichts. In ihrem Testament werde ich ganz gewiss nicht vorkommen. Aber ich wüsste nicht, was die zwei vererben könnten.«

Wir lebten schon ein halbes Jahr zusammen, als an einem Wochenende plötzlich meine Mutter erschien. Von Gitti wusste sie nichts, jedenfalls nicht von mir, aber sie hatte sich so etwas gedacht, da ich monatelang nicht zu meinen Eltern gefahren war. Als sie an der Wohnungstür klingelte, waren wir in den Betten, und da ich einen Freund erwartete, hatten wir uns nichts übergezogen, als ich die Tür öffnete. Wir waren beide splitternackt, und Mutter brauchte einige Zeit, um sich von diesem Schock zu erholen. Jedenfalls musste ich nicht mehr viele Worte machen, sie konnte selbst sehen, wie es mir ging und wie es um uns beide stand. Ich merkte, dass sie zu schlucken hatte, dann bemühte sie sich um ein herzliches Verhältnis zu Gitti, als ich ihr sagte, dass wir verlobt seien und heiraten wollten. Nachdem ich Mutter zur Bahn gebracht hatte, fragte Gitti, was das heißen solle mit Verlobung und Heiraten, ob sie denn da überhaupt nicht gefragt werde. Ich sagte, ich sei der Ansicht, das wäre eine abgemachte Sache.

»Hast du dir gedacht?«

»Ja.«

»Du hast dir gedacht, was ich denke? Versteh ich das richtig?«

»Reg dich nicht auf. Was hast du denn? Andere Mädchen wären mir dafür um den Hals gefallen.«

»Dann erzähle es diesen anderen Mädchen. Von Heirat habe ich jedenfalls nie ein Wort gesagt. Und ich wüsste nicht, dass ich mit irgendjemandem verlobt bin. Müsste ich das nicht wissen? Hast du dich verlobt, als ich gerade mal aus dem Zimmer war?«

»Mein Gott, wir leben schon über ein halbes Jahr zusammen. Da ist es ja nicht völlig aus der Luft gegriffen, wenn man an Heiraten denkt.«

»Dann denk mal schön dran. Aber erzähle nicht irgendwelchen Leuten, dass ich vorhabe, dich oder irgendwen zu heiraten. Was ich denke, mein Lieber, das hast du dir jedenfalls noch nie gedacht.«

»Was ist dir für eine Laus über die Leber gelaufen? Willst du abhauen? Hast du genug von mir? Hast du einen andern?«

»Hab ich das gesagt? Habe ich ein Wort davon gesagt? Ich habe es nicht gern, wenn irgendjemand über mich bestimmen will. Da hätte ich gleich bei meiner Mutter und ihrem beschränkten Beschäler bleiben können.«

»Ist ja gut. Reg dich ab. Das mit dem Heiraten hab ich nur so gesagt. Wegen meiner Mutter.«

»Ich muss mich nicht abregen, ich bin ganz ruhig. Bloß wegen deiner Mutter heirate ich nicht, das schreib dir hinter deine ungewaschenen Ohren.«

Ich sagte, dass ich bei einem Freund vorbeigehen müsse und verzog mich. Worüber sich das Mädchen aufregte, verstand ich überhaupt nicht, ich hatte jedoch keine Lust, ein so sinnloses Gespräch fortzuführen. In Wahrheit hatte ich an Heirat nicht gedacht, ich hatte darüber nie nachgedacht. Wir lebten ganz gut zusammen, und das reichte mir. Ob ich mit Gitti ein ganzes Leben zusammenbleiben wollte, wusste ich nicht, aber ich verstand überhaupt nicht, weshalb sie sich so aufgeblasen hatte. Andere Mädchen, die ich kannte, waren alle ganz wild danach zu heiraten. Gitti war eben anders.

Nach der Arbeit blieb ich fast jeden Tag ein, zwei Stunden in der Werkstatt, um an meinem Adler zu arbeiten, einer großen Sechs-Fenster-Limousine, die schon über zwanzig Jahre alt war. Ein richtiger Oldtimer, Baujahr 1936. Von dem wurden allenfalls ein paar tausend Stück gebaut, und heute wird es davon kaum mehr als ein Dutzend geben, wenn überhaupt. Dass ich so spät nach Hause kam, gefiel Gitti überhaupt nicht, und sie nörgelte. Ich sagte ihr, wenn der Wagen fertig sei, wäre sie die Erste, die darin spazieren fahren könne, und alle in der Stadt würden Augen machen und uns um dieses Prachtstück beneiden. Jedenfalls ließ ich mich von ihren Launen nicht davon abhalten, nach Feierabend an meinem Auto zu arbeiten. Mein Meister, der sich gelegentlich den Wagen ansah, sagte einmal, er glaube, wenn ich so weitermache, sei die Limousine bald in einem besseren Zustand, als sie es bei der Auslieferung war.

Mir kamen ein paar Geschichten über Gitti zu Ohren. Dieser und jener habe sie mit anderen Männern gesehen. Ich sprach einmal mit ihr darüber, sie stritt es ab, und es gab dann eine solche Szene, dass sie schließlich drei Tage nicht mit mir sprach und ich mich bei ihr entschuldigen musste. Wenn ich danach irgendetwas über sie hörte, bot ich dem Betreffenden Prügel an. Das half schließlich. Mir erzählte keiner mehr Sachen über Gitti.

Wir wohnten genau ein Jahr zusammen, als sie schwanger wurde. Mir passte es überhaupt nicht, ein Kind konnte ich nicht gebrauchen, denn ich wollte rasch die Gesellenprüfung und, sobald ich dafür zugelassen würde, meinen Meister machen, um später selbst einmal eine Werkstatt zu eröffnen. Ich war erleichtert, dass auch Gitti das Kind nicht wollte, und wir hörten uns um, wer in der Stadt eine Abtreibung machen könnte. Ich hatte von alten Frauen gehört, doch ich wusste nichts Genaues, und die einzige Person, die Gitti kannte, war eine Freundin ihrer Mutter, zu der sie nicht gehen wollte. Schließlich bekamen wir von einer Bekannten ein Rezept mit Rotwein, Pfeffer, irgendwelchen Gewürzen und kochendheißen Sitzbädern. An einem Wochenende machten wir zweimal diese Prozedur, Gitti jammerte und fluchte, hielt aber durch, und zehn Tage später hatte sie wieder ihre Blutungen. Wir waren beide erleichtert oder jedenfalls ich, denn ein paar Tage später sagte Gitti, sie würde es bedauern und hätte ein schlechtes Gewissen. Sie hätte das Kind bekommen sollen, wir wären schon irgendwie damit klargekommen. Da es überstanden war, widersprach ich ihr nicht, sondern nickte und redete beruhigend auf sie ein. Sechs Wochen später erzählte sie mir, sie glaube, dass sie noch immer schwanger sei, denn die Regel sei nun wieder ausgeblieben, und sie habe so ein merkwürdiges Gefühl. Ich fiel aus allen Wolken, ich hatte ihre Schwangerschaft längst vergessen und abgehakt und war seitdem etwas vorsichtiger geworden. Ich fragte sie, ob wir nochmal die Sitzbäder und die Geschichte mit dem gepfefferten Rotwein machen sollten, davon wollte sie nichts hören. Ohne mein Wissen ging sie zu einem Arzt, und der sagte ihr, dass sie im vierten Monat sei und was sie nun zu machen habe. Jetzt freute sich Gitti auf das Kind und wollte es unbedingt bekommen. Sie fing sogar an, Kinderkleidung zu stricken. Ich hatte einige Mühe, mit mir und der neuen Situation zurechtzukommen, schließlich war ich gerade erst zwanzig geworden und hatte eigentlich etwas anderes vor, als einen Kinderwagen durch den Park zu schieben. Mit jedem Tag, der verging, fügte ich mich in das Unvermeidliche, und irgendwann, ich glaube, es war an dem Tag, an dem mich der Meister mit der schwangeren Gitti sah und mir gratulierte, begann es mir Spaß zu machen. Ich vernachlässigte sogar meinen Wagen und baute im Keller an einem Babybett.

Ich fragte Gitti, ob wir nicht heiraten wollten. Das Kind brauche seine Eltern, und da wir es nun einmal bekämen, könnten wir das Ganze gleich richtig in die Tüte bringen. Sie wollte mich noch immer nicht heiraten. Sie sagte, mit einem dicken Bauch wolle sie nicht vor den Altar treten, obwohl ich nicht eine Sekunde daran gedacht hatte, kirchlich zu heiraten. Ich war überrascht und fragte sie, ob sie denn gläubig sei, denn wir hatten nie darüber gesprochen. Wie ich ging sie nie in die Kirche, und so nahm ich an, dass auch sie kein besonderes Interesse daran habe. Sie erzählte mir, sie sei getauft und konfirmiert und seitdem nie wieder in die Kirche gegangen, heiraten jedoch wolle sie mit einem Pfarrer, und getauft werden müsse das Baby auch. Ich drängte sie, dass wir vor der Geburt zumindest standesamtlich heiraten sollten, das wäre für das Baby besser, und es bekäme dann gleich den richtigen Namen, sie wollte nichts davon hören. Ich war zwar verwundert, dachte mir aber nichts dabei. Ich war so ein Idiot damals, ich begriff und ahnte nichts. Ich war verwundert, dass sie trotz ihrer Schwangerschaft nicht heiraten wollte, weil andere Mädchen spätestens dann ganz scharf darauf waren zu heiraten, wenn sich Nachwuchs ankündigte. Ich sagte mir, dass Gitti immer etwas anders war als andere, und würde sie dann eben nach der Geburt heiraten und mit dem Kind im Arm. Irgendwann fuhr ich nach Hause und erzählte es meinen Eltern. Sie waren beide sehr aufgeregt und besorgt, ich hatte den Eindruck, sie freuten sich auf ihr Enkelkind. Sie fragten nach der Hochzeit. Ich sagte ihnen, wir würden nach der Geburt heiraten und sie rechtzeitig einladen, und meine Mutter sagte, das wäre vernünftig, denn eine Hochzeit sei immer anstrengend und einer Schwangeren nicht zumutbar. Natürlich war es ihnen nicht wirklich recht, dass unser Kind außerehelich geboren wurde, doch das war mehr wegen der Nachbarn und dem Gerede. Ansonsten waren meine Eltern sehr aufgeschlossen. Es kränkte sie allerdings, dass ich allein zu ihnen kam, und sie verstanden es überhaupt nicht, wieso meine Braut, wie sie Gitti nannten, nicht mitgekommen war.

Im Oktober war die Adler-Limousine fertig. Ich hatte sie silberfarben lackiert, und es war eine Prachtkutsche geworden, wie man sie in Naumburg nur aus dem Kino kannte. Gitti war im achten Monat, das hielt sie nicht davon ab, mit mir in unserem Auto durch die Stadt zu fahren und kleinere Ausflüge in die Umgebung zu unternehmen. Allzu schnell fuhr ich ohnehin nicht, denn der halbe Motor war neu und alle Teile mussten sich erst richtig einlaufen. Wir verbrachten eine gute Zeit mit dem Wagen. Jeden Tag nach Feierabend fuhren wir eine Runde durch die Stadt, hielten hier und dort an, um mit Freunden zu reden, wobei wir nicht ausstiegen, sondern die Fensterscheiben herunterdrehten. Auf Gittis Drängen hin ließ ich manchmal eine ihrer Freundinnen hinten einsteigen und drehte eine Runde. Am liebsten war es mir, wenn wir zu zweit durch die Stadt rollten oder die Baumallee entlang. Einmal in der Woche lag ich unter dem Wagen, um nochmals alles zu prüfen und Schrauben nachzuziehen. Eigentlich gab es nichts auszusetzen, der Wagen lief und lief, und mein Meister lobte mich. Er war der Einzige, dem ich das Steuer überließ, weil ich wusste, er konnte mit dem Wagen umgehen.

Am 2. November begannen bei Gitti die Wehen. Mit dem Wagen brachte ich sie ins Kreiskrankenhaus. Während der Fahrt dorthin musste ich zweimal anhalten, weil ihre Wehen sehr heftig waren und sie danach ein paar Schritte gehen wollte. Ich hatte Angst, das Kind käme im Auto zur Welt und außer mir wäre keiner da, der Gitti helfen könnte, darum fuhr ich viel schneller als sonst. Im Krankenhaus ließ man uns fast eine Stunde in der Anmeldung warten, es gab viele Zettel auszufüllen, und die Ärzte seien beschäftigt, sagte man uns. Außerdem sei es ohnehin viel zu früh, und Gitti solle froh sein, ein bisschen umherlaufen zu können. Im Kreißsaal komme sie vom Bett nicht mehr herunter, und wenn sie sich jetzt viel bewege, sei das für die Geburt vorteilhaft. Schließlich brachte ich sie in die Frauenabteilung, eine Schwester nahm mir die Tasche ab und schickte mich nach Hause. Sie sagte, ich solle am Abend anrufen, dann werde man mir Bescheid geben.

Vom Krankenhaus aus fuhr ich gleich in die Werkstatt,

die Kollegen hatten sich schon gedacht, dass es bei Gitti so weit war und machten ihre Scherze. Kurz vor Feierabend rief ich im Krankenhaus an, man sagte mir, Gitti sei aus dem Kreißsaal in die Station verlegt worden, da die Wehen nachgelassen hätten und es sicher noch einen Tag dauern werde. Am nächsten Morgen rief ich von der Arbeit aus wieder an und hörte, dass es früh um vier passiert sei und dass Mutter und Kind wohlauf seien. Am Telefon wolle man mir nicht mehr sagen, auch nicht, ob es ein Junge oder Mädchen sei, diese Auskünfte würden grundsätzlich nicht telefonisch erfolgen. Ich fragte, wann ich Gitti sehen könne, und man sagte, die Besuchszeit beginne erst fünf Uhr nachmittags. Ich gab dem Meister Bescheid und ging an diesem Tag zwei Stunden eher. Daheim wusch ich mich sorgfältig und danach kaufte ich einen riesigen Dahlienstrauß, in der Gärtnerei gab es keine anderen Schnittblumen.

Gitti lag in einem Fünf-Bett-Zimmer, sie war aufgeregt und sehr glücklich. Den ganzen Tag über hatte sie sich mit ihrer Bettnachbarin, einer Frau aus irgendeinem Dorf, unterhalten. Unser Baby habe sie viermal zum Stillen bekommen, es hatte kaum etwas getrunken und sei immerzu an der Brust eingeschlafen. Es war ein Junge. Ich freute mich, über ein Mädchen hätte ich mich aber genauso gefreut. Gitti stand vorsichtig auf und schlurfte dann mit mir zur Babystation. An einem großen Fenster blieben wir stehen, Gitti klingelte, eine Schwester erschien in der Tür, Gitti sagte, dass sie ihr Kind sehen wolle, die Schwester nickte und verschwand. Dann wurde die Gardine hinter dem großen Fenster beiseite gezogen und man konnte in ein Zimmer mit acht Babys schauen. Die Schwester nahm eins der Babys hoch und kam an das Fenster, damit wir es besser sehen können.

»Das ist unser Baby, unser Wilhelm«, sagte Gitti stolz.

Ich starrte es schweigend an, während sie ununterbrochen darüber redete, wie schön es sei. Irgendwie war es merkwürdig. Die Ohren waren zerknautscht, die Nase war platt, auf der Stirn hatte es einen großen roten Fleck, und ein Auge schien geschwollen zu sein. Ich warf rasch einen Blick auf die anderen Babys, die sahen eigentlich nicht besser aus, sie waren rötlich und zwei von ihnen waren richtig rot. Unser Baby hatte dagegen eine bräunliche Hautfarbe, was mir besser gefiel. Da Gitti mich ununterbrochen fragte, ob mir das Baby gefalle und ob es nicht wunderschön sei, sagte ich, es sei toll und ich würde es gern einmal in den Arm nehmen.

»Da musst du ein wenig warten«, sagte sie, »ich bekomme es nur zum Stillen. In drei, vier Tagen sind wir zu Hause, dann kannst du es von früh bis abends im Arm halten.«

Sie winkte dem Baby immerfort zu, obwohl das die Augen geschlossen hielt, das geschwollene Auge war leicht geöffnet, sicher hat es nichts von uns gesehen.

»Richtige Krautohren«, sagte ich.

»Das wird alles noch. Das ist durch die Geburt gekommen. Stell dir vor, wie der arme Wurm rausgepresst wurde, da ist alles etwas gequetscht.« Dann drehte sie sich wieder zu der Glasscheibe um und sagte zu dem Winzling: »Willst du nicht deinen Vater begrüßen? Das gehört sich so.«

In der Werkstatt sagte ich, dass es ein Junge sei und dass er Wilhelm heiße, und dann musste ich einen ausgeben. Nach der Arbeit fuhr ich jeden Tag ins Krankenhaus, brachte Gitti die Sachen, die sie benötigte, und sah das Baby. Es trank jetzt richtig an der Brust und hatte bereits ein paar Gramm zugenommen. Die Ohren sahen nicht mehr so zerdrückt aus und die Nase kam in richtige Form, nur die Haut war noch dunkel. Am vierten Tag nach der Geburt konnte ich die beiden mit meinem Adler abholen. Gitti stand bereits angezogen im Flur, als ich kam, ihre Sachen waren verpackt und wir mussten auf den Arzt warten, der die Entlassung vornahm. Wir wurden von der Schwester in ein Zimmer gerufen, in dem bereits das Baby war und von einem Arzt untersucht wurde. Er hatte es ausgezogen und hörte es ab. Dann nickte er zufrieden.

»Ein strammer Bursche«, sagte er zu Gitti, »Sie können ihn jetzt anziehen.«

Er gab uns ein paar Ratschläge und mahnte uns eindringlich, das Baby regelmäßig bei der Mütterberatung vorzustellen. Dann erkundigte er sich, ob wir Fragen haben. Gitti schüttelte den Kopf, windelte das Baby und packte es dann in ein Moltontuch.

Als der Arzt mich ansah, sagte ich: »Der Kopf ist ja wieder einigermaßen in Form. Aber was ist mit der Haut? Wie lange dauert das, bis die wieder normal ist? Jetzt sieht mein Junge aus wie ein kleiner Neger.«

Der Arzt war überrascht, schaute sich das Baby an, dann lächelte er und sagte: »Da sprechen Sie am besten mit der Kindsmutter. Die kann Ihnen alles erklären, denke ich.«

Er nickte uns zu, drehte sich um und rannte dann aus dem Zimmer, ohne sich von uns zu verabschieden.

Auf der Heimfahrt redete Gitti unentwegt über das Baby und darüber, was wir einkaufen müssten. Sie redete pausenlos, und ich kam nicht einmal zu Wort. Daheim gab es viel zu tun, und erst am Abend, als sie den Kleinen an die Brust legte, konnte ich sie fragen.

»Sag mal, was sollst du mir erklären?«

»Was meinst du?«

»Der Arzt hat gesagt, du könntest mir alles erklären, wie lange das mit der Haut dauert und so weiter.«

»Ach so«, sagte sie und redete dann auf das Baby ein. Erst als ich sie nochmals aufforderte, sagte sie: »Ja, das ist eine Pigmentverschiebung. So etwas ist gar nicht so selten. Das dauert ein paar Tage oder ein paar Wochen, dann bekommt es die richtige Farbe, das ist alles.«

»Eine Pigmentverschiebung?«

»Ja.«

»Nie von gehört.«

»Ich kannte das auch nicht. Ist ungefährlich. Ein paar Wochen oder Monate, dann ist das vorbei.«

»Monate? Eben hast du von Tagen gesprochen.«

»Ja, vielleicht geht alles viel schneller. Der Arzt konnte es nicht genauer sagen. Wenn wir ihm Möhrensaft zufüttern, sagte er, kann es länger dauern, sogar viel länger.«

»Dann kriegt unser Baby eben keine Möhren.«

»Bist du verrückt! Möhrensaft ist ganz wichtig. Und deine blöde Hautfarbe, das ist mir völlig egal. Es ist ein wunderschönes Baby, nicht so blass wie alle anderen.«

»Etwas blasser wäre mir lieber. Sieht ja aus wie ein Negerbaby.«

»Red nicht so einen Unsinn«, sagte sie und dann sprach sie nicht mehr mit mir, sondern nur mit dem Kind.

Von einer Pigmentverschiebung hatte ich nie etwas gehört, und ich weiß nicht, wie Gitti darauf gekommen war, andererseits hatte sie ja Zeit genug gehabt, sich etwas einfallen zu lassen. Vier Tage nachdem die beiden wieder in meiner Wohnung waren, sprach mich ein Arbeitskollege an. Er hatte etwas von der Pigmentverschiebung gehört und wollte Genaueres von mir wissen. Da Gitti den Kleinen noch nie mit dem Kinderwagen durch die Stadt gefahren hatte, wollte ich von ihm wissen, wer ihm was gesagt habe. Er grinste und sagte, daran könne er sich nicht mehr erinnern. Ich sagte ihm, was ich darüber wusste, und fügte hinzu, so etwas sei sehr selten, aber ungefährlich.

»Ja«, erwiderte er, »ungefährlich ist es, selten ist es allerdings nicht. Kommt schätzungsweise jedes Jahr millionenfach vor.«

»Tatsächlich?«

»Klar«, sagte er, »bei einer Million Chinesen, bei einer Million von Negern und bei den Indianern auch. Alles Pigmentverschiebungen, die müssen auch damit leben.«

»Du dämlicher Idiot«, sagte ich, drehte mich um und ließ ihn stehen.

Durch seine Bemerkung war ich ins Grübeln gekommen. Vorher schien mir alles einleuchtend zu sein, wenn ich dabei auch ein paar Bauchschmerzen hatte. Aber über kleine Kinder wusste ich nur, dass sie alle möglichen Krankheiten haben können. An dem Abend nahm ich mir Gitti vor und fragte sie immer wieder nach dieser angeblichen Pigmentverschiebung. Ich sagte ihr auch, ich würde ins Krankenhaus fahren und mit dem Arzt sprechen, und sie erwiderte schnippisch, ich solle das nur tun, wenn ich mich unbedingt lächerlich machen wolle. Jedenfalls wusste sie auf alles eine Antwort, und ich war ratlos. In den Tagen danach stand ich stundenlang am Bett von dem Baby. Ich hatte Kinderfotos von mir herausgekramt und verglich sie mit ihm, das half mir nicht weiter. Das Baby konnte ebenso von mir sein wie von irgendeinem anderen Mann. Als mich Gitti einmal dabei erwischte, wie ich eins meiner alten Fotos neben das Gesicht von dem Baby hielt, lachte sie auf. Richtig schlimm wurde es erst, als wir mit dem Kinderwagen durch die Stadt liefen. Alle möglichen Leute wollten das Baby sehen, und wenn sie es erblickt hatten, machten sie alle ein komisches Gesicht. Ich erzählte dann immer etwas von einer Pigmentverschiebung, und sie hörten mir zu, doch einige, das konnte ich deutlich sehen, hatten Mühe, ihr Lachen zu verkneifen. Ich sprach mit meinem Meister darüber, mit dem ich gut zurechtkam, weil ich besser war als alle anderen in der Werkstatt. Er sagte mir, er habe schon davon gehört, und ich solle mich nicht verrückt machen lassen. Vielleicht sei es wirklich eine Pigmentverschiebung und würde sich eines Tages legen.

»Es gibt eine einfachere Erklärung, eine natürlichere, und das kann dir deine Gitti sagen«, sagte er schließlich, »wie auch immer, du hast jetzt ein nettes Baby, und es ist dein Kind, ganz egal, was die Leute reden.«

Nach diesem Gespräch hielt ich es nicht mehr aus und fuhr nach der Arbeit ins Krankenhaus. Ich fragte nach dem

Arzt, der die Entbindung gemacht hatte und bei der Entlassung dabei war. Ich musste zwei Stunden warten, dann hatte er eine Minute Zeit für mich. Ich fragte ihn, was mit dem Baby los sei und mit dieser Pigmentverschiebung. Er überlegte sehr lange und sagte dann, die Hautfarbe würde sich nicht mehr wesentlich ändern, und ich müsste davon ausgehen, dass wir ein farbiges Baby haben.

»Aber wie ist das möglich?«, fragte ich ihn.

Er zuckte mit den Schultern, zögerte lange und sagte dann: »Sie sollten vielleicht einmal in Erwägung ziehen, dass Sie nicht der leibliche Vater sind.«

Ich schluckte, obwohl ich eigentlich alles schon längst begriffen hatte.

»Und eine andere Erklärung gibt es nicht?«

Er schüttelte den Kopf und sagte: »Sie könnten einen Test machen, wenn Sie unbedingt wollen, eine Blutprobe. Doch die können Sie sich sparen.«

»Und was ist mit der Pigmentverschiebung?«

Er lächelte nur, schüttelte den Kopf und sagte, er müsse nun wieder in den Kreißsaal gehen.

Auf der Heimfahrt wurde mein Wagen immer schneller, so dass ich schließlich anhielt, um mich zu beruhigen. Es war schon dunkel, und da Nebelstreifen über der Straße hingen, konnte man keine hundert Meter weit sehen. Ich ließ die Scheinwerfer an und setzte mich in den Straßengraben. Als die Feuchtigkeit durch die Kleidung drang, holte ich mir die alte Decke aus dem Kofferraum. Die Nebelschwaden waberten langsam hin und her, als könnten sie sich nicht entscheiden. Sie hüllten die Stämme der Alleebäume ein, nur die laublosen Kronen waren zu sehen, sie schwammen auf dem trüben Grau und sahen aus wie kahle Sträucher auf einem Bergabhang. Ich beschimpfte mich und lachte über mich selbst. Alle wussten Bescheid, bloß ich nicht, weil ich es nicht hatte sehen wollen. Ich fragte mich, ob die Pigmentverschiebung ein Einfall von Gitti war oder ihr jemand im Krankenhaus diesen Tipp gegeben hatte. Immer wieder schüttelte ich den Kopf über mich. Du läufst mit zwei prächtigen Hörnern herum, sagte ich mir, das ist schon ein richtiges Geweih, mein Lieber. Und Gitti und das Baby haben dafür gesorgt, dass es für alle sichtbar ist. Keiner in der Stadt würde es übersehen, und wahrscheinlich haben sie es schon alle gesehen, und ich bin Stadtgespräch geworden und war der Einzige, der nichts davon mitbekam. Du bist wirklich ein Idiot, wie er im Buche steht, sagte ich laut.

Ein Fahrzeug näherte sich und bremste. Langsam fuhr es an meinem Auto vorbei ohne anzuhalten. Ich stand auf, stieg in den Wagen und fuhr nach Hause. Gitti war mit dem Säugling beschäftigt, mit ihrem Säugling, nicht mit meinem. Das kleine Baby gefiel mir, ich hatte es schon fast ein wenig ins Herz geschlossen, nun hatte sich alles für mich verändert. Ich konnte den kleinen Balg nicht angucken, ohne dass mir die Galle hochkam. Ich hatte keine Lust, wildfremde Kinder aufzuziehen, ich wollte nicht für so einen Dreikäsehoch aufkommen, mit dem ich nichts zu tun hatte, aber auch gar nichts, und bei dem ich in jedem Moment, wenn ich ihn sah, daran erinnert wurde, dass da irgendjemand der Vater war, doch ganz gewiss nicht ich. Der winzige Wurm hatte gewiß einen Vater, den er nie zu Gesicht bekommen würde, und ich konnte und wollte ihn nicht ersetzen. Das musste er mit seiner Mutter ausmachen, die die Einzige war, die hier Bescheid wusste und es zu verantworten hatte. Der kleine Wurm tat mir Leid, und ich hätte ihm gern geholfen, aber ich wusste, ich würde es nicht aushalten. Ich könnte nicht mit ihm an der Hand durch die Stadt gehen, ihn in den Kindergarten und in die Schule bringen. Wann immer und wo immer ich mit ihm auftauchen würde, gäbe es Getuschel und ein dummes Grinsen. Und was sollte ich sagen, wenn man mich fragt, sind Sie der Vater? Ganz augenscheinlich war ich es nicht. Und so wollte ich das Unmögliche gar nicht erst versuchen.

Gitti fragte, warum ich so spät komme und ob ich wieder unter unserem Auto gelegen hätte.

»Wasch dir die Hände, bevor du den kleinen Wilhelm anfasst«, sagte sie.

»Ich war im Krankenhaus«, sagte ich gleichmütig.

Sie schaute überrascht zu mir: »Hattest du einen Unfall?«

»Nein. Ich war im Kreiskrankenhaus. In der Frauenabteilung.«

Sie erwiderte nichts.

»In der Entbindungsstation«, fügte ich überflüssigerweise hinzu.

Gitti beugte sich über den Säugling und sagte nichts. Jetzt wusste sie Bescheid, dass ich Bescheid wusste. Ich blieb im Zimmer und wartete darauf, dass sie etwas sagt, irgendetwas, sie schwieg oder redete mit ihrem Baby. Dann packte sie es in das Kinderbett, das ich gebaut hatte, und sang ihm etwas vor. Als sie aus dem Zimmer ging, fragte sie, ob ich noch einen Moment bei dem Baby bleiben wolle. Ihre Stimme zitterte ein wenig, vielleicht hatte sie Angst vor dem, was nun kommen würde. Vielleicht hatte sie Angst, mich mit dem Baby allein zu lassen. Ich stand auf und folgte ihr in die Küche. Sie stellte Teller auf den Tisch, holte die Lebensmittel aus dem Keller und schnitt Brot.

»Pigmentverschiebung«, sagte ich, »toller Einfall. Und wie hast du dir das später gedacht? Oder hast du geglaubt, ich gewöhne mich daran?«

Sie antwortete mir nicht. Als sie alles auf den Tisch gestellt hatte, setzte sie sich mir gegenüber, sah mir in die Augen und fragte: »Und was ist nun?«

Ihr Ton war spöttisch und unverschämt, und am liebsten hätte ich ihr ein paar geknallt.

»Wer ist denn der Vater von deinem Pigmentbaby? Hier im Ort gibts gar keine Neger. Wo hast du denn den aufgetrieben?«

Sie zuckte mit der Schulter und stieß verächtlich die Luft aus.

»Na schön«, sagte ich schließlich, »wir sind ja gottlob nicht verheiratet. Und auf meine Vaterschaft wirst du wohl nicht pochen.«

Sie grinste mich an. Ich stand auf und ging auf den Flur hinaus. Dann packte ich meine Joppe und ging in meine Kneipe, in der ich mich in den letzten Wochen wegen des Babys und wegen des Autos rar gemacht hatte. Einer aus der Werkstatt war da und ein paar Leute, die ich als Kunden kannte. Ich setzte mich zu ihnen an den Tisch und bestellte ein Bier. Sie sprachen über Motorräder und wie man sie auf Leistung trimmen kann. Dann fragten sie mich nach meinem Prachtstück, der Limousine, und wie teuer sie sei.

»Unbezahlbar«, sagte ich, »das schöne Stück fahre ich bis zu meinem Lebensende.«

»Wenn sie dir nicht eines Tages zerfällt, so alt wie die ist.«

»Die zerfällt nicht, darauf wette ich jede Summe. Hin und wieder werde ich etwas auswechseln müssen, das wird sich in Grenzen halten.«

»Irgendwann ist es damit vorbei. Ersatzteile bekommst du schon heute nicht mehr dafür.«

»Hab ich zwei linke Hände? Notfalls feile ich mir einen Motorblock.«

»Machst alles selber, was?«

»So ist es.«

»Klar, ein richtiger Mann macht sich alles selber.«

»Macht sich auch die Kinder selber.«

»Ich jedenfalls brauche da keine fremde Hilfe.«

»Manche machen selber, manche lassen machen. Wenn man Tag und Nacht unter dem Auto liegt, kommt man vielleicht nicht dazu.«

»Oder man will was ganz Besonderes. Was nicht jeder hat.«

»Ja, Kraushaar, ne dicke Nase und alles hübsch ge-
bräunt.«

»Soll für die Weiber ja ein Vergnügen sein, was man so
hört.«

»Wovon redet ihr?«

»Ach nur so, Koller. Kleines Gespräch unter Freunden.
Musst du nicht persönlich nehmen.«

»Ich hab gehört, im Konsum gibt es neuerdings Neger-
puppen zu kaufen. Ganz frisch reingekommen.«

»Wer es braucht, freut sich. Bei mir käme so was nicht ins
Haus.«

»Natürlich nicht. Du bist ja noch selber zugange.«

»Ja. Und zwar immerzu. Jeden Tag.«

»Oder jede Nacht.«

»In der Nacht musst du aufpassen. Sonst gibts eine Pigmentverschiebung.«

»Das ist das Blödeste, was ich je gehört habe.«

»Selber blöd.«

»Pigmentverschiebung! Na, damit müsste mir meine
Olle kommen. Der würde ich was verschieben.«

»Kommt immerzu vor.«

»So? Habe ich nie gehört.«

»Du weißt vieles nicht.«

»Wie soll denn das gehen, das verrat mir mal!«

»Kommt tatsächlich immerzu vor. Wenn ein Nigger seinen Schwanz bei deiner Alten reinschiebt, gibts eine Pigmentverschiebung, verstehst du.«

»Das habe ich mir auch so gedacht. Aber lass meine Alte
aus dem Spiel, hörst du, sonst verpass ich dir eine. Meine
Alte ist nämlich kein Flittchen, die mit anderen rummacht.
Und schon gar nicht mit Niggern.«

»Sehr komisch«, sagte ich, »sehr, sehr komisch.«

Ich stand auf, ging an den Tresen, bezahlte mein Bier und
ging nach Hause. In meine Wohnung. Denn das war sie
noch immer, meine Wohnung. Gitti war hier als Gast einge-

zogen, sie und ihr Balg wohnten hier zur Untermiete, und ich konnte sie jederzeit raussetzen.

Gitti wusch Windeln in der Küche. Mit einem langen Holzlöffel stieß sie die nach oben treibenden Moltontücher immer wieder in die brodelnde Brühe. Ich holte mir eine Bierflasche aus dem Keller, setzte mich ins Wohnzimmer und legte eine Schallplatte auf, die ich von einem Kunden bekommen hatte, amerikanischer Rock 'n' Roll. Gitti kam ins Zimmer und bat mich, die Musik leise zu stellen, das Baby würde schlafen. Ich verschob den Regler ein wenig, solche Musik kann man nicht leise hören. Sie blieb im Zimmer stehen und sah mich an, ich nahm eine Zeitschrift und blätterte darin.

»Und was ist nun?«, fragte sie schließlich, »ich vermute, mit Heiraten ist nichts mehr, oder?«

Ich zündete mir eine Zigarette an, obwohl sie das nicht leiden konnte und ich, seitdem das Baby im Haus war, nie mehr in der Wohnung geraucht hatte.

»Ich denke, du solltest dich langsam nach einer Wohnung umgucken«, sagte ich nachlässig und ohne meinen Blick von der Zeitung zu heben, »oder besser, sehr schnell.«

»Verstehe. Doch ein bisschen wird es dauern. Ich habe nicht deine guten Verbindungen zum Wohnungsamt. Und ich vermute, du wirst bei deinem Freund dort kein Wort für mich einlegen.«

»Sicher nicht. Du kannst ja zu deinen Eltern ziehen. Oder zu dem Kindsvater. Der wird dir ja gefallen. Und er wird vielleicht von deinem Baby begeistert sein. Oder ist er schon über alle Berge? Hat er dich sitzen lassen? Hat das Weite gesucht, als du den dicken Bauch hattest?«

»Überlege es dir gut, Koller. Wenn ich gehe, gehe ich für immer. Dann hast du mich das letzte Mal gesehen. Willst du das wirklich?«

»Weiß der Himmel.«

»Und das Baby? Du hast den kleinen Wilhelm doch auch gern.«

»Verschwinde, Gitti. Verschwinde mit dem kleinen Nigger. Ich möchte, dass ihr beide morgen Abend hier raus seid.«

»So schnell wird das nichts.«

Sie ging raus und knallte die Tür, obwohl ihr Baby schlief. Ich trank das Bier aus und legte mich zum Schlafen auf das Sofa im Wohnzimmer, ich machte kaum ein Auge zu. Die lachenden Gesichter in der Kneipe, die verwunderten Blicke der Bekannten, die einen Blick in den Kinderwagen geworfen hatten, Gittis dreistes Lächeln und der kleine Krauskopf, der schwarze Balg, tanzten vor meinen Augen und in meinem Kopf. Als ich mich beruhigt hatte, sagte ich mir, dass ich auch so spotten würde, wenn es einen anderen getroffen hätte. Die Jungen waren schon in Ordnung, sie waren nicht mein Problem. Das Problem lag hier, in meiner Wohnung, ein Zimmer weiter, und es würde nie aufhören, es würde sich nicht mit der Zeit erledigen, ganz im Gegenteil, es würde langsam immer größer werden, und ich hätte ein Leben lang damit zu tun, müsste Erklärungen abgeben, hätte erstaunte Fragen zu beantworten und anzügliche Bemerkungen hinzunehmen. Und Gittis dummer Versuch, mich zu täuschen, diese alberne Pigmentverschiebung, auf die ich reingefallen war und von der ich jedem erzählt hatte, man würde sie mir nie vergessen, nicht in dieser Stadt. Ich hatte kein Wahl mehr, und in der Nacht entschied ich mich.

Als ich mein Frühstück machte, kam Gitti mit dem Kleinen auf dem Arm in die Küche und sah mir zu. Ich packte die geschmierten Schnitten in meine Blechbüchse, goss den kochend heißen Tee in die Thermosflasche und steckte beides in meine Tasche. Als ich die Tür schon geöffnet hatte, drehte ich mich zu ihr um und sagte: »Ich habe es mir überlegt, du musst dir keine andere Wohnung suchen. Ihr könnt von mir aus hier wohnen bleiben.«

Gitti strahlte und kam auf mich zu, und ich ging rasch hinaus, weil ich nicht mit ihr reden wollte. Nach der Frühstückspause ging der Meister gewöhnlich ins Büro, um die Bestellungen zu schreiben und die Rechnungen. Ich ging ihm hinterher, klopfte einmal an die Tür und ging dann hinein. Ich setzte mich auf den Besucherstuhl vor seinem Schreibtisch und wartete, bis er aufsah und mich fragend anblickte.

»Was gibts denn, Koller?«

»Ich kündige, Meister.«

»Tu mir das nicht an, Junge. Du bist mein bester Mann. Den anderen muss ich jeden Handschlag erklären. Du hast nicht nur zwei geschickte Hände, du hast auch einen Kopf dazu.«

»Ich geh.«

»Junge! Nun mach mal halblang. Wo juckt es denn? Bekommst du zu wenig Geld? Willst du mit mir über eine Zulage sprechen?«

»Nein. Das ist es nicht.«

»Wir beide kommen gut miteinander aus, Koller. Nein, eine Kündigung von dir akzeptiere ich nicht. Ist abgelehnt. Hast du verstanden?«

Ich schüttelte den Kopf.

»Koller, du kannst mich nicht im Stich lassen. Ich brauche dich, das weißt du.«

»Es geht nicht, Chef. So geht es nicht weiter.«

»Wovon redest du? Sag, was du auf dem Herzen hast, und ich kläre das für dich.«

»Es ist wegen Gitti. Sie hat mich zum Gespött der ganzen Stadt gemacht.«

»Ach, das ist es nur. Vergiss das einfach. Red mit ihr, vielleicht kommt ihr miteinander klar. Oder geht eurer Wege. Darum musst du nicht gleich die Stadt verlassen.«

»Es ist entschieden, Meister. Ich halt es hier nicht mehr aus. Jeder weiß Bescheid, jeder lacht über mich. Es ist entschieden, ich geh.«

»Schade, mein Junge. Doch ich versteh dich. Und wahrscheinlich hast du sogar Recht. Dieses dumme Ding hat alles kaputtgemacht. Hat ihr Leben ruiniert, die blöde Trine, hat dich geärgert, und mir nimmt sie den besten Mann weg. Wann willst du gehen, Koller? Diesen Monat? Bleib bis zum Quartalsende, dann habe ich Zeit, einen Ersatz zu finden.«

»Ich will gleich gehen. Heute noch. Heute Abend reise ich ab.«

»Was denn, was denn! So geht das nicht.«

»Ich pack meinen Koffer und geh. Die Klamotten lasse ich alle ihr.«

»Na, das ist großzügig gehandelt, mein Lieber, alle Achtung. Nach dem, was sie dir angetan hat.«

»Ihr wirds dreckig genug gehen. Machen Sie mir die Papiere fertig. Wenn Sie nicht anders wollen, lasse ich mich krankschreiben und verschwinde.«

»Schön. Komm am Nachmittag noch mal zu mir. Oder eine Stunde vor Feierabend. Ich kümmere mich um die Papiere. Ich will dir keinen Stein in den Weg legen.«

»Danke, Meister.«

Als ich das Büro verließ, rief er mich nochmals zurück.

»Koller! Falls du es dir anders überlegst, oder falls du dich später anders entscheidest, bei mir findest du immer Arbeit. Nur, dass du das weißt.«

»Danke. Ich glaube nicht …«

Er lächelte mir aufmunternd zu, und ich ging zu dem aufgebockten Wagen, den ich bis zum Feierabend fertig machen wollte.

Als ich nach Hause kam, war der Tisch im Wohnzimmer gedeckt, als hätte jemand Geburtstag. Sogar eine brennende Kerze stand auf dem Tisch. Gitti hatte mich gründlich missverstanden, sie glaubte, ich würde bei ihr bleiben. Ich ging auf den Dachboden, holte unseren Koffer aus dem Verschlag, ging in unser Schlafzimmer und packte meine Sachen ein. Gitti kam mit dem Kleinen ins Zimmer, jetzt verstand sie endlich. Sie fragte, ob ich noch etwas wolle. Ich schüttelte den Kopf.

»Das wars dann wohl?«, fragte sie.

Ich packte einfach weiter ein. Als ich damit fertig war, ging ich durch die Wohnung und schaute in den Keller. Dann brachte ich den Koffer und die beiden Taschen zum Auto. Ich ging noch einmal zurück, um meine Schallplatten zu holen und den Plattenspieler. Als ich die Wohnung endgültig verlassen wollte, versperrte mir Gitti den Weg. Sie hielt den Kleinen auf dem Arm und sagte: »Willst du dich nicht wenigstens von Wilhelm verabschieden?«

Ich stellte den Plattenspieler auf den Hocker im Flur.

»Der ist für Wilhelm«, sagte ich nur.

Dann ging ich an ihr vorbei, die Treppe hinunter und zu meinem Wagen. Ich fuhr ganz langsam aus Naumburg raus und schaute mich gründlich um. Diese Stadt würde ich nie wieder betreten. Sicherlich würde man in der Werkstatt und in der Stadt ab und zu über mich reden, doch das Einzige, woran man sich nach ein paar Monaten bei mir erinnern würde, wäre der kleine Negerbalg und Gittis dämliche Pigmentverschiebung. Es stieg heiß in mir hoch, wann immer ich daran dachte, und es dauerte Monate, bis ich keinen roten Kopf mehr bekam, wenn ich an Naumburg dachte und an Gitti mit ihrem kleinen Wilhelm. Als ich mit meinem silberfarbenen Adler am Ortsschild vorbeikam, ließ ich mehrmals die Dreiklanghupe ertönen, als sei ich bei einer Hochzeit oder in einem Festumzug. Ich war sicher, dass ich die dümmste und entwürdigendste Veranstaltung meines Lebens damit hinter mir ließ und wollte in der Zukunft die Augen aufhalten und mir von keinem mehr etwas erzählen lassen.

Was ich damals nicht wusste, war, dass ich mit dieser Flucht, denn nichts anderes war es, geradewegs in mein wirkliches Unglück lief oder vielmehr fuhr, das mich sechs Jahre meines Lebens kostete und meinen heiß geliebten

Adler, was mich am meisten kränkte. Ein solches Auto war ein Glücksgriff und eigentlich nicht zu bekommen, jedenfalls nicht mit meinem Geldbeutel. Heute ist der Wagen unbezahlbar, wenn er von dem, der ihn nach mir bekam, wenigstens halbwegs gepflegt worden ist. Jede einzelne Schraube, jeden Zentimeter des Motors und der Karosserie hatte ich zwischen meinen Fingern, habe gefeilt und geputzt, habe Bolzen nachgeschliffen, Blechteile gehämmert und ersetzt, ich habe Federn, die nicht mehr hergestellt wurden, selber geschmiedet und gehärtet, habe Stoffe besorgt, die dem Original zum Verwechseln ähnlich waren und sie selber mit einer Nähmaschine oder mit einer Schusterahle genäht und in Form gebracht. Ich habe nie im Leben einen Adler wie meinen fabrikneu gesehen, alles was ich davon wusste, waren das Stück Schrott, das ich meinem Meister abgekauft hatte, und ein paar Bilder und Beschreibungen in alten Zeitschriften. Den Rest ergänzte ich nach meinen Vorstellungen von einer solchen Limousine.

Ich weiß nicht, wo mein Auto heute herumfährt, in welcher Garage es steht, wer dieses Auto fährt, ich weiß nur, dass es in Wahrheit mir gehört. Ich halte noch immer die Augen offen und hoffe, ich werde meinen Adler eines Tages erblicken. Sicher werde ich den Fahrer ansprechen, ihm etwas von meiner Arbeit an diesem Wagen erzählen und wie er mir abhanden kam. Wenn er das Auto pfleglich behandelt hat, und das würde ich mit einem Blick sehen, werde ich ihm vielleicht die Hand geben und ihm Glück wünschen. Anderenfalls würde ich ihm meinen Adler stehlen, auch wenn mich das wieder ins Gefängnis bringen sollte. Ich bin fest entschlossen, mir mein Auto zu stehlen, wenn es nicht in einem tadellosen Zustand ist. Ich hatte schließlich Türschloss und Zündung selber erneuert, ich müsste also nicht mit einem gebogenen Draht herumfummeln. Ich würde mit genau dem richtigen, dem passenden Schlüssel den Wagen aufschließen und davonfahren, denn den Ersatzschlüssel hatte ich damals nicht herausgerückt, und dieser dämliche Beamte hatte nicht einmal danach gefragt. Es ist klar, dass ich nicht weit damit kommen würde. Mein Adler ist einfach zu auffällig, und es würde nichts nützen, ihn neu zu spritzen. Solch große Reiselimousinen werden heute nicht mehr hergestellt, er hat die Länge eines Präsidentenwagens, wie sie manchmal auf Fotos in den Zeitschriften zu sehen sind, Sondermodelle, die es nur einmal gab, jedenfalls nicht in Serie. Die Autos, die heute gebaut werden, sind Schachteln für jedermann, sie sind gewiss schneller und ökonomischer, als mein Goldstück es je war, zu einem richtigen Auto jedoch fehlen ihnen zwei Meter Länge. Mein Adler ist noch eine richtige Automobilkutsche, eine Reiselimousine, in der sich keiner krumm sitzt, in der man die Beine ausstrecken kann, selbst wenn man ein Zwei-Meter-Mann ist.

Manchmal denke ich, vielleicht hat mein Wagen Glück und steht jetzt in irgendeinem Museum. Ich stelle mir dann vor, wie sich Erwachsene und Kinder um das Auto drängen und ihnen irgendjemand, der ganz gewiss keine Ahnung hat, erzählt, das sei der originale Adler, wie man ihn vor Jahrzehnten gebaut habe, und die Leute würden ihn anstaunen und ohne es zu wissen meine Arbeit loben, und alle würden glauben, der Wagen sei genau so aus den Adler-Werken gekommen.

Heute habe ich wieder ein Auto, eins der üblichen, wie man sie sich fix und fertig kauft. Da schlägt einem nicht das Herz im Hals, wenn man die Tür öffnet und den Anlasser betätigt. Da setze ich mich rein, um rasch irgendwohin zu fahren. Nie im Leben käme ich darauf, mit so einem Dutzendmodell durch die Landschaft zu fahren, um den Motor zu hören und das Schalten des Getriebes zu spüren.

Ich denke heute ab und zu an den Adler, häufiger jedenfalls als an Gitti und ihren Spross, der inzwischen ein Mann geworden sein müsste, ein Mann, der seinen Vater nie kennen gelernt hat. Der Junge hatte es gewiss nicht einfach.

Ohne einen Vater aufzuwachsen und eine Mutter wie Gitti zu haben, da hat man für sein Leben die Arschkarte gezogen, und wenn man dazu noch sein Leben mit einer Pigmentverschiebung zu verbringen hat, heute kann ich schon darüber lachen, dann hat man ein Spiel in der Hand, das man besser zurückgeben sollte, schlechter können die Karten beim nächsten Mal auf keinen Fall sein. Wenn mir einer Leid tun sollte, dann könnte ich zuallererst an mich selbst denken, denn was dann später über mich hereinbrach, das habe ich Gitti zu verdanken. Für Wilhelm und mich war dieses Mädchen eine Katastrophe.

Bis zum Jahresende waren es zwölf Tage. In der Zeit wollte ich mich nach einer Arbeit umsehen und ein paar alte Freunde besuchen. Natürlich wollte ich ihnen meinen Wagen zeigen, und ich wollte sie sehen und sprechen, ich wollte mit Menschen zusammen sein, die nichts von Gitti und Wilhelm wussten und bei denen ich, wenn sie irgendeine Bemerkung machten oder grinsten, nicht beständig vermuten musste, dass sie sich über mich und das Negerbaby lustig machen.

Die erste Woche verbrachte ich in Berlin. Ich war bisher erst einmal in meinem Leben in der Hauptstadt. Als ein Onkel von uns starb, fuhr die ganze Familie für ein verlängertes Wochenende zu ihm. Wir wohnten in einer Familienpension gegenüber dem Museum für Naturkunde. Die Beerdigung war an einem Freitag, wir gingen auf den Friedhof und danach in eine Gaststätte, wo wir bis in die Nacht blieben. Ich kannte den verstorbenen Onkel nicht, und seine Witwe, meine Tante, bekam ich damals zum ersten Mal zu sehen. Es war mir unangenehm, von der heulenden Frau immer wieder umarmt und geküsst zu werden, und bei einer passenden Gelegenheit sagte ich meiner Mutter, dass ich mir etwas die Füße vertreten wolle und verschwand für zwei Stunden, um mir die Umgebung anzusehen und die Schaufenster der Geschäfte.

An den folgenden zwei Tagen fuhr ich mit meinem Vater und den Geschwistern mit der U-Bahn nach Westberlin, Mutter musste den ganzen Samstag bei der Tante und der Verwandtschaft bleiben und konnte erst am Sonntag mit uns durch die Stadt fahren.

Am Samstag liefen wir zuerst durch viele Geschäfte, Vater kaufte ein paar Kleinigkeiten für die Küche und seine Werkstatt, für uns konnte er nichts kaufen, weil er dafür zu wenig Geld hatte. Mehrmals ermahnte er uns, nicht alles anzufassen, damit nichts kaputtgehe, was er dann zu bezahlen hätte. Mir gelang es, obwohl Vater uns unentwegt auf die Finger sah, einen Kugelschreiber zu stehlen. Es war ein dicker Stift in einem Plastikgehäuse, eine Frau in einem hochgeschlossenen schwarzen Abendkleid war darauf zu sehen, und wenn man den Stift umdrehte, floss die dunkle Farbe nach unten und die Frau stand plötzlich in einem Bikini da. Am Nachmittag sahen wir uns ein neu errichtetes Hochhausviertel inmitten der Stadt an, über das viel im Radio gesprochen wurde. In den Hochhäusern wohnte keiner, man konnte hineingehen, mit dem Fahrstuhl nach oben fahren, sich die Wohnungen ansehen und einen Blick über die Stadt werfen. Dann gingen wir in ein Kino und sahen irgendeinen Film an, der sehr lustig war, ich habe vergessen, wie er hieß und worum es da ging. Ins Kino gingen wir nur, weil Vater das bezahlen konnte. Er musste seinen Ausweis vorzeigen und wir konnten mit unserem Geld bezahlen, mit Ostgeld, das in den anderen Geschäften in Westberlin nicht angenommen wurde oder zu einem Wechselkurs, der für uns alles unerschwinglich teuer machte. Nach dem Kino versuchten wir Vater zu überreden, in ein anderes Kino zu gehen, wir wollten es mit unserem Taschengeld bezahlen. Vater sagte, wir würden von der Tante erwartet werden und müssten zurückfahren. Ich weiß noch, dass wir bei der Tante ganz viel gegessen haben, weil wir den Tag über von mitgenommenen Schnitten gelebt hatten.

Am Sonntag sahen wir uns mit Mutter die Schaufenster an und gingen ins Rundfunkmuseum, das mir viel besser gefiel als das Naturkundemuseum. Dann gingen wir noch einmal ins Kino, weil Mutter in einem amerikanischen Film eine ihrer Lieblingsschauspielerinnen sehen wollte. Es waren damals zwei aufregende Tage für mich gewesen, und ich hatte mir vorgenommen, irgendwann einmal für immer nach Berlin zu ziehen, und jetzt hatte ich die Gelegenheit. Bei der Tante wollte ich mich nicht melden, ich hatte keinen Kontakt zu ihr, und die Erinnerung an die Beerdigung, bei der ich von ihr unentwegt abgeküsst worden war, verbot mir, nur einen Augenblick daran zu denken, bei ihr zu wohnen.

Ich hatte mehrere Adressen von Bekannten in Berlin, die ich bei meinen Fahrten an die Ostsee kennen gelernt hatte. Fast alle hatten gesagt, ich solle sie unbedingt besuchen, wenn ich mal in ihre Stadt käme, und mir angeboten, bei ihnen wohnen zu können. Als ich ankam, hielt ich an einer Post, ging in eine der Telefonzellen und rief die Nummern an, die in meinem Notizbuch standen. Dreimal meldeten sich Frauenstimmen, die mir sagten, dass ihr Sohn nicht mehr bei ihnen lebe, sie konnten mir keine Telefonnummern geben, sondern nur die Adresse. Beim vierten Anruf erreichte ich einen der Bekannten, er konnte sich an mich nicht mehr erinnern, und als ich fragte, ob ich bei ihm übernachten könne, erklärte er umständlich, dass es momentan unmöglich sei, weil die Wohnung renoviert werde. Bei den restlichen drei Nummern meldete sich niemand, vielleicht waren die Leute auf Arbeit. Ich suchte nach einem kleinen, nicht zu teuren Hotel, aber wo ich auch fragte, nirgends gab es freie Zimmer. Dann fuhr ich zu einer der Adressen von den Bekannten, die zu Hause ausgezogen waren.

Es war eine üble Hinterhofwohnung im Erdgeschoss. Die Mülltonnen auf dem Hof waren mit Gerümpel umstellt, das dort offenbar schon Jahre lagerte und die kleine Grasfläche völlig überdeckte. An den Hauswänden waren Spuren vom früheren Putz zu sehen, und die Haustür war verzogen und schrammte über die Fußbodenkacheln. An den Türen gab es keine angeschraubten Namensschilder, die Namen der Mieter waren mit Farbe einfach auf das Türblatt gemalt worden. Sebastian, mein Bekannter von Rügen, öffnete nach mehrmaligem Klingeln die Tür, die Musik in seiner Wohnung dröhnte so laut, dass er das Klingeln kaum hören konnte. Er erkannte mich sofort, zog mich in die Wohnung und stellte mir seine neue Freundin vor, die in Unterwäsche auf dem Sofa saß, kurz zu mir aufschaute und sich dann wieder ihrer Musik widmete. Als ich Sebastian fragte, ob ich bei ihm übernachten könne, nickte er, als sei das selbstverständlich. Da er eine Ein-Zimmer-Wohnung besaß, bot er mir an, entweder mit ihnen im Wohnzimmer zu übernachten oder auf einer Matratze in seiner Küche. Ich sagte, ich wolle ihm keine Umstände machen, würde jedoch gern für eine Woche in Berlin bleiben, weil ich mich nach einer Arbeit umsehen wolle. Wenn es ihm recht sei, würde ich gern die paar Tage in seiner Küche schlafen, da ich kein Hotelzimmer bekommen habe. Zu allem, was ich sagte, nickte er und sagte gleichmütig, es sei kein Problem. Im Flur zeigte er mir eine Ecke, wo ich meine Sachen hinstellen könne. Einen Schlüssel könne er mir nicht geben, er habe nur einen einzigen.

»No problem«, sagte er, »wer als Letzter die Wohnung verläßt, schließt ab und hinterlegt den Schlüssel bei Kurtchen. Das ist der Kneiper gegenüber. Der hat immer offen. Jedenfalls wenn ich aufstehe, ist seine Kneipe schon geöffnet, und nach Mitternacht musst du an den Rolladen klopfen, dann lässt er dich rein. Das mache ich schon jahrelang so, geht in Ordnung, ich brauch keine weiteren Schlüssel. Und Kurtchen gebe ich Bescheid, dass er dir den Schlüssel geben soll. Für die Haustür habe ich gar keinen Schlüssel, die ist meistens offen, und wenn nicht, musst du kurz dagegen drücken, no problem.«

Er drückte mir den Schlüssel in die Hand, damit ich meine Sachen holen gehe, setzte sich zu seiner Freundin auf das Sofa und fummelte an ihr herum. Ich holte eine der Taschen aus dem Auto und den Koffer, in den ich die Bettwäsche und ein Kopfkissen gepackt hatte. Als Sebastian mich damit sah, stöhnte er und fragte, ob ich wirklich bloß eine Woche bleiben wolle und was ich denn mit mir herumschleppe, denn für eine Woche würden eine Zahnbürste und eine Unterhose ausreichen. Ich erzählte ihm kurz, dass ich eben bei meiner Freundin ausgezogen sei und alles, was ich besitze, im Auto habe. Dann verabschiedete ich mich, weil ich in die Stadt wollte. Er hatte schon wieder eine Hand in der Hose seiner Freundin und machte eine Kopfbewegung, die sein Einverständnis signalisieren sollte.

In der Woche ging ich jeden Abend ins Kino. Morgens ging ich los, um einzukaufen, denn in Sebastians Wohnung gab es zwar einen Kühlschrank, aber da standen lediglich ein paar Bierflaschen neben einer angebrochenen Spaghetti-Packung. Ich kaufte frische Brötchen für alle und füllte ihnen den Kühlschrank auf, was sie wortlos zur Kenntnis nahmen. Ich weiß nicht, wovon sie sonst lebten, arbeiten gingen sie beide nicht, und als ich einmal fragte, gab Sebastian eine ausweichende vieldeutige Antwort, und ich fragte nicht weiter. Nach dem Frühstück gegen zehn Uhr zog ich los, um mich nach einer Arbeit zu erkundigen. In drei Werkstätten zeigte man sich interessiert, aber da ich keine Wohnung in Berlin hatte und keine Zuzugsgenehmigung besaß, bedeutete man mir, dass ich mir zuerst das nötige Papier und ein Zimmer besorgen müsse. Als ich fragte, wie ich das anstellen solle und ob mir die Werkstatt dabei behilflich sein könne, zuckte man mit den Schultern.

In einer Werkstatt im Süden Berlins wurde ich von einem der Meister empfangen. Als ich ihn fragte, lachte er auf.

»Gute Freunde sind hilfreich«, sagte er, »davon hat man nie genug. Wenn du so einen guten Freund im Wohnungsamt hast, bekommst du in drei Tagen den Zuzugsschein und wahrscheinlich ein Zimmer oder eine ganze Wohnung.«

»Das kenne ich«, sagte ich, »genauso habe ich meine letzte Wohnung bekommen. Über einen Kunden, der mit meiner Arbeit immer zufrieden war. In Berlin habe ich noch keine Kunden. Aber Sie haben hier Kunden. Und sicher auch welche von einer Behörde, die mir helfen könnten.«

»Vielleicht, vielleicht nicht. Weißt du, Junge, ich habe zweimal Leuten aus der Provinz geholfen. Sie bekamen ihre Wohnungen, gute Wohnungen, da war nichts dran zu tippen, und kein Monat verging, da knallten sie mir ihre Kündigungen auf den Tisch. Arbeiten nun in Westberlin. Von mir wollten sie die Wohnung. Jetzt bin ich vorsichtig geworden. Kannst du das verstehen?«

»Klar. Ich will hier arbeiten, nicht in Westberlin.«

»Genau das haben die zwei gesagt, ganz genau das. Komm wieder, wenn du den Zuzug hast, mein Junge.«

Schließlich habe ich es in Westberlin versucht, dort brauchte man keine Automechaniker und schon gar keine aus dem Osten. Davon hätten sie genug, sagte man mir, außerdem sei der Winter keine gute Saison, ich solle mich im Frühjahr wieder bei ihnen melden.

Nach vier Tagen gab ich es auf, nach einer Arbeit zu suchen, und fuhr kreuz und quer durch die Stadt, lief durch die Warenhäuser und verbrachte Stunden in den Geschäften für Heimwerkerbedarf und Werkzeuge. Einen Tag bevor ich abfuhr, sprach Sebastian von einem Luxusschlitten, der seit Tagen in seiner Straße stehe.

»Meinst du den Adler?«, fragte ich.

»Ja, ich glaube, es ist ein Adler. Ein riesiges Gefährt.«

»Das ist mein Wagen.«

»Das ist nicht wahr!«

»Glaubs mir.«

»Tatsächlich? Ich dachte, der gehört einem Millionär.«

»Ich habe ihn mir selber aufgebaut. Aus einem Haufen Schrott.«

»Was denn! Sag bloß, du bist Autoklempner?«

»Genau.«

»Und das sagst du erst jetzt. Hast du den P4 gesehen, den alten Opel? Das ist meiner, der fährt nicht. Irgendetwas mit der Lichtmaschine und mit dem Vergaser stimmt nicht. Die Werkstatt würde ihn mir machen, doch die wollen sechshundert dafür. Schau es dir einmal an, Koller. Vielleicht bekommst du es hin.«

»Ansehen kann ich ihn mir ja.«

Ich bastelte einen ganzen Tag an seinem Auto. Es war zum Glück nichts kaputt, der Wagen war in einem elenden Zustand, überhaupt nicht gepflegt und gewartet. Er sah so aus wie das Haus von Sebastian und seine ganze Wohnung. Als es bereits dunkelte, war ich mit der Arbeit fertig, der Motor lief wieder, und Sebastian fuhr einmal um den Block. Ich sagte ihm, er solle ihn regelmäßig zur Durchsicht bringen, das würde ihn auf die Dauer billiger kommen. Er nickte, sagte, das gehe in Ordnung, ich wusste, er würde sein Auto weiterhin wie einen alten Socken behandeln. Da er darum bat, fuhr ich ihn und seine Freundin, sie hieß Barbara, und er nannte sie Babs, zum Dämeritzsee in Köpenick, wo ein Kumpel von ihm wohnte, der eine Party gab. Er drängte mich, mit ihnen ins Haus zu gehen, ich solle bei der Party einfach mitmachen, es sei kein Problem, wenn er jemanden mitbringe.

Klaus, Sebastians Freund, wohnte im Haus seiner Eltern, einer Villa mit einem direkten Zugang zum See und einem Bootsschuppen im Garten. Sebastians Freund hatte eine eigene Wohnung im Dachgeschoss, zwei Zimmer, eine winzige Küche und ein kleines Bad. Sein Vater war Chefarzt in einer Klinik und war mit seiner Frau für eine Woche zu einem Kongress gefahren, so dass Sebastians Freund das ganze Haus zur Verfügung stand, um seine Party zu feiern.

Meine Anwesenheit störte ihn tatsächlich nicht, er nickte lediglich, als Sebastian mich ihm vorstellte, und fragte, ob wir ein paar Fläschchen mitgebracht hätten. Ich hatte zwei Flaschen Wein und eine Flasche Korn gekauft und gab sie ihm. Er nahm sie wortlos entgegen, verschwand damit und kümmerte sich nicht weiter um uns.

Die Zimmer gefielen mir. Sie waren mit alten Möbeln eingerichtet, die sicher ein Vermögen wert waren. Im Wohnzimmer stand ein riesiger Tisch mit Ledersesseln, die mit Tüchern abgedeckt waren, damit sie nicht verschmutzten. An einer Wand stand ein Buffet, das fünf Meter lang war, und ich fragte mich, wie man dieses Monstrum in die Wohnung hatte tragen können. Das Arbeitszimmer von dem Arzt war abgeschlossen, aber das war der einzige Raum, den wir nicht betreten durften. In allen Räumen saßen und standen Freunde und Bekannte von Sebastian, die er begrüßte. In der Küche standen zwei Mädchen am Herd und versuchten, eine Suppe zu kochen, was sie offensichtlich noch nie in ihrem Leben gemacht hatten. Ich stellte mich zu ihnen und gab ihnen Ratschläge. Eins der Mädchen fragte mich, ob ich Koch sei, drückte mir, ohne meine Antwort abzuwarten, ein Messer in die Hand und sagte, dann solle ich die Suppe kochen, wenn ich alles besser wüsste. Sie zog das andere Mädchen mit sich aus der Küche. Ich kostete die Brühe, die auf dem Gasherd kochte, schaute mir dann an, was für Zutaten herumlagen und was im Kühlschrank war und machte mich daran, eine richtige Suppe zu kochen. Ab und zu kam einer der Gäste in die Küche, schnitt sich eine Scheibe Brot ab und Käse und verschwand damit wieder. Eine halbe Stunde später ging ich zu Klaus und sagte ihm, die Suppe für seine Gäste sei jetzt fertig. Das interessierte ihn nicht, er hatte mit dem Tonbandgerät zu tun, das er zu laut aufgedreht hatte, so dass die Basstöne klirrten. Ich lief durch die Wohnung auf der Suche nach Sebastian. In zwei Zimmern waren Matratzen auf die Erde gelegt und einige Pärchen lagen da bei abgedunkeltem Licht und fummelten an sich herum. Da ich Sebastian nicht fand, holte ich mir einen Teller Suppe und setzte mich an den Tisch im Wohnzimmer. Nach und nach kamen andere Gäste mit Suppentellern an den Tisch. Als eins der Mädchen erzählte, dass ich die Suppe gekocht hätte, lobten mich zwei der Jungen und fragten nach meinem Beruf und wo ich herkomme. Ich erzählte ihnen, was ich bisher gemacht hatte und dass ich auf der Suche nach einer Arbeit bin, aber in Berlin nichts gefunden habe.

»Aus Guldenberg kommst du?«, fragte mich der Rothaarige, der mir gegenübersaß. Er trug eine dicke Goldkette um den Hals, was mir merkwürdig vorkam und was ich noch nie bei einem Mann gesehen hatte.

»Ja. Kennst du das Nest?«

Er schüttelte den Kopf und überlegte.

»Jetzt weiß ich es«, sagte er, »Guldenberg, von dort stammt ein Kumpel von mir. Vielleicht kennst du ihn. Auf dem Dorf kennen sich doch alle.«

»Es ist kein Dorf. Guldenberg ist eine Stadt. Wie heißt dein Bekannter?«

»Den richtigen Namen weiß ich gar nicht. Bei uns heißt er Holzwurm. Sagt dir das was?«

»Bernhard Haber«, sagte ich.

»Kann sein. Ja, ich glaube, du hast Recht. Holzwurm heißt so. Kennst du ihn?«

»Ich bin mit ihm zur Schule gegangen. Er war eine Klasse tiefer. Sein Vater war Tischler, und er hat auch Tischler gelernt, glaube ich jedenfalls.«

»Genau. Das ist er. Darum heißt er ja Holzwurm. Na, das ist ein Zufall, dass ich noch einen aus dem Kaff kennen lerne.«

»Ich habe keinen Kontakt mehr mit ihm. Wohnt er noch dort?«

»Ja. Tischler ist er nicht mehr. Er arbeitet jetzt in meiner Firma.«

»Du hast eine eigene Firma? Was für eine?«

»Ach, dies und das.«

»Was heißt das?«

»Ist eben eine Firma für dies und das.« Er lachte.

»Versteh ich nicht«, sagte ich, »wenn das ein Witz sein soll, sags mir.«

»Ach was. Ist eben eine Firma, die dies und das macht. Dienstleistungen, verstehst du. Leute haben ein Problem, wir hören davon und helfen ihnen, das ist alles.«

»Und Holzwurm ist Tischler bei dir?«

»Nein. Eher so etwas wie Fahrer. Kommt ganz schön herum, dein Schulfreund. Und er verdient eine ganze Stange mehr als ein Tischler. Bei mir verdienen alle gutes Geld.«

»Ich suche gerade eine Arbeit. Ich bin Schlosser, Autoschlosser. Kannst du nicht so etwas gebrauchen? Ich würde gern in Berlin arbeiten.«

»Schlosser brauchen wir nicht. Eigentlich nur Fahrer, und davon haben wir im Moment mehr als genug.«

Er lächelte mich herablassend an und drehte sich dann zu dem Mädchen, das neben ihm saß. Einige Zeit später traf ich ihn nochmals vor der Toilette und fragte ihn nach seiner Firma und Bernhard, er wollte mir nichts sagen und machte wiederum unverständliche Andeutungen. Kurz danach traf ich Sebastian und sagte ihm, dass ich mich auf den Heimweg machen würde, weil hier alle besoffen seien. Er maulte, weil er bleiben wollte und dann mit seiner Freundin mit der S-Bahn fahren müsste, dann gab er mir den Wohnungsschlüssel.

Am nächsten Morgen packte ich leise meine Klamotten zusammen, da ich abreisen wollte. Dann fiel mir ein, dass mich keiner nachts geweckt hatte, also waren Sebastian und seine Freundin Barbara nicht nach Hause gekommen. Ich schaute im Wohnzimmer nach, es war leer, die beiden hatten wohl bei ihrem Freund Klaus übernachtet, Matratzen hatten ja genügend herumgelegen. Ich frühstückte ausgiebig, brachte dann Koffer und Tasche zu meinem Wagen und machte mich reisefertig. Eine Stunde lang saß ich in der Wohnung und wartete auf die beiden, weil ich mich von ihnen verabschieden und den Schlüssel zurückgeben wollte. Als es zwölf war und von den beiden noch immer nichts zu sehen war, schrieb ich einen Brief für Sebastian, den ich zusammen mit dem Schlüssel bei dem Kneiper abgeben wollte. Als ich gerade die Wohnungstür abschloss, erschienen sie. Ich bedankte mich bei ihm und mahnte ihn, sein Auto regelmäßig durchsehen zu lassen. Ich fragte ihn nach dem Jungen mit der Halskette, er wusste nur, dass er Frieder heiße und viel Geld machen würde.

»Irgendwelche Geschäfte«, sagte er, »irgendetwas, das besser ist als arbeiten.«

Barbara reichte mir zum Abschied die Hand. Sie konnte kaum aus den Augen sehen und sagte, ich solle sie bloß nicht ansehen, sie fühle sich wie ausgekotzt, denn sie habe keinen Moment dort schlafen können. Ich fuhr los und war zweieinhalb Stunden später bei meiner Mutter in Guldenberg. Ich wollte ein, zwei Tage bleiben, um ein paar Freunde zu sehen, und dann nach Leipzig fahren, um mich dort nach einer Arbeit umzuschauen. In Guldenberg wollte ich auf keinen Fall arbeiten, mit dieser Stadt hatte ich abgeschlossen.

Ich war kaum zu Hause, als Mutter mich nach Wilhelm fragte. In Berlin hatte ich nicht eine Sekunde mehr an die beiden gedacht, ich hatte sie bereits vergessen, nun musste ich Mutter irgendetwas erzählen. Ich sagte ihr, wir hätten uns getrennt, und als Mutter fragte, ob ich denn meinen Sohn nicht mehr sehen würde, sagte ich grob, dass Wilhelm nicht mein Sohn sei und dass ich mich deswegen von Gitti getrennt habe. Als sie immer weiter fragte, bat ich sie, damit aufzuhören, ich wolle von Gitti nichts mehr hören, nicht mehr an sie denken und kein Wort mehr über sie verlieren. Dann sagte ich ihr, dass sie keinem in der Stadt von meiner

Pleite mit Gitti etwas erzählen solle, und zog los, um alte Schulfreunde zu treffen.

Bernhard sah ich am nächsten Tag am frühen Nachmittag im Café am Paradeplatz. Ich wollte nicht mit ihm sprechen, aber außer ihm saßen nur zwei Leute im Café, so dass ich einem kurzen Gespräch mit ihm schlecht ausweichen konnte.

»Ich habe schon gehört, dass du wieder in der Stadt bist. Willst du hier bleiben?«

Ich schüttelte den Kopf.

»Und wie gehts dir? Du hast ja einen feinen Wagen. In der ganzen Stadt spricht man darüber.«

»Ja, der ist einzigartig. Das ist noch ein richtiges Auto. Habe ich mir selber aufgebaut. Ganz allein.«

»Schönes Stück. Gefällt mir. Falls du ihn verkaufen willst, gib mir Bescheid.«

»Ich weiß nicht, ob du so viel Geld hinlegen kannst, wie der kostet. Das ist eine höhere Summe, mein Kleiner.«

»Dachte ich mir. Das wäre er mir auch wert. Mach ein Angebot, Koller.«

»Willst du mir einreden, dass du das Geld für einen solchen Wagen beisammen hast?«

»Mach ein Angebot. Sag eine Summe. Sag einfach eine Summe. Ich handle nicht, ich sag ja oder nein, und dann ist das Geschäft perfekt.«

»Tischler bist du nicht mehr, Holzwurm, was? Als Tischler verdient man nicht so viel.«

»So ist es. Habe was Einträglicheres gefunden.«

»Ich weiß. Du bist Chauffeur, Holzwurm.«

»Chauffeur? Wer erzählt so etwas?«

»Ich habe deinen Chef in Berlin getroffen. Der hat es gesagt.«

»Ich habe keinen Chef. Da hat dir jemand einen Bären aufgebunden. Wer zum Teufel soll mein Chef sein.«

»Ein Rothaariger mit einer Goldkette um den Hals.«

»Ich habe keinen Chef. Ich bin selbständig.«

»Frieder heißt er, glaube ich. Hat mir viel von dir und euren Geschäften erzählt.«

»So ein Idiot. Was hat er erzählt?«

»Na, dass du bei ihm Fahrer bist und ihr viel Geld macht. Hat mir angeboten, für ihn zu fahren.«

»Was hat er erzählt?«

»Alles über euch. Wie ihr so viel Geld macht.«

»Und wie machen wir das?«

»Das muss ich dir wohl nicht sagen.«

»So ein Idiot.«

Bernhard war sauer, das spürte ich deutlich, und ich hoffte, ich würde ihn zum Reden bringen und mir nicht anmerken lassen, dass ich gar nichts wusste.

»Von mir erfährt keiner etwas«, sagte ich beruhigend, »und wer weiß, vielleicht steig ich bei euch ein. Immer alte Autos fremder Leute zu reparieren, das macht auf Dauer keinen Spaß.«

Bernhard sah mich an und schwieg. Ich wusste, er dachte darüber nach, was mir der Rothaarige gesagt haben könnte. Schließlich fragte er, ob ich ihm mein Auto zeigen würde. Er bezahlte, und wir gingen hinaus. Der Adler beeindruckte ihn mächtig, und da er mich darum bat, stiegen wir in den Wagen und fuhren los. Zuerst ging es zur Brücke. Seit meinem Umzug war ich nicht wieder dort und wollte sehen, wie sie aussah. Ich fuhr langsam darüber, und nachdem wir sie passiert hatten, hielt ich an. Wir stiegen aus, gingen ein paar Meter zurück und lehnten uns dann über das Brückengeländer, um auf den Fluss zu schauen. Der Wind war schneidend kalt, ich hatte weder Mantel noch Schal mit und schlug den Kragen der Jacke hoch. Das trübe Wasser der Mulde lief gurgelnd zwischen den Pfeilern hindurch. Fast gleichzeitig sahen wir uns an und grinsten. Wir erinnerten uns an die alten Geschichten, an den Einbruch in den Bauwagen und das gestohlene Werkzeug, wir sagten beide nichts. Vielleicht war es Scham oder Verlegenheit, die uns verstummen ließ, wie auch immer, aber da Bernhard nichts über unsere Kindereien sagte, sah ich keinen Grund, irgendetwas dazu zu bemerken.

Als wir zum Auto zurückgingen, fragte ich, ob er Lust zu einer kleinen Spritztour hätte, und schlug ihm vor, in die Heide zu fahren, zum Ochsenkopf. Er war einverstanden. Unterwegs redete er immer wieder über mein Auto, und ich versuchte herauszubringen, womit er angeblich so viel Geld machte, ohne dass er merken würde, dass ich eigentlich nichts von ihrem Geschäft oder ihrer Firma wusste. Als wir an die Waldgaststätte kamen, war ich nicht viel schlauer als vorher. Dass es kein legales Unternehmen war, bekam ich heraus, eins, für das man auch ins Gefängnis wandern könnte, wenn man Pech hatte. Das hatte ich mir bei den Geldsummen, die Bernhard angeblich damit verdiente, bereits gedacht.

Der Ochsenkopf war geschlossen, er hatte nur in der Saison geöffnet, und nirgends gab es eine Möglichkeit, sich aufzuwärmen und etwas zu trinken. Als wir um das Haus gingen und an die Türen klopften, in der Hoffnung, irgendjemanden zu finden, der uns einen Kaffee serviert, sprang die Tür, die in die Küche führte, plötzlich auf. Wir klopften nochmals und riefen, kein Mensch war zu sehen und zu hören. Wir sahen uns einen Moment an, dann die offen stehende Tür. Bernhard schüttelte schließlich den Kopf und lachte.

»Nein«, sagte er, »das ist vorbei. Zu gefährlich.«

Ich nickte. Dann fragte ich: »Was ist eigentlich aus dem Motor geworden?«

Er verstand mich nicht und sah mich fragend an.

»Der Motor damals! Die Seilwinde!«

»Ach so«, sagte er und lachte, »Vater wollte sie nicht. Er glaubte mir nicht, dass ich sie einem Kumpel abgekauft habe. Also habe ich sie ein halbes Jahr später jemandem ver-

kauft, der in einer Annonce nach einem elektrischen Seilaufzug suchte.«

Er lachte wieder auf. Wir gingen zum Auto und machten
uns auf den Heimweg. In der nächsten Ortschaft hielt ich an
einer Dorfgaststätte an. Als wir Kaffee bestellten, sagte der
Wirt, er schenke Bier und Schnaps aus und für Kraftfahrer
habe er Brause im Angebot, dann ließ er sich überreden, uns
einen Kaffee aufzubrühen. Als er uns endlich zwei Tassen
und eine Kaffeekanne brachte, bestellte sich Bernhard einen Korn dazu, was den Unmut des Wirtes besänftigte.

Ich erzählte Bernhard, was ich in den letzten Jahren gemacht hatte, wie ich zwei Jahre lang meinen Adler aufgebaut hatte und wo ich mich überall herumgetrieben hatte,
Gitti und Wilhelm erwähnte ich mit keiner Silbe. Als ich
ihn aufforderte, von sich zu erzählen, sah er mich lange an
und sagte schließlich: »Was hat dir Frieder über uns erzählt?«

»So einiges. Und wie man rasch zu viel Geld kommt.«

»Und er hat dir tatsächlich angeboten, bei uns einzusteigen?«

»Im Moment brauche er keinen Fahrer, sagte er mir.
Wenn sich etwa ergibt, würde er sich bei mir melden.«

»Das ist nicht ungefährlich.«

»Ist mir klar.«

»Einen Kumpel hats erwischt. Fünf Jahre.«

»Abgang ist überall. Und ich wette, er hat einen Fehler
gemacht.«

»Nein. Der Fehler lag nicht bei ihm, so viel wissen wir.
Der Kunde hat herumgequatscht, auch das gibt es.«

»Wenn das Geld stimmt, muss man damit klarkommen.«

»Rede nicht so geschwollen, Koller. Wen es erwischt, für
den sieht es übel aus.«

Ich goss mir Kaffee nach. Noch verstand ich überhaupt
nichts. Es gab Kunden, für die man etwas mit dem Auto
transportierte, und die gut bezahlen, wenn es gefährlich ist,

aber ich hatte keine Vorstellung davon, was das sein könnte, womit man einen solchen Haufen Mäuse macht.

»Dein Auto ist gut. Sehr gut. Ein kleiner Umbau, und es wäre der ideale Wagen.«

»Was für ein Umbau? Das Auto ist originalgetreu, da wird nicht herumgebastelt.«

»Da ist jede Menge Stauraum möglich, und keiner bemerkt was bei diesem Riesenschlitten.«

»Da wird nichts umgebaut. Das ist ein Original, du kannst dir gar nicht vorstellen, was der wert ist.«

»Jaja, aber das Gepäck muss verschwinden. Wenn du bei der Kontrolle den Kofferraum öffnen musst und der ist völlig leer, das wäre es, da wärst du sicher. Und manchmal darf sich ein Kunde nicht sehen lassen, weil er irgendwie aufgefallen ist. Mit deinem Wagen wäre das kein Problem. Und es würde eine Stange Geld mehr einbringen. Die zahlen, Junge, die zahlen jede Menge.«

Ich nickte so verständnisvoll wie es mir möglich war.

»Ja. Natürlich. Das wäre zu überlegen. Ein zweiter Boden wäre möglich. Vielleicht zwanzig Zentimeter oder dreißig, mehr auf keinen Fall, sonst fällt das auf.«

»Ein zweiter Boden, genau. Könntest du den einbauen? Ich meine, könntest du ihn selber einbauen? In einer Werkstatt kannst du das nicht machen lassen, da haben sie dich gleich am Kragen.«

»Kein Problem. Ich müsste mir ein paar Teile besorgen, etwas Blech, und wenn ich alles zusammen habe, schaffe ich das in einer Woche. In drei Tagen sogar.«

Bernhard sah mich an und schwieg. Er überlegte, und das dauerte bei ihm noch immer lange, sehr lange. Damit hatte er alle schon in der Schulzeit genervt, er stand einfach da und überlegte, während alle auf eine Antwort von ihm warteten. Ich wollte ihn nicht drängen, er war gerade beim Erzählen, und allmählich schälten sich die Umrisse dessen heraus, womit er und dieser Frieder ihr Geld machten. Ich zündete mir eine Zigarette an, rauchte sie langsam und genussvoll, und erst, als ich sie ausdrückte, machte er wieder den Mund auf.

»Ich könnte jemanden gebrauchen«, sagte er schließlich. »Einen mit Auto und Telefon, das sind die Voraussetzungen.«

»Telefon? Momentan habe ich nicht einmal eine Wohnung.«

»Und wie erreicht man dich?«

»Sag ich dir, sobald ich eine Wohnung habe.«

»Das dürfte kein Problem sein. Mit etwas Geld, mit etwas viel Geld hast du in einer Woche eine Wohnung mit Telefon, oder?«

»Sicher. Und dann?«

»Dann sprechen wir weiter. Einverstanden?«

»Und was springt für mich dabei raus? Wie viel verdient ein Fahrer bei eurer Firma?«

»Das ist keine Firma. Wir arbeiten alle einzeln, jeder für sich. Wie viel dabei sind, ich weiß es nicht, das weiß keiner. Oder fast keiner. Frieder auch nicht. Und das ist für alle besser so.«

»Wie viel würde ich im Monat bekommen?«

»Schwer zu sagen. Tausend, zweitausend. Manchen Monat einiges mehr, dann wieder wochenlang nichts. Du musst es aufs Jahr rechnen, dann zahlt es sich aus. Und du brauchst eine feste Stelle, irgendetwas, sonst machst du dich verdächtig. Eine feste Stelle, wo du dich jederzeit freistellen lassen kannst.«

»Das ist nicht einfach. Was hast du für eine Stelle?«

»Ich bin Schausteller.«

»Was ist das?«

»Jahrmarkt. Da bin ich mal hier, mal dort. Immerzu unterwegs.«

»Und was machst du da?«

»Gar nichts. Ein Freund von mir besitzt ein Kettenkarussell. Ich gebe ihm jeden Monat zweihundert Mark, dafür laufe ich als sein Angestellter durch die Bücher. Und das Geld braucht er für die Steuer. Wenn mir danach ist, lass ich mich mal bei ihm sehen. Die zweihundert Mark sind mir das wert. Er weiß von nichts. Er glaubt, ich mache mein Geld mit Pferdewetten.«

»So ein Freund ist Gold wert. Könnte er mich auch …«

»Vergiss es. Das kommt überhaupt nicht in Frage. Zwei Mann, das wäre zu gefährlich.«

»Verstehe. Ich muss sehen, was ich machen kann. Ich höre mich mal um. Und zweitausend ist garantiert?«

»Garantiert ist gar nichts. Mal mehr, mal weniger, habe ich gesagt. Ich hatte schon einmal fünftausend.«

»In einem Monat?«

»So ist es.«

»Nächste Woche habe ich die Arbeitsstelle, Bernhard. Und die Wohnung und das Telefon auch. Ich kümmere mich sofort darum. Vielleicht gehe ich nach Leipzig, da hätte ich Möglichkeiten. Was hältst du davon?«

»Leipzig? Das ist gut.«

»Und dann? Wie geht es dann weiter? Wann habe ich meine erste Fuhre?«

»Alles Weitere findet sich. Das erfährst du früh genug. Ich rufe dich an, wir treffen uns, und dann geht die Fahrt ab. So läuft das.«

Meine Hände wurden nass. Das Geld reizte mich, es verdrehte mir den Kopf. Die Vorstellung, für ein paar Autofahrten einen solchen Haufen Geld einzustreichen, ließ es nicht zu, die damit verbundenen Gefahren zur Kenntnis zu nehmen, ich schenkte dem Hinweis auf die fünf Jahre seines Freundes keine Beachtung, ich fragte Bernhard nicht einmal danach, wofür sein Kumpel verurteilt worden war. In meinem Kopf tanzten Geldscheine, ein neues Motorrad wirbelte darin herum und eine kleine Segeljacht. Ich war wie benommen, und auf der Fahrt nach Hause hatte ich

Mühe, mich auf die Straße zu konzentrieren und Bernhard zuzuhören. Ich dachte nur an das Geld. Als wir uns verabschiedeten, umarmte ich Bernhard plötzlich, was ich noch nie in meinem Leben getan hatte und was mir im gleichen Moment unangenehm war, zumal Bernhard sich sträubte und mich irritiert ansah.

»Ich melde mich in einer Woche«, sagte ich, »mit eigenem Telefon aus meiner eigenen Wohnung. Und einer Arbeitsstelle, die genau richtig ist.«

»Vor allem bau den Wagen um. Ein schönes großes Geheimfach, dazu brauchen wir dich.«

»Alles in einer Woche, Bernhard. Versprochen.«

Ich verabschiedete mich am gleichen Tag von Mutter und fuhr nach Leipzig. In Dölitz wohnte eine Cousine, mit der ich mich verstand, in einer alten Villa. Ich konnte bei ihr wohnen und tagsüber, wenn ihr Mann zur Arbeit gefahren war, in seiner Garage an meinem Adler arbeiten. Den Einbau eines zweiten Bodenblechs in dem Wagen schaffte ich spielend in einer Woche. Die nötigen Teile holte ich mir vom Schrottplatz und von zwei Werkstätten in der Nähe von Leipzig. Als ich damit fertig war, konnte man nichts von dem versteckten Fach erkennen, selbst einem Mechaniker würde es nicht auf den ersten Blick auffallen.

Die Wohnung mit Telefon dagegen wurde eine harte Nuss. Ich hatte es eilig, und das machte die Chefs auf dem Wohnungsamt misstrauisch, sie fürchteten eine Falle. Ich erzählte Geschichten von einer hochschwangeren Verlobten, für die ich die Wohnung so dringend benötigte, das war ein Fehler. Einer der Männer sagte mir, ich solle sie heiraten und dann wiederkommen, bei einem verheirateten Paar mit Kind wäre es für ihn leichter, mir zu helfen. In einem anderen Stadtbezirk war ich schon ganz dicht an einer Wohnung. Der Chef hatte sich von seiner Sekretärin einen Karteikasten ins Zimmer bringen lassen und blätterte bereits in den Karten, als ich irgendetwas sagte, was ihn argwöhnisch machte. Ich weiß nicht, was ich gesagt hatte, welches Wort bei ihm einen Verdacht weckte, plötzlich schob er den Kasten beiseite und wurde wütend. Er fragte mich, ob ich ihn für bestechlich halte, und ich solle machen, dass ich mich davonschere, sonst würde er Anzeige erstatten. Als ich endlich eine Wohnung bekam, war das ein heruntergekommenes Loch in Connewitz, bei dem fließendes Wasser der einzige Luxus war. Da ich endlich in das Geschäft mit Bernhard einsteigen wollte, akzeptierte ich sie, obwohl ich dafür fünfhundert Mark hingelegt hatte, für die ich eigentlich eine anständige Wohnung erwartete. An ein Telefon in der Wohnung war nicht zu denken, aber das war kein Problem, für nochmals fünfhundert Mark bekam ich es auf Anhieb, und bereits drei Tage später war es angeschlossen. Ich bedankte mich bei meiner Cousine für das Zimmer und zog in die dunkle Erdgeschosswohnung am Nibelungenring, zwei Zimmer mit einer Küche und einem winzigen Klo. Dann rief ich Bernhard an, sagte ihm, ich sei so weit und erwarte seine Nachricht.

»Mit allem? Bist du mit allem so weit?«, fragte er.

Ich bejahte es, obwohl ich keine Arbeit gefunden hatte, bei der ich nach Belieben fortbleiben konnte, ohne dass es Ärger gegeben hätte. Bernhard wollte den Wagen sehen, und wir verabredeten uns für den kommenden Freitag. Er wollte nach Leipzig kommen, da er ohnehin in der Stadt zu tun habe. Ich hatte zwei Tage Zeit, eine Arbeitsstelle zu finden, doch ich war andererseits fest entschlossen, ihm etwas vorzuflunkern, wenn es mir bis Freitag nicht gelungen wäre. Ich wollte in sein Geschäft einsteigen, wenn ich bisher auch mehr ahnte als wusste, was da transportiert werden sollte. Ich wollte das Geld, und seit sich mir diese Möglichkeit bot, hatte ich mich immer mehr und immer weiter in den Gedanken hineingesteigert, monatlich solche Summen zu erhalten. Obwohl ich noch keine einzige Fahrt für Bernhard und Frieder unternommen und nicht einmal eine feste und verbindliche Zusage hatte, lebte ich schon in der Vorstellung, das Geld sicher zu haben und fantasierte und spekulierte bereits mit diesen Zahlen, so dass mich die hohen Kosten nicht abschreckten, die ich deswegen bereits hatte, und außer Kosten gab es bisher nichts, was mich wirklich damit verband. Je länger es dauerte, bis ich anfangen konnte, bei ihnen als Fahrer zu arbeiten, umso dringlicher war der Wunsch, dieses Geld zu verdienen. Ich wollte es, und ich brauchte es, ich brauchte es dringend, denn mein Konto leerte sich schneller als ich geplant und erwartet hatte.

Am Freitag hatte ich noch immer keine Arbeit. Automechaniker waren gefragt und überall standen vor den Betrieben Holztafeln, auf denen die Berufe standen, für die man Arbeitskräfte suchte. Ich gab es rasch auf, dort nachzufragen, nachdem mich ein Meister entgeistert angestarrt hatte, als ich ihm darlegte, dass ich aus familiären Gründen gelegentlich der Arbeit fernbleiben müsste. Dann klapperte ich ein paar Kneipen ab, bei denen ich mir mehr Entgegenkommen versprach, ich wurde ausgelacht, als ich von den unerwarteten und sehr plötzlich eintretenden Schwierigkeiten erzählte, die mich machmal abhalten würden, zur Arbeit zu kommen. Einige vermuteten, ich sei Alkoholiker, der ab und zu seinen Rausch ausschlafen müsse. Und einen Arbeitsvertrag zum Schein abzuschließen, kam nicht in Frage, dazu musste man den Chef kennen, gut kennen und mit ihm befreundet sein. Einen solchen Vorschlag wagte ich keinem der Männer zu unterbreiten, mit denen ich über eine Arbeit sprach.

Als Bernhard am Freitag zu mir kam, warf er einen kurzen Blick in meine Wohnung und ließ sich den umgebauten Wagen zeigen. Wir fuhren ein Stück in Richtung Dösen. Hinter dem Friedhof führte eine Straße zu einem Wäldchen, es war menschenleer dort. Wir hielten an, und Bernhard begutachtete eingehend meine Arbeit. Ich musste in das Versteck kriechen, und danach kroch er hinein und verlangte, dass ich eine Runde fahre, während er in dem Zwischenraum der Bodenbleche lag. Als ich die Klappe des Verstecks öffnete und ihn aussteigen ließ, nickte er zufrieden.

»Für so viel Geld kann keiner mehr Komfort verlangen«, sagte er und grinste. Er holte einen Zollstock aus der Tasche und maß den Raum unter dem zweiten Bodenblech aus, das Versteck, die Maße notierte er sich in einem Kalender.

Auf der Rückfahrt fragte er mich nach meiner Arbeitsstelle.

»Alles in Ordnung«, sagte ich, »ich kann mir jederzeit freinehmen.«

»Und was ist es? Was hast du für eine Arbeit?«

»Bienenzüchter«, erwiderte ich. Es war mir am Vortag eingefallen. Ein uralter Onkel von mir war Bienenzüchter, und als Kind hatte ich ihn manchmal besucht. Er hatte immer Zeit. Im Frühjahr und Sommer musste er alle paar Wochen die Wagen umstellen lassen, die Waben kontrollieren und den Honig herausschleudern, und zum Ende der Saison gab es etwas mehr Arbeit, dafür hatte er den ganzen Winter nichts zu tun. Er besaß bestimmt fünfhundert Völker, die er in drei umgebauten Eisenbahnwagen untergebracht hatte. Außer dem Erlös für den Honig bekam er Geld von den Bauern, wenn er seine Wagen auf ihren Feldern aufstellte, aber das konnten sich nur die Großbauern, die Besitzer der Obstplantagen und die Genossenschaften leisten. Sie hatten mit ihren Pferden oder Traktoren seine Wagen zu den Standplätzen zu schleppen und im Herbst zurück auf sein Grundstück. Den Sommer über fuhr er alle paar Tage zu seinen Wagen, um nach den Bienen zu sehen, und im Winter gab es für ihn eigentlich nichts zu tun. In der Familie galt er als reicher Mann und alle meinten, er habe mit seinem Beruf in den Glückstopf gegriffen. Wenn ich bei ihm arbeiten könnte, hätte ich genau den richtigen Posten, um mich jederzeit für eine Autotour abmelden zu können. Ich hoffte, ich könnte den Onkel dazu überreden, er müsste mir ja nichts zahlen, sondern mich lediglich als Beschäftigten anmelden, und da er bereits im Rentenalter war, müsste das der Behörde glaubwürdig erscheinen. Falls er nichts davon hören wollte, es wäre möglich, denn ich hatte mit ihm in den letzten Jahren nichts zu tun, ich wusste nicht einmal, ob er seine Bienenvölker überhaupt noch besaß, dann hatte ich die Absicht, mich als Bienenzüchter selbständig zu machen. Ich wollte mich von ihm unterrichten lassen und beim Gewerbeamt eine Zulassung beantragen. Ich stellte es mir nicht schwer vor, Bienenzüchter zu werden, zumal ich auf das Geld für den Honig nicht angewiesen war. Ich hatte nichts in dieser Richtung unternommen, und als Bernhard fragte, behauptete ich es kurzerhand, um eine Antwort zu haben. Er schien damit zufrieden zu sein und sagte, auf meine erste Fuhre müsste ich nicht lange warten, er würde sich telefonisch bei mir melden. Er würde mir am Telefon einen Termin nennen, und wir müssten uns dann treffen, um die Einzelheiten abzusprechen. Er schärfte mir ein, dass ich am Telefon kein Wort sagen dürfe, ich solle ihm zuhören, mir alles merken und nichts aufschreiben. Bei der ersten Fahrt würde er mit mir fahren, mir alles Erforderliche zeigen und mich mit meinem Kontaktmann bekannt machen, das würde allerdings auch heißen, für die erste Fahrt würde ich kein Geld bekommen, allein die Auslagen würden mir erstattet und vielleicht das Benzingeld.

»Das ist deine Lehrzeit«, sagte er, als ich ihn überrascht ansah, »keine Sorge, mit deinem Spezialauto bekommst du die besten Passagiere. Für das Versteck müssen sie was drauflegen, und das geht voll in deine Tasche. Wir arbeiten nämlich absolut pingelig. Jeder erhält, was ihm zusteht, und keiner wird um eine müde Mark betrogen, schon damit keiner auf dumme Gedanken kommt.«

»Ich warte auf deinen Anruf. Und wo treffen wir uns?«

»Sage ich dir am Telefon. Irgendwo in der Nähe des Kunden, nie bei ihm. Dabei sind wir übergenau. Vergiss nicht, wenn etwas schief geht, geht es komplett schief. Dann lächelt der Staatsanwalt.«

Am gleichen Tag schrieb ich an meinen Onkel und kündigte meinen Besuch an. Drei Tage später rief ich ihn an und fragte, ob es ihm recht sei, wenn ich bei ihm vorbeischaue. Er war verwundert, sagte aber, ich sei ihm stets willkommen, auch wenn er nicht mehr gut auf den Füßen sei. Ein Essen könne er mir allerdings nicht servieren, denn seine Frau sei vor einem Jahr gestorben und er lebe allein und ohne Hilfe. Ich machte mich auf einen schwierigen Besuch gefasst und wurde nicht enttäuscht. In dem ganzen Haus stank es nach Alter und Armut, und als ich ihm durch die Küche in sein Wohnzimmer folgte, glaubte ich, ich würde am Fußboden festkleben, so viel Dreck klebte überall. Ich nahm auf der Kante eines Stuhls Platz, da mir das angebotene Sofa nicht geheuer war, und hörte ihm eine Stunde lang zu, in der er über seine Frau sprach und über irgendwelche Nachbarn, die ihn verfolgen und belästigen würden. Als er mich fragte, weshalb ich gekommen sei, und ich es ihm sagte, lachte er und erwiderte, ich käme drei Jahre zu spät, vor drei Jahren habe er die Bienen aufgegeben und alles einem Mann aus dem Nachbarort verkauft. Ich hatte es mir bereits gedacht, dass er nicht mehr als Bienenzüchter arbeitet, er war schon zu hinfällig. Dann wollte er wissen, wieso ich plötzlich meine Leidenschaft für Bienen entdeckt habe, und ich sagte etwas von der freien Natur, die ich der dreckigen Werkstatt vorziehe, und dass ich mich schon in der Schule für Bienen interessiert habe. Ich erkundigte mich, was ich unternehmen und mir kaufen müsse, um als Züchter zu arbeiten, und er konnte mir einige Ratschläge geben, die mir nützlich schienen. Er wusste auch, wie man zu einem Gewerbeschein kommen kann und welche Landkreise an der Aufstellung von Bienenstöcken interessiert sind. Er erklärte mir stundenlang die Bienenzucht, was mich langweilte, denn dass man den Heidehonig nicht schleudern könne, sondern dass die Waben gepresst werden müssen, interessierte mich nicht. Ich wollte keinen Heidehonig herstellen, ich brauchte einen Gewerbeschein und ein paar Bienenvölker, die herumflattern konnten, wo sie wollten. Bei mir könnten sie ihren Honig selber fressen, ich hatte nicht vor, ihnen ihre Waben wegzunehmen und dabei Gefahr zu laufen, gestochen zu werden. Ich hörte dem Alten zu und schrieb mir sogar einiges auf. Als ich endlich gehen konnte, gab er mir den Schlüssel für seinen Stall. Dort standen ein paar Stülpkörbe herum, und es fanden sich einige Netze und eine Honigschleuder, die ich alle mitnehmen sollte. Ich verstaute die Sachen in mein Auto, ich wollte etwas vorzuweisen haben, wenn irgendjemand zu mir käme und ich mich als Bienenzüchter zu präsentieren hätte. Er gab mir ein Buch über Bienenzucht mit, das warf ich unterwegs aus dem Auto, es stank nach dem Onkel.

Vierzehn Tage später rief ich bei Bernhard an und fragte, wann wir uns treffen. Ich sagte, ich wäre viel unterwegs gewesen und hätte möglicherweise seinen Anruf verpasst. Er war sehr kurz angebunden und sagte nur, er melde sich und ich solle ihn nicht wieder anrufen. Ich merkte an seiner Reaktion, dass ich einen Fehler gemacht hatte. Ich hatte bereits so viel Geld ausgegeben, dass ich zur Abwechslung endlich mal etwas verdienen wollte.

Eine Woche später kam der Anruf. Bernhard sagte, er erwarte mich am nächsten Tag um neun Uhr auf dem Hauptpostamt in Altenburg. Ich sagte, ich würde kommen. Er wiederholte Uhrzeit und Treffpunkt und legte auf.

Ich war eine ganze Stunde zu früh an der Hauptpost, stellte den Wagen ab und lief durch die Stadt bis zum Kleinen Teich. Dann kehrte ich um, lief zur Orangerie und zum Schloss hinauf und musste mich schließlich beeilen, um pünktlich im Hauptpostamt zu sein. Im Schalterraum war von Bernhard nichts zu sehen, und ich ging hinaus und stellte mich neben meinen Wagen. Bernhard kam eine Viertelstunde zu spät. Er parkte sein Auto, kam zu mir und wir setzten uns in meinen Wagen. Er sagte, es wäre ein Ehepaar mit einem Kleinkind nach Berlin zu bringen, ein Lehrerehepaar aus der Brauhausstraße.

»Wohin in Berlin?«

»Zum Treffpunkt. Das ist die Kiefholzstraße in Treptow, ich zeige dir alles. Wenn nichts anderes vereinbart wurde, findet stets dort die Übergabe statt.«

»Übergabe an wen?«

»Du hältst an der Ecke Wildenbruchstraße und wartest einfach. Wenn du zum richtigen Zeitpunkt eintriffst, musst du nicht lange warten, dann kommt ein Mann zum Auto, klopft an die Scheibe und fragt dich, ob du ihm einen Geldschein wechseln kannst. Das ist dann dein Mann. Du lässt deine Kunden aussteigen, gibst ihnen das Gepäck und verschwindest, so schnell du kannst. Lass dir vorher das Geld geben, Koller, hinterher siehst du nichts mehr. Und einklagen kannst du es nicht. Wenn du mehr als eine Stunde zu spät am Treffpunkt eintriffst, das ist schon vorgekommen, möglich ist alles, dann kannst du gleich mit den Leuten zurückfahren, dann kommt keiner mehr, um sie abzuholen. Und wenn dein Mann in Berlin länger als eine Stunde nach der verabredeten Zeit sich nicht sehen lässt, dann verschwindest du mit deiner Fracht. Denn dann ist irgendwo irgendetwas schief gelaufen. Und dann bezahlen die Leute nichts, hast du verstanden?«

»Nicht mal Benzingeld?«

»Nein. Nichts. Das gehört zu den Verabredungen, und an die musst du dich halten, wenn du dabeibleiben willst. Überleg einmal, wenn du den Leuten Geld abknöpfst, obwohl du sie lediglich nach Berlin und zurück gefahren hast, das könnte sie ärgern. Und vielleicht überlegen sie es sich dann und plaudern irgendwo darüber. Dann haben sie dich am Arsch. Also, keine Übergabe, kein Geld. Ist das klar?«

»Hab verstanden.«

»Die Männer in Berlin wirst du bald kennen gelernt haben, es sind zwei, immer dieselben. Ich kenne ihre Namen nicht, ich habe mich nie mit ihnen unterhalten, das ist für alle besser so. Und daran solltest du dich halten. So, und jetzt fährst du an der Kirche vorbei und dann immer geradeaus bis zur nächsten Hauptstraße, dort musst du links abbiegen.«

»Kennst du dich aus in Altenburg?«

»Nein. Ich war nie hier.«

»Und woher weißt du, wie wir fahren müssen?«

»Darum musst du dich vorher kümmern. Wenn du die Adresse bekommst, dann besorge dir einen Stadtplan oder irgendetwas Ähnliches. Und präg dir alles ein. Nie jemanden fragen, auch nicht in Berlin. Mit keinem sprechen, nicht auffallen, keiner soll sich an dich erinnern.«

»Mein Wagen fällt auf. Überall.«

»Richtig. Das ist das Dumme an deinem Auto. Dafür hat er dieses hübsche Unterdeck, das macht es wieder wett. So, jetzt nach links. Und dann die zweite Straße noch mal links.«

Vor dem Haus des Lehrerehepaars stieg er aus und sagte, ich solle im Auto bleiben. Es werde sicher etwas dauern, denn erfahrungsgemäß hätten die Leute viel zu viel Gepäck, das sei fast immer so. Dann müsse er mit ihnen reden und ihnen klar machen, dass sie nicht in einem Reisebus über die Grenze fahren, sondern mit der S-Bahn, und dass sie von Grenzbeamten kontrolliert werden würden. Es gebe regelmäßig Aufregung und Tränen, und schließlich müssten sie alles neu packen. Ich solle mich auf eine halbe Stunde einrichten und immer in der Nähe des Autos bleiben. Es dauerte fast eine Stunde, ehe Bernhard mit den Leuten auf die Straße kam. Ich wollte das Gepäck in das Fach zwischen die Bodenbleche legen, Bernhard schüttelte schweigend den Kopf und wies auf den Kofferraum. Ich öffnete ihn und verstaute dort zwei Rucksäcke und einen kleinen Koffer. Das Ehepaar mit dem Kind stieg in den Fond ein, Bernhard setzte sich neben mich, und wir fuhren in Richtung Autobahn. Im Rückspiegel konnte ich das Lehrerehepaar mit dem Kind sehen. Das Kind war offensichtlich ein Mädchen, es war drei oder vier Jahre alt. Die Eltern waren Anfang dreißig, sie waren aufgeregt und unterhielten sich leise. Die Fragen, die sie an uns richteten, beantwortete Bernhard so knapp und schroff, dass sie ihren Versuch, sich mit uns zu unterhalten, bald aufgaben. Hinter Zeitz, auf einer schnurgeraden Strecke entlang eines Wäldchens, ließ Bernhard mich anhalten. Alle mussten aussteigen, und Bernhard und ich verstauten das Gepäck des Ehepaares in dem Fach im Wagenfond. Bernhard sagte zu der Frau, sie solle jetzt ihrer Kleinen eine Tablette geben. Während das Ehepaar sich um ihr Kind kümmerte und von den mitgenommenen Schnitten aß, vertraten wir uns die Beine und rauchten eine Zigarette.

Am Kontrollpunkt wurden wir angehalten. Damals, als die Mauer noch nicht stand, gab es um ganz Berlin herum diese Kontrollposten. Auf der Autobahn und allen Landstraßen standen Polizeistreifen, man musste langsam heranfahren, und entweder winkten sie einen wortlos weiter oder irgendetwas im Auto fiel ihnen auf und sie hielten einen an. Ich war ganz langsam herangerollt, um nicht verdächtig zu wirken. Einer der Polizisten bekam große Augen, als er meinen Wagen erblickte. Er winkte uns an den Straßenrand, wir mussten unsere Ausweise vorzeigen und wurden nach dem Reiseziel gefragt. Der Polizeiposten forderte mich auf, auszusteigen und den Kofferraum zu öffnen. Da dort nur der Rot-Kreuz-Kasten und ein Reserverad lagen, war er zufrieden. Er warf einen Blick zu dem Lehrerehepaar. Da auf deren Knien das kleine Mädchen schlief, machte er zu mir eine Handbewegung, ich konnte weiterfahren.

»Sehr gut«, sagte Bernhard leise zu mir, »so fix bin ich selten durch die Kontrolle gekommen. Diese Kiste ist zwar teuflisch auffällig, aber wenn man das Gepäck verschwinden lassen kann, das ist Gold wert. Ich sollte mir ebenfalls so einen Oldtimer zulegen. Ist so etwas zu bekommen?«

»Nein. Den musst du dir selber zusammenbauen. Und bei mir hat das zwei Jahre gedauert.«

»Dann lege ich mir lieber einen alten Lastwagen zu. Da gibt es genügend Stauraum, und er ist weniger aufsehenerregend.«

»Und er kommt dich vermutlich billiger.«

»Was verbraucht deine Kiste? Fünfzehn Liter?«

»Wenn ich gemütlich vor mich hin fahre, komme ich vielleicht damit hin. Das habe ich jedoch noch nie geschafft.«

»Gütiger Himmel. Da werde ich dir wohl das Benzingeld geben müssen.«

»Käme mir recht. So langsam bin ich nämlich klamm. Ich habe nur Ausgaben, immerzu.«

»Warts ab. Du verdienst noch genug.«

Er wies mir in Berlin den Weg, und ich versuchte, mir die Strecke einzuprägen. Als wir auf einer breiten Ausfallstraße kilometerlang geradeaus fuhren, drehte er sich zu dem Lehrer um und sagte: »So. In fünf Minuten sind wir am Ziel. An Ihrem ersten Ziel. Dann übernimmt Sie ein Kollege. Sie können mir jetzt das Geld geben.«

Der Lehrer griff in die Jackentasche, zog einen Umschlag heraus und reichte ihn vor. Bernhard öffnete ihn und zählte das Geld nach, ich sah, dass es mehrere hundert Mark waren. Als Bernhard meinen Blick bemerkte, zwinkerte er mir vergnügt zu.

An der Kiefholzstraße kamen wir eine Viertelstunde nach der vereinbarten Zeit an. Rechts war ein Bahndamm, auf der linken Straßenseite war ein Ruinengrundstück und eine Grünfläche, auf der mal ein Haus gestanden hatte. Keine Menschenseele war auf der Straße zu sehen. Kaum hatten wir angehalten, erschien plötzlich ein Mann, er musste in einem Hauseingang gestanden haben, schaute in den Wagen, ging zu Bernhard hinüber und öffnete die Tür. Wir stiegen aus.

»Das ist unser Neuer«, sagte Bernhard und zeigte auf mich. Der Mann sah mich aufmerksam an, ohne eine Miene zu verziehen oder zu grüßen. Bernhard ließ das Ehepaar aussteigen, dann kletterte er in den Wagenfond, öffnete die Fußbodenklappe und holte das Gepäck heraus. Der Lehrer schnallte sich einen der Rucksäcke auf den Rücken, nahm dann den zweiten und den Koffer auf, das schlafende Kind wurde von seiner Mutter getragen. Bernhard stieß mich an, wir stiegen in den Wagen ein, wendeten und fuhren zurück.

»Und wie geht es weiter?«, erkundigte ich mich.

»Wie verabredet, ich rufe dich an. Und du rufst nicht bei mir an, nie, hast du verstanden?«

»Ich meine, wie geht es mit den beiden weiter?«

»Keine Ahnung. Ich weiß es wirklich nicht.«

»Warum fahren diese Leute nicht allein nach Berlin?«

»Ich habe sie nicht gefragt.«

»Sie brauchen sich nur eine Fahrkarte zu lösen und schon sind sie drüben. Warum bezahlen sie uns einen Haufen Geld für etwas, was sie selbst machen könnten?«

»Ich weiß es nicht, Koller. Vielleicht sind sie dumm, ungeschickt, ängstlich. Oder sie brauchen für alles eine Garantie, und wir garantieren es ihnen. Weißt du, Koller, es gibt Leute, die sich bei jeder Schlange hinten anstellen, die können gar nicht anders, die stellen sich stets an und warten. Und wir zeigen ihnen einen Weg, wie man nach vorn kommt, dafür bezahlen sie uns. Das ist für alle schön, nicht wahr.«

»Mit der Dummheit lassen sich gute Geschäfte machen. Ich hoffe nur, sie sind nicht so dumm, später irgendjemandem davon zu erzählen. Denn das könnte für uns teuer werden.«

»Ja, das ist das eigentliche Risiko. Das und ihr Gepäck. Wir schärfen ihnen genau ein, was sie nicht einpacken dürfen, und du kannst darauf wetten, wenn einer am Kontrollpunkt sich das Gepäck ansieht, sieht er mit einem Blick, dass die Leute nicht in den Urlaub wollen. Wir reden und reden, aber nein, das Tafelsilber muss auch mit.«

Wir fuhren nach Altenburg, wo Bernhard sein Auto stehen gelassen hatte. Als wir uns verabschiedeten, reichte er mir hundert Mark hin und legte, als ich schweigend auf den Schein schaute, fünfzig Mark dazu.

»Ich melde mich«, sagte Bernhard, als er aus meinem Wagen stieg, »keine Sorge. Und immer ruhig bleiben.«

In den nächsten Tagen las ich ein Buch über Bienenzucht und stellte einen Antrag auf einen Gewerbeschein. Das Buch war offenbar für Kleingärtner gedacht, immer wieder wurde man darauf verwiesen, was man alles selber machen und was man allein zusammenbauen könne, und über die Bienen schrieb man, als seien es alte Tanten oder unmündige Kinder, die man liebevoll zu umsorgen habe und denen man ihre Launen und Streiche nachsehen müsse. Doch ich bekam die gewünschten Informationen und konnte mir eine Liste aller Sachen zusammenstellen, die ich mir zu besorgen hatte, um eine Bienenzucht aufzubauen. Ein paar Ausdrücke strich ich an und lernte sie auswendig, um mit Imkern reden zu können. Ich gab Inserate in drei Zeitungen auf, ich hoffte einen alten Imker aufzutreiben, der gerade im Begriff war, seine Bienen aufzugeben und bei dem ich alles billig und auf einmal kaufen könnte.

Auf dem Amt musste ich vor allem warten. Man hatte keine Zeit und keine Lust, sich mit mir und meinem Anliegen abzugeben. Ich ging dreimal hin, bevor ich den zuständigen Beamten sprechen konnte, einen dicken Mann mit hochrotem Gesicht. Er tat so, als sei er sehr beschäftigt. Inzwischen hatte ich genügend Erfahrung mit solchen Leuten und hatte auf den ersten Blick gesehen, dass bei ihm mit

Geld etwas zu erreichen war. Ich saß lange vor seinem Schreibtisch, weil das Gespräch immer wieder von Telefonaten unterbrochen wurde und von seiner Suche nach irgendeinem Papier. Als sein Mitarbeiter das Zimmer verließ, legte ich einen Umschlag mit Geld wortlos auf den Schreibtisch. Der Dicke telefonierte gerade und zog, während er weiter in den Hörer sprach, den Umschlag zu sich, öffnete ihn, zählte das Geld und steckte es sich ins Jackett. Nachdem er den Hörer aufgelegt hatte, sprach er mit mir weiter über meinen Gewerbeschein. Das Geld erwähnte er mit keinem Wort, er bedankte sich auch nicht. Schließlich nannte er mir einen Tag, an dem ich wieder zu ihm kommen könnte, um mir die behördliche Genehmigung abzuholen. Als ich hinausging, war er bereits wieder in seine Akten vertieft. Ich war beeindruckt, wie selbstverständlich und ohne die geringste Geste von Dankbarkeit er mein Geld an sich nahm und einsteckte, er musste viele Erfahrungen damit haben.

Wenn ich das Haus verließ, war ich immer besorgt, einen Anruf von Bernhard zu verpassen. Wir hatten uns zwar auf zwei Telefonzeiten geeinigt, morgens um acht Uhr und abends zwischen sieben und acht, aber da ich tagelang nichts von ihm hörte, fürchtete ich, er hätte mich vergeblich zu erreichen versucht und einen anderen Fahrer beauftragt. Es dauerte eine Zeit, bis ich begriff, dass ich für Bernhard der zweite Mann war, der die Aufträge erhielt, die er nicht ausführen konnte, weil er keine Zeit oder andere Passagiere hatte, oder es ging um Fuhren, die ihm zu heiß waren. Ich bekam die Kunden, die Bernhard nicht übernehmen wollte. Es war zwecklos, sich darüber zu beschweren. Und bei wem auch?

Bei der ersten Fuhre, die ich allein unternahm, brachte ich ein altes Ehepaar von Bad Muskau nach Berlin. Am Tag zuvor musste ich zu Bernhard nach Guldenberg fahren, um mir die Namen und die Adresse abzuholen. Er gab mir eine handschriftliche Beschreibung, wie ich zu dem Haus der Leute fahren müsste. Das Blatt Papier war sehr säuberlich geschrieben in Sütterlin-Schrift, die ich schwer entziffern konnte. Am nächsten Tag stand ich zur vereinbarten Zeit vor dem Haus in Bad Muskau, es war ein dreistöckiges Mehrfamilienhaus, und klingelte bei dem Ehepaar. Eine alte Dame machte mir sofort die Tür auf, sie musste hinter der Tür auf mich gewartet haben. Die beiden Alten hatten viel zu viel Gepäck, und ich sagte es ihnen. Sie jammerten, dann packten sie nochmal neu, und eine Stunde später konnten wir starten. Ich wusste, sie hatten noch immer mehr Gepäck, als ich während einer Fahrtpause in das Fach stecken konnte. Ich sagte mir, ein einzelner Koffer im Gepäckraum würde uns an der Kontrollstelle keine Schwierigkeiten machen, zumal in diesem Koffer Kleidungsstücke waren, wie mir die Alten versicherten.

Während der Fahrt versuchte ich, Gespräche mit dem Ehepaar zu vermeiden, weil Bernhard es mir geraten hatte, aber sie waren so geschwätzig, dass es mir nicht gelang. Ich fragte sie, warum sie in den Westen gehen wollen, und die Frau sagte mir, dass ihr Mann immer im Staatsdienst gewesen sei, über fünfundvierzig Jahre, und dafür im Westen eine richtige Pension bekommen würde, während er im Osten eine sehr dürftige Rente beziehe, eben weil er dem deutschen Staat immer treu gedient habe. Sie bekämen die Mindestrente, die kaum zum Leben reiche. Als ich, nachdem wir den Kontrollposten passiert hatten, um die vereinbarte Summe bat, war es mir peinlich, den beiden Alten so viel Geld abzunehmen. Andererseits hatten sie es ja so gewollt, und ich hatte in den letzten Wochen mehr als genug Ausgaben und mein Konto war leer.

Ich war pünktlich am Treffpunkt in Berlin und musste zehn Minuten warten, ehe ich das Ehepaar übergeben konnte. Derselbe Mann, der bei der Fahrt mit Bernhard gekommen war, tauchte plötzlich am Wagen auf. Er sagte nichts zu mir und wartete schweigend, bis ich dem Ehepaar das Gepäck gegeben hatte. Als ich abfuhr, sah ich im Rückspiegel die drei über die Straße gehen, die beiden Alten schleppten das gesamte Gepäck, während der junge Mann vor ihnen herlief, ohne ihnen eine Tasche abzunehmen. Ich hatte bemerkt, dass er grinste, als sich das Ehepaar mit Handschlag von mir verabschiedete und sich bedankte. Der Junge macht es richtig, sagte ich mir, du bist viel zu freundlich zu diesen Kunden. Ich nahm mir vor, mich bei den nächsten Fahrten auf keinerlei Gespräche einzulassen.

Ich bekam monatlich vier oder fünf, selten waren es mehr, und ich verdiente ganz gut, immerhin doppelt so viel, als wenn ich als Automechaniker gearbeitet hätte. Wenn ich einen der Passagiere im Versteck zwischen den Bodenblechen nach Berlin fuhr, weil er gesucht wurde oder lediglich einen Bezirksausweis besaß, der ihm ein Verlassen seiner Heimatregion nicht erlaubte, dann gab es jedes Mal eine ganze Stange mehr Geld. Das Glück hatte ich selten, einmal im Monat bestenfalls.

Der Aufbau meiner Bienenzucht gestaltete sich mühsam, zumal mir der Ansporn fehlte, seit ich die Gewerbegenehmigung erhalten hatte. Die notwendigen Gerätschaften und einen gummibereiften Bienenwagen, der in einer verwahrlosten Strohscheune stand, hatte ich mir zusammengekauft, aber die Bienenvölker zu bekommen, war außerordentlich schwierig. Mir fehlten die Erfahrungen, und ein Landwirt, mit dem ich schon fast einig war und der meine Unkenntnis bemerkte, weigerte sich, mir ein paar seiner Völker zu verkaufen. Im Mai besaß ich schließlich fünfzehn Völker und ließ den Wagen in der Nähe von Eythra aufstellen, einem Dorf südlich von Leipzig und von meiner Wohnung aus in einer halben Stunde zu erreichen. Ich hatte mit einigen der Genossenschaften telefoniert, und Eythra war an meinen Bienen interessiert und bereit, mir alle Auslagen zu erstatten und den Wagen abzuholen, aufzustellen und nach ein paar Wochen umzusetzen. Als ich in dem Genossenschaftsbüro erschien, wurden die beiden Männer vom Vorstand misstrauisch, weil ich so jung war, und ich erzählte ihnen etwas von einer langen Tradition von Bienenzüchtern in meiner Familie, um sie zu beruhigen. Nachdem der Wagen erst einmal neben einem riesigen Rapsfeld stand, hatte ich tatsächlich wenig zu tun und hätte jeden Monat zwanzig Fahrten nach Berlin machen können, aber Bernhard wollte selber Geld verdienen.

Die Beamten an den Kontrollposten kannten mich und meinen Wagen nach einiger Zeit, und ich wusste genau, wie es ablaufen würde, wenn ich sah, welcher Uniformierte auf uns zu kam. Mit einem der Beamten wechselte ich jedes Mal ein paar Worte über meinen Adler, er selbst besaß ein altes BMW-Motorrad, das zwanzig Jahre alt war, und wir fachsimpelten miteinander. Ich hielt es für eine gute Idee von mir, ich dachte, mit dem Wohlwollen eines Beamten würde ich mir scharfe Kontrollen ersparen. Nach einigen Wochen musste ich einen Umweg fahren, um über eine andere Straße und einen anderen Kontrollpunkt Berlin zu erreichen. Der Beamte war so heftig an meinem Wagen interessiert, dass ich ihn schließlich nur mit Mühe und dem Versprechen, ihm beim nächsten Mal alles zu zeigen, davon abhalten konnte, in das Auto zu steigen. Er kannte sich ein wenig mit den alten Modellen aus und hätte leicht den doppelten Boden entdecken können. Zumindest hätte er, wenn er in den Fond meines Wagens gestiegen wäre, den Umbau bemerkt, der sicher sein Misstrauen geweckt hätte. Nach diesem Erlebnis vermied ich es, den Beamten gegenüber allzu auskunftsfreudig zu sein, wenn ihnen mein Adler ins Auge stach und sie sich mit mir darüber unterhalten wollten.

Ich sah Bernhard regelmäßig, da ich mich vor jeder Fahrt mit ihm zu treffen hatte, denn er wollte keinerlei Informationen über Briefe oder Telefon geben. Gelegentlich kam er nach Leipzig, wenn er unterwegs war oder in der Stadt zu tun hatte, meistens musste ich zu ihm fahren. Wir trafen uns dann in seinem Haus in Guldenberg. Er besaß ein Einfamilienhaus mit großem Garten in der Moorbadstraße und wohnte dort mit einem Mädchen aus Spora zusammen, einem grauen Mäuschen, das durch die Zimmer huschte und ihren Bernhard bewunderte. Wenn er von ihr sprach, sagte er nur, sie halte seinen Garten in Ordnung und lebe auf seine Kosten, und wenn sie zu uns ins Zimmer kam und fragte, ob wir etwas zu trinken haben wollten, schickte er sie grob hinaus. Sie wisse nichts von dem, womit er sein Geld verdiene, für sie sei er der Betreiber eines Karussells mit zwei Angestellten, die damit über die Märkte ziehen und von ihm kontrolliert werden müssen, hatte Bernhard gesagt und hinzugefügt, ich solle gefälligst den Mund halten, selbst im Bett, vor allem im Bett, denn man weiß nie, wie dumm es kommen könne, und erfahrungsgemäß käme es immer am dümmsten.

Als wir einmal das Geschäftliche geklärt hatten und in den Goldenen Löwen gegangen waren, um ein Bier zu trinken, fragte ich ihn, wie es eigentlich kam, dass er diese Fahrten nach Berlin mache.

»Reiner Zufall«, sagte er, »ich war einen Sommer auf Rügen, lernte ein paar Leute kennen, man kam ins Gespräch, wir überlegten, wie man zu Geld kommt, und irgendeiner kam dann auf die grandiose Idee. Mehr musst du nicht wissen, ist für alle besser. Und eigentlich weiß ich überhaupt nichts von den anderen. Ich kenne keinen einzigen Namen, und meinen Namen kennt außer dir auch keiner.«

»Ich meine, wie kam es, dass ausgerechnet du das machst? Daran hätte ich nicht im Traum gedacht. Das Letzte, was ich von dir hörte, das war die Geschichte mit den Bauern.«

»Die Kollektivierung meinst du? War eine tolle Geschichte damals.« Bernhard lachte laut auf.

»Sogar bei Griesel warst du dabei. Das hörte ich jedenfalls.«

»Sicher. Griesel habe ich mir nicht entgehen lassen.«

»Ich dachte damals, du willst Funktionär werden.«

»Ich?« Er lachte wieder.

»Aber ja. Das waren alles Funktionäre, Hundertfünfzigprozentige, die die Bauern in die Genossenschaft pressten.«

»Kann sein. Weiß nicht.«

»Und wie kam es dazu, dass du dabei warst?«

»Nur so. Hatte meinen Spaß dabei.«

»Wieso du? Und jetzt schmuggeln wir zusammen Leute über die Grenze.«

»So ist das Leben, Koller.«

»Warum hast du mitgemacht?«

»Rache ist süß, Koller.«

»Wer hatte dir was getan?«

»Ich habe es ihnen nicht vergessen. Ich weiß noch heute, wie wir hier ankamen. Wie sie uns schon ansahen. Wenn ich in einen Laden ging, schauten sie auf jede meiner Bewegungen, alle, nicht nur die Ladenbesitzerin. Und wenn ich bezahlte, sah ich ihnen an, dass sie hinter meinem Rücken reden werden. Woher hat der Junge das Geld, sicher gestohlen. Weißt du, Koller, ich hatte mir geschworen, mich zu rächen. Für die waren wir die ganzen Jahre die Hungerleider, und so haben sie uns behandelt. Und plötzlich waren sie es. Die sollten es mal erleben, alles zu verlieren. Da brauchte man mich nicht lange bitten, ich war sofort dabei. Wie Dreck hatten sie uns behandelt.«

»Griesel auch?«

»Er war Gift und Galle. Wir bekamen von Griesel das Zimmer mit der Kammer, in dem vorher die drei Fremdarbeiter hausen mussten. Und genauso wurden wir behandelt.«

»Und darum hast du mitgemacht?«

»Ich wäre gern zwei, drei Lehrern auf die Pelle gerückt.

Dem Voigt vor allem. Oder dem Barthel, dem Polizisten. Wenn ich den heute auf der Straße sehe, alt wie er ist, den möchte ich mir einmal vornehmen. – War ein schönes Gefühl damals. Plötzlich hatten sie Angst vor mir. Alle.«

»Daran hatte ich nie gedacht. Es ist wahr, freundlich aufgenommen wurden die Umsiedler nicht gerade.«

»Die Vertriebenen sollte man gleich weitertreiben, in die Mulde. Das hat Griesel meinem Vater ins Gesicht gesagt. Noch ein Bier, Koller?«

»Nein. Ich will nachher zurückfahren. Dich darf man nicht zum Feind haben, was?«

»Sagen wir, ich vergesse nichts. Nie.«

»Und jetzt? Machst du das auch aus Rache?«

Er sah mich durchdringend an und wirkte überrascht. Dann blies er mir den Rauch direkt ins Gesicht und sagte: »Es macht mir Spaß, Koller.«

Ich rief den Kellner, bezahlte und stand auf.

»Gute Fahrt morgen, Koller.«

»Wird schon schief gehen.«

Im August machten sie die Grenze dicht, und in Berlin wurde eine Mauer gebaut. Ich fuhr, als ich am Sonntagmorgen im Radio davon erfuhr, sofort zu Bernhard. Er wusste auch nicht mehr und sagte nur, wir sollten abwarten und vorerst nicht telefonieren. Vielleicht wäre es eine vorübergehende Maßnahme, und wenn nicht, dann könnten wir unsere Fahrten vergessen. Er würde dann wieder als Tischler arbeiten, denn auf dem Rummel verdiene man nur, wenn einem das Geschäft gehöre. Auf der Heimfahrt überlegte ich, ob ich die Bienen aufgeben und wieder als Mechaniker arbeiten oder mir so viele Völker dazukaufen sollte, dass ich davon leben könnte. Obwohl ich meine Bienenzucht ausschließlich zur Tarnung betrieb, konnte ich inzwischen mit den Tierchen umgehen und hatte schon einigen Honig geschleudert.

Vierzehn Tage später kam Bernhard zu mir gefahren, um

mir zu sagen, dass unser Unternehmen weitergeführt werde. Er kam aus Berlin zurück, wohin er seinen ersten Kunden nach dem Mauerbau gebracht hatte, und hatte einen Auftrag für mich, ich sollte in zehn Tagen eine Familie von Riesa nach Berlin bringen. Ein paar der Verabredungen, sagte Bernhard, hätten sich geändert. Die Kunden sollten nun nicht mehr am Tag, sondern um Mitternacht in Berlin übergeben werden, und die Übergabe erfolgte nun in der Malmöer Straße, mitten in der Stadt. Nun durften die Leute alle Papiere mitnehmen, die sie wollten, dafür war pro Person nur noch ein einziger Rucksack gestattet. Die Preise seien enorm gestiegen, denn nun sei die Sache wirklich gefährlich geworden, jedenfalls für diejenigen, die die Kunden direkt nach Westberlin zu schleusen hatten. Auf welche Art es erfolgt, wollte mir Bernhard nicht sagen, so viel ich verstand, würden die Leute durch die Kanalisation geführt. Die Schleusungen erfolgten jeweils mit größeren Gruppen, so dass an diesen Tagen alle verfügbaren Autos unterwegs wären, um die Kunden zusammenzubringen. Man werde zweimal im Monat zu tun haben, das jedenfalls sei geplant. Pro Fahrt gäbe es fest vereinbarte Beträge, das Fünffache der bisher üblichen Summe. Für uns sei es insofern einfacher, da es um Berlin herum so gut wie keine Kontrollen mehr gäbe, insgesamt sei es gefährlicher geworden, denn die Schleuser hätten künftig keinerlei Chance sich herauszureden, wenn sie gegriffen würden, deswegen sei der Preis für die gesamte Schleusung gestiegen, vermutlich mehrere tausend Mark für jede Person, er wisse es nicht, wolle es auch nicht wissen, wichtig für uns sei, es gäbe pro Fahrgast, gleichgültig ob Erwachsener oder Kind, einen Tausender.

»Bist du dabei?«, fragte Bernhard.

Ich nickte. Ich war heilfroh, dass es endlich weiterging und ich Geld verdiente. An die Gefahr hatte ich mich gewöhnt, sie war für mich kein unangenehmer Kitzel bei den Fahrten.

»Wenn sie eine Gruppe fassen, werden sie die so lange ausquetschen, bis sie unsere Namen haben. Ist dir das klar?«

»Meinen Namen erfahren sie nicht. Und wenn du ihn nicht sagst, dann kennt ihn keiner. Woher auch?«

»Sei da nicht so sicher. Wenn sie sich einen unserer Kunden vornehmen, werden sie sich den Rest zusammenreimen können. Wenn sie es wirklich wollen, kommen sie auf unsere Spur.«

»Ich bin nicht von gestern.«

Es wurden tatsächlich zwei Fahrten im Monat. Die Wochentage wechselten, am häufigsten hatte ich Samstagnacht zu fahren, ich weiß nicht, warum. Ich hatte nun weniger zu tun, aber da der Fahrpreis gestiegen war, kam ich zu meinem Geld. Die Übergabe musste nun auf die Minute pünktlich erfolgen, so dass ich immer eine Stunde zu früh in Berlin einfuhr und in der Umgebung des Treffpunkts herumfuhr oder parkte, bis die Zeit heran war, dass ich zur Malmöer Straße fahren musste. Ich achtete mehr als früher darauf, mit meinen Fahrgästen nicht zu reden und alles zu vermeiden, was sie an mich erinnern konnte. Andrerseits hatten alle, die ich fuhr, meinen Wagen gesehen, und so viele von diesen alten Kutschen fuhren nicht mehr im Land herum, es wäre ein Leichtes, mich an Hand des Adlers zu fassen. Da das eingebaute Versteck in dem doppelten Fußboden nicht mehr gebraucht wurde, denn um Berlin herum gab es keine Kontrollposten mehr, und ich musste keinen Passagier und kein Gepäck dort verstecken, überlegte ich, mir einen anderen Wagen zu kaufen, einen weniger auffälligen, und ich streckte meine Fühler aus, um einen Zweitwagen zu kaufen. Den Adler wollte ich keinesfalls aufgeben, ich wollte ihn für immer behalten, bis zu meinem Lebensende. Den doppelten Boden wollte ich ausbauen, um ihn wieder im Originalzustand zu haben. Ich nahm es mir vor, doch da es nicht dringlich war, schob ich es immer wieder auf, zumal ich im Februar einen alten Wartburg kaufen konnte, an dem es viel zu reparieren gab, um ihn einigermaßen straßentauglich zu machen. Ende März fuhr ich zum ersten Mal mit diesem Auto nach Berlin. Es ging etwas schneller, kostete weniger Benzin, und alles war weniger auffällig. Vor allem musste ich nicht mehr wildfremde Leute in mein Prunkstück einsteigen lassen, die keinerlei Verständnis für meinen Oldtimer aufbrachten und keine Rücksicht nahmen, sondern nur an ihre bevorstehende abenteuerliche Flucht dachten.

Im Mai stellten wir die Berlinfahrten vorübergehend ein. Eine Gruppe von zwölf Leuten war zusammen mit ihrem Schleuser in einem der Kanäle, die nach Westberlin führten, gestellt und verhaftet worden. Sowohl Bernhard wie ich hatten einige dieser Leute gefahren, jedenfalls vermuteten wir das auf Grund der Informationen, die wir der Presse entnahmen und die Bernhard aus Berlin erhielt. Wir hatten in jener Nacht, in der die Gruppe hochgenommen wurde, Kunden nach Berlin gebracht, und Bernhard und ich waren übereingekommen, erst den Ausgang des Prozesses abzuwarten, um sichergehen zu können, dass unsere Namen nicht genannt wurden.

Meinen Bienenbestand hatte ich aufgestockt und besaß nun fünfzig Völker. Jetzt war der alte Wagen vollständig mit Bienenstöcken bestückt, es summte und brummte und brodelte darin, dass es eine Freude war. An manchen Tagen fuhr ich hinaus, stellte das Auto ab und setzte mich dann neben den alten Wagen, um den Bienen zuzusehen und ihrem Gebrumm zu lauschen. Wenn ich mich ganz ruhig verhielt, brauchte ich sie nicht zu fürchten. Sie krabbelten auf meinem Kopf und auf meinen Händen herum, ohne mich zu stechen. Es gefiel mir, Imker zu sein, ich ertappte mich sogar dabei, dass ich mit den Bienen sprach und ihnen gut zuredete, für mich zu arbeiten. Wenn ich in meiner Wohnung saß, und ein Frühjahrsgewitter kam herunter, dachte ich an meine Bienen und überlegte sogar, hinauszufahren und nach ihnen zu sehen. Ich tat es letztlich nicht, aber es amüsierte mich, wie besorgt ich um diese Tierchen war. Es machte mir Spaß, mit den Bauern über die Bienen zu reden. Ich versuchte, mich mit ihnen gut zu stellen, ich war darauf angewiesen, dass sie mir halfen, und bat sie, gelegentlich beim Vorbeifahren einen Blick auf den Bienenwagen zu werfen und mich notfalls zu benachrichtigen.

Ende Juni fand der Prozess gegen die dreizehn Leute statt, die man in der Kanalisation gegriffen hatte. Bernhard war sehr besorgt, er fürchtete bis zum Schluss, dass die Kriminalpolizei vor seiner Tür auftauchen würde. Ich war ganz unbesorgt, und tatsächlich blieben wir verschont. Die Leute wurden zu Gefängnisstrafen verurteilt, achtzehn bis vierundzwanzig Monate, der Schleuser bekam vier Jahre aufgebrummt.

Das also erwartet uns, sagte ich zu Bernhard, und er nickte finster. Dann versuchte er, mich aufzumuntern, als ich zu ihm sagte, dass ich überlege auszusteigen. Er redete auf mich ein und sagte, dass es eine einmalige Chance sei, Geld zu verdienen, viel Geld. Es gelang ihm, meine Bedenken zu zerstreuen. Und ich wollte diesen Verdienst nicht missen, ich brauchte das Geld. Die Bienen allein brachten zu wenig ein. Um davon zu leben, hätte ich mir zweihundert oder dreihundert Völker zulegen müssen, und das wäre in Arbeit ausgeartet. Die Verlockung, weiterhin so leicht und schnell so viel Geld zu verdienen, war stärker als meine Angst.

Vierzehn Tage später hatte ich wieder eine Fahrt nach Berlin, vier Personen, die sich in dem Wartburg drängten und unentwegt darüber sprachen, was sie alles für Sachen anstellen würden, sobald sie über die Grenze waren. Bernhard war wieder mit von der Partie, aber wir fuhren nicht mehr am gleichen Tag. Es gab auch einen neuen Treffpunkt, jetzt hatte ich die Leute in einem Eiscafé in der Karl-Marx-

Allee abzuliefern. Sie wurden wohl nicht mehr durch die Kanalisation gebracht, sondern auf irgendeinem anderen Weg, von dem ich nichts wusste und nichts wissen wollte. Es war für die Leute offenbar inzwischen teurer geworden, aber unser Honorar veränderte sich nicht.

Anderthalb Jahre ging es gut. Es waren ziemlich regelmäßig zwei Fahrten im Monat, sehr selten, ein einziges Mal, waren es drei Fahrten. Das Geld kassierte ich, sobald ich auf dem Parkplatz hinter dem Café ankam, dann brachte ich sie in die Eisdiele, übergab sie dem anderen Mann und verschwand schleunigst. Ich redete mir ein, dadurch ungefährdet zu sein, da ich ja eigentlich nichts anderes machte als irgendein Taxifahrer.

Im Dezember war Schluss. Zwölf Tage vor Weihnachten wurde ich verhaftet. Ich hatte zwei Leute nach Berlin gefahren, ein Ehepaar aus Dresden, die während der gesamten Fahrt darüber diskutierten, ob es richtig sei, was sie vorhätten. Offenbar wollte der Mann nicht weggehen und versuchte bis zum Schluss, seine Frau davon abzubringen. Im Café war mein Mann nicht zu sehen, und ich wartete zehn Minuten mit dem Ehepaar. Dann sagte ich, dass etwas schief gelaufen sei und ich sie zurückbringen würde, denn länger als zehn Minuten sollten wir nicht warten. Als wir das Café verlassen wollten, kam ein Mann auf mich zu und fragte, ob ich auf Artur warten würde. Ich zuckte mit den Schultern und wollte einfach weitergehen, denn ich kannte den Namen meines Mannes nicht, und wir sollten nie irgendwelche Namen fallen lassen. Der Mann ließ sich nicht abwimmeln, er hielt mich auf und zog einen Geldschein aus der Tasche, hielt ihn mir vor die Nase und fragte, ob ich ihm wechseln könne. Es war das vereinbarte Zeichen für Notfälle, und ich glaubte nun, er sei der eingesprungene Ersatzmann, der vor Aufregung den Fehler gemacht habe, einen Namen zu nennen. Ich wies auf das Ehepaar hinter mir und sagte, er könne sie auf der Stelle mitnehmen, und er solle das nächste Mal gefälligst pünktlich sei, denn einen Augenblick später wären wir alle zurückgefahren.

»Warten Sie noch«, sagte er zu mir und lächelte, »Sie können auch gleich mitkommen.«

Im gleichen Moment sprangen fünf oder sechs Männer auf und ergriffen mich und das Ehepaar. Sie brachten uns zu einem kleinen Bus, dessen Fenster zugestrichen waren und schoben und drängten uns grob hinein. In dem Bus saßen wir voneinander getrennt, jeder von uns zwischen zweien der Männer. Der Bus fuhr sehr schnell durch die Stadt, ich hatte keine Ahnung, wohin wir fuhren. Ich ahnte, was die Stunde geschlagen hatte und bemühte mich, gelassen zu bleiben und belustigt. Ich sagte zu den Männern, dass offenbar eine Verwechslung vorliege, ich wüsste nicht, wer sie seien und was sie von mir wollten, auf jeden Fall hätte ich mir nichts zu Schulden kommen lassen. Dann hielt der Bus, wir mussten aussteigen und standen auf einem Innenhof, der von langgestreckten Neubauten umgeben war. Wir wurden in einen der Eingänge gebracht und dort von anderen Männern, die ebenfalls in Zivil waren, übernommen. Auf dem Gang wurden wir getrennt, das Ehepaar sah ich nie wieder, auch nicht bei meinem Prozess. Dann begannen die Verhöre, mehrere Tage lang, ich blieb dabei, dass ich aus Gefälligkeit ein Ehepaar nach Berlin gebracht hätte, welches ich kaum kenne und von dem ich nichts weiter wisse. Wenn das Ehepaar irgendwelche krummen Dinger gemacht hätte, so wüsste ich jedenfalls nichts davon. Bei dieser Taktik blieb ich beim Prozess, und eigentlich konnten sie mir nichts nachweisen, sie hatten ein paar Aussagen von dem Ehepaar und von einem der Männer in Berlin, ich stritt alles ab und empörte mich so sehr, dass ich von der Richterin verwarnt wurde. Belastend waren die zweitausend Mark in meiner Tasche, ich hatte bei der Verhaftung keine überzeugende Erklärung dafür geben können, mir waren erst später gute Antworten eingefallen. Mein Hauptbelastungszeuge war mein Prachtstück, mein Adler, er brachte mir letztlich die Verurteilung ein. Sie hatten in dem Wagen den doppelten Boden entdeckt, den ich längst hatte wieder ausbauen wollen, aber da ich den Wartburg fahrtüchtig machen musste und meine Bienenzucht aufbaute, hatte ich es immer wieder verschoben. Im Prozess wurde dieser doppelte Boden, das Geheimfach, als besonders erschwerender Umstand und als unumstößlicher Beweis gewertet, er brachte mir ein ganzes Jahr zusätzlich ein.

Sie verurteilten mich schließlich zu fünfeinhalb Jahren. Meine beiden Autos wurden als Tatwerkzeuge bezeichnet und eingezogen, auch der Adler. Dagegen protestierte ich lauthals und wurde wieder verwarnt.

In meinem Prozess waren außer mir vier Männer angeklagt, ich hatte einen von ihnen bei den Übergaben gesehen. Ohne jede Verabredung bestritten wir beide bei den Vernehmungen, uns zu kennen, und überstanden die Gegenüberstellung. Zwei der Angeklagten galten als Rädelsführer und bekamen zwei Jahre mehr als ich aufgebrummt. Verraten hatte uns einer, den sie kurz vor uns geschnappt hatten und der ihnen bereitwillig alles erzählte, was er wusste. Bernhard wurde nicht erwischt, sein Name fiel kein einziges Mal, weder im Gerichtssaal noch in den Verhören davor, er hatte Glück.

Die Strafe musste ich voll absitzen. Eine frühere Entlassung wurde abgelehnt, da ich nicht einsichtig sei und keinerlei Reue zeige, wie mir beschieden wurde. Die fünfeinhalb Jahre verbrachte ich in drei verschiedenen Gefängnissen, und die ganze Zeit über hatte ich keinen Besuch. Nur ein einziges Mal wurde ich in den Besucherraum geführt, weil sich jemand gemeldet hatte und mich sehen wollte.

Meine Mutter schrieb mir regelmäßig. Mich im Gefängnis zu besuchen hatte ihr mein Vater verboten. Er erlaubte es ihr nicht, weil weder sie noch er Kontakt mit einem Kriminellen wünschten. Einige Monate lang erwartete ich, dass Bernhard mich besucht oder mir schreibt. Ich hatte gehofft, dass er mir zumindest ein paar Sachen schickt, die man in einer Zelle benötigt, damit sie einem etwas Kraft geben, etwas Hoffnung. Das kann selbst eine Schokolade sein oder eine Zeitschrift mit den neuen Automobilen oder ein Buch, irgendeins, das einem gehört und das man nicht völlig abgegriffen ausleiht und wieder abgeben muss. Es hätte sogar ein Buch mit Gedichten sein können, obwohl ich eigentlich nie lese und Gedichte schon gar nicht.

Ich hatte erwartet, dass Bernhard sich ab und zu um mich kümmert, denn eigentlich saß ich seinetwegen im Gefängnis, jedenfalls redete ich mir das zwei Jahre lang ein. Nur durch ihn war ich zu diesen Fahrten gekommen, und später, als ich nach der Verhaftung der einen Gruppe aussteigen wollte, war er es, der mich überredet hatte weiterzumachen. Ich wollte es damals trotz des vielen Geldes aufgeben, und allein seinetwegen habe ich dann weitergemacht. Daher war ich auf Bernhard nicht gut zu sprechen, als er sich überhaupt nicht um mich kümmerte. Ich sagte mir, wenn ich seinen Namen in den Verhören oder vor Gericht hätte fallen lassen, wären das Pluspunkte für mich gewesen, ein deutliches Zeichen der Reue, die Strafe wäre milder ausgefallen, möglicherweise sehr viel milder. Im Gefängnis hörte ich, dass einige Angeklagte in ähnlichen Prozessen sogar mit einer Bewährungsstrafe davongekommen seien, weil sie so viel plauderten. Ich hatte geschwiegen, ich wollten keinen reinreißen, aber dass Bernhard mich nun einfach links liegen ließ, verübelte ich ihm. Nach einiger Zeit sagte ich mir, dass ich ganz allein der Schuldige sei, schließlich wäre ich nicht Bernhards wegen bei den Republikfluchten eingestiegen, und dass ich nach der Verhaftung der Gruppe aussteigen wollte, stimmt zwar, wegen des Geldes habe ich aber schließlich weitergemacht. Und ich hätte mit oder ohne Bernhard weitergemacht, also konnte ich ihn vergessen und musste mir nicht weiter einreden, er sei der Schuldige. Ich allein war der Idiot.

Ich war bereits über ein Jahr im Gefängnis, als ich damit begann, mir Bücher aus der Bibliothek auszuleihen. Ich kam durch einen älteren Mann darauf, der schon vierzig war und sich Lehrbücher auslieh, um Spanisch zu lernen. Anfangs regte er mich auf, weil er in unserer kleinen Zelle auf und ab ging und die spanischen Worte murmelte, fortwährend auf und ab und immerzu dieses Gemurmel, doch dann begriff ich, dass er die Zeit besser zu nutzen verstand als ich. Ich meldete mich bei dem Kerl, der die Bibliothek machte und verlangte englische Lehrbücher für Anfänger. Was ich erhielt, war ein dünner Pappband. Ich begann mit den Zahlen, es war für mich schwer, die Aussprache zu lernen. In dem Buch wurde immer auf die dazugehörigen Schallplatten verwiesen, der Bibliotheksmensch lachte nur, als ich ihn nach den Schallplatten fragte. Als ich wissen wollte, warum man einen Schallplattenkurs gekauft habe, wenn es im ganzen Gefängnis gar keinen Plattenspieler gebe, lachte er und sagte, darüber solle ich einmal nachdenken. Als ich ihn ein zweites Mal fragte, erwiderte er, der Direktor habe sicher einen Plattenspieler, und ihn komme es billiger, wenn er sich seine Bücher und Platten über die Gefängnisbibliothek kommen lasse, zumal alle Bestellungen von ihm kontrolliert werden. Der ältere Kollege half mir bei der Aussprache, aber zwischen uns kam es bei dem kleinsten Anlass zu einem Streit, und so versuchte ich allein zu lernen. Da ich überhaupt nicht vorankam, gab ich die Sprache auf und bestellte mir andere Bücher, die einzigen zwei Bücher der Bibliothek über Autos, auch Romane. Ich las sogar alles das, was ich in der Schule hätte lesen sollen und nie getan hatte, ich lernte drei lange Gedichte auswendig und sagte sie laut auf, wenn es mir besonders schlecht ging. Eins davon, die Bürgschaft von Schiller, kann ich noch heute vollständig aufsagen. Damals hätte ich mir gewünscht, dass man mir irgendetwas in die Zelle schickt, so einen kleinen Luxus wie ein Buch, das einem ganz allein gehört. Daran dachte keiner und Bernhard auch nicht. Vielleicht hatte er Angst, nachträglich gefasst zu werden und wollte jeden Umgang mit mir und den anderen vermeiden. Später hörte ich, dass er in Guldenberg Tischler sei. Er musste nach meiner Verhaftung die Berlinfahrten sofort aufgegeben haben und wieder in seinen alten Beruf zurückgekehrt sein. Ich habe ihn nie wieder gesehen, denn nach Guldenberg kehrte ich nicht zurück. Ich habe es meinen Eltern übel genommen, dass sie mich während meiner Haftzeit abgeschrieben hatten. Ich bin nicht zur Beerdigung von ihnen gefahren, auch nicht zu der meiner Mutter.

Ein einziges Mal hat mich jemand im Gefängnis besucht. Ich erfuhr am Vortag davon. Am nächsten Tag, sagte der Schließer, würde meine Verlobte kommen, und da ich nie Besuch hatte, schaute er mich dabei neugierig an. Ich ließ mir nichts anmerken, gar nichts. Ich dachte mir schon, dass es nur Gitti sein kann. Sie kam in einem kurzen Rock, ich konnte ihre Oberschenkel sehen, und das war alles, woran ich später dachte, wenn ich mich an ihren Besuch erinnerte. Ihre Oberschenkel und Wilhelm, denn den hatte sie mitgebracht. Gitti lebte allein, sie hatte keinen neuen Freund gefunden, was mich nicht verwunderte, wer will schon eine Frau mit einem schwarzen Kind.

Wilhelm ging bereits in die erste Klasse und war ein hübscher strammer Kerl geworden. Gitti hatte irgendwie erreicht, dass sie ihn in den Besuchsraum mitbringen durfte, obwohl das nicht erlaubt war. Er saß die ganze Zeit auf dem Stuhl und sah mich ununterbrochen an, ohne eine Miene zu verziehen oder ein Wort zu sagen. Wenn ich ihn anredete, schaute er weiterhin stumm und ernst zu mir und reagierte überhaupt nicht, ich verstand es. Er gefiel mir, der kleine Wilhelm. Wenn ich bei ihm geblieben wäre, ich hätte ein völlig anderes Leben gehabt und wäre nie ins Gefängnis gekommen. Aber das war mir unmöglich, das hätte ich nicht geschafft. Wenn diese dumme Person mich mit irgendjemandem betrogen hätte, ich hätte es nie gemerkt, und das Kind wäre immer meins gewesen. Und selbst wenn ich es eines Tages erfahren hätte, ich glaube, ich wäre bei dem Kind und seiner blöden Mutter geblieben, denn der Junge gefiel mir. Ich weiß bis heute nicht, wo Gitti diesen Schwarzen aufgetrieben hatte, denn in Naumburg und in der ganzen Umgebung gab es keinen einzigen Neger damals. Jeden Morgen, jeden Tag und jeden Abend einen Jungen mit einer Pigmentverschiebung vor mir zu haben, dessen Vater ich sein sollte, das hätte ich nicht geschafft. Dann musste es eben das Gefängnis sein.

Nach der Entlassung, und ich hatte jeden Tag abzusitzen, ging ich nach Leipzig und bekam dort innerhalb von zwei Tagen eine Wohnung, und auch um eine Arbeitsstelle als Automechaniker kümmerte sich die Behörde. Die Frau vom Stadtbezirksamt ließ mich zwar spüren, was sie von mir hielt, ihre Arbeit machte sie jedoch ordentlich. Die Wohnung, die ich bekam, war klein, sie hatte ein Bad und eine eingebaute Küche, und die Werkstatt war die größte von ganz Leipzig, da war es nicht weiter von Belang, dass ich aus dem Knast kam. In einer Frühstückspause in der ersten Woche fragten mich die Kollegen danach, und ich erzählte ihnen meine Geschichte. Und als ich dann sagte, ein paar Jahre Gefängnis, das kann jedem leicht passieren, hat nicht einmal der Meister widersprochen, und einige haben sogar genickt.

Ein paar Jahre lang war ich auf der Suche nach meinem Wagen. Wenn irgendwo in der Republik ein Oldtimer-Treffen war, ein Rennen oder eine Ausstellung, bin ich hingefahren. Meinen Adler hätte ich erkannt, und wenn er in der Zwischenzeit umgespritzt und sonst wie umgebaut worden wäre. Ich hätte ihn auf den ersten Blick erkannt. Von dieser großen Sechs-Fenster-Limousine gab es wohl nur zwei

Exemplare im ganzen Land, jedenfalls tauchten bei diesen Treffen immer diese beiden Adler auf, die zwei Deppen gehörten mit viel Geld, aber ohne jedes Verständnis für diese Autos, jedenfalls hätte ich mich geschämt, meinen Wagen in einem solch erbärmlichen Zustand auszustellen. So etwas tut man einem Auto nicht an, wenn man es wirklich liebt.

Mein Adler war und blieb verschwunden. Und vielleicht ist das gut so für mich, denn ich weiß nicht, was passiert, wenn ich eines Tages auf einer der grünen, für die Ausstellungen abgesperrten Wiesen erscheinen und meinen Wagen entdecken sollte. Vielleicht würde ich dem neuen Besitzer an die Kehle gehen oder mich mit ihm prügeln. Ich würde Himmel und Hölle in Bewegung setzen, um meinen Adler wiederzubekommen. Ich würde dem Mann Geld bieten, so viel, wie er will, oder ihm besorgen, was immer er sich wünscht, um meinen Adler zurückzubekommen. Und wenn er auf nichts eingeht, vielleicht würde ich ihn dann umbringen. Schließlich ist es mein Auto, es ist mein Baby.

# Katharina Hollenbach

Ich ging zusammen mit meiner Schwester nach Gulden-berg. Zu Hause hatte ich schon mit acht Jahren gesagt, dass ich nicht auf dem Hof bleiben werde, sondern etwas von der Welt sehen will. Damals hat meine Mutter über mich gelacht und Vater den Kopf geschüttelt und mich zum Aus-misten der Hühner oder der Karnickel geschickt, wenn ich davon sprach. Ich hatte es mir ganz fest vorgenommen, jeden Abend sagte ich mir, dass ich nach der Schule aus Spora verschwinde. Ich wollte nicht in der Landwirtschaft arbeiten, und einen Bauern heiraten kam für mich schon gar nicht in Frage. Ich sah ja, wie es meiner Mutter ging. Sie hatte geglaubt, sie hätte sich hochgeheiratet, weil sie mei-nen Vater bekam, der Hoferbe war. Aber was sie davon hatte, war nichts als Plackerei. Erst war sie so etwas wie eine bessere Dienstmagd bei ihren Schwiegereltern, meinen Großeltern, denen der Hof gehörte, und die von ihrem Sohn und dessen Frau unentwegt Dankbarkeit verlangten und jede Menge Arbeit, weil sie ihnen irgendwann den Hof überlassen wollten. Und als Großvater sich aufs Altenteil zurückzog, blieb er mit seiner Frau weiter auf dem Hof und hörte nicht auf, alle herumzukommandieren, auch meine Mutter. Sie hatte nie Feierabend. Auf einem Bauernhof gibt es keinen Feierabend.

Als junges Mädchen hatte sie davon geträumt, reich zu heiraten, und der Hof war einer der besten in Spora, Groß-vater war der größte Großbauer. Und was hatte meine Mut-ter davon? Sie hatte gedacht, ab und zu mit ihrem Mann in die Stadt zu fahren, Kleider zu kaufen, zum Konditor zu gehen und abends zum Tanz eingeladen zu werden in einer schicken Nachtbar, doch Pustekuchen. Die guten Kleider von Mama stammten allesamt aus der Zeit vor ihrer Ehe.

Neue brauchte sie nicht, nur Arbeitskleidung, Kittelschürzen und Schluppen kaufte sie sich einmal im Jahr, und das war alles. Lippenstifte und Parfüms gab es in unserem Haus nicht, die habe ich bei den Schulfreundinnen kennen gelernt, wenn ich von ihnen eingeladen wurde. Und mein erster Lippenstift stammte auch von einer Schulfreundin, den hatte ich ihr gestohlen. Nicht ein einziges Mal ging Mutter in eine Nachtbar tanzen. Die Tanzvergnügen, die sie hatte, das waren die beiden Dorffeste, die jedes Jahr stattfanden, am ersten Mai und das Erntefest. In der Dorfkneipe wurde getanzt, eine Stunde lang, denn dann waren die Männer besoffen und konnten sich nicht mehr auf den Beinen halten. Nein, eine Bäuerin wollte ich keinesfalls werden. Wenn ich einen Jungen kennen lernte, der mir gefiel, fragte ich gleich nach seinem Beruf, und wenn er oder seine Eltern einen Hof hatten, sagte ich nur, Danke für die Blumen, aber Kühe melken und Ziegen ausmisten, nicht mit mir. Der Junge konnte aussehen wie Gérard Philipe oder sogar wie Jean Gabin, bei dem ich ohnmächtig geworden wäre, wenn er mich angesprochen hätte, doch wenn er Viehzeug hatte und einen Hof, so war sein ganzes schönes Aussehen bei mir für die Katz. Dann konnte er eine Brust und Schultern wie ein Bulle haben, das war dann nichts für mich. Und nichts, das ist nur schön für die Augen.

Und als Großvater starb, wurde die Arbeit nicht weniger, Mutter wurde lediglich nicht mehr so viel rumkommandiert. Sie hat damals aufgeatmet und ganz offen darüber gesprochen, auch mit uns Kindern, dass sein Tod sie nicht allzu unglücklich macht und sie erleichtert ist, weil nun endlich Vater und sie Herr auf dem Gehöft Hollenbach sind, doch in Wahrheit veränderte sich nichts. Früh um fünf war die Nacht zu Ende, denn da musste das Vieh gefüttert werden, und dann ging es rund bis zum Abend. Um sechs gab es bei uns das Abendbrot, und wenn Mutter danach nicht gleich aufstand, den Tisch abräumte und mit uns Mädchen den Abwasch machte, konnte es passieren, dass sie am gedeckten Tisch einschlief.

Einen Fernseher hatten wir nicht. Wir sprachen Vater mehrmals daraufhin an, denn fast alle in der Klasse hatten Fernseher daheim. Vater sagte nur, auf dem Hof gibt es für alle reichlich zu sehen, da braucht man so eine dumme, teure Kiste nicht. Wir müssen uns nicht die Pferde, Kühe und Hühner im Fernsehen anschauen, bei uns ist das alles im Stall, da gibt es genug zu sehen und zu tun, und wir können dort ein volles Programm haben.

Meine Eltern sind nie in den Urlaub gefahren, dafür gab es keine Zeit, das Vieh erlaubte es nicht. Wir Kinder fuhren in das Schulferienlager, das war jedes Jahr am selben See. Wir wohnten für vierzehn Tage in Holzbaracken, machten Wanderungen und lagen an dem winzigen Strand in der Nähe unseres Lagers. Jedes Jahr gab es einen Schwimmkurs für alle, die nicht schwimmen konnten oder das Rückenschwimmen und Kraulen lernen wollten, und es gab eine Nachtwanderung und ein Abschiedsfest, doch nach dem vierten Jahr in dem Lager hatte ich es satt, immer dorthin zu fahren, und bettelte bei meinen Eltern, dass sie wie andere Familien einmal an die Ostsee fahren oder an den Balaton. Vater schüttelte den Kopf und sagte, was es alles noch für mich im Haus oder im Stall zu tun gibt. Die einzigen Vergnügungen daheim waren die Familienfeste, da sah man Jahr für Jahr dieselben Gesichter, und die Gespräche drehten sich immerzu um das Gleiche. An einem Sonntag habe ich einmal beim Frühstück zu Vater gesagt, er solle einmal mit Mutter etwas Schönes unternehmen, irgendetwas, vielleicht eine Fahrt ins Grüne. Vater hat Mutter bloß angeschaut und dann gesagt: »Aber, Kind, das mache ich jeden Tag. Jeden Tag geh ich mit Mutter Grünes machen fürs Vieh.« Und dann hat er herzlich gelacht, und Mutter hat gelächelt und mich angesehen, als sei ich nicht ganz bei Trost.

Das änderte sich erst, als ich schon zwei Jahre von zu Hause weg war und sie in die Genossenschaft gingen. Sie mussten es, weil der Hof überschuldet war und sie das Soll nicht erfüllt hatten und darum viel weniger Saatgut erhielten, als sie brauchten. Beide unterschrieben den Antrag auf Aufnahme in die Genossenschaft, und Vater betrank sich an jenem Abend vor Verzweiflung, wie mir Mutter erzählte. Vater war nicht freiwillig beigetreten, ihm blieb nichts weiter übrig, meinte er, doch seitdem hatten sie einen geregelten Arbeitstag und, wenn nicht gerade Erntezeit war, sogar einen völlig freien Sonntag. Das hatten sie früher nie, und die beiden sind im Jahr darauf sogar zum ersten Mal in ihrem Leben in den Urlaub gefahren. Vater schimpfte zeitlebens auf die Genossenschaft, obwohl es ihm eigentlich viel besser ging. Mutter war für die Feldwirtschaft eingeteilt, und Vater hatte erreicht, dass er in die Rinderställe kam und nicht den ganzen Tag Trecker fahren musste, was er mit seinem kaputten Rücken nicht konnte. Als ich sie einmal besuchte, sagte ich ihnen, dass sie zufrieden sein müssten, doch davon wollte Vater nichts hören. Der Acker war nicht mehr sein Land, und das ärgerte ihn. Und das konnte auch nicht der Fernseher wettmachen, vor dem sie Abend für Abend saßen, bis ihnen die Augen zufielen.

In der achten Klasse besorgte ich mir ganz allein eine Lehrstelle und ein Zimmer in Guldenberg. Ich bekam nur etwas in einer Gärtnerei, weil ich nicht so gute Noten in der Schule hatte. Gärtnerin wollte ich eigentlich nicht werden, denn vom Wühlen in der Erde hatte ich die Nase voll, und Blumen zu binden, das war nicht mein Traum, doch um von Spora wegzukommen, hätte ich sogar Verkäuferin gelernt, was mir auch angeboten wurde und was nun wirklich das Letzte ist. Das Zimmer bekam ich von einer Kriegswitwe, die mit ihrem Sohn in einem kleinen Haus in der Gartenstraße wohnte. Als ich meinen Eltern erzählte, was ich im September machen wollte, waren sie völlig fassungslos und schickten mich aus dem Zimmer, weil sie sich beraten müssten. Dann erklärte mir Vater, dass ich zu jung bin, um allein in einer fremden Stadt zu leben, und sagte, er wird mir eine richtige Lehrstelle besorgen, bei der ich weiterhin zu Hause leben kann. Ich heulte, und der Abend endete damit, dass Mutter mir eine wischte und mich ins Bett schickte. Was Vater mir in den folgenden Wochen für Lehrstellen anbieten konnte, war nicht überraschend, es war immer etwas mit Viehzucht und Ackerbau, und die Ausbildung als Köchin sollte in der Küche der Genossenschaft erfolgen, wo man allenfalls lernen konnte, riesige Pfannen zu scheuern und mit einem Holz in meterhohen Töpfen herumzurühren, in die man zuvor das Salz schaufelweise hineingeschüttet hatte. Diese Arbeit kannte ich von Rieke, die dort beschäftigt war und jeden Abend Kreuzschmerzen hatte vom Schleppen der schweren Töpfe. Na, schön ist anders.

Dann hatte der Himmel ein Einsehen, und es war wohl wirklich eine Himmelsmacht, denn meine Schwester verliebte sich in einen Tischler, der ausgerechnet aus Guldenberg stammte und bei uns in Spora arbeitete. Bernhard war ein Jahr älter als Rieke. Er war kräftig gebaut, aber nur so groß wie ich, und er redete wenig. Ich hatte sofort gemerkt, dass Rieke einen Freund hat. Wenn Mutter darüber klagte, dass Rieke noch immer keinen Verehrer gefunden hat, obwohl sie schon achtzehn war, und Vater genauso regelmäßig erwiderte, das Mädchen werde früh genug aus dem Haus gehen, und Mutter soll froh sein, eine Hilfe im Haus zu haben, dann grinste ich meine Schwester an, bis sie rot wurde.

Als ich mitbekam, dass Rieke einen Freund hatte, und ich sie ausquetschte und erfuhr, dass er aus Guldenberg stammt, aus der Stadt, wohin ich gehen wollte, redete ich so lange auf sie ein, bis ich sie so weit hatte, mit mir nach Guldenberg zu gehen. Es war nicht schwer, sie zu überreden, denn sie liebte ihren Bernhard abgöttisch und wäre vor ihm den ganzen Tag auf den Knien gerutscht. So wie sie von ihm sprach und die Augen verdrehte, hätte man meinen können, er habe einen vergoldeten. Schwierig war es nur, ihr das Rückgrat zu stärken und sie dazu zu bringen, dass sie es Vater und Mutter sagt, denn wie ich Vaters Tochter war, so war sie Mutters Tochter, immer still und bescheiden und bemüht, nie aufzufallen. Wie Mutter wurde sie nie laut und verlangte nichts für sich, und wenn sie mal etwas außer der Reihe bekam, dann hatte ich ihr dabei geholfen. Rieke war eben ein Seelchen, was ja vielen Männern gefällt und besonders denjenigen, die im Leben nichts zu sagen haben und eine Frau brauchen, um mal ein ganzer Kerl zu sein.

Vater hatte mir verboten, in Guldenberg eine Lehre zu machen, und suchte in Spora und Umgebung nach einer Lehrstelle für mich, als ich Rieke endlich so weit hatte, den Eltern zu sagen, dass sie nach Guldenberg ziehen wird, weil sie dort eine bessere Stelle gefunden hat in einer Gaststätte, dem Schwarzen Adler. Dagegen konnte Vater nichts sagen, denn Rieke war schließlich volljährig, und viel Geld bekam sie in der Genossenschaft nicht. Nachdem die Eltern diese Ankündigung verdaut hatten, schob ich gleich nach und sagte, dass ich mit Rieke zusammen wohnen könne, das ist billiger und wir können uns gegenseitig helfen und auf uns aufpassen. Es verging keine Woche, und ich hatte die Eltern so weit. Ab September würden wir zusammen in das Zimmer der Witwe ziehen, Rieke war dann jeden Abend bei ihrem Bernhard, und ich hatte endlich meine Freiheit und kam aus dem Kaff raus. Die Schule bekam ich mit Ach und Krach zu Ende. Dem alten Kossatz, dem Gärtner, war das egal, bei ihm sollte ich schließlich nicht die Buchhaltung machen oder den Kunden etwas von Atomen und Molekülen erzählen. Den Sommer über nahm mich Vater hart ran, ich musste ihm die ganze Zeit auf dem Feld helfen und konnte gerade mal für zehn Tage zelten fahren, aber das regte mich nicht auf, ich zählte die Tage bis zum Beginn meiner Ausbildung in Guldenberg, und was auch Vater sagte und verlangte, ich war immerzu gut gelaunt.

Ich hatte Friederike eingeschärft, den Eltern nichts von Bernhard zu erzählen und schon gar nicht, dass er aus Guldenberg ist, und daheim verteidigte ich sie, so gut es ging, wenn sie zu ihrem Freund gehen wollte, und deckte sie, wenn sie erst spät nach Hause kam oder am Wochenende angeblich zu ihrer Freundin fuhr. Die größte Gefahr war immer Rieke selber, weil sie nicht lügen konnte und am liebsten zu Mutter gerannt wäre, um ihr alles zu erzählen, und ich musste ihr rund um die Uhr eintrichtern, dass sie ihren Mund halten soll, um nicht unseren Auszug zu gefährden. Als dann Bernhard bei meinen Eltern erschien und er das Wörtchen Guldenberg fallen ließ, wackelte mein schöner Plan heftig, doch jetzt war es zu spät für Vater, um meinen Weggang zu verhindern.

Als Bernhard das erste Mal zu uns nach Hause kam, waren die beiden schon ein Vierteljahr zusammen. Ich kannte ihn längst, aber die Eltern hatten ihn noch nie gesehen und wollten tausend Sachen von ihm wissen, und Vater brachte es fertig, ihn beim ersten Besuch in den Stall zu führen, um ihm eine Futterkrippe zu zeigen, die erneuert werden musste, was Bernhard versprach. Als sie Bernhard fragten, woher er kommt, und er ihnen seine Heimatstadt nannte, sahen sich meine Eltern vielsagend an und verstummten. Kaum hatte Bernhard das Haus verlassen, brüllte Vater Rieke und mich an.

»Und das alles hinter meinem Rücken«, schrie er. Dann wandte er sich an Mutter und fragte drohend: »Oder hast du das gewusst?«

Mutter beteuerte, dass sie nichts von Bernhard und seinem Guldenberg gewusst und dass man auch sie hintergangen hatte. Dann wurden wir beide in den Stall geschickt, um Rüben zu zerkleinern, und am Abend sagte Vater zu uns, dass noch nicht das letzte Wort gesprochen ist, was

Guldenberg betreffe, und er sich alles gründlich überlegen will. Rieke bekam es natürlich gleich mit der Angst, wie immer, und ich musste sie beruhigen. Schließlich hatte ich meinen Vertrag als Gärtnerlehrling bereits unterschrieben und nicht zehn Pferde konnten mich davon abhalten, nach Guldenberg umzuziehen.

Vater und Mutter waren wütend, weil sie sich von uns reingelegt fühlten, was nicht ganz falsch war. Die Lehrstellen in Spora waren längst vergeben, der Vertrag unter Dach und Fach und eine Monatsmiete für das Zimmer hatten Rieke und ich der Witwe auf ihre Bitte hin bereits bezahlt. Die Eltern waren verärgert, Vater drohte, uns in Guldenberg von einem Bekannten kontrollieren zu lassen, und Rieke weinte und machte mir Vorwürfe, als wir allein in unserem Zimmer waren.

»Was denn?«, erwiderte ich, »du warst es doch, die unbedingt zu ihrem Bernhard wollte! Und nun hast du es geschafft. Du solltest mir dankbar sein.«

»Ja, aber doch nicht so. Nicht auf diese Art. Wir waren nicht ehrlich.«

»So? Na, und wenn schon. Hauptsache, es hat geklappt. Oder?«

Diese Rieke war ein Herzchen. Was sie auch wollte, sie wollte es immer auf eine Art, die allen gefiel, und auf die Tour bekommt man nie, was man wirklich will, sondern allein das, was die anderen entbehren können, und das ist gewöhnlich nicht viel. Das war ihr nicht klarzumachen, und so bekam sie halt ewig nur das, was man ihr gab. Sie sollte froh sein, dass ich alles in die Hände genommen hatte. Sie wäre noch hundert Jahre zu Hause geblieben, wenn Vater das gewollt hätte, und eine Arbeitskraft mehr auf einem Hof war immer zu gebrauchen.

Am 29. August fuhren wir mit einem Koffer, vier Pappkartons und einem prall gefüllten Seesack, den Mutter noch von ihren Eltern aus dem ersten Weltkrieg besaß, nach Guldenberg. Bernhard hatte sich ein Auto geborgt und holte uns ab. Vater war auf dem Feld, als Bernhard kam und wir das Auto mit unserem Gepäck voll luden. Mutter zerdrückte ein paar Tränen, woraufhin Rieke laut aufheulte und die beiden sich minutenlang in den Armen lagen, als würden wir eine Weltreise antreten. Als ich mich verabschiedete, sagte ich auch, dass ich ganz traurig bin, worauf mir Mutter fast eine geknallt hätte, denn bei mir strahlten sogar die Knöpfe meiner Bluse vor Glück. Dann verlangte Rieke, dass Bernhard zum Feld fahren muss, wo Vater mit dem Pferd den Acker umbrach, damit wir uns von ihm verabschieden können. Ich schlug drei Kreuze, als wir endlich aus Spora hinausfuhren.

Mit Rieke in einem Zimmer zusammenzuleben fiel mir nicht schwer. Daheim hatten wir in einem Raum geschlafen, so war ich es gewöhnt, und mit meiner Schwester kam ich leicht zurecht. Sie konnte sich nie entscheiden, bei keiner Sache, immer überlegte sie, und wenn sie sich schließlich zu etwas durchgerungen hatte, stellte sie es Sekunden später in Frage. Sie war im Grunde erleichtert, wenn ich alles bestimmte, und so machte sie stets, was ich sagte. Es gefiel ihr, weil sie dann keine Verantwortung hatte und, im Notfall und wenn etwas schief ging, nie die Schuldige war, sondern mich vorwurfsvoll anblicken konnte und einen Sündenbock gefunden hatte. Wenn ich es gar zu arg trieb, wurde sie plötzlich und aus heiterem Himmel wütend und schrie herum, dass sie sich nicht weiter von mir herumkommandieren lasse, dass sie vier Jahr älter ist und selber einen Kopf hat. So ein Sturm zog genauso schnell wieder ab, wie er gekommen war, ich musste bloß meinen Mund halten und sie nicht reizen. Ich nickte vielmehr heftig und sagte, sie habe Recht, beim nächsten Mal solle sie entscheiden, und ich würde meiner großen Schwester folgen. Dann war sie zufrieden, und bei der nächsten Gelegenheit, bei der es etwas zu entscheiden gab, war sie froh, wenn ich ihr sagte, wo es langgeht. Ein Seelchen, die Rieke.

Die Witwe, sie hieß Schober, unter uns nannten wir sie immer die Witwe, weil ihr Wohnzimmer mit uralten Fotos ihres Bomberpiloten angefüllt war, besaß eine kleine Dachkammer, die mit Gerümpel voll gestellt war, wahrscheinlich war da auch die Uniform ihres Weltkriegshelden zu finden. Sie fragte uns, ob wir diese Kammer dazumieten wollen, sie würde sie uns billig überlassen, da es dort keine Möglichkeit zu heizen gab. Wir dankten und sagten, wie werden es uns überlegen. Ein halbes Jahr später mietete ich sie auf meine Kosten dazu, obwohl ich nur Lehrlingsgeld bekam und von zu Hause kaum unterstützt wurde. Ich brauchte die Kammer, um manchmal allein oder jedenfalls nicht mit Friederike zusammen zu sein.

Die Lehre war leicht verdaulich. Frau Kossatz war eine verbitterte und stets schlecht gelaunte Frau, die an allem und jedem etwas auszusetzen hatte. Selbst die Kunden bekamen ihr Fett weg, wenn der Dame eine Laus über die Leber gelaufen war. Sie hatte in der Gärtnerei nichts zu sagen, denn der alte Kossatz war der Chef, und er bestimmte, da hatte seine Frau nichts zu vermelden. Ich kam gut mit ihm klar. Außer mir gab es einen weiteren Lehrling, Helke, die bereits im letzten Lehrjahr war. Dann waren da der Herr Förster, der die schweren Arbeiten im Garten übernahm und alle Ausbesserungen an den Gebäuden, und Frau Gellag, die das Gewächshaus betreute und besonders schöne Sträuße binden konnte, viel schöner als die von Frau Kossatz und von Helke und mir.

Ich gefiel dem alten Kossatz, weil ich nicht auf den Mund gefallen war und immer guter Laune. Außerdem gefiel ich ihm auch so. Er strich andauernd um mich herum, und wenn ich an den Beeten zu tun hatte und mich bücken musste, bemühte er sich, einen Blick in meine Bluse zu werfen. Und da gab es ja was zu sehen.

Ich hatte schöne Brüste, schon als Vierzehnjährige, und da ich es ablehnte, sie in diese fürchterlichen rosa oder weißen Halter zu schnüren, konnten sie sich bei mir frei bewegen, das gefiel den Männern und auch dem alten Kossatz. Friederike trug natürlich Büstenhalter. Ich habe ihr gesagt, dass man davon Hängebrüste bekommt, weil das Gewebe schlaff wird. Es ist wie mit einem Muskel, wenn man ihn nicht trainiert, wird er faul und fett. Rieke traute sich natürlich nicht, ohne ihre verwaschenen, rosafarbenen Ungetüme herumzulaufen, weil das keine macht und weil es aufreizend und unanständig ist. Na, jeder wie ihm schön. Der alte Kossatz hat sich jedenfalls nie darüber beklagt, dass meine kleinen Tittchen etwas von der Welt zu sehen bekamen. Mir gefiel es, und ihm gefiel es, und so kamen wir gut miteinander aus. Frech und zudringlich ist er nie geworden. Manchmal hat er meine Brüste berührt, immer nur wie aus Versehen, und wenn ich ihn dann frech angrinste, wurde er rot wie ein Backfisch, der alte Mann. Und darum hasste mich Frau Kossatz auch, sie dachte, ich hätte etwas mit ihrem Mann, und machte ihm Szenen, und mich versuchte sie zu triezen und mir schlechte Zensuren zu geben, doch das hat der alte Kossatz immer verhindert.

Zum Abschluss bekam ich in der praktischen Note von ihm eine Eins, da war mir die schlechte Beurteilung der Berufsschule schnurzegal, denn ich wusste, wenn ich irgendwo anders als Gärtnerin anfangen will, schauen die Meister auf die praktische Note und interessieren sich nicht die Bohne, was ich in der Buchführung für eine Zensur erhalten hatte oder ob ich die Familie der Allium runterrasseln kann. Der Chef schaut auf die praktische Note, und er schaut auf mich, und da hatte ich etwas zu zeigen, was glänzender war als mein Schulzeugnis und die Kerle wesentlich mehr interessierte als die Beurteilungen meiner Berufschullehrer. Die Lehrer in der Schule haben gelacht, als ich ihnen sagte, dass ich die Blumen nach ihrem Duft einteile. Sie haben gelacht und getan, als sei ich eine Idiotin, aber die Kunden kaufen die Blumen wegen ihres Aussehens und ihrer Farben und wegen des Dufts, und keiner hat bei mir eine Blume gekauft wegen ihres lateinischen Namens, doch das war den verknöcherten Lehrern nicht beizubringen.

Als Kossatz mein Abschlusszeugnis schreiben musste, holte er mich ins Büro und sagte mir, eine Eins kann er mir leider nicht geben. Es ist für ihn immer ein Vergnügen gewesen, mit mir zusammenzuarbeiten, aber er hat auch bemerken müssen, dass ich den lieben Gott einen frommen Mann sein lasse, sobald er mir den Rücken zuwende. Für eine Eins hätte ich fleißiger sein müssen, viel fleißiger.

»Ich gebe mein Bestes«, sagte ich zu ihm, »ich gebe mein Bestes, und den Rest lasse ich mir schenken.«

Da hat er gelacht und gesagt: »Richtig, mein Mädel, goldrichtig!«, und mir dann eine Eins eingeschrieben, und ich habe ihm einen Kuss gegeben, aber einen mit Feuer und Dampf. Und da wurde er wieder knallrot. Wenn seine Frau in dem Moment im Raum gewesen wäre, hätte mich das nicht abgehalten, auch wenn sie Mordio! gebrüllt und einen Blumentopf nach mir geworfen hätte. Mehr war nicht mit dem Alten und mir, schließlich war er mindestens dreißig oder vierzig Jahre älter als ich, also scheintot, und hätte mein Vater oder Großvater sein können.

Nach der Lehre habe ich noch vier Jahre in Guldenberg gearbeitet, nicht als Gärtnerin, da verdiente man zu wenig. Ein Mann aus der Stadtverwaltung, ich gefiel ihm wohl ein bisschen, bot mir an, das Haus der Jugend zu leiten, und da bekam ich fast hundert Mark mehr und ich hatte mit jungen Leuten zu tun, was etwas aufregender war als die vertrockneten Pflanzen und die immer gleichen Kohlköpfe. Ein paar Jahre später ging ich nach Leipzig, ich hatte einen von der Bezirksleitung beeindruckt, der unseren Club besucht hatte und von meiner Arbeit begeistert war, und zwei Jahre später schaffte ich den Sprung nach Berlin, und da verdiente ich dann wirklich Geld. Ich war schließlich dort angelangt, wo ich hinwollte, während Friederike in Guldenberg blieb bei ihrem Bernhard, sie wollte nichts anderes in ihrem Leben erreichen, und so waren wir beide zufrieden.

Friederike und Bernhard sahen sich in Guldenberg jeden Tag. Wenn Rieke die Spätschicht hatte und dann erst gegen Mitternacht nach Hause kam, lief sie nach dem Aufstehen zu ihrem Bernhard, um ihm Frühstück zu machen. Sie machte alles für ihn oder fast alles, denn nach zwei Jahren kam ich dahinter, dass die beiden noch nie miteinander geschlafen hatten, ich meine richtig miteinander schlafen. Ich war fassungslos. Sie blieb so oft bei ihm über Nacht, dass mir ein solcher Gedanke nie gekommen ist. Was zum Teufel trieben die zwei, wenn sie nächtelang zusammen in einer Wohnung und in einem Zimmer hausten?

»Ich schlafe ja mit ihm«, verteidigte sich Rieke mir gegenüber, als ich es mitbekam und sie zur Rede stellte, »wir schlafen zusammen in einem Bett. Wir streicheln uns und dann schlafen wir. Aber eben nur küssen und streicheln.«

»Und das macht Bernhard mit?«

»Er versteht es. Er versteht mich besser als du. Ich bin schließlich nicht sexbesessen.«

»Mein Gott, Rieke, du bist einundzwanzig. Auf was wartest du? Auf einen anderen Mann? Auf einen Prinzen?«

»Nein. Ich will keinen anderen Mann. Ich liebe Bernhard. Und ich will nicht, dass er mich bloß wegen dieser Sache liebt.«

»Wegen dieser Sache? Meinst du damit deine Muschi?«

»Wie du redest, Kathi! Wie ein Flittchen.«

»Ach was, Flittchen. Der arme Junge muss ja einen Samenkoller bekommen.«

»Kathi! Ich bitte dich!«

»Ihr liegt wirklich nebeneinander im Bett, und du lässt ihn nicht ran?«

»Das ist ganz allein unsere Angelegenheit. Misch dich da gefälligst nicht ein. Und ich will nichts mehr davon hören.«

»Und wann darf er ran? Wann erteilst du ihm die Starterlaubnis? Zur Silberhochzeit?«

Sie lief hinaus und knallte die Tür zu. Sie war wütend auf mich, was mir Leid tat, aber ich war wirklich sprachlos. Es mag ja sein, dass ich etwas zu früh damit begonnen habe und dass mir die Kerle halt besonders gut gefallen, vielleicht hatte Mutter Recht und ich war mannstoll, na, und wenn schon, jahrelang mit einem festen Freund gehen und sogar die Nächte mit ihm verbringen und dabei das Jungfernhäutchen zu behüten, das erscheint mir noch heute abwegig. Ich kannte Rieke und wusste, dass sie eine ulkige Nudel war, nur wieso Bernhard das mitmachte, war mir unbegreiflich. Er war ein gut aussehender Kerl, nicht sehr groß, aber stämmig gewachsen. Und er hatte irgendetwas an sich, das mir gefiel und sicher nicht nur mir. Er redete nicht viel, insofern hätte er gut zu mir gepasst, denn ich redete immer gern, und Bernhard brachte es fertig, eine Stunde mit uns im Zimmer zu sitzen und nichts zu sagen. Er lächelte und schwieg, und wenn er einen ansah, da strahlte etwas von ihm aus. Er strahlte einen ganz bestimmten Geruch aus, würde ich sagen, wenn das nicht unsinnig wäre, weil ein Geruch nicht strahlen kann. Er konnte schweigen, und man hatte nicht das Gefühl, dass er einem nichts zu sagen hat. Man spürte bei ihm, dass er ganz genau wusste, was er will, und dass er alles durchsetzen würde, was er sich vornahm. Wenn er mich minutenlang ansah und dann meine Hand anfasste, bekam ich sofort ein Fell, denn alle Härchen auf meinem Arm standen augenblicklich aufrecht. Er konnte einen aber auch angucken! Er starrte nicht, er blickte einem unverwandt und freundlich in die Augen, und auf der Stelle roch ich diesen Geruch, er verströmte einen Duft von Kraft und Entschlossenheit. So muss ein Vulkan riechen, bevor er ausbricht. Er war ein richtiger Mann, und darum konnte ich überhaupt nicht verstehen, dass er sich auf die dummen Spielchen von meiner Schwester einlässt. Ich hatte gedacht, er hätte sie gleich genommen, gleich bei ihrer allerersten Verabredung, denn genau danach roch er.

Friederike redete nach unserem Streit eine Woche nicht mit mir und schaute mich so vorwurfsvoll an, als hätte ich sonstwas gesagt. Als ich zwei Tage später die beiden traf und Bernhard anlächelte, trat mir Rieke auf die Zehen und funkelte mich an, obwohl ich gar nichts gesagt hatte.

Vierzehn Tage später kam Bernhard in unser Zimmer bei der Witwe, weil Friederike ihn vom Adler aus angerufen und gebeten hatte, ihr frische Wäsche vorbeizubringen, sie hatte sich mit altem stinkendem Öl übergossen und musste sich vollständig umkleiden. Als Bernhard kam, machte ich mich gerade zum Ausgehen zurecht und zog, als er an die Tür klopfte, rasch den Bademantel über. Er bat mich, ihm zu helfen, damit er Rieke das Richtige bringt. Ich öffnete ihren Schrankteil und gab ihm eine Bluse und einen Rock, dann zeigte ich ihm ihr Fach mit der Unterwäsche und sagte, er solle sich selbst etwas heraussuchen.

»Nimm dir, was dir gefällt«, sagte ich, »du wirst ja ein paar kleine Vorlieben haben, oder?«

Der arme Kerl war unschlüssig und bat nochmals, dass ich ihm etwas gebe. Ich sagte ihm, ich bin in Eile, er soll sich selbst bedienen. Ich ließ den Bademantel auf die Erde fallen und stellte mich halbnackt, ich hatte nur eine winzige Hose an, neben ihn vor den Schrank und suchte meine Sachen durch nach dem einzigen Büstenhalter, den ich besaß. Bernhard warf einen erschrockenen Blick zu mir, dann wühlte er in Friederikes Sachen, wobei sein Kopf fast im Schrankfach verschwand. Ich wartete neben ihm, bis er sich aufrichtete und die Unterwäsche zu den anderen Sachen in eine Tüte steckte.

»Da kannst mir helfen, Bernhard«, sagte ich, »du kannst mir den BH zumachen. Dabei renkt man sich immer die Arme aus.«

Ich hielt den weißen Büstenhalter vor der Brust. Als er auf

mich zukam, ließ ich ihn wie aus Versehen fallen. Wir bückten uns beide gleichzeitig, er war schneller, und ich zog die Hand zurück.

»Ich dachte, du trägst keinen Büstenhalter.«

»Hast du das bemerkt? Was du nicht alles siehst! Das sollst du gar nicht.«

Jetzt lächelte er.

»Leg ihn mir um«, sagte ich und hob die Arme über den Kopf. Er sah mich an, schaute auf meine Brust, atmete tief durch und legte die Schalen auf meine Brüste.

»Halt ihn fest«, sagte er, »damit ich ihn dir zumachen kann.«

»Wie gefallen dir meine Titten? Besser als Riekes?«

Er knurrte etwas. Ich schob meinen kleinen Hintern zu ihm, und dann ging alles ganz rasant. Er riss den Büstenhalter herab, wobei die Metallösen durchs Zimmer flogen, umfasste meine Brüste und trug mich zum Bett. In einer Sekunde war er ausgezogen und lag über mir.

»Schließ wenigstens die Tür ab«, konnte ich gerade noch sagen, bevor er wie ein Berserker in mich eindrang. Er stöhnte und schnaufte, ich versuchte, das Kopfkissen unter meinem Rücken hervorzuziehen, und dann war schon alles vorbei, und er wälzte sich neben mich und keuchte immerzu: »O Gott, o Gott.«

»Das war wohl sehr dringlich?«, erkundigte ich mich, »so fix habe ich das ja noch nie erlebt.«

»Ja«, sagte er, »ja, das war es wohl.«

Ich stand auf, schloß die Tür ab und ging wieder zu ihm. Jetzt streichelte er mich zärtlich, und ich fasste nach seinem Schwanz, und dann schliefen wir richtig miteinander und so schön, dass der Witwe fast die Augen ausfielen, als ich eine halbe Stunde später mit Bernhard das Zimmer verließ und sie im Vorbeigehen grüßte. Sie hatte nicht erwartet, dass ich im Zimmer war. Ich begleitete Bernhard ein Stück auf seinem Weg zum Adler. Als wir uns verabschiedeten, sagte er, ich solle mir nichts bei Rieke anmerken lassen.

»Hat es dir gefallen?«

»Gefallen ist gar kein Ausdruck. Friederike würde mir den Kopf abreißen, wenn sie davon etwas erfährt.«

»Keine Sorge, mein Liebling. Die Friederike ist dein kleinstes Problem. Bei mir hat nämlich noch der Staatsanwalt die Hand drauf. Ich bin erst siebzehn, hast du das vergessen?«

»Kathi! Ich bitte dich! Ich habe dich nicht vergewaltigt. Du warst es. Du hast mich verführt.«

»Beruhige dich. Ich habe nicht vor, zur Polizei zu gehen. Es war viel zu schön mit dir, mein Süßer. Und außerdem weiß ich ja, wie es dir geht. Rieke ist immer noch Jungfrau. Die wirst du erst heiraten müssen, bevor du da rankannst.«

»Du weißt es?«

»Na sicher, mein Süßer. Wenn du wieder mal im Druck bist, du weißt ja, wo du mich erreichen kannst.«

»Du kleines Aas.«

»Ich muss mich doch ein bisschen um den Freund meiner Schwester kümmern. Bleibt schließlich alles in der Familie.«

Ich wollte ihn zum Abschied küssen, er drückte mich zurück.

»Lass das sein. Nicht hier auf der Straße, Kathi.«

»Grüß Rieke von mir.«

»Nein. Genau das werde ich nicht tun«, sagte Bernhard und schüttelte dann den Kopf, als er hinzufügte: »So ein kleines ausgekochtes Biest. Ich fasse es nicht.«

In den nächsten Tagen und Wochen ging er mir aus dem Weg. Wenn ich ihn sah, war immer Friederike dabei. Bernhard vermied es, mit mir allein zu sein, und er kam mich auch nicht besuchen, wenn Friederike Spätschicht hatte und ich allein im Zimmer der Witwe war. Nach acht Wochen bestellte ich ihn auf eine Art und Weise zu mir, dass er nicht nein sagen konnte. Als wir an einem Samstagabend zu dritt tanzen gingen und er es fertig brachte, den ganzen Abend mit Rieke zu tanzen und nicht einen einzigen Tanz mit mir, flüsterte ich ihm ins Ohr, dass ich ihn am Montag erwarte. Er solle gleich nach der Arbeit zu mir kommen. Ich hatte nicht gewartet, bis Rieke auf die Toilette ging, sondern sagte es ihm leise, als sie direkt neben ihm saß und zu der Combo blickte. Bernhard schüttelte abweisend den Kopf und sah mich finster an, dann legte er einen Arm um Rieke und nahm keine Notiz von mir. Als Rieke mit einer Bekannten sprach, die an unseren Tisch gekommen war, nahm ich Bernhards Nase und drehte seinen Kopf zu mir.

»Du musst unbedingt kommen. Ich bin schwanger.«

Na, da hatte der Süße etwas zu beißen bekommen. Er schluckte heftig und wurde ganz blass. Ein paar Minuten saß er wie betäubt am Tisch und starrte auf sein Bierglas. Als die Musik wieder begann, forderte er mich zum Tanzen auf.

»Stimmt das? Ist das die Wahrheit?«

»Du brauchst nur ein paar Monate warten. Dann kannst du diese Wahrheit im Arm halten.«

»Mein Gott, was wird Rieke sagen, wenn sie es erfährt!«

»Ist das alles, um was du dir Sorgen machst? Ich bin minderjährig, vergiss das nicht.«

Er tanzte verbissen mit mir und ohne ein Wort zu sagen. Als wir nach dem dritten Tanz zum Tisch zurückgingen, sagte er: »Bis Montag.«

Das Wochenende wird nicht allzu vergnüglich für ihn gewesen sein, aber warum ließ er mich auch links liegen, als wenn nichts zwischen uns gewesen wäre. Sollte er ruhig ein bisschen schwitzen. Am Montag erschien er ganz pünktlich. Er wollte nicht mit mir ins Bett, sondern wollte wieder wissen, ob ich tatsächlich schwanger sei. Ich sagte ihm, wenn ein Stier wie er loslege, den man zwei Jahre lang an der Nase herumgeführt habe, sei es nicht verwunderlich, dass das erstbeste Mädchen, das in seine Nähe komme, schwanger würde. Er verlangte, dass ich das Kind abtreiben lasse, er werde alles bezahlen. Ich sagte, wir sollten erst danach darüber reden. Jetzt, wo das Kind im Brunnen lag, brauchen wir nicht mehr aufpassen. Er wollte nicht und sprach von Friederike, doch ich musste ihn nur etwas anfassen und streicheln, um ihn auf Touren zu bringen. Diesmal war er ganz vorsichtig, er glaubte mir nicht, dass ich schwanger sei und wollte kein Risiko eingehen. Als wir uns wieder angezogen hatten, fragte er nochmals: »Also, was ist? Bist du schwanger?«

»Nicht so richtig« sagte ich und lachte.

Er wurde wütend, und bevor er mir eine knallte, sagte ich, dass ich es nicht ausstehen könne, wie er sich benehme. In den letzten Wochen hätte er nicht ein Wort zu mir gesagt und getan, als sei ich für ihn Luft.

»Ich bin mit deiner Schwester befreundet, nicht mit dir«, hielt er mir vor.

»Ja, und ich helfe dir dabei, damit nicht eines Tages irgendetwas bei dir explodiert. So etwas Hübsches, wäre jammerschade drum, oder?«

Er sah mich lange an und lächelte schließlich. Als er ging, gab er mir zum Abschied sogar einen Kuss. Ins Bett gingen wir nie wieder. Er wollte nicht. Ich hätte ihn leicht nochmals verführen können, aber schließlich wollte ich keinen Ärger haben mit Rieke und meinem Freund. Bernhard gefiel mir, und da bei meiner Schwester alles klemmte, wirklich alles, wollte ich den beiden einen Gefallen tun, damit Bernhard nicht auf den Gedanken kommt, sich ein anderes Mädchen zu suchen, und Rieke nicht einen Freund verliert, den sie sich nicht verdient hat, und eines Tages mit einem Kerl anrückt, der vielleicht besser zu ihr passt, aber überhaupt nicht zu mir. Jedenfalls war mein Verhältnis zu Bernhard seitdem sehr viel freundschaftlicher, und mit meiner Schwester kam ich ebenfalls besser zurecht. Wenn sie wieder mal einen ihrer seltenen Ausbrüche bekam und sich als die Ältere aufspielte, musste ich bloß an Bernhard denken und wie er damals in fünf Sekunden alles erledigt hatte. Dann konnte mir Rieke an den Kopf werfen, was sie wollte, ich nickte und war ganz gehorsam, und damit machte ich sie völlig hilflos. Rieke brauchte immer jemanden, der ihr sagt, wo es langgeht, sie war die geborene Eheglucke, und der Mann, der sie abbekommen sollte, muss sich jedenfalls nicht darum sorgen, daheim nicht die Hosen anzuhaben.

Als ich im letzten Lehrjahr war, tauchte Bettina in Guldenberg auf, die verrückte Babsy. Sie besuchte ihren Großvater, um ihn für vier Wochen zu versorgen, während ihre Oma im Krankenhaus war, weil man ihr ein Stück vom Magen herausnahm. Sehr viele Leute können es nicht gewesen sein, die Babsys Ankunft in Guldenberg erlebt hatten, und ganz sicher war es nicht die ganze Stadt, aber am nächsten Tag sprachen alle darüber.

Babsy kam mit einem Motorroller in die Stadt. Diese Dinger waren ganz neumodisch, und in den Illustrierten waren die beiden Modelle, die es zu kaufen gab, häufig abgebildet, bei uns hatte keiner eine solche Maschine. Wenn man den Fotos glauben konnte, waren die Motorroller vor allem für Frauen gedacht, denen die Motorräder zu schwer waren oder zu unhandlich, jedenfalls saßen auf den Fotos in der Zeitung immer irgendwelche Schönheiten im Damensitz auf diesen Rollern, so dass es kinderleicht schien und ich darauf sparen wollte, sobald ich nicht mehr nur mein Lehrlingsgeld bekam, sondern ausgelernt hatte und einen anständigen Monatslohn erhielt.

Babsy erschien an einem Dienstag auf ihrem weißen Motorroller und in einem roten Kleid auf dem Markt. Wie mir mehrere Freundinnen erzählten, ist sie zweimal um den Platz gefahren, bis alle zu ihr sahen, und dann ist sie auf den Bürgersteig gefahren, direkt vor die Treppenstufen des Rathauses, und hat dort den Roller geparkt. Das rote Kleid war ein dünner Fummel, durch den man alles sehen konnte, und wurde oben von zwei dünnen Schnüren gehalten. Das Tollste daran war die Länge. Als sie auf dem Roller fuhr, konnten alle ihre Beine bis oben bestaunen, und sie dachten sicherlich, das Kleid sei ihr beim Fahren hochgerutscht. Als sie abstieg, konnte man ihre Beine noch immer sehen, denn das Kleid endete zwei Handbreit überm Knie. Jahre später wurde so etwas modern und hieß Minikleid, aber damals gab es das nicht, und bei uns hieß so etwas Schulmädchenmode, weil nur kleine Mädchen so kurze Röcke trugen. Jedenfalls starrte der ganze Markt zu Babsy, und das wollte sie wohl auch. Der Polizist, der den Tag über um den Markt herum spazierte, weil dort der Bürgermeister saß und sich das Parteibüro befand, kam sofort auf sie zugerannt und sagte ihr, es sei verboten, ein Motorrad auf dem Bürgersteig zu parken, zumal vor der Treppe zum Rathaus.

»Auch Motorroller?«, erkundigte sich Babsy bei ihm. Sie strahlte ihn dabei an, dass der Polizist ganz verlegen wurde.

»Selbstverständlich. Alle motorbetriebenen Fahrzeuge haben nichts auf einem Bürgersteig zu suchen.«

»Oh, Gott, das wusste ich nicht.«

»Haben Sie einen Führerschein? Wenn Sie die Fahrschule gemacht haben, müssten Sie das wissen. Zeigen Sie mir bitte Ihren Führerschein.«

Das Mädchen ging zu dem Roller, auf dessen Gepäckablage ein kleiner roter Koffer geschnallt war, löste den Riemen, nahm den Koffer herunter und legte ihn mitten auf den Bürgersteig.

»Einen Moment, bitte, Herr Polizist«, sagte sie. Sie öffnete den Koffer, und es machte ihr offensichtlich nichts aus, dass alle sehen konnten, was darin war. Dann beugte sie sich über den weit geöffneten Koffer und begann in ihren Sachen zu kramen. Sie beugte sich so tief, dass der ganze Markt ihr weißes Höschen sehen konnte. Der Polizist, der direkt neben ihr stand und von ihr nichts als ihre Hose sah, wurde knallrot und blickte unruhig umher, um nicht fortwährend auf den Hintern zu starren. Es habe mindestens drei Minuten gedauert, sagte eins der Mädchen, ehe Babsy sich wieder aufgerichtet und dem Polizisten ihren Führerschein gegeben habe.

»Ich wusste doch, dass ich so ein Papier irgendwo haben muss«, sagte sie und riss dabei ihre Augen weit auf. »Ist das der richtige Schein, Herr Polizist?«

»Ja, das ist Ihr Führerschein. Wenn Sie ihn besitzen, dann müssten Sie wissen, dass Sie hier nicht parken dürfen. Das ist strafbar.«

»Oh, Gott, ich bin wirklich ein gar zu garstiges Mädchen! Was machen Sie jetzt mit mir?«

»Fahren Sie den Roller herunter. Und vor dem Rathaus dürfen Sie nicht parken, hier ist Parkverbot.«

»Nicht auf dem Bürgersteig und nicht auf der Straße? Wohin soll ich damit? Können Sie nicht eine Ausnahme mit mir machen?«

»Ausgeschlossen, Fräulein. Sie können an der Apotheke parken, dort, wo die Autos stehen.«

»Aber der Roller ist so schwer zu schieben. Und ich bin doch nur ein Mädchen.«

Der Polizist war verlegen und schnaufte laut. Er sah sich unruhig um, dann ging er schweigend zum Motorroller und schob ihn tatsächlich vor die Apotheke. Babsy, in beiden Armen den halb geöffneten Koffer, stolperte ihm auf ihren hohen Absätzen hinterher.

»Sie sind der netteste Polizist, den ich je getroffen habe«, sagte sie, als er die Maschine zwischen den Autos aufgebockt hatte, und dann küsste sie ihre Finger und legte sie anschließend auf die Stirn des Polizisten.

»Dafür sind wir doch da«, sagte er geschmeichelt. Auf seiner Stirn, genau an der Stelle, an der sie ihn mit den Fingern berührt hatte, bildeten sich Schweißperlen.

»Sie sollten mich übers Knie legen und mir den Po versohlen. Verdient hätte ich es ja.«

»Aber, Fräulein!«, sagte er nur. Er sah sich hilflos um, da alle auf dem Markt zu ihm sahen. Als er zwei junge Männer entdeckte, die neben ihrem Motorrad standen und gleichfalls zu ihnen starrten, verabschiedete er sich von Babsy, indem er rasch die Hand zu seiner Mütze führte, ging dann zu den beiden Männern und forderte sie barsch auf, mit ihrem Motorrad zu verschwinden, sie wären ein Verkehrshindernis, das er nicht dulden werde. Die beiden protestierten und verlangten eine Erklärung, da sie sich keiner Schuld bewusst seien. Der Polizist ging um ihr Motorrad herum, zeigte dann auf das verschmutzte Rücklicht und sagte, ein solches Rücklicht stelle eine erhebliche Verkehrsgefährdung dar, die mit einer Geldstrafe geahndet werden müsse, wenn sie nicht augenblicklich verschwänden. Er öffnete seine umgehängte Tasche und machte Anstalten, ein Strafmandat auszustellen, woraufhin die Männer sich verärgert auf das Motorrad setzten und abfuhren.

Babsy lief zu dem Polizisten und fragte ihn etwas, was keiner verstand, der Polizist wurde wieder knallrot und wies dann in die Richtung des Paradeplatzes. Vielleicht hatte sie ihn nach einem Café gefragt.

Schon nach drei Tagen in unserer Stadt war Babsy mit Krethi und Plethi befreundet, jedenfalls kannte sie eine Menge Leute bei uns, und wenn sie über die Straße lief, wurde sie immerzu in Gespräche verwickelt. Das musste ihr Spaß machen, sie war jedenfalls stets vergnügt und gut aufgelegt. Ich lernte sie in der Gärtnerei kennen. Sie hatte am Tag nach ihrer Ankunft beim alten Kossatz Rosen bestellt und sie tatsächlich von ihm bekommen, obwohl Rosen knapp waren und er nur seine Freunde und die Stammkunden damit versorgte. Babsy war bei ihm erschienen und hatte ihm gesagt, dass sie unbedingt einen großen Strauß Rosen benötige, weil ihr Großvater Geburtstag habe, und einen weiteren Strauß für ihre Großmutter, die im Krankenhaus liege, und Kossatz hatte genickt und die Bestellung entgegengenommen. Als Babsy die Sträuße am nächsten Tag abholte, ging Kossatz mit ihr zu den Rosenbeeten, und sie durfte sich die Blüten sogar aussuchen, was noch nie vorgekommen war. Eine halbe Stunde lang stand sie mit dem Chef bei den Rosen und zeigte ihm, welche er für sie abschneiden sollte. Nie im Leben hat sie eine so schöne Gärtnerei gesehen, sagte sie zu dem Alten, und der wollte sie gar nicht mehr gehen lassen. Ich füllte und bepflanzte eine Torfwandpyramide, als sie mit dem Chef sprach, und konnte, während ich die Pflanzen durch das Drahtgitter steckte und Schicht für Schicht den Torf darüberstreute, alles hören und sehen. Manchmal warf mir Babsy einen verschwörerischen Blick zu. Als Kossatz ans Telefon gerufen wurde, kam sie zu mir und fragte, ob man sich in der Stadt amüsieren kann. Ich sagte, wir haben ein Kino, eine Kegelbahn, bei der man sich anmelden muss, und einmal im Monat ist im Adler Tanz und alle vierzehn Tage im Kurhaus, das sei alles, was die Stadt zu bieten habe.

»Und dann gibts das Museum auf der Burg, aber das ist vielleicht nicht das Vergnügen, das Sie meinen.«

»Da hast du Recht«, sagte sie. Sie duzte mich gleich. »Wollen wir heute zusammen ins Kino gehen? Wann hast du Feierabend?«

Ich war verblüfft und schaute sie so verschreckt an, dass sie laut auflachte. Ich hatte nicht das Gefühl, dass sie mich auslachte, es war ein herzliches und ansteckendes Lachen. Wir verabredeten uns für den Abend.

Ich war ganz aufgeregt, als ich am Kino auf sie wartete, und war viel zu früh erschienen. Als sie kam, küsste sie mich auf die Wangen und fragte nach meinem Namen, dann nannte sie ihren Namen und sagte, ich soll sie Babsy nennen, so nennt sie jeder, und unter diesem Namen tritt sie auch auf. Als ich mich erkundigte, wo sie auftritt und als was, sagte sie, sie ist Sängerin und ziehe mit einer Band durch das Land. Sie tritt vor allem in Nachtbars auf, wo sie Schlager singen müsse, eigentlich ist sie eine Jazzsängerin, doch das wollen die Leute nicht hören, die möchten immer die alten Schlager, die sie schon als Kinder kannten.

»Caprifischer und so, du verstehst.«

Ich nickte.

»Meine Leidenschaft ist Gospel. Weißt du, was das ist?«

Ich nickte nochmals, dann schüttelte ich rasch den Kopf.

»Das ist die Musik der amerikanischen Neger. Traumhaft. Und ich habe die Stimme dafür. In Amerika könnte ich groß rauskommen, glaube ich. Wenn ich loslege, dann zittert die Luft, Kathi. Ich habe eine schwarze Stimme, das hat mir einmal ein Amerikaner gesagt, eine richtige schwarze Harlemstimme.«

Ich wusste nicht, was eine schwarze Stimme ist, aber ich glaubte ihr aufs Wort, und dann sang sie vor dem Kino ein englisches Lied, von dem ich nur verstand, dass es um Jesus ging. Es hörte sich gut an, sehr gut, und das sagte ich ihr auch. Dass ich am liebsten Schlager höre und eigentlich nichts anderes, sagte ich ihr nicht.

»Und jetzt musst du nicht auftreten? Hast du Urlaub?«

»Nein, die Jungs von der Band sind in Berlin. Wir wollen eine Platte machen, und sie versuchen, die Kontakte zu knüpfen.«

»Eine Schallplatte?«

»Klar. Ohne Beziehungen ist das schwer. Wenn du Beziehungen hast, kannst du eine Piepsstimme haben, das macht nichts, da werden Platten hergestellt. Aber ohne Beziehungen und dann noch Jazz oder Gospel, da kannst du Gold in der Kehle haben, da tut sich nichts. Naja, vielleicht haben die Jungs Erfolg. Dann bin ich für zwei Monate in Berlin, um die Aufnahmen zu machen.«

Ich wusste nicht, was ich sagen sollte, und stand vor ihr wie das letzte dumme Huhn. Ich hatte noch nie einen Menschen gesehen, der demnächst auf einer Schallplatte zu hören war. Die Sänger auf den Schallplatten, das waren Könige für mich, unerreichbar und aus einer anderen Welt. Ich hatte mir gar nicht vorstellen können, dass es ganz normale Leute sind, die man auf der Straße treffen und mit denen man reden kann. Und ich sollte mit solch einer Traumprinzessin gleich zusammen ins Kino gehen!

»Hast du von uns mal was gehört? Wir waren schon zweimal im Radio, die Ricks und Babsy.«

»Ich glaube nicht. Ich höre die Schlager der Woche, sonst höre ich kaum Radio.«

»Schlager der Woche«, sagte sie verächtlich und lachte.

»Wann kann man dich im Radio hören? Ich würde dich gern einmal im Radio hören.«

»Ich weiß nicht. Vielleicht im nächsten Jahr wieder. Oder wenn wir in einem Wettbewerb auftreten, denn der wird übertragen. Im nächsten Monat sind wir in Gera und anschließend sechs Wochen in Leipzig, doch das ist alles Barmusik. Rote Rosen, Caprifischer, schwarze Augen, das wollen die Leute dort hören.«

In den vier Wochen, die Babsy ihren Großvater versorgte, wurden wir die besten Freundinnen. Wir waren fast jeden Tag ein paar Stunden zusammen, ich ging zu ihr in die Schützenstraße, wo ihr Großvater ein winziges Häuschen besaß, oder wir spazierten durch die Stadt und unterhielten uns. Wann immer sie mir anbot, irgendetwas mit ihr zusammen zu machen, sagte ich sofort zu, auch wenn ich mit Manfred verabredet war, der damals mein Freund war. Und manchmal vergaß ich sogar, ihm abzusagen, und der Arme stand dann irgendwo eine Stunde und wartete auf mich. Nur wenn sie ihre Großmutter im Krankenhaus besuchte, sahen wir uns nicht, und später, als sie mit Bernhard ging, hatte sie kaum noch Zeit für mich.

Babsys Kleider waren alle sehr kurz. Ihre zwei Koffer hatte sie sich mit der Bahn schicken lassen, weil auf ihrem

Motorroller zu wenig Platz war und sie nicht wie ein Packesel reisen wollte. Mit ihren Kleidern erregte sie Aufsehen, manchmal hatte sie ein tolles Dekolleté oder der Rücken war tief ausgeschnitten, und auch wenn das Kleid streng geschlossen war, hatte es irgendwie Pfiff, und außerdem konnte sie sich darin bewegen, als sei es ihr auf den Leib geschneidert. Und fast jeden Tag hatte sie etwas anderes an. So unverschämt kurz sie herumlief und wie sehr sie den Männern den Kopf verdrehte, denn alle drehten sich nach ihr um, ihr war nie jemand böse, auch nicht die älteren verheirateten Frauen, deren Männer minutenlang auf Babsy starrten und sie mit den Augen geradezu verschlangen. Sie hatte eine Art an sich, andere Menschen für sich einzunehmen, die das missgünstigste Schandmaul zum Verstummen brachte. Ich glaube, jedes andere Mädchen in der Stadt, dem eingefallen wäre, so kurz wie Babsy herumzulaufen, wäre als Flittchen und Hure verschrien gewesen, doch Babsy erwiderte auf die größten Unverschämtheiten irgendetwas Nettes, und schon war das Eis gebrochen. Ich war dabei, als die Apothekersfrau sie auf der Straße anhielt und ihr sagte, dass ihr Kleid etwas arg kurz sei.

Babsy schaute an sich herunter, schlug sich erschrocken die Hand vor den Mund, riss die Augen weit auf und sagte: »Tatsächlich! Aus dem Kleid bin ich längst herausgewachsen. Da sollte ich mir rasch einen Saum annähen, aber einen sehr breiten Saum.«

Und dann lachte sie laut auf, so dass die Apothekersfrau lächeln musste und das böse Glitzern in ihren Augen verschwand.

Irgendetwas hatte diese Babsy an sich, das alle faszinierte, die Männer und die Frauen und die alten Betschwestern. Der alte Doktor Wilkert hat im Schwarzen Adler vor allen Leuten gesagt, wenn dieses Mädchen, also meine Babsy, an einem Spiegel vorbeigeht und sich darin sieht, wird sie von sich selber begeistert sein, denn wo sie erscheint, geht die

Sonne auf. Und das war die Wahrheit, auch wenn Rieke, die es mir erzählte, später Gift und Galle spucken konnte, wenn Babsy auftauchte. Rieke war der einzige Mensch in Guldenberg, der schlecht über Babsy redete, Rieke und die alte Kossatz, doch der war Babsy nie über den Weg gelaufen, die hatte lediglich von ihr gehört, und außerdem machte die Kossatz alle Leute madig, sogar den alten katholischen Priester, den die meisten Einwohner für einen Heiligen hielten. Zu Kossatz, meinem Chef, habe ich einmal gesagt, die merkwürdigste Blüte in der ganzen Gärtnerei ist seine Frau. Da hat er gelacht und mich angegrinst.

Mit Babsy sprach ich viel über Männer. Ihr gefiel Manfred nicht, der Elektriker, mit dem ich damals ausging und der sich fürchterlich in mich verliebt hatte.

»Pass auf dich auf, Kathi. Bei dem Jungen ist irgendetwas faul. Ich weiß nicht, was es ist, aber ich würde meine rechte Hand drauf wetten. Beißt er dich?«

»Wie ein Blödmann. Ich habe ihm schon eine gescheuert.«

»Lass ihn laufen, Kathi. Der braucht eine andere Frau, der braucht eine strenge Mama.«

»Was braucht der? Eine Mama? Was heißt das?«

»Was weiß ich! Einige Männer sind komisch. Sie sind süß, und ein bisschen verdreht. Und manche gibt es, die suchen eine strenge Mama, die brauchen das. Und dein Manfred sucht so eine Mama, das glaube ich jedenfalls, bei ihm bin ich mir sogar sicher. Und wenn er die nicht findet, rastet er aus. Für dich ist er nichts.«

Ich musste ihn nicht laufen lassen. Nachdem ich ihm wegen Babsy mehrmals abgesagt und ihn dreimal versetzt hatte, gab er mir den Laufpass. Zwei Monate vorher hatte er mir mit Selbstmord gedroht, weil ich einen anderen Freund hatte. Für ihn bin ich die einzige Frau, hatte er unter Tränen gesagt, aber sich dann eiskalt von mir verabschiedet, weil ich zu unserem Treffen auf dem Markt nicht erschien oder zur verabredeten Zeit nicht da war. Ewige Liebe und dann plötzlich Schluss, bloß weil er eine Stunde vergeblich auf mich gewartet hatte. Zwölf Jahre später, als ich schon längst in Berlin war, musste ich an Babsy denken. Eine Freundin aus Guldenberg hatte mir geschrieben, dass sich Manfred an der sechsjährigen Tochter seiner Verlobten zu schaffen gemacht hat und für fünf Jahre ins Zuchthaus gekommen ist. Ich weiß nicht, ob Babsy das damals wirklich schon gespürt hatte, aber einen Blick für Männer hatte sie.

Ein paar Tage später sprach sie mich auf Bernhard an. Er gefiel ihr, was mich überraschte, denn sie war schließlich eine Sängerin, die öffentlich auftrat und vielleicht bald eine eigene Schallplatte hatte, und Bernhard war nur ein einfacher Mann, der sein Geld mit irgendwelchen Geschäften auf Rummelplätzen verdiente und nicht sehr gesprächig war, mit Witz und Charme hatte er noch nie jemanden betören können. Babsy meinte, er hätte etwas von einem richtigen Mann, er rieche jedenfalls nach einem Mann, und ich erwiderte, früher hätte er jedenfalls nach Holzwurm gerochen, denn er sei ein gelernter Tischler. Sie wollte wissen, ob ich mit ihm schon geschlafen habe, und ich fragte, wie sie denn darauf käme. Ihre Frage überraschte mich vollkommen und ich bin sicher rot geworden, denn ich hatte nie jemandem von meiner kleinen und kurzen Geschichte mit Bernhard erzählt.

»Was fällt dir ein? Er ist der Freund meiner Schwester.«

»Ja, eben. Da hast du doch schon ein Verhältnis mit ihm. Und wenn er deiner Schwester gefällt, kann er dir auch gefallen. Das liegt dann im Blut, da kann man gar nichts gegen machen. Das ist die Natur, Kathi.«

Einen Moment lang hatte ich überlegt, ob ich ihr von Bernhard und mir erzähle. Sie lachte so ausgelassen, dass ich unsicher war, ob sie es ernst meinte oder sich über mich lustig machte, und so hielt ich lieber den Mund.

»Kindchen«, sagte sie dann zu mir, »ich glaube, viel weißt du nicht über die Männer. Laß dich von der alten Tante Babsy aufklären. Süß sind sie alle, auch die mit Glatze und Bauch, darauf kommt es überhaupt nicht an. Was dich als Frau an den Männern interessieren sollte, das ist allein, ob sie Männer sind. Und da gibt es Erfahrungen, meine Kleine. Zuallererst ist der Geruch wichtig. Wenn ein Mann nach Mann riecht, dann hast du die Hand im Goldtopf.«

»Wenn er nach Mann riecht? Du meinst, wenn er stinkt?«

»Nein. Das ist etwas anderes. Obwohl einer stinken kann und trotzdem nach Mann riechen. Nein, ich meine diesen ganz bestimmten Duft, den man nicht beschreiben kann. Irgendetwas, das nach Kraft und Entschlossenheit riecht. Nach Mann eben. Das musst du allein herausbekommen. Und dann sind die ruhigen Männer besser als die lauten, denn die machen nur Getöse. Sie sprechen laut, drängen sich überall in den Vordergrund und haben so ein Chefgehabe. Wenn sie reden, muss der ganze Saal mithören, was sie Wichtiges zu sagen haben. Das ist nichts fürs Bett. Die brauchen Anerkennung, die können dich nicht lieben, die lieben allein sich und sind so ängstlich, dass sie sich überall bestätigen müssen und darum so laut sind. Wenn so ein Krakeeler auftaucht, ob er siebzehn ist oder fünfzig, lass ihn einfach weiterlaufen. Aber bei den ruhigen Typen solltest du genauer hinsehen. Wenn sie dir nicht ins Gesicht sehen können vor lauter Verlegenheit oder maulfaul sind oder nicht gesprächig, weil sie einfach nichts im Kopf haben, dann sind es mit Sicherheit Luschen, die lässt du vorbei. Wenn dich so ein Schweiger anschaut, so einer, der kein Wort zu viel sagt und den Blick von dir nicht wegnimmt, bis es bei dir kribbelt, dann solltest du mal seinen Duft schnuppern, das könnte dann etwas sein. Die ruhige Kraft und der Geruch nach Mann, das ist es, Kleine.«

»Und Bernhard? Der ist so ein Mann?«

»Es kommt jedenfalls alles bei ihm zusammen.«

»Er ist mit Rieke zusammen. Meine Schwester kratzt dir die Augen aus, wenn du ihn ihr wegnimmst.«

»Wer will ihn ihr wegnehmen? Ich will etwas an ihm schnuppern, das ist alles.«

»Und er ist jünger als du. Er ist drei Jahre jünger.«

»Ja. Das macht es so reizvoll, Kathi.«

Und dann lachte sie wieder, und ich wusste wieder nicht ganz genau, woran ich bei ihr bin. Bei ihr war ich nie sicher.

Zwei Tage später hatte sie ihn um den Finger gewickelt. Ich bekam alles hautnah mit, da ich mit Babsy befreundet war und mit Rieke in einem Zimmer wohnte. Und ganz so, wie ich es gedacht hatte, wollte Rieke einer Person die Augen auskratzen, doch das war nicht Babsy, vor ihr hatte sie zu viel Respekt, und es war auch nicht Bernhard, was ich verstanden hätte. Am liebsten wollte Friederike mir die Augen auskratzen, was ich nun wirklich nicht verstehen konnte, denn von meiner Geschichte mit ihrem Bernhard wusste sie nichts, und dass er sich von Babsy hatte wegangeln lassen, dafür konnte ich nichts. Und genau das sagte ich ihr auch, aber sie war auf mich wütender als auf Bernhard und Babsy zusammen. Irgendwann sagte ich ihr, sie kann sich meinetwegen am kleinen Finger lutschen, und zog für die nächsten Tage in die winzige Dachkammer hoch, um mir nicht noch mitten in der Nacht ihr Gejammer anhören zu müssen.

Ich weiß nicht, wie es Babsy gelang, Bernhard für sich zu gewinnen, andererseits hatte sie die ganze Stadt bezirzt, und da war Bernhard für sie das Sahnehäubchen auf dem Kuchen. Verwundert war keiner, dass sie mit einem Jungen aus unserer Stadt etwas anfing, überrascht war man nur, dass es Bernhard war. Die meisten hatten gewiss gedacht, sie würde sich einen großen Schönling nehmen, von denen es einige bei uns gab und die allesamt bei ihr anstanden. Die waren wohl zu laut für Babsy oder hatten nicht den Geruch, von dem sie mir erzählt hatte und den ich erst ein paar Jahre später richtig begriff. Dass sie ihn meiner Schwester weggenommen hatte, wussten natürlich alle, aber ich habe nie ein böses Wort darüber gehört, außer von Rieke natürlich. Alles, was Babsy machte, fand man in unserer Stadt offenbar in Ordnung. Meine Schwester verlangte von mir, dass ich mich nie wieder mit ihr treffe oder dass ich ihr zumindest gehörig die Meinung sagen soll, das lehnte ich ab. Ganz im Gegenteil war ich stolz darauf, dass ich Babsys Freundin war und sie, wenn sie Zeit hatte, mit mir durch die Stadt lief. Ich bin sogar zweimal mit den beiden zum Tanz ausgegangen, mit Babsy und Bernhard. Darüber war meine Schwester besonders empört, und ich habe es genossen, denn Bernhard gehörte ja irgendwie uns allen dreien, auch wenn das nur er und ich wussten.

Als ich mit ihnen ins Kurhaus gegangen war und Bernhard mich zu einem Tanz aufforderte, sagte ich zu ihm: »Es bleibt alles in der Familie, nicht wahr, Bernhard?«

»Was meinst du?«

»Na, du und ich und Babsy und Rieke.«

Er lächelte. »Was Rieke betrifft, ich habe sie sehr gern, und ich glaube, ich liebe sie. Und Babsy, das kam einfach über mich.«

»Na, und ich?«

»Du hast mich reingelegt, Kathi. Du hast mich verführt, du kleines Miststück.«

»Verführt! Du hast meinen Hintern gesehen und hast dich wie ein wildes Tier über mich her gemacht. So war es.«

»Von wegen. Du hattest es darauf angelegt, und da ist es eben passiert. Das hat überhaupt nichts zu bedeuten, gar nichts.«

»Für dich vielleicht. Ich bin beinahe schwanger geworden, hast du das vergessen! Vernaschst die kleine Schwester der Freundin und jetzt noch Babsy, als ob du nie genug bekommen kannst.«

»Halt den Mund, dumme Göre.«

»Das möchtest du gern, dass ich den Mund halte, nicht wahr? Könnte unangenehm für dich werden, wie? Ich bin immer noch minderjährig.«

»Kathi, ich bitte dich.«

»Dann sei ein bisschen nett zu mir.«

»Nimm die Hand da weg, Kathi.«

»Aua! Sei nicht so grob, du tust mir weh.«

»Benimm dich, Kathi. Bitte.«

Als wir zum Tisch zurückgingen, fragte uns Babsy, ob wir uns gestritten hätten. Ich sagte ja, und Bernhard sagte im gleichen Moment nein.

»Das ist ein kleiner Teufel, die Kathi«, sagte sie zu Bernhard, »ein richtiger Beelzebub, nimm dich vor ihr in Acht. Die hat es faustdicke hinter ihren süßen kleinen Ohren.«

»Ich bin nicht von gestern«, erwiderte Bernhard, »und kleine Satansbraten gibts bei mir zum Frühstück.«

Babsy fragte ihn nach seiner Arbeit auf dem Rummelplatz, und Bernhard erzählte, dass er für ein Kettenkarussell zuständig ist, die Termine macht, die Platzmiete vereinbart und sich um die Instandhaltung kümmert. Für den täglichen Fahrbetrieb hat er einen Angestellten, und darüber hinaus beschäftigt er ein oder zwei Leute stundenweise, so dass er nicht ständig vor Ort sein muss und reichlich freie Zeit hat.

»Bringt denn ein Karussell so viel Geld ein?«

»Wenn man es richtig betreibt, bringt alles viel Geld ein«, sagte Bernhard und grinste. Er wollte darüber nicht reden und bestellte eine Flasche Sekt für uns.

Vier Tage später fragte mich Babsy, ob ich Manolow kennen würde, den alten Bauer vom Vorwerk, und sagte, als ich nickte, sie hat sich mit ihm unterhalten.

»Wird eine sehr einseitige Unterhaltung gewesen sein. Der bringt kaum seine Zähne auseinander.«

Babsy sah mich verwundert an, schüttelte den Kopf und

sagte, er hat ihr von früher erzählt, vom ersten Krieg und seinen Jahren in Frankreich.

»Wusstest du, dass er Ballonflieger war?«

»Was war er?«

»Ballonflieger. Du weißt doch, diese großen Ballons, an denen unten eine Gondel hängt.«

»Das hat er dir erzählt? Und du glaubst ihm das?«

»Er hat mir den Ballon sogar gezeigt. Er hat ihn auf dem Heuschober eingemottet. Die Gondel ist winzig klein, da passt ein einziger Mensch rein, aber er ist damit geflogen.«

»Der alte Manolow? Habe nie davon gehört.«

»Ich geh morgen zu ihm und schau mir den Ballonstoff an. Die Seide ist grau und stumpf, vielleicht ist das Ding zu reparieren. Wenn ich es schaffe, dann fliegt der Bauer mit mir eine Runde, das hat er versprochen.«

»Mit einem Ballon? Und was ist, wenn du mit dem alten Ding abstürzt?«

»Das ist überhaupt nicht gefährlich. Es ist viel sicherer als ein Flugzeug, hat er gesagt, weil ein Ballon bei einer Havarie langsam zu Boden geht.«

»Du traust dich was! Willst du wirklich damit fliegen?«

Babsy lachte, hakte mich unter, und so liefen wir vom Markt zum Paradeplatz und dann über die Gärtnerstraße zum Kurpark hinauf, während ich sie über ihre Band und ihre Auftritte ausfragte. Ich erzählte ihr, dass Rieke stocksauer auf sie ist und ihr die Augen auskratzen wird, wenn sie sie in die Finger bekommt.

»Na, das will ich hoffen«, sagte Babsy, »ich an ihrer Stelle hätte mir schon längst den Arsch versohlt.«

Über Manolow und seinen Ballon sprachen wir nicht weiter. Eine Woche später sagte sie, der Ballon ist jetzt startklar, und der Bauer hat mehrere Propangasflaschen gekauft, am Sonntag werden sie über die Stadt fliegen. Sie hat den gesamten Stoff Stück für Stück durchgesehen und die rissigen Stellen geflickt, Manolow hat ihre Arbeit geprüft und sei sehr zufrieden. Zur Belohnung wird er mit ihr und Bernhard eine Ballonfahrt unternehmen. Ich sah sie ungläubig an, bis sie zu mir sagte, ich solle den Mund zumachen.

»Am Sonntag?«

»Ja.«

»Und du steigst da in den Ballon?«

»Nein, da steige ich nicht ein. In einen Warmluftballon kann man nicht einsteigen, Kathi. Höchstens in die Gondel, und die ist so klein, da passt gerade mal der alte Manolow rein, und er muss seinen Bauch einziehen. Bernhard und ich reisen auf den Trapezen mit.«

»Was soll das denn sein?«

»Das haben die früher auch so gemacht. Zwei Trapeze auf beiden Seiten, und darauf saßen die Leute, die nicht in die Gondel reinpassten.«

»Du meinst, du fliegst unter der Gondel? An einem einfachen Trapez? Und was ist, wenn du dich nicht halten kannst?«

»Was soll dann schon sein! Dann fliege ich dir entgegen, mein Schatz. Und ich hoffe, du fängst mich auf, dass ich nicht auf meinen süßen Hintern falle.«

»Du spinnst, Babsy. Das wird die Polizei nie erlauben.«

»Die werden wir gerade fragen. Kommst du am Sonntag? Morgen machen wir eine Generalprobe auf Manolows Hof. Wir pusten den Ballon auf, um zu sehen, ob alles dicht ist. Und übermorgen fahren wir den ganzen Krempel mit dem Pferdewagen zur Obermühle hoch. Und dann geht es in die Luft. Sonntag Punkt zehn, da kannst du deine Babsy von unten bewundern.«

»Du bist völlig verrückt. Und Bernhard fliegt auch? Auch auf dem Trapez?«

»Der weiß nichts von seinem Glück. Ich habe ihm nichts erzählt.«

»Er ist nicht so irre wie du.«

305

»Ihm bleibt nichts anderes übrig. Es müssen immer zwei auf den Trapezen mitfliegen. Keiner oder zwei, weil sonst die Gondel kein Gleichgewicht bekommt. Also muss er mit. Oder du, Kathi.«

»Da kannst du lange warten. Ein paar Jahre will ich noch leben.«

Am Sonntag konnte ich erst um elf auf der Wiese bei der Obermühle sein, da ich in der Waschküche der Witwe eine Überschwemmung verursacht hatte und unter ihrem giftigen Gezeter die heiße Seifenbrühe aufwischen musste. Der Ballon war schon mächtig dick, als ich ankam, ich sah ihn bereits von der Tankstelle aus und beeilte mich, damit ich rechtzeitig da war. Außer Manolow und seinem Nachbar Becker sowie Babsy und Bernhard waren nur Kinder auf der Wiese, die dem Treiben zuschauten. Manolow hatte so eine Art Bunsenbrenner in der Hand, den er in die Öffnung des Ballons hielt, um die Luft aufzuheizen, während Becker die Propangasflasche regulierte. Der Ballon wurde mit Stricken gehalten, die an Zeltheringe geknüpft waren und von Babsy und Bernhard, die unentwegt um den Ballon herumrannten, immer wieder in die Erde geschlagen werden mussten, da der nach oben treibende Ballon sie herauszureißen drohte. Die Gondel lag neben dem Ballon. Es war ein altes wurmstichiges Korbgeflecht, in dem ich nicht einmal Blumentöpfe transportieren würde, so verrottet, wie das aussah. Nichts in der Welt konnte mich bewegen, in einen solchen Korb zu klettern und in ihm durch die Luft zu fliegen. Neben dem Korb lagen zwei runde Holzstäbe, das sollten wahrscheinlich die Trapeze sein, sie waren offensichtlich vom Bauern selbst mit der Axt zurechtgehauen. Ich konnte es nicht fassen, dass Babsy diesem verrückten alten Bauern vertraute und mit ihm in die Luft gehen wollte. Babsy rief mir zu, ich solle ihnen helfen, und so rannte ich mit ihnen um den Ballon herum, um die Heringe zu kontrollieren. Einer dieser kleinen Metallstifte wurde in dem Moment, als ich ihn fassen wollte, aus der Erde gerissen und flog haarscharf an meinem Kopf vorbei. Ich konnte gerade noch das Seil greifen, und Manolow schrie, ich solle es mit aller Kraft festhalten, was ich auch tat. Wenn der Ballon mich nur einen Zentimeter hochhebt, das schwor ich mir im Stillen, werde ich ihn sofort loslassen, denn ich hatte keine Lust, eine Luftnummer abzugeben.

Eine halbe Stunde später stieg Manolow in den Korb und gab uns Anweisungen, in welcher Reihenfolge die Halteseile zu lösen sind. Dann stieg er mit dem Ballon auf. Als Becker das letzte Seil losließ, riss der Ballon mit einem plötzlichen Ruck den Korb in die Höhe, so dass Manolow umkippte und fast herausgefallen wäre. Der Ballon wurde von einem einzigen langen Seil gehalten, das Becker und Bernhard langsam durch die Hände gleiten ließen, um den Ballon sanft aufsteigen zu lassen. Als Manolow zwei, drei Meter über der Wiese schwebte, trieb der Ballon in Richtung des Schleifbachsees, und Becker und Bernhard hatten zu tun, um ihn zurückzuhalten. Nach einigen Minuten fuchtelte Manolow mit beiden Armen und verlangte, dass sie ihn herunterholten, er wollte keine Luft ablassen, sondern heruntergezogen werden. Die beiden Männer zogen ihn so vorsichtig herunter, dass der Korb gemächlich auf der Wiese aufsetzte und der Alte unbeschadet aussteigen konnte. Er war zufrieden mit dem Probeflug. Alle mussten nun den Ballon halten, auch die älteren Kinder bekamen ein Seil in die Hand gedrückt, und Manolow und Becker heizten die Luft des Ballons durch die untere Öffnung nochmals minutenlang auf. Dann fragte Manolow Babsy und Bernhard, ob sie bereit sind, sie können nun starten. Babsy nickte begeistert, und Bernhard war ganz blass. Er atmete schwer. Ich sagte ihm, er ist verrückt, dort einzusteigen oder vielmehr sich daranzuhängen.

»Was machst du, wenn du ohnmächtig wirst da oben?«
Er antwortete nicht, sondern sah mich mit stumpfem

Blick an wie ein Ochse, der zum Schlachter geführt wird, und stieß prustend Luft aus dem offen stehenden Mund.

»Komm schon«, sagte Babsy und griff nach einem der beiden Holzknüppel, die an den Seiten des Korbes mit dicken Seilen festgemacht waren. Sie hob den Knüppel hoch und hielt ihn sich unter den Hintern, damit sie auf ihm zu sitzen käme, sobald der Ballon wieder aufstieg. Manolow kletterte schwerfällig in den Korb, er hatte jetzt eine schrundige, lederne Fliegerkappe aufgesetzt und unter dem Kinn zugeschnallt. Er sah aus wie ein alter Uhu.

»Na, los!«, sagte er zu Bernhard, der sehr langsam zu dem anderen Knüppel lief, ihn aufhob und ratlos in den Händen hielt.

»Schieb ihn dir unter den Hintern«, polterte Manolow aus dem Korb heraus, »genau wie die Kleine. Die stellt sich nicht so an wie du. Die Kleine hat Mumm, mein Lieber, da kannst du noch was lernen.«

Bernhard ging in die Hocke und hielt die beiden Seile fest, an denen der Knüppel festgebunden war. Er sah so komisch aus, dass Babsy und ich laut loslachen mussten.

»Haltet euch gut fest, meine Täubchen, jetzt fahren wir«, sagte Manolow. Er befahl den Kindern, die Seile loszulassen, und nickte Becker zu, der als Einziger das Führungsseil in der Hand hielt. Dann löste Manolow dieses Seil vom Korb, und der Ballon stieg schwerfällig hoch, viel langsamer als zuvor. Nachdem der Korb anderthalb Meter über der Wiese schwebte, Babsy baumelte schon frei mit den Beinen, während Bernhard mit den Schuhspitzen noch die Wiese berühren konnte, zündete Manolow den Bunsenbrenner an und hielt die Flamme in die Ballonöffnung. Nach wenigen Minuten stieg der Ballon langsam weiter hoch. Diesmal trieb er gemächlich in Richtung Stadt, so gemütlich, dass wir alle ihm bequem zu Fuß folgen konnten. Ich konnte Babsy sehen, die unentwegt mit den Beinen strampelte und zu uns heruntersah und etwas rief, das ich nicht verstehen konnte, und Bernhard, der ganz steif auf seinem Stock saß, sich überhaupt nicht bewegte, nur auf den Ballon starrte und nicht wagte hinunterzusehen. Von Manolow sah ich nichts, die Flamme des Bunsenbrenners leuchtete unter dem schmutzigen Grau des Ballons hervor. Nachdem sie etwa zehn oder zwanzig Meter hoch waren, ich konnte es nicht schätzen, für mich war es turmhoch, machte Manolow die Flamme aus, der Ballon trieb weiter auf die Stadt zu, es schien, als ob er sich gleichmäßig und in unveränderter Höhe bewegte, dann wurde er plötzlich schneller. Ich rannte mit Becker und den Kindern die Wege des Kurparks entlang, um ihn nicht aus den Augen zu verlieren, und fragte mich, ob der alte Bauer den Ballon lenken könne, denn er trieb jetzt in Richtung des Kirchturms, und wenn er dagegenstoßen würde, könnten Babsy und Bernhard sich nicht mehr auf ihren Trapezen halten und würden herabstürzen. Oder der Ballon würde vom Firstkreuz oder einer der blechernen Dachabdeckungen aufgeschlitzt und sie würden alle zusammen herabfallen. Ich schrie nach oben, dass sie zurücksegeln sollen, aber sie hörten mich nicht. Manolow winkte uns aus der Gondel zu und Babsy ließ eine Hand los, um ebenfalls zu winken. Der Ballon änderte wieder die Richtung, und wir mussten um das Kurhaus herumlaufen, um hinterherzukommen. Manolow hatte wieder die Flamme entzündet, ich sah den Feuerschein von unten. Sie trieben jetzt auf den Sportplatz zu, wo ein Fußballspiel lief, ein Entscheidungsspiel zwischen unserer Stadt und der führenden Mannschaft aus Plünnen. Ich rannte keuchend hinterher und konnte schon die Stimmen der Zuschauer und der Spieler hören. Plötzlich wurde es auf dem Platz still, sie hatten den Ballon entdeckt. Als ich auf dem Sportplatz ankam, war das Spiel unterbrochen, und alle schauten hinauf zu Manolow, Babsy und Bernhard. Der Ballon näherte sich dem Sportplatz, dann schaukelte er langsam einige Meter zum Friedhof hinüber und bewegte sich nach einigen

Minuten wieder zum Sportplatz. Jetzt konnte ich von unten die Hände Manolows sehen, der sich am unteren Teil des Ballons zu schaffen machte. Sehr langsam kam der Ballon herunter. Er schaukelte heftig, und Babsy und Bernhard hatten erkennbar Mühe, sich an den Seilen festzuhalten und nicht von ihren Holzknüppeln herunterzurutschen. Manolow entzündete nochmals den Bunsenbrenner, hielt ihn für ein paar Minuten hoch, er wollte den Sinkflug des Ballons verlangsamen. Jetzt schien der Ballon genau in der Mitte des Sportplatzes zu landen, Manolow musste irgendeine Möglichkeit haben, ihn zu lenken, obwohl ich es mir nicht vorstellen konnte, wie er diesen unförmigen riesigen Ball steuern konnte. Die Spieler waren an die Holzbarriere gegangen, hinter der die Zuschauer standen. Alle starrten nach oben, einige riefen Manolow etwas zu, aber die meisten redeten über die Unterhose von Babsy, die leuchtend rot zu sehen war unter ihrem weißen Kleid, jedenfalls sprachen die Leute, an denen ich vorbeilief, über ihr Höschen und lachten. Der Schiedsrichter schimpfte über den Spielabbruch und sprach von einer Anzeige, er war nicht aus unserer Stadt, er kam von außerhalb. Als der Korb drei oder vier Meter über dem Sportplatz schwebte, wanderte der Ballon plötzlich in Richtung Kurhalle. Manolow riss aufgeregt an den Seilen, um die Fahrtrichtung zu ändern und schrie Bernhard an, er solle das Halteseil ausklinken und hinabwerfen, damit man von unten den Ballon zurückhalte. Bernhard klammerte sich mit beiden Händen an die Seile des Trapezes. Er wagte es nicht, eine Hand zu lösen, um das Halteseil aus der Öse über seinem Kopf zu lösen. Manolow fluchte und ließ hastig Luft ab. Der Ballon sackte schneller. Als die Füße von Babsy und Bernhard einen Meter über dem Erdboden schwebten, befahl Manolow ihnen abzuspringen, was sie sofort taten. Im gleichen Moment machte der Ballon einen Satz nach oben. Manolow ließ weiter Luft ab, er zog hastig an der Leine des Ventils, um auf dem Sportplatz zu landen, der Ballon sank, dann setzte der Korb unmittelbar vor einem der Fußballtore auf, wurde weitergerissen, und ehe der Ballon sich in den Bäumen verfing, war das Tor von den Ballonseilen aus seiner Verankerung gerissen und wurde mit dem Korb mitgeschleppt und zerstörte einen Teil der Holzbarriere, die die Zuschauer vom Spielfeld trennte. Alle rannten zu Manolow, der aus dem Korb geschleudert worden war und auf der Aschenbahn lag. Ich ging zu Babsy, die auf und ab hüpfte und mich stürmisch umarmte, als ich bei ihr war.

»Es war herrlich«, sagte sie, »am liebsten würde ich gleich noch einmal in die Luft gehen. Ach, Kathi, du weißt gar nicht, was du versäumt hast. Die ganze Stadt habe ich gesehen, ich konnte alle Dörfer erkennen. Und dein Haus habe ich gesehen. Das ist einmalig.«

Sie küsste mich, dann lief sie auf Bernhard zu, um ihn zu umarmen. Er war ganz weiß im Gesicht.

»War das nicht herrlich?«, fragte ihn Babsy.

»Ja. Mir ist zum Kotzen schlecht. Eine Minute länger, und ich hätte wirklich gekotzt.«

Babsy lachte und fragte, wo Manolow sei. Ich zeigte auf die Leute, die um ihn herumstanden. Es schien, als ob irgendetwas passiert sei, und wir gingen zu der Gruppe und drängten uns zu Manolow durch. Er lag auf der Erde und rieb sein Bein. Ein Mann mit einer kleinen Sanitätertasche kniete neben ihm und tastete sein Bein ab. Manolow schrie auf und sagte, er solle das sein lassen, sonst würde er ihm eine Ohrfeige verpassen. Als er Babsy erblickte, strahlte er.

»Na, mein Mädel, habe ich dir zu viel versprochen?«

»Nein«, rief Babsy, beugte sich zu ihm herunter und küsste den Alten auf den Mund.

»Was ist mit Ihnen?«, fragte sie dann, »haben Sie sich etwas getan?«

»Ach was. Dieser Kerl spielt sich hier als Arzt auf, dabei ist er ein lausiger Sanitäter. Nimm deine Finger von mir, Karl.«

»Es muss geschient werden«, beharrte der Sanitäter, »ich vermute, du hast dir einen Knochen gebrochen.«

»Na, und wenn schon. Gebrochene Knochen habe ich genug, da kommt es auf einen mehr auch nicht an. Es gibt keine Ballonfahrer ohne gebrochene Knochen. – Na, und du, Mädel? Alles in Ordnung?«

»Wunderbar. Ich könnte sofort wieder mit Ihnen aufsteigen, Herr Manolow.«

»Na, das wird wohl nichts. Nicht so bald. Jetzt muss ich erst den Knochen kurieren. Aber dann, Mädel! Besuch mich dann wieder. Versprochen?«

»Versprochen.«

»Ich war seit zwanzig Jahren nicht mehr oben. Das letzte Mal, da fing gerade der Krieg an. Ohne dich, meine Hübsche, wäre ich nie wieder aufgestiegen. Und vergiss nicht, wenn die alten Knochen wieder zusammengewachsen sind, fahren wir zwei nochmal. Dann suche dir einen anderen Freund, einen, der ein bisschen Mumm hat. Weil dieser Junge zu dumm ist, eine Leine zu werfen, habe ich mir einen Knochen gebrochen. Der taugt nichts, Mädchen.«

Einige Männer, die um Manolow standen, nickten und pflichteten ihm bei.

»Ja, der ist nicht von hier.«

»Man hätte die Flüchtlinge, als sie damals hier ankamen, gleich in der Mulde ersäufen sollen, allesamt.«

»Taugt alles nichts.«

»Aus dem hätte man beizeiten ein Pfund Seife machen sollen. Dann hätte er wenigstens einen Nutzen.«

»Aber Herr Manolow! Was reden Sie denn da! Ist ein netter Junge, der Bernhard.«

»Er ist keiner für die Luft, Mädchen. Was ein Mann ist, das zeigt sich erst in der Luft oder im Gebirge oder im Krieg. Mit dir steige ich noch mal hoch, Kleine, doch bis dahin hast du einen richtigen Kerl. So, und jetzt müsst ihr euch um den Ballon kümmern. Der Becker soll das Fuhrwerk holen und alles zu mir auf den Hof schaffen. Da kann er mich auch gleich aufladen, denn ins Krankenhaus gehe ich nicht. Nicht wegen eines einfachen Knochenbruchs. Und sag meiner Alten Bescheid, sie muss das Vieh füttern auf den Abend. In den nächsten Tagen werde ich nicht viel Grünes machen.«

Der Sanitäter verlangte, dass ein Krankenwagen geholt werde, denn das Bein müsse geröntgt werden. Manolow sagte nur, er steige in keinen Krankenwagen, er fahre mit seinem Pferdewagen heim, und wenn der Doktor nicht zu ihm komme, werde er sich selber schienen.

»Das bisschen, was der Doktor kann, kann ich schon lange. Ich gehe nicht zum Zahnarzt, ich habe mir schon selber zwei Zähne gezogen. Ein Bindfaden, Mädchen, fest an die Türklinke gebunden, und dann ein Ruck, und der Zahn ist draußen. Und Knochenbrüche, die habe ich immer selber geheilt. Da muss man nur aufpassen, dass die Stücke richtig zusammenkommen, und den Rest macht die Natur.«

Bevor der Sanitäter zu einem Telefon gehen konnte, um einen Krankenwagen zu bestellen, erschien Becker mit dem Pferdewagen auf dem Sportplatz. Wir rissen die Ballonhülle vorsichtig aus den Bäumen, in denen sie sich verfangen hatte, und packten alles auf den Wagen. Drei der Fußballer hoben dann Manolow mit Hilfe der Holzbalken von der zerstörten Barriere auf den Wagen und legten ihn vorsichtig auf die Ballonseide. Babsy fragte Bernhard, ob er mitkommt, sie wollte den Alten nach Hause begleiten, um ihm zu helfen. Bernhard schüttelte den Kopf und sagte voller Hass: »Nein.« Sein Gesicht war noch immer ganz bleich. Ich fragte Babsy, ob ich mitkommen soll. Sie streichelte Bernhard über den Kopf und sagte zu mir: »Ja, komm. Wir werden dem Alten helfen.«

In der folgenden Woche hörte ich, dass Manolow angezeigt worden ist wegen Gefährdung der öffentlichen Sicherheit und wegen Vandalismus und mutwilliger Zerstörung des im Nationalen Aufbauprogramm errichteten Sportplatzes. Wer ihn angezeigt hatte, habe ich nie erfahren, vielleicht war es der Schiedsrichter. Es kam zu keiner Verhandlung, der Alte musste lediglich die Kosten für die Reparaturen des Tores und der Holzbarriere bezahlen. Der Ballon wurde von der Polizei beschlagnahmt, weil mit seiner Hilfe eine Straftat begangen wurde. In der Stadt waren sich alle einig, dass der Ballon ihm deswegen weggenommen wurde, weil er damit über die Grenze hätte segeln können, die zwei Jahre zuvor mit Mauer und Stacheldraht dichtgemacht worden war. Manolow hat zu alldem nur gelacht. Er hat acht Wochen daheim zugebracht, und später humpelte er, weil der Knochen falsch zusammengewachsen und sein rechtes Bein etwas kürzer war als das linke. Wenn ich ihn traf, fragte er mich immer nach Babsy, auch noch Jahre später, sie hatte ihn sehr beeindruckt.

Anfang Oktober, an einem Donnerstag, verschwand Babsy. Am Vortag hatte sie sich von mir verabschiedet, sie machte es so leichthin, dass ich glaubte, sie will die Stadt für einige Tage verlassen, um nach ihrer Band zu sehen oder zu ihren Eltern zu fahren.

»Und wann kommst du zurück?«, fragte ich.

»Ich weiß es nicht. Die Saison beginnt, Kathi, wir müssen Geld verdienen, und vor allem, ich will wieder auftreten. Ich brauche die Bühne.«

»Gibst du mir deine Adresse? Vielleicht besuche ich dich. Auf jeden Fall können wir uns Briefe schreiben.«

»Ich bin heute hier, morgen da. Mich besuchen, das ist ein Ding der Unmöglichkeit. Vielleicht kommst du mal in eine Stadt, wo ich auftrete.«

»Ja, unbedingt. Schreib mir, wenn du mal in der Nähe von Guldenberg bist.«

Sie schüttelte den Kopf: »Nein, Kathi, ich schreib nicht. Ich schreibe keine Briefe, nie. Vielleicht komme ich wieder, um nach den Großeltern zu sehen, vielleicht sehen wir uns zufällig irgendwo. Das ist besser als schreiben. Und viel aufregender.«

Sie umarmte und küsste mich zum Abschied, und das wars dann. Sie erschien nie wieder in Guldenberg, auch zur Beerdigung ihrer Großeltern kam sie nicht, ich hatte mir extra freigenommen, als ihr Großvater beerdigt wurde, und bin auf den Friedhof gegangen, doch sie war nicht da. Eine Schallplatte von ihr habe ich nie zu Gesicht bekommen, und in den Zeitschriften war von ihr kein einziges Bild zu sehen, obwohl ich mir alle durchsah, die wir im Haus der Jugend abonniert hatten. Vielleicht hatte sie das Land verlassen und war in Westdeutschland oder irgendwo im Ausland. Sie war die beste Freundin, die ich je hatte, auch wenn sie nur einen Monat bei uns war und obwohl sie sechs Jahre älter als ich war. Babsy hätte ich gern lebenslang als Freundin gehabt. Oder als große Schwester, denn Rieke war zwar die Ältere, aber eine große Schwester war sie eigentlich nie, eher ein kleines Dummchen, für das ich zu sorgen hatte.

Nachdem Babsy verschwunden war, tauchte Bernhard wieder bei Rieke auf. Er kam am Freitagabend, einen Tag, nachdem Babsy verschwunden war, direkt von der Arbeit zum Haus der Witwe und klopfte an unsere Zimmertür. Als er den Kopf ins Zimmer steckte, schrie Rieke hysterisch auf, sie will ihn nicht sehen und er soll machen, dass er verschwindet. Er stand eine Viertelstunde in der offenen Tür, traute sich nicht einzutreten und redete auf Rieke ein. Er sagte, Babsy hat ihn verführt, und er versteht sich selbst nicht, und sie soll ihm diese riesengroße Dummheit verzeihen, er ist ein für alle Mal davon geheilt. Rieke saß mit hochrotem Kopf auf dem Stuhl am Fenster und tat, als schaue sie hinaus, und jede Minute wiederholte sie nur, er soll verschwinden. Ich saß auf dem Bett, nähte Pailletten auf meine rote Bluse und tat, als sei ich gar nicht vorhanden. Als ich die Schere holen musste und an Bernhard vorbeiging, zwinkerte ich ihm zu und streichelte im Vorrübergehen seine Nasenspitze. Er haute ärgerlich nach meiner Hand, und ich warf ihm einen Luftkuss zu. Als er ging und die Haustür ins Schloss fiel, sagte ich Rieke, wenn sie ihn jetzt gehen lässt, wird er nie wieder zurückkommen, denn Bernhard ist ein Dickschädel erster Ordnung. Sie wollte etwas erwidern, doch kaum hatte sie den Mund aufgemacht, fiel ihr wohl auf, dass ich Recht haben könnte. Jedenfalls riss sie das Fenster auf und rief ihn zurück. Bernhard war eine Sekunde später in unserem Zimmer, und Rieke bat mich, sie allein zu lassen. Eine Stunde später kam Rieke in die Kammer hoch, in der ich auf dem Bett lag, und fragte, ob ich diese Nacht hier oben bleiben kann.

»Klar«, sagte ich, »wenn es der Liebe hilft.«

»Wir haben uns ausgesprochen und versöhnt. Und ich will, dass er heute bei mir bleibt.«

»Das geht ja fix, Rieke. Und nun gib deinem Herzen einen Stoß. So schlimm ist das erste Mal gar nicht.«

»Heißt das, du hast schon ...?«

»Klar.«

»Mit Manfred?«

»Mit dem auch.«

Die Arme bekam den Mund gar nicht mehr zu. Als sie ging, rief ich ihr hinterher: »Und grüß deinen Bernhard von mir. Du kannst ihm ja erzählen, wem er das Röschenpflücken verdankt.«

Seit diesem Tag waren die beiden wieder zusammen, und Rieke kam auf den Geschmack, jedenfalls blieb sie über Nacht häufiger weg als früher, und wenn Bernhard in unserem Zimmer übernachtete, musste ich in der Kammer schlafen.

Nach der Lehre sagte ich dem alten Kossatz Lebewohl. Ich wollte nicht mein Leben lang winzige Pflanzen auseinander puzzeln und einsetzen und mich mit alten Frauen über Grabkränze herumstreiten. Herr Leberecht hatte mir angeboten, den Jugendclub in der Altmarkstraße zu übernehmen, der sich Haus der Jugend nannte, obwohl er nur aus ein paar Räumen über einem Schuhgeschäft bestand, ich bekam von der Stadt ein besseres Gehalt und hatte mit jungen Leuten zu tun, die nicht diesen penetranten Geruch von Alter und Armut verströmten wie die Leutchen, die in die Gärtnerei kamen, um stundenlang nach einem Grünzeug für eine Grabstelle zu suchen. Kossatz hat es bedauert, dass ich wegging, er hätte mich gerne behalten, obwohl ich gewiss nicht sein bester Lehrling war. Ich hatte eben andere Qualitäten, die dem Alten wichtiger waren.

Herrn Leberecht hatte ich im Kurhaus kennen gelernt, als ich mit den anderen Lehrlingen das Bergfest feierte, also die überstandene Hälfte der Lehrzeit. Er war damals immer wieder an unseren Tisch gekommen, um mich um einen Tanz zu bitten. Die anderen Lehrlinge machten ihre Witze über uns, weil er schon alt war und eine Halbglatze hatte, doch ich habe viermal mit ihm getanzt, und er blieb manierlich und begann nicht zu grapschen wie die jungen Kerle. Außerdem tanzte er sehr gut, er konnte Walzer rechts- und linksrum und sogar Tango und hoppelte nicht irgendwie über die Tanzfläche wie die meisten Männer, wobei man nie sicher war, ob sie einem nicht auf die Füße treten, weil sie allein darauf achteten, möglichst eng umschlungen über das Parkett zu schieben. Herr Leberecht tanzte richtig mit abgewinkeltem Arm und durchgedrücktem Rücken, wie wir es in der Tanzstunde gelernt hatten, und er machte auch Konversation, während die Jungen schweigend und schwitzend tanzten und allenfalls die Melodie mitsummten oder den Schlagertext sangen. Herr Leberecht erzählte, dass er beim Rat der Stadt arbeitet und dort für Gesundheit, Familie, Jugend und Sport zuständig ist, was ein sehr großes und besonders wichtiges Ressort ist. Er fragte, wo ich arbeite, und sagte dann, dass Gärtnerin der schönste Beruf für eine Frau ist und er sich immer gewünscht hat, dass seine Frau einen solch schönen Beruf ausübt, doch sie ist dafür leider völlig unbegabt, und sie leben kaum zusammen, da sie immerzu zu ihrer kranken Mutter fährt, die in Halle lebt. Als ich ihm sagte, dass ich hoffe, nach der Lehre etwas Interessanteres zu machen, versprach er mir, mich dabei zu unterstützen. Ich soll ihn im Rathaus aufsuchen, er denke, er hat vielleicht etwas für mich.

Ich bin gleich in der darauf folgenden Woche bei ihm erschienen, und er bot mir Kaffee und Kekse an, als ob ich ein wichtiger Besucher bin. Wir haben uns dann eine Stunde unterhalten, und er fragte mich regelrecht aus und nach den merkwürdigsten Dingen, weil er feststellen musste, ob ich für ihn und die Position, die er für mich vorgesehen hat, geeignet bin. Ich musste ab und zu bei ihm erscheinen und mich mit ihm unterhalten, aber er bestellte mich nie abends zu sich oder an verfängliche Orte, und er wurde nie zudringlich und nannte mich immer Fräulein Hollenbach. Wenn wir uns verabschiedeten, küsste er mich auf beide Wangen, und mehr war damals nie zwischen uns.

Vier Monate vor meiner Abschlussprüfung bot er mir die Leitung vom Haus der Jugend an, und ich griff sofort zu. Ich hatte vier Zirkel zu betreuen und musste an den Abenden, an denen die Räume für die Jugendlichen geöffnet waren, die Aufsicht machen. Dann gab es die Wandzeitung, die ich alle zwei, drei Wochen zu aktualisieren hatte und die Versammlungen, zu denen ich einladen musste und bei denen ich darauf zu achten hatte, dass keiner politische Dummheiten redet. Da ich abends länger zu tun hatte, begann mein Dienst erst um zehn, und das war mir sehr lieb, denn ich schlief gern aus.

Einmal im Monat musste ich bei Herrn Leberecht erscheinen, um ihm Bericht zu erstatten, es gab nie Schwierigkeiten, und er war zufrieden mit mir. Und jedes Jahr musste ich für eine Woche zur Weiterbildung fahren, die in einem Erholungsheim der Kreisleitung stattfand. Einmal fuhr ich gemeinsam mit Herrn Leberecht zu diesem Lehrgang und habe mit ihm geschlafen, das war meine eigene Entscheidung. Er hat mich zu nichts gedrängt, obwohl er schon seit unserem Tanz im Kurhaus scharf auf mich war, und am nächsten Morgen beim Frühstück war er so höflich wie vorher und sagte weiter Sie zu mir und Fräulein Hollenbach.

Das Beste an der Arbeit im Haus der Jugend waren die Gespräche mit den Kindern. Ich hatte sie bald für mich eingenommen, und sie kamen mit jedem Quark zu mir und erzählten mir all das, was sie nicht mit ihren Eltern oder Lehrern bereden können. Ich war für sie die Tante, der sie ihren Liebeskummer erzählen konnten, und ich hörte ihnen aufmerksam zu, wenn sie mir von ihren Geschichten und unlösbaren Problemen berichteten. Sie waren nur ein paar Jahre jünger als ich, aber sie waren die reinsten Kinder, und was sie mir erzählten, ich hätte mich kugeln können vor Lachen, doch ich hörte ihnen zu, ohne eine Miene zu verziehen, und sagte ihnen anschließend ganz ernsthaft, was sie tun sollen. Tante Kathis Kummerbriefkasten. Ich half den Kindern sogar, als sie wirkliche Probleme bekamen. Zwei Sechzehnjährige wurden in meiner Zeit im Jugendclub schwanger, und ich konnte ihnen die richtigen Adressen geben. Und als einer meiner Jungen wegen Kellereinbrüchen vor dem Jugendgericht landete, fuhr ich in die Kreisstadt und gab vor Gericht eine Bürgschaft für ihn ab, so dass er mit einer Bewährungsstrafe glimpflich davonkam und nicht in einem der gefürchteten Jugendwerkhöfe landete.

Zwei Jahre nach Babsys Besuch in unserer Stadt heirateten Rieke und Bernhard. Bernhard hatte sein Karussellgeschäft aufgegeben und sich in Guldenberg eine Werkstatt gekauft. Er musste mit dem Karussell massenhaft Geld verdient haben. Als ich ihn einmal danach fragte, lachte er und sagte, er werde es mir eines Tages einmal erzählen.

»Irgendwann«, sagte er. Und nach einer Pause fügte er hinzu: »Irgendwann einmal oder auch nie. Denn das Wichtigste an einem Geschäft ist immer die Verschwiegenheit, Kathi.«

Jedenfalls hatte Bernhard die modernste Tischlerwerkstatt in Guldenberg. Die Maschinen waren alle neu oder fast neu, und er hatte in der Werkstatt sogar einen riesigen Absauger für das Sägemehl, was kein anderer der Tischler besaß. Da Bernhard damals noch nicht seine Meisterprüfung gemacht hatte und darum vom Rat der Stadt und der Handwerkskammer für eine eigene Werkstatt keinen Gewerbeschein bekommen konnte, holte er sich einen Kollegen, der bereits Meister war, und ließ seine Werkstatt in den ersten vier Jahren unter dessen Namen laufen. Als er selber seinen Meister hatte, ich hatte Guldenberg längst verlassen und lebte in Leipzig, besaß er die größte Tischlerei am Ort mit fünf Gesellen, da die Werkstatt von Tischler Beuchler abgebrannt war.

Rieke war selig, als sie heirateten. Bernhard war ihr Ein und Alles, und was immer er sagte oder machte, sie nickte sofort und tat, was er verlangte. Ich glaube, Rieke brauchte keinen Fernseher, ihr reichte es aus, den ganzen Abend lang ihren Bernhard anzuschauen, das war für sie das Allerschönste.

Geheiratet wurde im Haus der Eltern, in Spora. Mutter war sehr stolz auf ihren Schwiegersohn, weil er ein gemachter Mann war und einen eigenen Betrieb besaß. Für ihre Töchter hatte sie sich genau so einen Mann gewünscht, einen, der auf eigenen Füßen steht und sein Geld nicht in der Landwirtschaft verdient, denn davor wollte sie ihre Kinder bewahren. Es war eine große Hochzeit, eine richtige Hollenbachsche Großbauernhochzeit wie im vorigen Jahrhundert. Vater hatte die Scheune ausgeräumt und Tische aufgestellt. Mutter und vier Nachbarinnen hatten drei Tage lang gekocht, um die achtzig Gäste anständig bewirten zu können, und Bertels, der einbeinige Buchhalter von der Genossenschaft, spielte den ganzen Abend lang auf dem Schifferklavier. Ich war allein nach Spora gefahren, da ich meinen damaligen Freund nicht meinen Eltern vorzeigen konnte. Ich hatte ihn in meinem Jugendclub kennen gelernt, und er war erst siebzehn, also ein ganzes Stück jünger als ich, und das hätte meine Eltern beunruhigt. Mutter hatte Frieder, einen Cousin, als meinen Tischnachbarn bestimmt. An seiner Seite ging ich hinter dem Brautpaar und den Eltern in die Kirche, denn in unserem Dorf heirateten alle kirchlich, und ich saß den ganzen Abend neben ihm und musste mit ihm tanzen. Ich verstand mich mit Frieder gut, und nach diesem Abend war ich wieder einmal heilfroh, rechtzeitig aus Spora verschwunden zu sein. Mit dem Bräutigam habe ich auch getanzt. Ich musste ihn auffordern, denn Bernhard vermied es, mich anzufassen oder allein in meiner Nähe zu sein. Er hatte Angst vor mir, der Süße, er hatte so viel Angst, dass ich ihn nie wieder dazu bringen konnte, mit mir noch einmal so ein hübsches Stündchen zu verbringen wie damals.

In der Zeit, die ich in Guldenberg lebte, habe ich Rieke und Bernhard selten gesehen, eigentlich nur zu den Geburtstagen oder wenn die Eltern zu Besuch kamen. Rieke lud mich zwar immer wieder ein, besonders nachdem sie die große Villa bezogen hatten, die für Rieke der absolute Gipfel, das vollkommene Glück ihres Lebens mit Bernhard war, doch ich vermied es, sie zu besuchen. Es war mir zu langweilig bei ihnen. Alles war dort geputzt und gewienert, auf den Tischen lagen Spitzendeckchen, und die Gardinen wusch Rieke sicher jede Woche einmal. Bei Rieke hatte ich das Gefühl, mich entschuldigen zu müssen, wenn ich mich auf einen ihrer Sessel setzte. Bernhard schien genau das zu gefallen. Ich sagte ihm damals, dass ich mich nicht wundern werde, wenn er in zehn Jahren einen dicken Bauch und eine Glatze hat. Er hat gelacht, und als ich ihn zehn Jahr später bei einem Familientreffen sah, hatte er bereits einen ansehnlichen Bauch. Ich denke, Babsy wäre sehr erstaunt, wenn sie ihn gesehen hätte. Sie hatte ja wirklich einen Blick für Männer, doch bei Bernhard hatte sie nicht gesehen, dass er von einem kleinen Spießbürgerglück träumte. Der Kerl, mit dem sie damals ging und den ich verführt hatte, den gab es ein paar Jahre später nicht mehr. Seine Werkstatt lief immer besser, und er und Rieke wurden richtig reich, jedenfalls waren sie es für die Leute in Guldenberg. Wie Rieke stolz erzählte, sei ihr Bernhard eine wichtige Person in der Stadt, und im Rathaus würde man nichts entscheiden, ohne ihn zuvor gefragt zu haben.

Die beiden bekamen zwei Kinder, zuerst ein Mädchen, die Sibylle, und acht Jahre später ihren Paul, und beide Kinder waren maulfaul und bösartig. Als Rieke sechzig wurde, war das Enkelkind, das Sibylle genau an diesem Tage zur Welt brachte, ihr schönstes Geburtstagsgeschenk. Ich habe mir dieses Enkelkind angesehen, es sah schon als Baby maulfaul und bösartig aus, obwohl doch alle Babys schön sein sollen.

Bei diesem Besuch habe ich Rieke gefragt, ob sie ihren Bernhard nicht wenigstens einmal betrogen hat. Sie war hell empört. So etwas ist ihr nie in den Sinn gekommen, sagte sie entrüstet, und ich glaube ihr aufs Wort. Auf ihre Art und für ihr Leben hatte sie mit ihm das große Los gezogen, auch wenn er sich für mich als eine Niete herausstellte.

# Sigurd Kitzerow

Bernhard Haber lernte ich erst kennen, als er seine Tischlerei aufmachte. Wir sind uns gewiss früher bereits über den Weg gelaufen, aber ich habe ihn nicht wahrgenommen. Er war zwei Jahre jünger als ich und in der Schule drei oder vier Klassen unter mir, da konnte es keine Gemeinsamkeiten geben. Sicher hatte auch er in der Schule den Spitznamen Holzwurm bekommen, denn den erhielten alle, deren Väter Tischler waren oder Sägewerksbesitzer wie mein Vater. In der Schule habe ich nie mit ihm gesprochen. Mit den Kleinen hatten wir nichts zu tun, und wenn dann einer hängen geblieben war und eine Klasse nochmals absitzen musste, war das erst recht kein Grund, sich mit ihm abzugeben. Außerdem war er einer von den Vertriebenen, und diesen Leuten gingen wir aus dem Weg. Sie besaßen nichts und ließen sich alles von der Stadt schenken, sie lebten auf unsere Kosten. Wenn einer von denen bei Vater Holz bestellte, verlangte Vater, dass die Rechnung bezahlt wird, bevor er anliefert, denn diese Leute hatten kaum eine Hose auf dem Arsch, und alles was sie konnten, das war herumzujammern und Rechnungen nicht zu bezahlen. Wenn man ihnen zuhörte, dann musste jeder von ihnen ein Rittergut in Pommern oder Schlesien besessen und verloren haben. Und so viele Rittergüter, wie sie sagen und für die man sie entschädigen soll, hätten in ganz Deutschland keinen Platz, sagte Vater. Auf jeden Fall wollte er immer erst Bares sehen, bevor er die Flüchtlinge belieferte, um nicht später seinem Geld hinterherlaufen zu müssen.

Bernhards Vater erschien häufiger auf dem Sägeplatz, und mit ihm hatte Vater zu tun, denn der alte Haber war Tischler und bestellte bei uns ab und zu Holz. Er war einarmig, darüber machte Vater unendlich viele Witze, über die wir alle lachen mussten, denn ein einarmiger Tischler, das war schon ein Kuriosum. Mit einem Arm konnte der alte Haber vielleicht eine Latte halten, aber ganz gewiss keins der Kanthölzer aufheben, die wir ihm lieferten. Er muss trotzdem sehr geschickt gewesen sein mit dem einen Arm, denn irgendwie kam er über die Runden, auch wenn er viel Pech hatte. Eine Werkstatt brannte ihm ab, und es lief überhaupt nicht gut für ihn. Bei dem Brand hatte er wüste Vermutungen ausgestoßen, die ihm nicht viele Freunde in der Stadt machten, wenn er überhaupt je einen besessen hatte. Holz brenne nun einmal, hatte Vater damals gesagt, da reiche ein Streichholz aus, aber die Vertriebenen seien zu blöd, um das zu begreifen, von denen könne nicht einer zwei und zwei zusammenzählen. Was da in Pommern und Schlesien gelebt habe, das seien Deppen und Faulpelze gewesen, die nichts Besseres verdient hätten. Nur dass sie ausgerechnet nach Guldenberg gekommen seien, das sei eine Strafe Gottes, die diese arme Stadt nicht verdient habe.

Der alte Haber hat sich dann wieder eine Werkstatt aufgebaut, die er sicherlich nicht selber bezahlt hat, vermutlich half ihm damals der Rat der Stadt oder die Kirche, denn der Pfarrer hatte ihm zuvor verschiedene Aufträge gegeben. Die Versicherung, so hörte ich, musste ihm keinen Pfennig zahlen, da man in einer Holzscheune keine mit Diesel betriebenen Maschinen aufstellen darf. Viele Kunden hatte er nie. Die anderen Umsiedler bestellten wahrscheinlich bei ihm, und von ein paar Bauern aus den Dörfern rings um Guldenberg bekam er Aufträge, weil er alles annahm und billig war, doch die Guldenberger gingen nicht zu ihm. Sie gaben sich nicht gern mit Flüchtlingen ab, und Haber hatte die ganze Stadt der Brandstiftung beschuldigt, so dass man es für unter seiner Würde hielt, ihm noch ein Almosen zukommen zu lassen.

Ende der fünfziger Jahre schien er es geschafft zu haben. Er hatte einige Aufträge und konnte ab und zu sogar einen

Gesellen beschäftigen, den er als Krüppel dringend benötigte. Doch dann hatte er einen Unfall, der ihn fast den Kopf kostete, und lag vier Wochen im Krankenhaus. Eines Abends muss ihm in der Werkstatt ein Holz auf den Kopf gefallen sein, was bei einem Einarmigen leicht passieren kann. Er hatte Glück, denn ein Nagel von einem Zoll Länge hatte in dem Kantholz gesteckt und wäre ihm um ein Haar in den Hinterkopf gefahren, so blieb es bei einem doppelten Schädelbruch. Der alte Haber beschuldigte wiederum irgendeinen Unbekannten, der ihn habe umbringen wollen, aber er hatte dafür keinerlei Beweise.

Bernhard ließ sich in dieser Zeit nicht bei seinen Eltern sehen, er war mit dem Vater aneinander geraten und seitdem nicht mehr in Guldenberg aufgetaucht. Als der Alte eine Woche aus dem Krankenhaus zurück war, da erhängte er sich plötzlich. Weshalb er sich aufgebaumelt hat, war damals allen ein Rätsel. Vielleicht hatte er Schulden, hieß es, oder es war sein fehlender Arm, der ihm die Schlinge knüpfte.

Die Polizei untersuchte den Selbstmord, es kamen sogar Kriminalpolizisten aus der Kreisstadt, doch das war bei Selbstmord Vorschrift und besagte nichts. Die Kriminalpolizisten kamen damals zu zweit und blieben eine ganze Woche in der Stadt. Irgendetwas mussten sie gefunden haben, das sie misstrauisch machte, und ein paar Leute wurden ins Revier bestellt und hatten Fragen zu beantworten. Und wie immer bei solchen Gelegenheiten kochten die Gerüchte hoch. In den Kneipen wurde von Mord gesprochen und von irgendwelchen Beweisen, ich hörte sogar Namen, die in diesem Zusammenhang genannt wurden, ein Konkurrent vom alten Haber wurde erwähnt, und Andeutungen über zwei Nachbarn fielen. Keiner sagte die Namen laut, und bei der Kriminalpolizei schwiegen sich alle aus. Man wäscht seine Dreckwäsche nicht vor Fremden. Der alte Haber war nicht beliebt in der Stadt, er war ein Umsiedler, ein Vertriebener, ein Habenichts, aber dass der Hass bei irgendjemandem so weit ging, ihn zu ermorden, das konnte und wollte ich damals nicht glauben. Arbeit gab es für alle genug, und der Einarmige nahm bestimmt keinem etwas weg, zumal er kaum einen Kunden in der Stadt hatte. Keiner hatte je mehr als zwei Worte mit ihm gewechselt, man nickte ihm zu und ging dann seiner Wege. Schließlich gehörte er nicht hierher.

Die uralte Geschichte vom Brand der Werkstatt wurde wieder untersucht und ebenso seine Beschuldigung, die er im Krankenhaus vorgebracht hatte, dass seine Kopfverletzung nicht von einem Unfall, sondern von einem Mordversuch herrühre. Nach fünf Tagen gaben die Beamten die Leiche frei und zogen unverrichteter Dinge ab. Haber wurde auf der Selbstmörderecke unseres Friedhofes beigesetzt, und das war für alle der letzte Beweis, dass er nicht ermordet wurde. Der Platz hinter der Pumpe und dem Komposthaufen auf dem Friedhof hieß Selbstmörderecke. Früher wurden dort alle Selbstmörder beigesetzt, doch nach dem Krieg war das verboten, und die Selbstmörder sollten nicht mehr auf einem für sie bestimmten Platz beerdigt werden. Den Namen Selbstmörderecke gab es offiziell nicht mehr, aber kein Mensch in der Stadt ließ sich auf jenem Platz hinter der Pumpe beerdigen, und die Selbstmörder wurden weiterhin dort bestattet.

Zwei Jahre nach dem alten Haber starb die Mutter von Bernhard. Sie wurde neben ihrem Mann beerdigt und war damit die erste Person, die nicht durch eigene Hand umkam und trotzdem dort ihren letzten Ruheplatz fand. Sie war eine Umsiedlerin, und denen machte so etwas nichts aus.

Bernhard wohnte zu dieser Zeit nicht in Guldenberg. Ich hörte, er betreibe ein Rummelplatzgeschäft, eine Schießbude oder ein Karussell, und sei deswegen immer unterwegs, jedenfalls ließ er sich nicht mehr in der Stadt sehen. Er wollte wohl etwas Gras darüber wachsen lassen, und das war auch bitter nötig, denn nachdem er die Schule verlassen hatte, klopfte er eine Zeit lang auf der großen politischen Pauke herum und machte sich den Bauern verhasst, denen er mit den Parteigenossen auf die Pelle rückte, um sie zum Eintritt in die Genossenschaft zu nötigen. Er hatte damit nicht nur sich geschadet, sondern allen Vertriebenen, denen man seinetwegen noch mehr gram wurde als zuvor, wenn das überhaupt möglich war. Mit seinem alten Herrn hatte er sich deswegen überworfen, hörte ich, und als Bernhard dann auf dem Rummel zu arbeiten anfing statt in der Werkstatt des Vaters, kam es zum offenen Bruch zwischen ihnen. Doch das sind Geschichten, die ich alle erst viel später hörte, denn zu der Zeit kannte ich ihn nicht näher.

Anfang der sechziger Jahre bekam ich aus dem Rathaus die Mitteilung gesteckt, dass Bernhard Haber in der Ritterstraße eine Tischlerei aufmachen wolle. Er habe den Bauernhof von Morak übernommen, der mit der Familie in den Westen gegangen war, und mit zwei Maurern begonnen, ihn umzubauen. Sein Freund Hermsdorf hatte beim Rat den Gewerbeschein für eine Tischlerei beantragt, da der junge Haber noch nicht seinen Meister hatte. Hermsdorf war Meister und lebte von einer Invalidenrente, denn er hatte sich drei Jahre zuvor die Finger der rechten Hand abgesägt. Allen war klar, dass Hermsdorf der Strohmann für Bernhard Haber war, doch da alles rechtens war, konnte keiner etwas dagegen sagen. Und ich war zufrieden, denn ein neuer Tischler am Ort brachte mir einen weiteren Kunden.

Anfangs nahm man den jungen Haber nicht ernst, und dass er ausgerechnet mit einem Krüppel seine Tischlerei eröffnen wollte, wo schon sein Vater ein einarmiger Tischler war, wurde viel belacht. Man sagte ihm voraus, dass seine Werkstatt nach zwei Jahren bankrott sei oder abgebrannt und er genauso enden werde wie sein alter Herr. An diesem Geschwätz beteiligte ich mich nie. Eine Tischlerwerkstatt bedeutet für mich einen Auftraggeber. Im Oktober hörte ich von seinem Plan, und im Dezember schickte ich ihm den neuen Wandkalender zu, den ich für meine Stammkunden drucken ließ.

So ein Kalender war damals etwas Besonderes. Es war schon schwierig, jedes Jahr einen neuen Kalender zu bekommen, denn es war alles knapp, aber einen, auf dem auf jeder Seite der Name meines Sägewerks stand und den nur fünfzig Leute zu Weihnachten erhielten, das gab es in Guldenberg nicht ein zweites Mal. Wer ihn erhielt, war darauf stolz und hängte ihn sich dorthin, wo ihn seine Kunden sehen konnten. Zwei Jahre später ließ ich schon hundert Stück drucken, denn alle aus der Verwandtschaft wollten ihn haben und ein paar Bekannte, die zwar kein Holz bei mir bestellten, mir aber auf andere Art nützlich waren. Natürlich verschenkte ich den Kalender, obwohl der Druck nicht billig war, nicht umsonst nannten die Buchdrucker ihr Gewerbe die schwarze Kunst. Mein Einfall mit den Kalendern zahlte sich aus. Manchmal wurde ich schon im Sommer gefragt, ob es ihn im nächsten Jahr wieder gäbe, und einmal berichtete sogar unsere Zeitung darüber mit einem Bild von mir und dem Kalender.

Haber kam zwischen den Jahren zu mir. Er rief an, und ich sagte, ich hätte das Geschäft bis Neujahr geschlossen, doch wenn er Zeit habe, solle er kommen. Die Arbeiter hätten Urlaub und der Sägebetrieb stehe still, ich würde mit der Frau den Jahresabschluss für die Buchhaltung aufarbeiten und jeden Tag im Büro sein. Er war über eine Stunde bei mir. Ich lief mit ihm das Sägewerk ab, zeigte ihm meine Maschinen und die verschiedenen Lager für das Holz, und seine Fragen zeigten, dass er etwas gelernt hatte. Er fragte nach den Holzpreisen, und ich gab ihm die Liste, sagte auch, dass ich für Stammkunden Rabatte habe und es darüber hinaus mancherlei Möglichkeiten gebe, um die Kosten zu drücken.

»Du verstehst?«, fragte ich.

Er nickte und sagte: »Genau das meinte ich. Die Selbständigen müssen zusammenhalten, sonst zieht ihnen der Fiskus die Haut vom lebendigen Leib.«

Er lächelte nicht, als er das sagte, und da wusste ich, dass die Leute Unrecht hatten. Bernhard Haber würde mit seiner Tischlerei nicht baden gehen. Der Kerl hatte Kraft und Durchsetzungsvermögen, und ich dachte mir damals, dass sich seine Kollegen und ein paar vorlaute Burschen noch umsehen würden. Mit dem jungen Haber würde keiner so umspringen können wie mit dem alten.

Als wir uns verabschiedeten, fragte ich, wann er seine Tischlerei eröffne, und wünschte ihm Glück.

»Und den ersten Kubikmeter Kantholz bekommst du von mir zur Eröffnung geschenkt.«

Wieder nickte er nur, als wäre ein solches Geschenk bei einer Geschäftseröffnung selbstverständlich.

Ich fragte ihn, ob er meinen Kalender bekommen habe, weil er nichts darüber gesagt hatte.

»Ja«, sagte er nur, »danke.«

Er tat, als habe er nichts anderes erwartet und als stehe es ihm zu.

»Eiskalt und knallhart ist der Junge«, sagte ich zu meiner Frau, nachdem Haber gegangen war und ich mich erneut mit dem Rechnungsstapel beschäftigte, »der schafft es, den kriegen sie nicht klein.«

»Ist der nicht ein Umsiedler? Von denen hat noch nie jemand etwas Rechtes zustande gebracht.«

»Du wirst es erleben. Der weiß, was er will, und er bekommt, was er will. Ich wette mit dir darauf.«

Im Mai eröffnete er seine Tischlerei. Auf dem Schild stand vor seinem Namen der von Hermsdorf, aber alle wussten, wer der eigentliche Chef war. Eine Eröffnungsfeier gab es nicht. Dreimal annoncierte er in unserem Blatt, und ansonsten vertraute er auf seine neuen Maschinen. Und die waren tatsächlich erstaunlich. Am Tag vor der Eröffnung hatte ich ihm den versprochenen Kubikmeter Holz gebracht. Es waren nicht die allerbesten Bretter, doch sie waren gut durchgetrocknet und abgelagert, wie es die Tischler bevorzugen. Ich fuhr selber den Laster, da ich damals nur einen festen Angestellten hatte und außerdem neugierig war. Er führte mich durch die Werkstatt, die mir gut durchdacht schien, und zeigte mir die Maschinen. Den Schrott seines Vaters hatte er nicht übernommen, sondern neue oder gut erhaltene Maschinen gekauft. Er führte sie mir vor, da ich einige davon nicht kannte. Als er den riesigen Absauger für die Sägespäne anschaltete, war ich wirklich beeindruckt.

»Zwanzigtausend dürfte das Maschinchen gekostet haben.«

»Auf den Pfennig genau«, erwiderte er, als habe er mir nicht zugehört.

»Feine Werkstatt. Nichts dran auszusetzen. Da werden dir die Aufträge nur so ins Haus fliegen. Beuchler und die anderen Tischler werden die Ohren anlegen.«

»Wollen wir es hoffen«, sagte er zurückhaltend, »es war alles teuer genug.«

»Das glaube ich dir. Ist alles bezahlt oder bist du hoch verschuldet?«

»Ja«, erwiderte er nur, und ich konnte mir selber aussuchen, was er mir damit sagen wollte. Ich denke, vor allem wollte er mir zu verstehen geben, dass er darüber nicht reden will. Und das ging in Ordnung. Man redet nicht über Geld und Schulden, das tun nur Leute, die von dem einen wie von dem anderen nichts verstehen. Und Haber kannte sich aus, ihn würde man nicht kaputtmachen können. Der Junge nötigte mir Respekt ab.

Gemeinsam luden wir das Holz ab, setzten uns in sein Büro, und er holte für uns ein Bier und einen Schluck.

»Jeden zweiten Freitagabend gehört uns die Kegelbahn vom Adler«, sagte ich, »wenn du willst, frag ich, ob du mitmachen kannst.«

»Wer ist das?«

»Ein paar Freunde, sie sind alle aus dem Ort. Wir sind zwölf. Die zwölf Aufrechten. Alles Geschäftsleute.«

»Das klingt gut.«

»Ich will mich erkundigen. Ich werde ein gutes Wort für dich einlegen.«

»Ist Beuchler dabei?«

»Sicher.«

»Er könnte etwas dagegen haben. Wir sind schließlich Konkurrenten.«

»Das ist nicht das Problem, Haber. Dafür haben wir den Kegelklub, um auftauchende Probleme zu klären.«

»Fein. Dann bin ich dabei.«

»Nicht so hastig. Die andern müssen zustimmen. Und du wärst der Erste bei uns, der –«

Haber sah mich an und wartete, dass ich den Satz beendete. Dann sagte er zögernd: »Der erste Umsiedler?«

»Ja«, sagte ich, »du weißt ja, nicht alle in der Stadt sind auf euch gut zu sprechen. Es ist eben eine Kleinstadt, da fremdelt man mit Fremden. Und es waren damals zu viele auf einmal, die hier unterkommen wollten.«

Er sah mich ungerührt an, als höre er eine Neuigkeit. Er pflichtete mir nicht bei, er widersprach nicht, ihm war nicht anzusehen, was er darüber dachte.

»Ein Kegelklub«, sagte er endlich, »das würde mir gefallen.«

»Das Kegeln ist nicht das Entscheidende. Wir sitzen beieinander und bereden, was es in unserer Stadt zu bereden gibt.«

»Das dachte ich mir schon.«

»Es ist unumgänglich, Haber, wenn wir kleinen Geschäftsleute uns behaupten wollen. Und wenn wir uns einig waren, da haben wir in den letzten Jahren einiges erreicht, auch beim Bürgermeister. Er übergeht uns nicht mehr, er hört uns zu.«

»Einigkeit macht stark«, verkündete Haber. So wie er es sagte, klang es pathetisch und voll Hohn.

»So ist es«, erwiderte ich und lachte.

»Und die Partei hat nichts gegen euren Klub? Es klingt wie ein Geheimbund.«

»Vier von uns sind in der Partei. Genauer gesagt, in allen möglichen Parteien. Darum musst du dir keine Sorgen machen. Im Kegelklub bleibt die Politik außen vor. Alles, was wir bereden, bleibt unter uns. Schließlich hat jeder sein Geschäft zu führen, und da sitzt einem das Hemd näher als der Rock. Wer sollte etwas dagegen haben, dass wir uns um unsere Stadt bemühen? Genau genommen kümmern wir uns um das Gemeinwohl.«

»Ich glaube, kegeln würde mir gefallen. Frag sie, deine zwölf Aufrechten, ob sie mich aufnehmen.«

Wir tranken unser Bier aus. Haber bot mir noch einen Schluck an. Da ich mit dem Laster gekommen war und ihn zurückbringen musste, legte ich abwehrend die Hand über das Schnapsglas.

Es gab Einwände und Bedenken, Haber in den Kegelklub aufzunehmen. Beuchler sagte, Haber habe sich hinten anzustellen, schließlich wollten noch andere Geschäftsleute aus Guldenberg in den Klub, und Pichler, dem der Adler und die Kegelbahn gehörten, erinnerte an Habers Auftritt bei der Kollektivierung. Er sei bei seinem Schwiegervater dabei gewesen, habe stundenlang vor dem Gehöft gestanden und den alten Mann tyrannisiert. Sogar bei Griesel sei er dabei gewesen, der nach dem Krieg die Habers aufgenommen hatte.

»Jugendsünden«, sagte ich, »jetzt muss er mit uns zurechtkommen und wir mit ihm.«

»Und wer sagt dir, dass er nicht wieder auf die politische Pauke haut?«

»Wer mir das sagt? Der Junge will seine Tischlerei aufbauen, dafür reicht eine Zustimmung vom Rat nicht aus. Er wird mit uns auskommen müssen, sonst verhungert er an unserem ausgestreckten Arm. Und wenn wir ihn in den Kegelklub nehmen, werden wir ihn uns erziehen.«

Es gab eine förmliche Abstimmung, acht waren dafür, ihn aufzunehmen, zwei dagegen, und zwei enthielten sich der Stimme.

»Aber vergessen werde ich es ihm nicht, die Sache mit meinem Schwiegervater«, sagte Pichler.

»Was willst du? Deinem Alten gehts besser als früher. Er hat einen Achtstundentag und Urlaub. Und wenn er krank ist, bleibt er im Bett. So hat er noch nie gelebt. Das hast du selbst gesagt.«

»Das ist das eine, das andere ist, dass man ihn dazu gezwungen hat. Das sind zwei Paar Schuhe.«

»Stiefel.«

»Was?«

»Es sind zwei Paar Stiefel, heißt es.«

»Geh mir nicht auf die Nerven, Sigurd. Bei mir heißt es Schuhe. Ich trage keine Stiefel.«

Haber verstand es, sein Geschäft aufzubauen. Mit den Leuten zu reden, überließ er Hermsdorf und seiner Frau, denn allzu umgänglich war er nun einmal nicht, und anders als seinem Vater glückte es ihm, auch die Guldenberger als Kundschaft zu gewinnen. Er arbeitete gut und preiswert, wie ich hörte, und mit seinen Maschinen konnte er Großaufträge an Land ziehen, die man den anderen Tischlern nicht zutraute. Er wurde für mich ein solider Kunde, und nach vier Jahren, als er seinen Meister hatte und das Geschäft unter seinem Namen lief, war er unter allen Tischlern der Region, die bei mir bestellten, mein wichtigster Partner. Als er das Haus am Neumarkt kaufte und herrichtete, wurden wir sogar Nachbarn. Es wurde zur Gewohnheit, dass wir uns gegenseitig zu den Familienfesten einluden, und Silvester verbringen wir seitdem zusammen im Adler, daran hat sich bis heute nichts geändert. Haber hat einen eigentümlichen Humor, wenn er einen Jux macht, dann muss man höllisch aufpassen, um die Pointe zu verstehen, und ich habe ihm mehr als einmal gesagt, er solle an seine Witze ranschreiben, dass es Witze seien, weil er ansonsten die Leute verschreckt.

Im Kegelklub führte er sich gut ein. Ein halbes Jahr lang hörte er zu, kegelte anständig, trank sein Bier und nahm selten das Wort. Pichler und er gingen sich aus dem Weg. Einen politischen Rappel wie damals, als er als Halbwüchsiger mit den Agitatoren herumgezogen war und Leute belästigt hatte, bekam er nicht mehr, und ich konnte mir nicht vorstellen, wieso es bei ihm überhaupt je dazu hatte kommen können. Er war ein vernünftiger Mann, der sein Handwerk beherrschte und auf dessen Wort man sich verlassen konnte. Er war einer von uns, auch wenn er nur ein Vertriebener war. Wer es nicht wusste, konnte ihm jedenfalls nichts anmerken.

Er besaß seine Werkstatt zwei Jahre und war eben dabei, seine Meisterprüfung in der Kreisstadt abzulegen, als er uns an einem Freitagabend mit der Mitteilung überraschte, dass es bei ihm einen Brandanschlag gegeben habe. Wir saßen an dem langen Tisch, der am oberen Ende der Kegelbahn aufgestellt war, tranken unser Bier und begannen gerade auszurechnen, was jeder zu bezahlen oder zu bekommen hatte, denn wir kegelten immer um Geld, als Haber sagte: »Einem in der Stadt gefällt meine Werkstatt nicht. Habt ihr eine Ahnung, wer das sein könnte?«

Er sah dabei Beuchler an, Beuchler funkelte ihn an, und ich hatte das Gefühl, die beiden Männer würden gleich aufstehen und sich prügeln. Haber hatte den Satz sehr ruhig gesagt, nachdrücklich Wort für Wort betont, so dass sofort alle aufmerkten. Keiner sagte etwas, alle sahen ihn an und warteten. Beuchler kniff die Augen zusammen und starrte ihn finster an. Irgendwann fragte jemand, um was es eigentlich gehe, doch keiner antwortete ihm. Schließlich sagte Beuchler: »Mir gefällt deine Werkstatt.«

»Besser als deine ist sie, das meine ich auch. Ist kein Grund, sie abzufackeln.«

Beuchler stand auf und brüllte etwas, sein Nebenmann zog ihn auf den Stuhl zurück, und alle wollten von Haber wissen, was er eigentlich sagen wolle, denn es habe schließlich keinen Brand gegeben, weder bei ihm noch sonstwo in der Stadt. Haber nickte und sagte, einen Brand habe es nicht gegeben, aber einen Brandanschlag, und dann erzählte er, dass er am Morgen eine zerborstene Bierflasche in seiner Werkstatt gefunden habe, eine Bierflasche, in der zuvor Benzin gewesen war und ein verkohlter Lappen. Irgendjemand, und Haber sah wieder Beuchler an, habe sie durch eins der Fenster geworfen, sie sei auf einem Bretterstapel gelandet, von da auf die Furnierpresse gerollt und dort explodiert. Auf dem Metall gebe es Brandspuren, die Furniere in der Presse seien verkohlt, hätten sich zum Glück jedoch nicht entzündet. Wäre die Flasche einen halben Meter weiter gelandet oder von der Presse heruntergerollt, seine ganze Werkstatt wäre abgebrannt. Er habe das Holz in der Werkstatt zwar imprägniert, aber das hätte wohl nichts geholfen, wenn das Benzin sich darüber ergossen hätte. Beuchler fragte erregt, ob er ihn verdächtige und was für Beweise er habe, und Haber erwiderte, er habe keine Beweise, und die Polizei habe nichts Brauchbares entdeckt, er würde jeden verdächtigen.

Nun protestierten die anderen und sagten, er solle aufpassen, was er daherrede. Wenn es einen Brandanschlag gegeben habe, sei das schlimm, und die Polizei sollte alles genauestens untersuchen. Aber ehrliche Menschen zu verdächtigen, das sei ebenso schlimm wie Brandstiftung, und er solle auf seine Worte achten. Pichler fasste ihn bereits am Jackettaufschlag, viel fehlte nicht, und der Kegelabend wäre in einer Prügelei geendet. Ich trennte Pichler und Haber, fasste Bernhard dann an beiden Armen und drückte ihn auf seinen Stuhl zurück. Erst nachdem ich mit der Faust zweimal auf den Tisch geschlagen hatte und laut geworden war, kehrte Ruhe ein.

»Wie die Kinder«, brüllte ich. Und als sich alle wieder hingesetzt hatten, sagte ich: »Und nun zu dir, Bernhard. Wer hat die Benzinflasche in die Werkstatt geworfen, weißt du es?«

»Nein.«

»Dann denk dreimal nach, bevor du den Mund aufmachst. In diesem Zimmer ist keiner, der mit Benzinflaschen um sich wirft.«

»Einer hat sie geworfen.«

»Keiner von uns.«

»Ich werde nicht wie mein Vater enden. Das schwöre ich euch.«

»Soll das eine Drohung sein, Bernhard?«

»Ich sage nur, wie es ist. Ich habe zwei Hände, und ich fasse den Kerl.«

»Schön. Und dann übergibst du ihn der Polizei. Alles nach Recht und Ordnung. Aber bevor du den Banditen geschnappt hast, hältst du den Mund und verdächtigst nicht ehrbare Leute. Hast du verstanden?«

Kegeln wollte an diesem Abend keiner mehr. Die meisten tranken ihr Bier aus und verabschiedeten sich. Als Bernhard aufstand, um zu gehen, sagte ich, er möge einen Moment warten, wir könnten zusammen heimgehen.

Wir waren schon fast an meinem Haus angelangt, als Bernhard endlich den Mund aufmachte. »Danke«, sagte er, ohne mich anzuschauen.

»Ist schon gut.«

»Aber ich bin trotzdem sicher, dass Beuchler dahinter steckt. Meine Tischlerei ist einfach zu erfolgreich.«

»Das mag manchen stören. Ist jedoch noch kein Grund für eine Brandstiftung.«

»Vergiss nicht, ich habe es schon erlebt. Ich weiß, wie es ist, ein Brand.«

336

»Es können dumme Jungs gewesen sein, Kinder. Du solltest Vorsorge treffen. Drahtglas und Eisengitter.«

»Ich werde nicht wie mein Vater enden. Der es getan, soll es bezahlen.«

»Sicher. Wenn du es beweisen kannst. Aber stell dich nicht gegen die Stadt, Bernhard. Du hast es geschafft, die Firma läuft. Du hast mehr Erfolg, als dein Vater je hatte. Zerstör das nicht.«

Er schwieg verbittert, nickte dann kurz und gab mir zum Abschied die Hand.

»Schau einfach ab und zu nach dem Rechten«, sagte ich, »bei uns Holzwürmern kann es immer mal brennen. Ich habe es mir angewöhnt, hin und wieder mitten in der Nacht auf den Holzplatz zu gehen. Wenn es spät wurde oder wenn ich nachts wach werde, dann fahr ich kurz hin und werf einen Blick darauf. Und wenn im Adler Tanz ist, geh ich erst Mitternacht zu Bett und schau vorher auf dem Platz vorbei. Und Silvester, wie du weißt, sowieso. Sicher ist sicher.«

»Und? Hast du mal einen erwischt?«

Ich lächelte ihn an und überlegte lange. Dann nickte ich.

»Und?«

»Na ja. Ich habe das mit einer Holzlatte geregelt. Und als er mit gebrochenen Beinen im Sägespoon lag, habe ich von ihm verlangt, dass er die Stadt verlässt. Das wollte er ohnehin, wie er sagte.«

»Genau das meine ich, Sigurd.«

»Das dachte ich mir. Aber dann darfst du nicht vorher herumlärmen. Und du musst dir den Richtigen vornehmen. Beuchler war es sicher nicht. Der macht seine Arbeit und lässt andere leben, er ist kein Feuerteufel. Also verbeiß dich nicht in Beuchler. Das ist nicht dein Mann, Bernhard.«

»Und wer ist es?«

»Keine Ahnung. Wenn ich etwas höre, werde ich es dich wissen lassen. Holzwürmer halten schließlich zusammen, nicht wahr? Und wer immer es war, irgendwann wird er irgendwo darüber plaudern, wird damit prahlen. Er wird sich dir selber auf einem silbernen Tablett präsentieren. Und dann hast du ihn. Und jetzt geh und schau bei der Werkstatt vorbei. Da es ihm missglückte, wird der Bandit es bald ein zweites Mal versuchen. Und verbeiß dich nicht in ein Gespenst, Bernhard. Es gehört nun einmal zum Geschäftsleben dazu. Ich will nicht, dass du wie dein Vater endest. Bist schließlich einer meiner besten Kunden. Wenn du ihn gefasst hast, wenn du wirklich den Richtigen hast, mit einer Dachlatte kann ich dir aushelfen.«

Eineinhalb Jahre später brannte es wieder, und diesmal half kein Zufall, und die Tischlerwerkstatt verkohlte bis auf die Grundmauern. Die Feuerwehr pumpte Tag und Nacht Wasser in die glimmenden Holzstapel. Das Feuer war bis in den Kern gedrungen, ließ schmutzige Rauchfahnen aufsteigen, wenn das Wasser darüber pladderte, und eine Flamme hervorschießen, sobald die Feuerwehrleute sich abwandten und das Löschwasser verlaufen und verdampft war. Nichts blieb von der Werkstatt übrig, nur die Grundmauern und ein paar Reste der Maschinen, die nicht einmal als Schrott etwas taugten. Aber es war nicht Habers Werkstatt, die durch Brandstiftung vernichtet wurde, sondern die Tischlerei in der Kupferstraße, die Tischlerei von Beuchler. Es gab wieder viele Gerüchte und langwierige Untersuchungen. Auch ich wurde von der Kriminalpolizei befragt, konnte jedoch nichts dazu aussagen. In der Stadt wurde Haber verdächtigt, es gab sogar Stimmen, die Beuchler den Brand in die Schuhe schoben und sagten, er selbst habe das Feuer gelegt, um die Versicherungssumme zu kassieren. Ich beteiligte mich nicht an diesen Vermutungen, ich hatte ein Geschäft zu führen, und das verbessert man nicht mit wilden, fragwürdigen Verdächtigungen.

Ich hatte mir den Brandort angesehen und war dann zu Beuchler gegangen, um ihm meine Hilfe anzubieten, doch er sagte, dass er aufgeben werde. Er sei Ende fünfzig und habe weder Kraft noch Zeit, eine neue Werkstatt aufzubauen. Zudem sei Habers Tischlerei in der Lage, jeden Auftrag auszuführen, und hätte alle seine Kunden längst übernommen und an sich gebunden, bevor er wieder einen Fuß auf den Boden bekäme.

»Was willst du tun? Dich aufs Altenteil zurückziehen?«

»Dafür langts nicht. Was mir die Versicherung zahlen wird, ich weiß es nicht, leben kann man davon sicher nicht. Werde wohl wieder als Tischler anfangen. Arbeiten kann ich.«

»Willst dich anstellen lassen? Bei wem?«

»Sicher nicht bei Haber. Ich werde sehen.«

»Vielleicht hast du Recht. Wir sehen uns am Freitag?«

»Wenn Haber nicht mehr dabei ist, natürlich.«

»Haber ist dabei. Wir werfen keinen aus dem Klub, das weißt du.«

»Haber oder ich, da müsst ihr euch entscheiden.«

»Sei vernünftig.«

»Haber oder ich. Wir hätten ihn überhaupt nicht aufnehmen sollen. Es sind andere Leute, die Vertriebenen, die sind nicht wie wir.«

»Er lebt schon sein Leben lang bei uns.«

»Das bedeutet nichts, Sigurd, das steckt im Blut. Die gehören einfach nicht hierher.«

»Du glaubst, Haber hat deine Werkstatt ...«

»Was ich glaube, ist das eine. Was ich weiß, ist das andere. Und das zählt.«

»Und was weißt du?«

»Ich werde in einem Jahr sechzig, dann bin ich ein alter Mann. Und ich begreife, was ich früher nicht verstanden habe, worüber ich gelacht habe, nämlich dass wir alle einen Platz auf dieser Erde haben. Wir haben einen Platz zugewiesen bekommen, und der gehört zu uns und wir zu ihm. Und wenn man diesen Platz aufgibt, dann gehört man nirgendwo hin, so ist nun mal diese Welt. Und dieser Platz hat etwas mit der Geburt zu tun. Wo du geboren wurdest, da ist deine Heimat, und nur dort bist du daheim. Und wenn du diesen Platz verlässt, dann gibst du deine Heimat auf. Dann kannst du vielleicht in deinem Leben viel erreichen, vielleicht mehr, als wenn du nicht weggegangen wärst. Aber deine Heimat hast du verloren. Das merkt man erst, wenn man so alt geworden ist wie ich. Früher habe ich darüber gelacht. Ich habe nicht verstanden, warum sich unsere Eltern gegen die Umsiedler stellten. Jetzt weiß ich es, und ich weiß, sie hatten Recht.«

»Wo sollten sie hin, diese Leute?«

»Das ist etwas anderes, Sigurd. Wohin sie hätten gehen sollen, weiß ich nicht. Doch ich meine, sie hatten und haben nicht das Recht, anderen Leuten ihre Heimat zu nehmen, nur weil man ihnen ihre Heimat nahm. Guldenberg ist seit dem Krieg nicht mehr das Guldenberg, in dem ich geboren wurde, ist nicht mehr unsere Stadt. Hier hat es nie so viel gebrannt, wie seit der Zeit, als diese Flüchtlinge ankamen. Nicht einmal im Krieg hatten wir so viele Brände. Damals gehörten wir noch alle zusammen. Das ist vorbei, das hat sich geändert. Es sind zu viele Fremde. Zu viele, die hier nicht geboren wurden und nicht hierher gehören.«

»Vielleicht hast du Recht, Reinhard. Aber wir leben nun einmal in einer anderen Zeit und müssen damit zurechtkommen. Und Haber ist kein schlechter Kerl. Er ist nicht allzu umgänglich, ein sturer Rappelkopf, der sich immer und überall durchsetzen will, doch man kann sich auf ihn verlassen. Da ist er nicht schlechter als ein Einheimischer. Er hat sich eingefügt, er ist ein Guldenberger.«

Beuchler schüttelte den Kopf. »Du kannst mich nicht verstehen, oder du willst es nicht. Wie auch immer, Brände jedenfalls, das kannten wir vorher nicht.«

»War es Brandstiftung?«

»Ja. Das ist schon sicher, sagt die Kripo.«

»Dann warte ab, was die Polizei herausfinden wird.«

340

»Was wird sie finden? Genau das, was sie immer heraus-
gefunden hat. Nichts.«

»Woher willst du wissen, dass es einer von den Umsiedlern war. Bei Habers hatte es ebenso gebrannt, bei dem alten
Haber damals und bei dem jungen voriges Jahr.«

»So heißt es. Aber keiner kann genau sagen, wer es
damals war. Vielleicht waren sie es selber, wer weiß. Der
alte Haber konnte eine Tischlerei gar nicht führen. Mit
einem Arm, Sigurd! Ihm wird die Versicherungssumme besser gefallen haben. Und der junge Haber, ach Gott, wer
weiß, warum da etwas gebrannt hat. Oder vielmehr nicht
gebrannt hat. Ist es nicht merkwürdig, wenn eine brennende Benzinflasche keinen Schaden anrichtet? In einer
Tischlerei? Wo überall Holz und Späne herumliegen? Seltsame Zufälle, meinst du nicht auch? Das würde ich untersuchen, wenn ich bei der Kripo wäre. Wieso brannte es bei
ihm nicht? Irgendetwas stimmt da nicht. Nein, Junge, es ist
alles anders, als du denkst. Diesen Leuten bedeutet ein
Brand nichts. Es ist nicht ihre Stadt, die sie gefährden. Ihnen
ist es egal, was dabei kaputtgehen kann. Ihnen fehlt das
Herz für die Stadt, schließlich sind sie zufällig hier gelandet
und können jederzeit weiterziehen. Wie die Zigeuner. Die
Stadt, die Kirche, die Burg, unser Kurpark, die alten Straßen, all das, an dem unser Herz hängt, für sie bedeutet das
alles nichts. Glaub mir, es sind Fremde, und es bleiben
Fremde. Auf die kannst du nicht bauen. Sei kein Kindskopf,
Sigurd, verlass dich nicht auf diese Leute.«

»Bernhard Haber ist mein Nachbar, Reinhard.«

»Jaja. Du konntest ihn dir nicht aussuchen.«

»Ich komm zurecht mit ihm.«

»Ja. Also, wie gesagt, Haber oder ich. Gib mir Bescheid,
wenn ihr ihn aus dem Kegelklub rausgeworfen habt. Du
weißt ja, ich kegle gern.«

Ich hatte nicht vor, mit den anderen darüber zu sprechen,
mir lag nichts daran, Haber aus dem Klub zu werfen. Es gab

keinen Grund dafür, und ich kam gut mit ihm zurecht, doch Beuchler hatte offenbar auch die anderen Aufrechten darauf angesprochen. Am Freitagabend jedenfalls war die Stimmung schlecht, alle redeten über den abwesenden Beuchler und seine abgebrannte Werkstatt. Bei allen war Angst zu spüren. Da nicht ein einziger der Brände in den letzten Jahren aufgeklärt worden war, fürchtete man sich vor dem nächsten Brand, der möglicherweise die eigene Firma treffen könnte. Alle waren der Ansicht, dass es ein einziger Täter sein musste, ein Feuerteufel, der daran einen abartigen Spaß hatte.

Ich kam selbst ins Grübeln und schaffte mir nach dem Brand bei Beuchler einen Schäferhund an, einen Rüden aus der Zucht von unserem Schäfer, der eine Hand für Hunde hatte. Der Rüde war ein knappes Jahr alt und parierte aufs Wort. Tagsüber kam er in einen Käfig, und über Nacht ließ ich ihn an einer langen Kette auf dem Sägeplatz herumlaufen. Wenn er sich an mich gewöhnt hätte, in ein paar Wochen, wollte ich ihn frei laufen lassen. Zu der Zeit arbeiteten außer dem alten Heiner, der schon bei Vater auf dem Platz war, zwei junge Männer bei mir, die ich für die Saison eingestellt hatte. Von den dreien ließ ich den Zaun um den Sägeplatz ergänzen, denn bislang gab es nur einen Drahtzaun an den beiden Seiten, die an den Straßen lagen. Zum Pfuhl und zum Wäldchen hin war bei Vater und Großvater immer alles offen gewesen, sie hatten noch keinen scharfen Hund nötig gehabt. In der Kaiserzeit und bei Hitler hatte man solche Sorgen nicht. Zu der Zeit gab es einiges, was nicht in Ordnung war, was überhaupt nicht in Ordnung war. In der Schule hatten wir einiges darüber gehört, und in der Zeitung stand viel über die vergangene Zeit und wie es heutzutage alles besser geworden sei. Aber damals gab es mehr Ordnung als heutzutage, jedenfalls für uns Geschäftsleute, die sich in die Politik nicht einmischen wollten. Man war seines Lebens sicher, und das Eigentum wurde besser geschützt.

Ich erzählte von meinem Hund und dass ich schon immer am Abend oder auch in der Nacht beim Sägeplatz vorbeischauen würde, und irgendjemand machte den Vorschlag, dass wir es organisiert machen sollten, eine Art Bürgerwehr. Jede Nacht sollte einer von uns bei unseren Geschäften und Firmen vorbeilaufen und nach dem Rechten sehen, doch dafür gab es keine Mehrheit. Die Ladenbesitzer wollten stattdessen neue Rollos einsetzen lassen, und Pichler sagte, dass er jeden Tag erst nach Mitternacht Feierabend habe und dann froh sei, ins Bett zu gehen und nicht auf einen Stadtrundgang.

Haber äußerte sich nicht dazu. Er stand an der Bahn und schien sich für nichts mehr zu interessieren als für die umfallenden Kegel, und da kein anderer sich am Spiel beteiligte, ließ er eine Kugel nach der anderen laufen und wartete dann gespannt darauf, wo sie am Ende der Bahn ankamen. Halblaut erzählte dann Grebe vom Modegeschäft am Markt, dass Beuchler bei ihm erschienen sei und verlangt habe, Haber aus unserem Kegelklub rauszuschmeißen. Beuchler jedenfalls würde nicht eher hier wieder erscheinen. Ein paar nickten und gaben zu erkennen, dass sie mit Beuchler gesprochen hätten. Wir sahen nun alle zu Haber rüber und schauten ihm zu, wie er unverdrossen Kugeln laufen ließ, als wollte er sich für einen Wettkampf vorbereiten. Ich denke, in dem Moment ging uns allen das Gleiche durch den Kopf. War es denkbar, dass Bernhard Haber der Feuerteufel war? War es vorstellbar, dass einer von uns, ein erfolgreicher und gut situierter Geschäftsmann nachts durch die Stadt zog, um die Werkstatt eines Rivalen in Flammen aufgehen zu lassen? Natürlich sind Konkurrenten unangenehm, und man wünscht sie zum Teufel. Ein zweites Sägewerk in Guldenberg, und ich könnte einpacken oder müsste den Gürtel jedenfalls enger stellen, sehr viel enger. Aber dass man einen Konkurrenten verwünscht, bedeutet nicht, dass man sein Geschäft vernichtet. Irgendwo musste ich Beuchler Recht geben, es hatte sich in unserer Stadt einiges verändert. Vielleicht durch den Krieg, der schwer war, oder durch die Nachkriegszeit, unter der unsere Stadt mehr und länger gelitten hatte, denn der Krieg war nur für eine Stunde in unsere Stadt gekommen. Es gab ein einstündiges Bombardement, dann war für Guldenberg der Krieg fast vorbei, und die Feuerwehr und die Einwohner konnten die Brände in ihren Häusern löschen. Darüber hinaus hatte Guldenberg sieben gefallene Soldaten zu melden, diese Familien hatten mehr zahlen müssen als die anderen Einwohner, und für sie war der Krieg gewiss schrecklicher als alle Zeit davor und danach. Aber nach dem Krieg kamen die Flüchtlinge, erst die Ausgebombten aus den Nachbargemeinden und den Städten in der Nähe und nach ihnen die Vertriebenen, und das hörte überhaupt nicht auf. Noch Mitte der fünfziger Jahre kamen Umsiedler und verlangten Wohnraum und Arbeit und Lebensmittelmarken, obwohl Guldenberg selbst nichts hatte. Die Ausgebombten verließen irgendwann die Stadt, sie blieben ein paar Monate, und nur sehr wenige wohnten länger bei uns, bevor sie wieder in ihre Heimatstadt gingen. Die Vertriebenen jedoch blieben, und jeder wusste, sie würden nie wieder gehen, jedenfalls nicht freiwillig, weil sie keine Heimat mehr hatten. Und mit den Vertriebenen veränderte sich das Leben in unserer Stadt, da hatten Beuchler und die anderen nicht Unrecht. Man kannte sie nicht. Man wusste nicht genau, woher sie kamen, wie sie früher lebten, was bei ihnen erlaubt und verboten war. Vielleicht machte man in Pommern und Schlesien mit Versicherungen für Brand und Naturkatastrophen sein Geld, wie einige bei uns behaupteten, ich weiß es nicht.

Als Haber bemerkte, dass wir alle zu ihm sahen, lächelte er verlegen, legte die Kugel in die Ablage zurück und kam zu uns an den Tisch. Er nahm sein Bier auf, trank einen Schluck, stellte das Glas auf den Tisch zurück und sagte: »Schlagt euch das aus dem Kopf. Ich war es nicht. Und wenn jemand etwas dazu zu sagen hat, sollte er es hier sagen. Mir ins Gesicht.«

Alle schwiegen, und Haber sah reihum und jedem so lange in die Augen, bis dieser den Blick abwandte.

»Schön«, sagte er schließlich, »dann sind wir uns einig.«

»Keiner von uns unterstellt dir …«, begann ich, doch Haber unterbrach mich.

»Es gibt Schlimmeres«, sagte er, »meinem Vater wurde nicht nur die Werkstatt abgefackelt. Er wurde ermordet.«

»Er wurde nicht umgebracht«, erwiderte Parlitzke scharf, »er hat sich aufgehängt, dein Vater.«

»Weißt du das genau? Und der Mordanschlag? Nur einen Monat zuvor?«

»Das war ein Unfall, das hat die Kripo festgestellt. Deinem Vater ist ein Kantholz auf den Kopf gefallen. Mit einem Arm, da kann das passieren. Und dass dein Vater geglaubt hat, ihm habe jemand das Holz über den Kopf geschlagen, ist verständlich. Würde mir auch so gehen. Aber es war ein Unfall.«

»Und warum hat die Polizei seinen Tod so lange untersucht? Diesen angeblichen Selbstmord?«

»Weiß ich nicht. Ist Vorschrift bei Selbstmord, hörte ich. Wenn du hier geblieben wärst, vielleicht wäre es nicht passiert.«

»Vielleicht. Wie auch immer. Aber in dieser Stadt gibt es nicht nur einen Brandstifter, hier lebt ein Mörder.«

»Red keinen Unsinn, Bernhard. Dein Vater kam nicht mehr zurecht und hat sich den Strick genommen. Das war kein Mord.«

»Es war kein Strick. Es war eine Drahtschlinge, Erhard. Eine Drahtschlinge wie damals. Es ist lange her, ich ging noch in die Schule, da wurde mein Hund umgebracht. Auch mit einer Drahtschlinge. Und ich bin davon überzeugt, da könnt ihr reden, was ihr wollt, es war das gleiche Schwein, das meinen Vater ermordet hat.«

»Weißt du, wer mit Drahtschlingen arbeitet? Die Zigeuner. Hast du mal darüber nachgedacht?«

»Er hat Recht, Bernhard, und Zigeuner essen Hundefleisch, das weiß jeder.«

»Mein Hund wurde nicht aufgefressen. Man hat ihn umgebracht. Er wurde erdrosselt und so hingelegt, dass ich ihn finde. Und damals kamen die Zigeuner noch nicht in unsere Stadt.«

»Aber vielleicht bei deinem Vater.«

»Nein, mein Lieber, da bist du auf der falschen Fährte. Die Polizei hat in der Richtung genau untersucht, denen wäre es lieber gewesen, einen Zigeuner zu finden. Doch da war nichts. Mein Vater hatte nichts mit den Zigeunern zu tun, überhaupt nichts. Was sollten sie gegen ihn haben. Er war Umsiedler, nicht wahr, und das war fast genau dasselbe. Zigeuner oder Umsiedler, da hat die Stadt keinen großen Unterschied gemacht.«

»Haber, verlauf dich nicht.«

»Nein. Wir müssen uns an den Gedanken gewöhnen, dass in unserer wunderschönen Stadt unter all den braven Bürgern und lieben Nachbarn ein Brandstifter und ein Mörder leben.«

»Das sind Hirngespinste.«

»Meinst du einen von uns damit? Glaubst du, irgendeiner von uns hat irgendetwas damit zu tun?«

»Nein. Das glaube ich nicht.«

»Na, dann vielen Dank auch«, sagte Parlitzke sarkastisch, »wenn du für deine Anschuldigungen Beweise hast, leg sie vor. Wenn du dir deine ungeheuren Unterstellungen bloß einbildest, dann überlege dir beim nächsten Mal, was du sagst. – Machen wir für heute Schluss. Mir ist der Spaß vergangen.«

Wir haben Haber nicht aus dem Klub ausgeschlossen, und Beuchler erschien, wie er es angekündigt hatte, nie wieder bei uns. Wir haben es bedauert, andererseits besaß

Beuchler keine Werkstatt mehr, denn er arbeitete nach dem Brand als einfacher Tischler in der volkseigenen Möbelfabrik in Eilenburg, und da unser Klub allein Selbstständige aufnahm, wäre sein Verbleiben über kurz oder lang für alle störend gewesen. Unser Kegelklub war sozusagen der heimliche Unternehmerverband von Guldenberg, und was sollte da ein Angestellter, der uns nichts helfen konnte und dem wir nicht nützlich waren. Jedem das Seine und jeder an seinen Platz, das wusste auch Beuchler und ist vielleicht deshalb bei uns nicht mehr aufgetaucht. Schließlich ging es uns nicht darum, zusammen ein paar Kegel umzuhauen, wir hatten uns abzustimmen, um der Stadtverwaltung gegenüber nachdrücklicher auftreten zu können und Druck zu machen, und gelegentlich hatten wir Erfolg. Natürlich konnten wir mit dem Bürgermeister nicht über die unverschämten Steuern reden, die jeden von uns dazu nötigten, ab und an ohne eine Rechnung zu arbeiten, wenn er nicht Bankrott gehen wollte, denn die Verwaltung lebte zwar von unseren Steuern, aber hatte keinerlei Einfluss darauf, was wir abzuführen und sie zu erhalten hatten. Bei den städtischen Bauvorhaben meldeten wir uns stets zu Wort, und da wir uns zuvor geeinigt hatten, blieb das immer häufiger nicht folgenlos für die Planung. Nach der jahrelangen Diskussion um die Erneuerung der Straßendecke Siedlung, Vorwerk und Schwarzer Berg haben wir uns sogar gegen die Genossenschaft durchsetzen können, deren Wünsche ansonsten immer berücksichtigt wurden. Und wenn der Bürgermeister damals in der Ratsversammlung auch empört tönte, dass Guldenberg keine Industrie- und Handelskammer benötige, womit er unseren Kegelklub der Aufrechten meinte, er musste sich dem Mehrheitsbeschluss fügen.

Unser Klub war der Partei ein Dorn im Auge, wie wir von Wessenburg wussten, dem der Heimatverlag und die Druckerei gehörten und der in die Partei eingetreten war, als er den Betrieb sechs Jahre nach dem Krieg von seinem Vater übernommen hatte und es Schwierigkeiten bei der erneuten Lizenzerteilung durch die Besatzungsmacht gab. Wessenburg erzählte uns, dass man uns als feindlich gesinnte Organisation betrachte, über die er der Parteigruppe regelmäßig Bericht erstatten musste. Immer, wenn er meinte, dass wieder einmal ein Bericht fällig sei, setzten Pichler und ich uns gemeinsam mit ihm hin und diktierten ihm, was er seinen Genossen erzählen solle. Pichler war irgendwann einmal in die Bauernpartei eingetreten, weil er, wie er sagte, seine Ruhe haben wollte und man ihm in dieser Partei bestimmt nicht erklären würde, wie er ein Hotel und eine Gaststätte zu führen hätte, und er galt in seiner Parteigruppe als Experte für Buchführung und musste daher den Posten des Kassenwarts übernehmen. Pichler kannte sich aus mit Parteiberichten und wusste, was man von Wessenburg erwartete. Wenn der Bericht zu positiv ausfiel, protestierte er und formulierte dann irgendwelche Bedenken gegen unseren Klub, die Wessenburg aufzuschreiben hatte, die jedoch für uns keine Folgen hätten, wie er versicherte, lediglich die Information glaubwürdiger machen würden. Wenn Wessenburg uns schließlich seinen Bericht vorlas und es mir bei manchen Formulierungen mulmig wurde, lächelte Pichler zufrieden und sagte, das sei jetzt die richtige Mischung, damit könne sich Wessenburg sehen lassen. Und so kam es dann auch. Wessenburg erhielt dann von seiner Partei Anweisungen, wie er bei uns auftreten und wie er unseren Klub beeinflussen solle, und im nächsten Bericht verfassten wir ein paar Erfolgsmeldungen, wobei Pichler darüber wachte, dass Wessenburg stets nur einen Teilerfolg vermeldete und selbstkritisch anmerkte, was ihm noch nicht gelungen sei und woran er in unserem Klub weiter arbeiten müsse. So hatte die Partei den Eindruck, über alles informiert zu sein, wir konnten ungestört kegeln und miteinander reden, und uns allen war geholfen.

Haber heiratete Mitte der sechziger Jahre seine Freundin,

mit der er schon ein paar Jahre zusammenlebte, und kaufte zu dieser Zeit das Grundstück neben meinem Haus am Neumarkt. Auf seinem Grundstück stand eine alte Villa aus dem vorigen Jahrhundert, in der seit dem Krieg Umsiedler gewohnt hatten oder vielmehr gehaust, denn sie hatten dem alten Gebäude den Rest gegeben. Als Haber das Grundstück kaufte, bekam er die Villa kostenlos dazu, denn sie war eine Ruine. Fenster und Dielen waren herausgebrochen, und das Dach hatte so viele Löcher, dass der gesamte Dachstuhl erneuert werden musste. Haber war entschlossen, die Villa wieder herzurichten. Ich sagte, dass ein Abriss und Neubau ihn billiger kommen würde, ihm jedoch gefiel das alte Haus mit seinen zwei Erkerzimmern und der großen Eingangshalle, der gedrehten Freitreppe zum Flussufer hin und dem Tonnengewölbe des Kellers, und da er Handwerker war und das meiste selber machen konnte, schreckte ihn nicht das Ausmaß der Arbeit, vielmehr freute er sich am Fortgang des Ausbaus, zufrieden mit der eigenen Leistung und in Erwartung der Fertigstellung. Ich lieferte ihm das Holz für den Dachstuhl und schnitt es ihm zu, stand ihm darüber hinaus gut nachbarlich zur Seite und half, wo es nötig war. Nach achtzehn Monaten erstrahlte die Villa im alten Glanz, es war ein gediegenes Gebäude geworden und das am besten restaurierte in ganz Guldenberg, schöner als die Bürgerhäuser am Markt und imposanter als der protzige Neubau, den sich der Viehdoktor hinter der Gärtnerei hatte errichten lassen.

Zur Einweihung seines Hauses waren außer seiner Verwandtschaft sein Freund und Altgeselle Hermsdorf eingeladen sowie meine Frau und ich. Seitdem trafen unsere Familien sich häufiger, die Frauen freundeten sich an, berieten und halfen sich bei der Gestaltung des Gartens und schmückten gemeinsam unsere Häuser zu den verschiedenen Feiertagen.

Friederike, Habers Frau, war eine junge und etwas naive

Person, die, bevor sie die Stelle aufgab, um sich ganz ihrem Mann und ihrem Haus zu widmen, als Köchin im Adler gearbeitet hatte. Sie kam vom Dorf, war von kräftiger Statur, äußerlich reizlos und ohne jeden Arg. Wenn man einen Scherz mit ihr machte, nahm sie die Bemerkung erstaunt und gläubig zur Kenntnis, und man musste ihr den Spaß erklären, den sie ansonsten als ernsthafte Information wertete. Das Schönste an ihr war die grenzenlose Bewunderung ihres Mannes, an dessen Lippen sie hing, und der für sie, zusammen mit ihrer prächtigen Villa, die Erfüllung all ihrer Lebensträume bedeutete. Ich habe einmal mit ihr geschlafen, ein einziges Mal, und es ergab sich irgendwie, obwohl wir beide nicht sonderlich darauf aus waren. Sie kam an einem späten Nachmittag in mein Haus gelaufen, um Veronika, meine Frau, zu sprechen. Ich sagte ihr, dass Veronika erst in der Nacht aus Leipzig zurückkomme und bat sie herein, da sie völlig außer sich und aufgelöst schien. Sie erklärte umständlich und immer wieder unterbrochen von Tränen und Versicherungen der Liebe zu ihrem Mann, dass sie vertrauensselig einem Betrüger aufgesessen sei, der ihr einen alten Ford besorgen wollte, ein Auto, von dem ihr Bernhard träumte. Sie hatte eine erhebliche Anzahlung geleistet in der Gewissheit, dass Bernhard, der öfter von diesem Wagen gesprochen hatte, die Kaufsumme gern bezahlen und ihr die Anzahlung erstatten werde. Der Anbieter des Wagens ließ sich zu dem vereinbarten Termin nicht sehen, seine angegebene Adresse war falsch, es gab wohl die Straße in Leipzig, doch kein Haus mit einer solchen Nummer, und sein gewichtig aussehender Betriebsausweis war gefälscht, er arbeitete nicht in dem Werk. Sein Name war dort bekannt, da sich bereits wiederholt getäuschte Autokäufer in der Betriebsleitung gemeldet und nach ihm gefragt hatten.

Ich versuchte, Friederike zu beruhigen, sagte ihr, dass Bernhard ihr dafür sicher keine Kränze winden werde, aber nach einem reinigenden Gewitter komme der Haussegen wieder in Ordnung. Sie jedoch wollte unter keinen Umständen ihrem Mann von ihrer Dummheit und dem Betrug erzählen, und so bot ich ihr an, das benötigte Geld auszulegen. Und dann passierte es halt, ohne dass ich es gewollt hatte. Sie dankte mir und umarmte mich, ich streichelte ihre Schultern, sie küsste mich leicht auf die Wange, und ich erwiderte ihren Kuss etwas deutlicher. Sie lag plötzlich in meinen Armen, ich streichelte ihre Brust, und Sekunden später fanden wir uns auf dem Teppich wieder, rissen uns die Kleider vom Leib und liebten uns heftig und rasch und, jedenfalls was mich betrifft, ohne Leidenschaft. Es war einfach passiert und hatte keine Bedeutung. Friederike heulte danach wieder, diesmal nicht wegen dem Autobetrüger, sondern weil sie ihren Bernhard betrogen hatte, und ich hatte eine Stunde zu tun, um sie zu beruhigen. Ich versicherte ihr, dass Bernhard nichts erfahren werde, wir beide diesen Moment unserer Willensschwäche in den tiefsten Tiefen unserer Herzen versiegeln und begraben sollten, der an unserer Freundschaft und dem nachbarlichen Verhältnis nichts ändern könnte.

Und so kam es auch. Gelegentlich errötete Friederike, wenn sie mich sah oder wenn das Gespräch bei einem der wechselseitigen Treffen unserer Familien auf Seitensprünge und eheliche Treue kam, doch das kleine Geheimnis zerstörte nicht unsere gute Beziehung, vielmehr bewog es Friederike, sei es aus Dankbarkeit für meine Verschwiegenheit oder weil sich aus dem intimen Beisammensein für sie eine weitere Zugehörigkeit ergab, mich stets aufmerksam und zuvorkommend zu umsorgen, fast so wie ihren Bernhard.

Mir bedeutete die kleine Geschichte mit ihr nichts. Auf mich wirkte Friederike nicht attraktiv, sie war für mich Bernhards Frau und insofern eher ein Neutrum als ein anziehendes weibliches Wesen. Zudem war und bin ich ein monogamer Typ, die Frauen, mit denen ich geschlafen hatte, ließen sich an den Fingern meiner Hände abzählen, und keines dieser außerehelichen Abenteuer verdiente den Namen Affäre oder Seitensprung. Es hatte sich jeweils nur so ergeben, ohne dass ich sonderlich interessiert daran gewesen war. Vielleicht war alles ein Mangel an Gelegenheiten, denn auf einem Sägeplatz hat man nun einmal ausschließlich mit Männern zu tun. Pichler, dem der Schwarze Adler gehörte, erzählte gern und viel über seine Liebesabenteuer. In einem Hotel trifft man täglich wildfremde Frauen, die diesen und jenen Wunsch haben und zur Nachtzeit noch ein paar andere, da ist es sozusagen natürlich, dass sich leicht ein Flirt ergibt und vielleicht etwas mehr, es ist gewissermaßen berufsbedingt. Auf einem Sägeplatz dagegen kann einem ein Baumstamm auf die Füße rollen oder etwas Ähnliches zustoßen, das sind dort die einzigen unerwarteten und überraschenden Ereignisse. Es ergaben sich für mich eben keine Gelegenheiten, und um aktiv solche herbeizuführen und zu betreiben war ich nicht interessiert genug. Es ist für mich keine Frage von ehelicher Treue, es ist eher eine Veranlagung zur Monogamie. Ich war mit Veronika verheiratet und hatte keine darüber hinausgehenden sexuellen Bedürfnisse. Und die lächerlich kleinen Geschichten, die mir zustießen, wie jene mit Bernhards Frau, hatten nichts mit Erotik und Sex zu tun, das war lediglich ein bisschen Biologie, ein mutwilliges Unternehmen der Natur, an dem ich recht eigentlich fast nicht beteiligt war. Meine Versicherungen gegenüber Friederike, über alles den Mantel des Schweigens zu breiten, waren vollkommen ehrlich, da Friederike mir nichts bedeutete und ich die lächerliche Kopulation längst vergessen hätte, wenn mich nicht immer wieder ihr Erröten oder ein verschreckter Blick darauf stießen.

Zwei Jahre, nachdem Beuchlers Werkstatt abgebrannt war, Haber hatte die Zeit genutzt, seine Werkstatt um einen Anbau, ein Heizungshaus und zwei Mann vergrößert und war zur wichtigsten Tischlerei des Ortes geworden, gab es politische Veränderungen, die vor allem unseren Klub der Aufrechten, die Industrie- und Handelskammer, wie uns der Bürgermeister abfällig nannte, betrafen. Eine neue Kampagne lief in der gesamten Republik gegen Selbständige und Unternehmer. Die privatkapitalistischen Betriebe, wie es hieß, sollten nun in die neue Zeit geführt werden, und das bedeutete, sie wurden kalt enteignet. Man setzte ihnen vom Staat ausgesuchte Leiter oder Kontrolleure in die Firma, der halbe Betrieb gehörte fortan dem Staat, und alle Selbständigen mussten zum Hohn auch noch unterschreiben, dass diese Umwandlung ihrer Firma in einen halbstaatlichen Betrieb auf freiwilliger Grundlage erfolgt sei und auf Antrag des jeweiligen Unternehmers.

Ich hatte zu der Zeit noch immer nur einen einzigen Angestellten, Hubert, die anderen Leute, die ich beschäftigte, waren Hilfskräfte, die ich für Wochen unter Vertrag nahm, denn das staatlich erteilte Holzkontingent, das mir genehmigt und geliefert wurde, erlaubte keine Erweiterung meines Geschäfts, und wenn Kunden mit eigenem Holz kamen, so hatten sie, so war es bei mir und allen mir bekannten Sägewerken üblich, beim Zuschnitt Handlangerdienste am Gatter zu verrichten, das ersparte mir zum einen Ausgaben für einen Gesellen, und zum anderen konnte es im Nachhinein keinen Streit geben, falls das zugeschnittene Bauholz andere als die erforderlichen Maße aufwies, da der Bauherr selbst auf dem Sägeplatz anwesend war und den Schnitt überwacht hatte. Meine Firma war also zu klein, um Begehrlichkeiten der Behörden zu wecken und unter die neuen staatlichen Verfügungen zu fallen. Ich galt als Unternehmer und musste daher die wahnwitzig hohen Steuersätze der privaten Handwerker zahlen, hatte die üblichen Benachteiligungen hinzunehmen, mit denen der Staat und der Rat der Stadt den privaten Erwerb behinderten, und musste mich darauf einstellen, dass meine beiden Töchter, Liane war damals gerade eingeschult, Jenny war erst vier, vermutlich nicht auf die Oberschule gehen durften und auf eine Universität, da der Nachwuchs der selbständigen Gewerbetreibenden, die Kulakenbrut, wie der Bürgermeister einmal spätabends im Adler sich über uns geäußert hatte, nicht gefördert werden sollte, doch da ich nur einen Angestellten beständig hatte, blieb ich von der staatlichen Beteiligung verschont, die für die Selbständigen im ganzen Kreis und im Bezirk und wohl auch darüber hinaus obligatorisch wurde.

Haber musste sich der neuen Anordnung fügen. Es gelang ihm lediglich, als Leiter seines eigenen Betriebes angestellt zu werden, wenn auch sein Geschäft nun Guldenberger Tischlerei hieß und sein eigener Name nur noch in kleiner Schrift auf dem Holzschild erschien und mit dem Wort ehemals versehen. Von unserem Klub traf es vier Geschäftsleute. Neben Haber waren Pichler, Wessenburg und Plehnert betroffen, die allesamt ihre Unternehmen nun mit staatlicher Beteiligung fortzuführen hatten.

Plehnert, dem die Polsterer- und Stuhlfabrik in vierter Generation gehörte, weigerte sich, im eigenen Betrieb als angestellter Direktor weiterzuarbeiten, zumal sein Sohn die Fabrik nicht übernehmen wollte, sondern nach Berlin gegangen war und dort, nicht eben legal, mit gebrauchten Autos handelte und dabei, wie wir hörten, überaus erfolgreich war. Den angebotenen Posten lehnte Plehnert ab und handelte stattdessen eine Position aus, die eigentlich nicht vorgesehen war, er wurde Seniorchef, erhielt ein kleines Gehalt und ging jeden zweiten, dritten Tag für ein paar Stunden in seine ehemalige Fabrik, um nach dem Rechten zu schauen und der neuen Leitung ein paar Hinweise zu geben.

Alle vier blieben weiterhin im Kegelklub. Was ihnen an Selbständigkeit genommen war, wurde ihnen durch Privilegien ersetzt. Pichler hatte, seitdem ihm der Schwarze Adler nicht mehr allein gehörte, kaum noch Probleme mit der

Warenbelieferung. Sein Hotel und Restaurant waren den staatlichen Hotels gleichgeordnet, und er bekam dieselben Listen für seine Bestellungen wie die großen Häuser, und auf denen waren ein paar Produkte aufgeführt, von denen er früher nicht mal träumen konnte. Plehnerts Fabrik war bald Teil eines Kombinats, das für die Republik und den Export produzierte. Wessenburgs Verlag wurde aufgelöst, dafür bekam seine Druckerei ein paar Jahre lang Aufträge aus dem gesamten Bezirk, bis sie Anfang der achtziger Jahre liquidiert wurde, da die Maschinen verschlissen waren und erneute größere Investitionen sich bei der kleinen Kapazität seiner Druckerei nicht lohnten. Habers Tischlerei jedoch erhielt so viele Aufträge, dass er seinen Betrieb fast jährlich vergrößern musste. Er benötigte mehr Holz, als ich zu liefern imstande war, und bestellte nun zusätzlich bei anderen Plätzen, und er bekam Hölzer geliefert, die ich nie zuvor zu sehen bekommen hatte.

In unserem Klub spotteten wir zwar über die vier, denn außer Haber waren die anderen drei alle Mitglieder einer der Parteien, und dass es ausgerechnet sie getroffen hatte, amüsierte uns, aber gelegentlich, wenn wir über die schlechte Belieferung klagten und die vier uns dann lächelnd anhörten und vielsagend schwiegen, schien es uns, als wären es vielleicht doch nicht sie, die man über den Tisch gezogen hatte.

Mein Verhältnis zu Bernhard Haber wurde von diesen Ereignissen und Umstellungen nicht berührt, wir hatten weiterhin einen guten und freundschaftlichen Umgang, und die Familien sahen sich nach wie vor regelmäßig. Über Geld redete Bernhard nicht, ich hatte den Eindruck, dass es ihm gelang, die staatliche Aufsicht so weit zu umgehen, dass er genügend Aufträge unter der Hand erledigen konnte und daher, trotz des nicht sehr üppigen Gehalts eines Leiters der Tischlerei, kaum weniger als früher verdiente.

Bernhard und Friederike hatten eine große Tochter und

einen Sohn. Paul war ein Jahr jünger als Jenny, meine jüngste Tochter. Die beiden wuchsen gemeinsam auf und waren ständig zusammen. Wenn irgendwo in der Stadt eine Dummheit angestellt wurde, konnte ich darauf wetten, dass die zwei mit von der Partie waren oder den Streich sogar ausgeheckt hatten. Von der Schule hielten meine Töchter und Bernhards Kinder leider sehr wenig, sie kamen mit Ach und Krach jeweils in die nächste Klasse, und ich hatte Mühe, für die beiden eine Lehrstelle zu finden. Da ich keinen Sohn hatte, der das Geschäft übernehmen konnte, und Frauen für diese harte und körperlich schwere Arbeit ungeeignet waren, hoffte ich, dass eins der Mädchen mir einen tüchtigen Schwiegersohn bringt, dem ich dann meinen Sägeplatz übergeben könnte.

Paul, der Sohn von Bernhard, war ein Hallodri, der am liebsten den ganzen Tag mit seinen Freunden durch die Stadt zog und Dummheiten anstellte. Ich hatte ihn trotz allem gern, er war nicht auf den Mund gefallen, hatte Witz, und meine beiden Mädchen waren von ihm ganz hingerissen. Nach der Schule lernte er Tischler in dem Betrieb seines Vaters, er hatte sich diesen Beruf nicht ausgesucht, er wollte eigentlich irgendetwas mit Autos lernen, aber Bernhard hatte ihn schließlich überredet oder irgendwie genötigt, bei ihm die Lehre zu beginnen, und es wurde aus ihm ein handfester, brauchbarer Kerl, der seinen Beruf verstand und auf den man sich verlassen konnte. Mit Jenny war er weiterhin zusammen, und das war mir durchaus recht. Ich dachte, falls die zwei später einmal heiraten sollten, hätte ich den richtigen Mann für den Sägeplatz, denn in der Tischlerei, die früher einmal Bernhard gehörte, wurden inzwischen acht Tischler beschäftigt, so dass man nach Bernhard sicher einen Mann zum Leiter machen würde, der das richtige Parteibuch in der Tasche hatte. Paul jedenfalls hatte kaum Aussichten, den ehemaligen Betrieb seines Vaters zu übernehmen, und wäre sicher nicht unglücklich, wenn ich ihm mein

Sägewerk schenken würde.

Als Bernhard Haber vierzig wurde, war ich am Vormittag, es war ein freier Samstag, zu ihm gegangen, um ihm zu gratulieren und anzustoßen. Wir saßen zu zweit in seiner Gartenlaube, einem achteckigen Pavillon, den Bernhard sich das Jahr zuvor nach einem alten Stich in einem Bildband über Schlösser und Fürstenhäuser gezimmert hatte und in dem neben dem runden Tisch und den Bänken ein aus Feldsteinen gemauerter Grill stand, tranken ein Bier und sprachen über alte Zeiten. Plötzlich erschien Friederike aufgeregt bei uns und sagte, dass der katholische Priester Bernhard sprechen wolle. Ich machte noch einen Witz, weil ich mir nicht vorstellen konnte, dass Bernhard katholisch war, da er nie in die Kirche ging, als Pfarrer Geßling im Garten erschien. Wir stellten etwas verlegen die Bierflaschen ab, Herr Geßling gab Bernhard die Hand und gratulierte ihm zum Geburtstag, dann begrüßte er mich mit Handschlag.

»Darf ich Ihnen etwas anbieten, Hochwürden«, fragte Bernhard, »einen Kaffee oder ein Bier?«

»Das Bier nehme ich gern, werde es aber erst heute Abend auf Ihr Wohl trinken. Jetzt wäre mir ein Tee am liebsten.«

Friederike nickte aufgeregt und eilte davon, um Tee zu holen. Wir setzten uns an den runden Tisch, Pfarrer Geßling warf einen Blick über den Garten, lobte dann Bernhards Pavillon und sprach voller Bewunderung über die Ausführung und die handwerkliche Qualität.

»Es gefällt mir sehr. Ein kleines Haus hinterm Haus, ein Refugium, um sich zurückzuziehen und zu sammeln.«

Pfarrer Geßling schaute sich versonnen immer wieder das Holzhäuschen an.

»Wäre es denkbar, dass Sie für mich einen solchen Pavillon bauen? Er müsste natürlich kleiner sein. Nur für einen Menschen.«

»Natürlich, Hochwürden. Ich habe ein paar Fotos und ein paar Skizzen, die ich mir besorgt habe, als ich diesen Pavillon entwarf. Ich gebe sie Ihnen mit, und Sie suchen sich in aller Ruhe das aus, was Sie wünschen.«

»Entscheidend ist der Preis, Herr Haber. Sie wissen, die Kirche ist in unserem Land nicht sehr reich.«

»Darüber können wir reden, daran soll es nicht scheitern.«

»Das Holz könnte ich Ihnen liefern lassen. Wir haben ja noch zwei Wälder, alles hat man uns nicht weggenommen.«

»Schön. Das wird erheblich billiger für Sie. Dann macht mein Freund Sigurd kein Geschäft, aber das wird er überleben.«

»Und wie teuer könnte es werden?«

»Das lässt sich erst sagen, wenn Sie entschieden haben, wie der Pavillon aussehen soll, wie groß er werden soll, was er für ein Dach bekommt. Wenn Sie solche Rosetten wie hier haben wollen, wird es teurer.«

»Nein. Es sollte sehr schlicht sein.«

Friederike kam mit einem Tablett zurück. Sie stellte eine verschlossene Flasche Bier vor Pfarrer Geßling hin, der sich bedankte und sie in seine Ledertasche steckte, dann goß sie ihm Tee ein.

»Aber ich bin nicht wegen des Pavillons gekommen, Herr Haber. Ich habe eine heikle Mission, eine für mich heikle Mission.«

»Ich werde dann mal gehen«, sagte ich, »wir sehen uns heute Abend. Mit Veronika.«

»Sie können bleiben, Herr Kitzerow. Was ich zu sagen habe, ist kein Geheimnis. Oder vielmehr, es ist ein Geheimnis, das ich an die Öffentlichkeit bringe. Es geht um Ihren Vater, Herr Haber.«

»Was ist mit ihm?«

Der Pfarrer rührte in seiner Teetasse und sah nicht auf.

»Hat er Ihnen etwas hinterlassen? Eine Nachricht für mich?«

»Nein. Es geht um seinen Tod. Wie Sie wissen, nun, er wurde als Selbstmörder beerdigt ...«

»Es war kein Selbstmord«, unterbrach ihn Bernhard, »es war Mord.«

»Woher wissen Sie das?«

»Ich weiß es eben. Und auch wenn die Polizei es nicht beweisen konnte, es war Mord.«

»Das ist richtig, Herr Haber. Ihr Vater wurde umgebracht.«

Der Pfarrer sah jetzt Bernhard an, der ihn verwundert anstarrte. Die überraschende Mitteilung des Priesters hing für Sekunden in dem kleinen Pavillon, hallte nach und ließ uns alle erstarren. Schließlich fasste Bernhard nach der Hand von Pfarrer Geßling.

»Hochwürden«, sagte er, und seine Stimme klang heiser, »was wollen Sie mir sagen?«

»Was Sie vermuteten, Herr Haber, das stimmt. Ihr armer Vater wurde ermordet. Ich habe es vor einem halben Jahr in der Ohrenbeichte vernommen. Der es mir sagte, starb in der gleichen Stunde. Es war ein unglücklicher, ein zutiefst zerrissener Mensch.«

»Wer war es?«

»Ich bin an das Beichtsiegel gebunden, Herr Haber, und habe Ihnen gesagt, was ich mit mir und meinen Pflichten vereinbaren konnte. Ich wollte und ich musste Ihnen dieses sagen, um Sie von der Last einer väterlichen Sünde zu befreien, die ansonsten heillos ist. Ihr Vater starb nicht in der Sünde, er starb als ein Gerechter und wird seinen Gotteslohn erhalten.«

»Wer war es?«

»Ein sehr unglücklicher Mann, den seine schlimme Tat nicht zur Ruhe kommen ließ. Mehr kann und darf ich nicht sagen.«

»Und warum? Warum hat er meinen Vater gehängt?«

»Es war eine Wette, sagte er. Und sie waren alle betrunken.«

»Alle? Wer ist das?«

»Ich weiß es nicht. Und selbst wenn ich es wüsste, ich dürfte es Ihnen nicht sagen. Sie sollten nicht daran denken. Ich kam zu Ihnen, dass Sie Ihres Vaters schmerzlos gedenken können, denn er ging nicht seiner Seligkeit verlustig.«

»Sie sagten mir lediglich etwas, was ich bereits wusste, Hochwürden. Was ich nicht weiß: wie ist der Name des Mörders?«

Der Pfarrer schüttelte den Kopf: »Wer immer es war, er ist tot.«

»Und die anderen?«

Der Pfarrer zuckte mit seinen Schultern und schüttelte wieder den Kopf.

»Und hat er auch den Hund ermordet?«

»Ich versteh Sie nicht.«

»Und den Brand? Wer hat die Werkstatt meines Vaters angezündet?«

»Herr Haber, bitte. Von alldem weiß ich nichts. Ich kam schweren Herzens heute zu Ihnen, um Ihnen einen Trost zu geben. Was ich weiß und sagen durfte, habe ich Ihnen gesagt. Ich habe es getan, um mit mir selbst ins Reine zu kommen. Ich denke, ich habe das Beichtsiegel nicht gelöst, und ich bin meiner Schuldigkeit nachgekommen, um Ihnen eine Last von Ihrer Seele zu nehmen. Wenn Sie Ihres Vaters gedenken, wenn Sie vielleicht für ihn beten, er ist schuldlos und sündenlos gestorben.«

»Danke, Herr Pfarrer. Aber das war mir nicht unbekannt. Ich wusste es.«

Bernhard und Friederike begleiteten den alten Priester bis zur Gartentür. Als Bernhard zurückkam, lächelte er mich an.

»Es tut mir Leid«, sagte ich zu ihm.

»Was denn? Dass Vater ermordet wurde, wusste ich. Und außerdem ist es fünfzehn Jahre her.«

»Und wer ...«

»Vergiss es. Trinken wir noch ein Bier?«

»Nein, ich habe Veronika versprochen, ihr im Garten zu helfen. Ich muss Sträucher umsetzen. Wir sehen uns abends.«

»Gut. Bis heute Abend.«

Während der Feier ging er mit keinem Wort auf das Gespräch mit dem Priester ein. Als Friederike erzählte, dass Pfarrer Geßling bei ihnen gewesen war, um Bernhard zu gratulieren, unterbrach er sie und warf ihr einen Blick zu, so dass sie verstummte.

In den folgenden Wochen kam er nie wieder auf Geßling zu sprechen, und ich nahm an, er wollte nichts mehr von der Sache wissen, doch Ende Oktober, als wir zusammen Laub in unseren Gärten zusammenkehrten, um es zu verbrennen, sagte er unvermittelt: »Ich bin jetzt sicher, es war Lachmann, Ernst Lachmann. Kanntest du ihn?«

»Lachmann kannte ich, den alten Suffkopp. Was ist mit ihm?«

»Er war es. Er hat meinem Vater die Schlinge um den Hals gelegt.«

»Lachmann? Der konnte nicht einmal geradeaus laufen.«

»Mag sein. Aber einen Menschen aufhängen, das konnte er.«

»Wie kommst du darauf?«

»Geßling hatte gesagt, der Mörder hatte es ihm bei der Letzten Ölung gebeichtet, ein halbes Jahr vor meinem Geburtstag. Ich habe im Rathaus nachgefragt und in der Registratur der Kirche. Es kommt nur Lachmann in Frage. Wie war er?«

»Lachmann? Ein Alkoholiker. Saß den ganzen Tag in der Kneipe und versoff das bisschen Verstand, das ihm gegeben war.«

»Und seine Freunde?«

»Lachmann hatte keine Freunde. Mit dem wollte keiner etwas zu tun haben.«

»Irgendwelche Freunde hatte er.«

»Er besaß keine Freunde, Bernhard. In Guldenberg hatte Lachmann nicht einen Freund. Wer sollte sich mit einem Suffkopp abgeben wollen?«

»Irgendjemanden gab es, mit dem er wetten konnte.« Bernhard lächelte grimmig.

»Ich habe ein wenig nachgeforscht. Die Beerdigung musste die Stadt bezahlen, er besaß keinen Pfennig, und es gab keine Verwandten, die dafür aufkommen konnten. Doch seine Miete, die wurde jahrelang bezahlt. Es waren nur ein paar Mark, die seine Bruchbude kostete, aber immer wurde pünktlich überwiesen. Es gab einen Dauerauftrag.«

»Ein Bankauftrag? Ich kann mir nicht vorstellen, dass die alte Schnapsnase ein Konto besaß. Der konnte nicht einmal seinen eigenen Namen schreiben.«

»Hatte er auch nicht, Sigurd. Die Miete zahlte Beuchler. – Da bist du sprachlos, was? Warum wohl? Warum hat ihm Beuchler die Miete bezahlt? Verwandt waren sie nicht.«

»Wer weiß. Vielleicht hat Lachmann für ihn hin und wieder gearbeitet, und Beuchler war so vernünftig, ihm das Geld nicht in die Hand zu geben. Das wäre vorstellbar.«

»Nein, Sigurd. Und das weißt du auch. Vorstellbar ist etwas ganz anderes.«

»Was meinst du?«

Mich überlief es kalt, denn mir dämmerte etwas.

»Damals waren wir beide noch nicht im Klub der Aufrechten. Aber Beuchler. Vielleicht wurde dort gewettet. Denn als Handlanger haben den Lachmann einige aus dem Klub beschäftigt.«

»Wollen wir zusammen zu Beuchler gehen und ihn zur Rede stellen? Vorsichtig auf den Busch klopfen?«

»Nein. Was ich wissen wollte, weiß ich. Ich will keine schlafenden Hunde wecken. Ich will diesen Zirkus nicht noch einmal durchmachen müssen. Einmal im Leben, das reicht mir. Meinem Vater kann ich nicht mehr helfen, was soll es also?«

Mit der Kartoffelforke kratzte er das Laub zusammen und hob es dann auf die Karre.

»Ich bin quitt mit ihnen, Sigurd. Auf meiner Rechnung ist allein noch Tinz offen, ein Straßenköter, den ich einmal besaß und den man mir umgebracht hat. Aber wegen einem Hund fange ich keinen Krieg an. Heute nicht mehr.«

Ich nickte, sagte nichts mehr. Ich ahnte, dass Bernhard mit seinen Vermutungen nicht falsch lag, es reimte sich für mich vieles zusammen.

Lachmann war gelegentlich auf unserem Sägeplatz gewesen, Vater hatte ihm manchmal Arbeit gegeben. An die Maschinen durfte er nicht ran, denn eine Alkoholfahne hatte er immer, doch er war kräftig und konnte Stämme allein tragen, die man eigentlich nur zu zweit bewegen konnte. Nach Vaters Tod erschien er zwei-, dreimal und fragte nach Arbeit, ich schickte ihn weg. Seine Hände zitterten ständig und er stank, ich wollte dieses Wrack nicht auf meinem Hof sehen und sein Gerede, dass mein Vater ihm etwas schuldig sei, nahm ich nicht ernst. Diese Zechbrüder hatten alle solche Sprüche drauf, und wenn es mit der Bettelei nicht klappte, wurden sie unverschämt. Irgendwann nahm ich ihn am Kragen, schleppte ihn ans Hoftor und gab ihm einen Tritt. Danach ist er niemals wieder bei mir erschienen, und wenn ich ihn auf der Straße traf, wechselte er eilig den Bürgersteig.

Bernhards Bemerkungen gingen mir nicht aus dem Sinn. Ich wollte wissen, ob mein Vater an dieser Schweinerei beteiligt war, und wenn Bernhard nicht weitergehen wollte, ich schon. Zuerst zog ich zu Beuchler, sprach über dies und jenes und die alte Zeit, ließ dann den Namen Lachmann beiläufig fallen und deutete ihm an, dass ich wüsste, was Lachmann kurz vor seinem Tod gesagt hatte. Beuchler bestritt alles, schließlich rückte er mit ein paar Einzelheiten und einem Namen heraus. Dass er die Miete für Lachmann bezahlt habe, stehe allerdings in keinem Zusammenhang damit, vielmehr hatte er mit Lachmanns Schwester jahrelang und von allen unbemerkt ein Verhältnis und habe ihr zuliebe diese Zahlung übernommen, da sie sich um ihren versoffenen Bruder sorgte. Den Rest erfuhr ich von Wiesner, dem damals die Schmiede gehört hatte, die er aufgeben musste, als die Genossenschaft erfolgreich ihre eigene Schmiede betrieb. Nach dem, was ich von den beiden herausbekam und mir zusammenreimen konnte, ist die Geschichte nach einem Kegelabend des Klubs der Aufrechten passiert. Man hatte sich bereits verabschiedet, und die meisten waren gegangen, auch mein Vater. Vier Leute standen am Tresen und tranken einen Absacker, Beuchler war dabei und Wiesner, Schmöckel und Pichler. Sie sprachen über die Stadt und die vielen Vertriebenen, die das städtische Budget mehr als belasten würden. Sie machten dumme Witze über den einarmigen Tischler, und einer von ihnen, weder Beuchler noch Wiesner wollten mir den Namen sagen, verkündete, er würde hundert Mark für jeden toten Umsiedler hinblättern, so viel sei ihm die städtische Hygiene wert. Alle hätten gelacht, und ein anderer der vier Kegelbrüder habe gesagt, er wolle zusätzlich einen Hunderter drauflegen, denn er würde auch lieber in einer sauberen Stadt leben. Dann sei Lachmann, der allein an einem der Tische saß, aufgestanden, sei zu ihnen gekommen und habe sich in das Gespräch gemischt. Wie immer sei er betrunken gewesen und habe gefragt, ob die Herren Wort halten würden, und im Spaß habe man ihm versichert, dass man auf ihr Wort Häuser bauen könne. Sie hätten Lachmann ein Bier spendiert und seien heimgegangen. Zwei Tage später habe sich der alte Haber erhängt. Oder sei gehenkt worden, das wisse man nicht genau, denn mit Lachmann habe man nie darüber gesprochen, und Geld habe ihm gewiss keiner gegeben, jedenfalls wüssten Beuchler und Wiesner nichts davon. Wiesner versicherte, das Gespräch sei ein Ulk gewesen und Lachmann habe das wissen müssen. Überdies habe der alte Haber so viel Pech im Leben gehabt, dass er das Unglück geradezu magisch angezogen habe.

Ich war erleichtert, als ich alles erfahren hatte. Ich wusste nun, mein Vater gehörte nicht dazu, er war bei dem Gespräch nicht dabei, er hatte kein Geld angeboten, an seinen Fingern klebte kein Blut. Und das sagte ich Bernhard.

Ich habe damals lange darüber nachgedacht, ob ich ihm die Geschichte erzählen sollte und wie viel von dem, was ich herausbekommen hatte. Da er mein Nachbar und mein Freund war, wollte ich ihn zumindest wissen lassen, dass mein Vater nichts damit zu tun hatte, und so ging ich schließlich an einem Sonntagmorgen zu ihm. Friederike öffnete mir die Tür und sagte, er arbeite in der Garage, werde aber gleich wiederkommen, um einen Kaffee zu trinken, ich solle im Wohnzimmer auf ihn warten.

»Ich sehe mal nach ihm«, sagte ich, und ging ums Haus herum. Bernhard baute an einer Vorrichtung, um die Winterreifen an der Decke aufzuhängen, er stand auf einer Leiter, nickte mir kurz zu und bat mich, mit anzufassen. Ich reichte ihm Schrauben und Werkzeug hoch und erzählte, was ich erfahren hatte, allerdings nannte ich nur Beuchlers Namen, die anderen verschwieg ich. Bernhard arbeitete die ganze Zeit weiter und ließ sich nicht stören. Er war nicht erstaunt, und er war nicht aufgeregt. Er schien nicht einmal wütend zu sein, jedenfalls sagte er kein Wort und unterbrach mich kein einziges Mal. Als ich fertig war, schraubte er seelenruhig weiter, als hätte ich über das Wetter gesprochen.

Dann fragte er: »Und wer sind die anderen drei?«

»Willst du es wirklich wissen?«

»Ja. Ich denke schon.«

Ich zögerte einen Moment, doch bevor ich ihm die Namen sagen konnte, unterbrach er mich.

»Warte«, sagte er. Er stieg die Leiter herunter, ging in eine Ecke des Garage, in der die Bierkästen standen, nahm zwei Flaschen heraus, öffnete sie und reichte mir eine. Dann setzte er sich auf einen Hocker in die offene Garagentür, schaute in den Garten oder in den Himmel und trank sein Bier. Er sagte nichts, er sagte kein einziges Wort. Irgendwann rief seine Frau nach ihm, er antwortete ihr nicht. Nachdem er den letzten Schluck ausgetrunken hatte, hielt er die Flasche kurz nach unten, um die letzten Tropfen auszugießen, dann drehte er sich zu mir um und lächelte mich an.

»Ich weiß es nicht, Sigurd. Ich will es wissen und ich will es nicht wissen. Ich will es wissen, weil ich jahrelang hinter dieser Wahrheit hinterher war. Und ich will es nicht wissen, denn ich fürchte, es hilft mir nichts. Ich fürchte, dass ich dann wieder am Anfang stehe, dass alles wieder von vorn beginnt. Verstehst du das?«

»Ich denke schon.«

»Alle waren gegen uns, wir haben nie dazugehört. Und jetzt habe ich das Gefühl, es geschafft zu haben. Soll ich das aufgeben? Und wenn ich die Kerle vor Gericht bringe, werde ich wieder die ganze Stadt gegen mich haben. Dann kann ich aufgeben und wegziehen. Und wofür? Meinen Vater kann ich nicht mehr lebendig machen. Sigurd, ich weiß es nicht. Ich weiß nicht, ob ich es hören will.«

Ich nickte.

»Der Mörder ist tot. Und die anderen Beteiligten würden allenfalls wegen Mithilfe oder Anstiftung oder auch nur Leichtsinn verurteilt werden können. Außerdem ist alles fünfzehn Jahre her, da bekommen sie nicht einmal eine Bewährungsstrafe, sondern wegen Verjährung wird die Ermordung meines Vaters nicht mehr verfolgt. Wie kann ein

Mord verjähren, Sigurd? Ich verstehe durchaus, dass es sinnvoll ist, eine Straftat irgendwann einmal verjähren zu lassen. Wenn man etwas gestohlen hat oder jemanden betrogen, dann vergisst man das irgendwann. Und der Bestohlene, so sehr er sich auch ärgerte, er verschmerzt es einmal. Nach einigen Jahren ist es vergessen und verjährt. Aber ein Mord! Der Tote wird nie wieder lebendig, und seine Verwandten und Freunde werden seinen Tod lebenslang nicht vergessen. Und auch der Mörder wird es wohl nie vergessen. Weil ein Mord nicht verjähren kann. Für den Mörder meines Vaters jedenfalls verjährte seine Tat nicht, er musste darüber reden, nach fünfzehn Jahren. Mord kann nicht verjähren, das ist eine Dummheit der Richter und Gesetzgeber.«

Wiederum nickte ich nur schweigend.

»Aber was soll ich tun? Stell dir vor, ich klage drei Geschäftsleute von Guldenberg an und mache einen Riesenwirbel. Ich habe Recht und bekomme es vielleicht, vielleicht wohlgemerkt, und dann wird mir mitgeteilt, das Ganze sei verjährt. Was mache ich dann? Dann kann ich hier einpacken, dann bin ich hier erledigt. Dann kann ich wieder von vorne anfangen. Irgendwo. Denn dann werden mich nicht nur diese drei Geschäftsleute nochmals vertreiben.«

Ich wusste, dass er Recht hatte und hütete mich, ihm zu widersprechen.

»Im Mittelalter«, sagte Bernhard, »das habe ich jedenfalls gehört, sind Dome und Kirchen und große Gebäude immer mit Blut gebaut worden. Das Blut von einem Unschuldigen, am besten von einem Kind, musste im Mörtel stecken, wenn das Gebäude halten sollte. Vielleicht ist das Aberglaube, doch vielleicht ist das noch immer so. Vielleicht brauchte es erst das Blut meines Vaters, meines unschuldigen Vaters, dass ich hier heimisch werde, dass man mich akzeptiert.«

Ich lachte laut auf, klopfte ihm auf die Schulter und

schüttelte den Kopf. Was er sagte, fand ich verschroben und gruselig, aber irgendetwas an seinem Gedanken faszinierte mich, jedenfalls ging er mir nicht aus dem Kopf, und ich habe noch Jahre später an seine Worte denken müssen. Vielleicht war an dem albernen Aberglauben etwas dran.

»Was wirst du tun?«, fragte ich, »willst du irgendetwas in der alten Sache unternehmen?«

Bevor er etwas sagen konnte, entschloss ich mich, ihm zu helfen.

»Ich denke, es ist für dich besser, Bernhard, wenn du es vergessen kannst. Überdies würden dir die Namen nichts helfen. Außer Beuchler ist keiner mehr da. Zwei von ihnen sind gestorben und der Vierte ist in einem Altersheim irgendwo im Süden.«

Er sah mich prüfend an, und ich hielt unbewegt seinem Blick stand. Einem Freund zuliebe kann man mal lügen, und Bernhard war inzwischen so etwas wie ein Freund für mich. Friederike rief nochmals seinen Namen.

»Danke, Sigurd«, sagte er knapp, und zusammen gingen wir in sein Haus.

Friederike, die in der Küche beschäftigt war, fragte, ob wir ein Bier trinken wollen, und brachte es uns ins Wohnzimmer.

»Was habt ihr so lange in der Garage gemacht?«, fragte sie.

»Wir haben uns unterhalten«, sagte Bernhard, »alte Erinnerungen ausgetauscht.«

»Über die alten Zeiten geplaudert«, sagte sie spöttisch, und plötzlich errötete sie und sah verschreckt zu mir.

»Jaja«, sagte Bernhard, »über die gute alte Zeit.«

In den nächsten fünf Jahren lief alles normal für uns. Es gab ein paar kleine Verbesserungen für uns Geschäftsleute, unsere Beschwerden wurden ernst genommen, und drei aus unserem Klub wurden sogar Mitglieder der Stadtvertretung und konnten dort die dümmsten Dummheiten verhindern. Dann kam es für mich überraschend zu den Ereignissen in Berlin und Leipzig, die Parteileute und die Polizei verkrochen sich, die Leute rannten auf die Straße und gebärdeten sich, als ob gebratene Ferkel durch die Luft flögen.

In Guldenberg kam es zu einigen spontanen Versammlungen, so genannten Bürgerforen, bei denen ein paar aufgeregte Lehrer, einige Mitglieder des Gemeindekirchenrates und ein paar jugendliche Schreihälse lautstark das Wort führten. Unser Kegelklub hielt sich zurück. Wir hatten uns nicht abgesprochen, doch keiner von uns tat sich dabei irgendwie hervor. Wir hatten zu viel kommen und gehen sehen, als dass wir vor Entzücken gleich den Verstand verlieren, wenn ein paar Schreimätze, die noch grün hinter den Ohren sind und keinerlei Erfahrung mit politischen Versprechungen und der dann folgenden Realität haben, wilde Reden von sich geben. Wir alle ließen uns jedenfalls nicht von der Begeisterung mitreißen, die die Stadt und das ganze Land offensichtlich erfasst hatte, sondern blieben ruhige Beobachter. Aus dem Rathaus hörten wir zudem, dass der Spuk in spätestens einer Woche vorbei sei und die zuständigen Kräfte der Polizei und Armee wieder Normalität herstellen würden. Dann öffnete sich in Berlin die Mauer, der Bürgermeister erschien auf den Bürgerforen und redete nun selber wie die zuvor von ihm beschimpften Kleinbürger, und die an die Anschlagsäulen und Geschäftsfenster geklebten Aufrufe und Losungen wurden nicht mehr abgerissen.

Unser Klub traf sich am Sonntagabend im Adler. Wir setzten uns in den Gastraum der Kegelbahn, um ungestört zu beraten, was die Veränderungen für uns und die Stadt bringen könnten. Wir einigten uns darauf, dass Wessenburg, sobald die Lage etwas klarer sei, neuer Bürgermeister werden sollte. Wir würden ihn aufstellen und ihn wie ein

Mann unterstützen und waren sicher, dass wir ihn durchbekommen würden. Schmöckel riet uns, alle alten Papiere durchzusehen, denn er vermute, dass das von den Russen und den Kommunisten enteignete Eigentum über kurz oder lang zurückgegeben werde, und da solle jeder seine Rechtstitel parat haben.

Noch in der gleichen Nacht holte ich die beiden Aktenordner vom Dachboden und sah die Papiere durch. Mein Vater hatte alles sorgfältig abgeheftet, die uralten Grundbuchauszüge, die Zahlungsbelege der Grundstückssteuer, die Beschlagnahmebescheinigungen, die Zeitungsartikel der Bezirkspresse, in denen er als Kulak bezeichnet wurde, die aber auch den früheren Besitz der Familie Kitzerow vollständig aufführten und somit als zusätzlicher Nachweis meiner Ansprüche gelten konnten. Als ich mit den Aktenordnern durch war, trank ich ein Glas auf meinen alten Herrn, er hatte nichts weggeworfen, er hatte im Unterschied zu mir bis zu seinem Tod daran geglaubt, eines Tages alles wieder zurückzubekommen, und daher sorgfältig Buch geführt. Dass die beiden Bürgerhäuser am Paradeplatz uns einmal gehört hatten und die drei Kiesgruben, das wusste ich noch, ich fand jedoch außerdem Unterlagen für einen Wald und den Titel auf den Alaunteich, von dessen ursprünglichem Familienbesitz ich nichts wusste.

Drei Monate später wurden mir die Kiesgruben zurückgegeben. Ich verhandelte mit der Treuhand und erhielt die zwei Eimerbagger und den Kranbagger, die das frühere Kombinat gekauft und an meinen Gruben aufgestellt hatte, als Ausgleich für den entgangenen Gewinn der letzten Jahrzehnte gegen eine Abstandserklärung kostenfrei dazu. Ich übernahm drei Leute der früheren Besatzung, stellte vier Arbeiter ein, die ich kannte, und baute eine effektivere Firma auf, als es die Kiesgruben je zuvor waren. Im Frühjahr zeichnete es sich ab, dass sich der Straßenbau in unserer Region heftig beleben würde, und ich bestellte vorsorg-

lich einen weiteren Bagger für den Sommer. Auf dem Sägeplatz erschien ich bloß noch für Stippvisiten, die Leitung
dieses Geschäfts überließ ich Hubert, die Hilfskräfte wurden mit Handschlag eingestellt, Arbeitsverträge waren
nicht notwendig, und da ich gut zahlte, beklagte sich niemand, jedenfalls nicht bei mir.

Im April erschien Onkel Gustav, der in Reutlingen einen
Baubetrieb besaß. An seinem siebzigsten Geburtstag ein
Jahr zuvor hatte er die Firma seinem Sohn übergeben und
reiste nun mit der Frau durch die Welt. Von einer Kanada-
reise zurückgekehrt, wollte er für eine Woche durch den
deutschen Osten fahren und mich, den Sohn seines einzigen
Bruders, besuchen, bevor er für zwei Monate auf die Malediven flog. Er sah sich die Kiesgruben an und den Sägeplatz und ließ sich meine Akten geben, die er einen ganzen
Tag lang bis tief in die Nacht hinein studierte. Am nächsten Morgen sagte er, wir müssten miteinander reden. Wir
setzten uns ins Wohnzimmer, Veronika musste uns Kaffee
kochen und dann dafür sorgen, dass wir nicht gestört wurden.

Gustav sah mich lange schweigend an und sagte dann:
»Sigurd, du bist ein Kitzerow, du wirst es schaffen wie alle
Kitzerows.«

»Das denke ich doch.«

»Du hast alles in der Hand, Junge. Du hast gute Voraussetzungen.«

»Nicht wahr, die Kiesgruben sind eine wahre Gold-
grube.«

»Ja. Und warum verschenkst du das Gold?«

»Das tu ich nicht, Gustav. Momentan ist der Preis gut,
und er steigt noch immer. Der Straßenbau wird für Jahre
und Jahrzehnte ein glänzendes Geschäft sein. Und meine
Kiesvorkommen sind unermesslich.«

»Und warum verschenkst du alles?«

»Tu ich nicht. Brönner und Karlitzke, die beiden Baufirmen, jammern über meine Preise, aber sie sind auf mich angewiesen, wenn sie für den Kies nicht hundert Kilometer fahren wollen.«

»Fehler Nummer eins, der Kiestransport ist nicht in deiner Hand. Wieso?«

»Ich habe nicht die Fahrzeuge. Da kostet ein Laster zweihunderttausend, und ich brauchte mindestens vier davon. Wovon soll ich das bezahlen?«

»Fehler Nummer zwei, wieso verkaufst du überhaupt den Kies? Warum verbaust du ihn nicht selbst?«

»Ich habe keine Straßenbaufirma. Und ich habe keine Ahnung von dem Geschäft. Ich kenne mich mit Holz aus, und ich will nicht den Esel spielen, der aufs Glatteis geht.«

»Und darum verschenkst du bares Geld, Sigurd?«

Dann legte er meinen Aktenordner auf den Tisch, holte ein Schreibheft aus seiner Jackentasche und entwickelte mir seine Pläne. Meine Bedenken und Proteste ignorierte er. Als ich ihn fragte, woher ich für seine Projekte das Geld nehmen sollte und ob er mir solche großen Summen vorstrecken könne, lachte er nur.

»Nein, so geht das nicht. Das Geld könnte ich dir natürlich leihen, doch das wäre für uns beide zu teuer.«

Er telefonierte und ließ sich für den nächsten Tag einen Termin beim Direktor der Sparkasse geben. Dann rief er seine Frau in Reutlingen an und sagte, dass sie die Reise auf die Malediven stornieren solle, er habe hier ein paar Wochen zu tun, um mir auf die Beine zu helfen.

Mit allen Papieren erschienen wir in der Bank. Sandler, den Chef, kannte ich, er begrüßte uns freundschaftlich und fragte nach unseren Wünschen. Als Gustav seine Berechnungen vorlegte und von anderthalb Millionen sprach, lachte Sandler, er hielt es für einen Witz. Gustav überreichte ihm die Papiere, rechnete ihm meinen Besitz vor und wurde energischer, als Sandler sehr zögernd auf unsere Wünsche eingehen wollte. Jeden Einwand des Direktors widerlegte mein Onkel, er schien über Kredite und Kreditvergabe mehr Kenntnisse als der Sparkassenmensch zu besitzen und nannte laufend irgendwelche Paragrafen, die Sandler erst nachschlagen musste. Nach zwei Stunden verabschiedeten wir uns von ihm. Sandler hatte gesagt, er benötige ein oder zwei Wochen, um einen Kredit in dieser Höhe prüfen und genehmigen zu lassen, doch Gustav erreichte, dass er uns den neuen Termin bereits drei Tage später zugestand. Gustav gab mir kein Geld, aber er sprang mit einer befristeten Sofortbürgschaft in Millionenhöhe für mich ein, um die Prüfung und Auszahlung eines Bankkredits zu beschleunigen, und er redete mit den Bankern und ihren Anwälten, als habe er selbst eine Bank und kenne jedes Gesetz.

Gustav blieb acht Wochen bei uns. Als er abreiste, besaß ich eine eigene Straßenbaufirma und bereits Aufträge für mehr als vierzehn Monate, andererseits hatte ich Bankschulden von über drei Millionen. Als ich Gustav sagte, dass mich die Schulden nervös machten und ich schlecht schlafe, lachte er und sagte: »Wenn du keine Schulden hättest, dann solltest du dir Sorgen machen. Du hast jetzt einen guten Freund gewonnen, der um dich bemüht ist und unermüdlich besorgt, jeden Schaden von dir zu wenden. Deine Bank. Denn wenn du krachen gehst, wird sie ein paar Mark verlieren, und das haben Banken nicht gern. Glaub mir, Sigurd, deine Sparkasse hat schlaflose Nächte, wenn sie an dich und die Kredite denkt. Also überlass die Angst vor einem Bankrott deiner Bank. Und bleib jetzt nicht stehen, mach weiter. Mach weiter Schulden. Geld ist im Augenblick nicht billig, aber eine solche Situation, wie ihr sie momentan habt, die darfst du nicht ungenutzt vergehen lassen. In zehn Jahren ist alles festgezurrt, dann geht alles geruhsam voran, dann ist die Goldgräberzeit passé. Jetzt ist Pionierzeit, jetzt musst du die Pflöcke setzen. Also mach weiter, Sigurd. Wenn ich in einem Jahr wiederkomme, will ich etwas mehr sehen als heute, verstanden?«

Schlaflose Nächte hatte ich mehr als genug, doch wie Gustav gesagt hatte, ich vergrößerte meine Betriebe fortwährend. Da ich den Kies selber benötigte und keinen an Fremdfirmen verkaufte, so dass Brönner und Karlitzke nun zu entlegenen Gruben fahren mussten und zusätzlich riesige Transportwege zu kalkulieren hatten, konnte ich die beiden bei allen Ausschreibungen leicht unterbieten. Brönner, der aus Hessen gekommen war, begriff schnell und zog sich aus unserer Gegend zurück. Karlitzke mühte sich weiter und musste nach einem Jahr Insolvenz anmelden. Nun war ich die einzige Straßenbaufirma der Region, und keiner und niemand kam mehr an mir vorbei.

Wessenburg war, wie wir es verabredet hatten, neuer Bürgermeister geworden, der Stadtrat bestand im Wesentlichen aus den Mitgliedern unseres Kegelklubs, so dass das heimische Gewerbe bei allen städtischen Aufträgen ausreichend berücksichtigt wurde. Acht Jahre nach dem Mauerfall besaß ich in Guldenberg acht verschiedene Firmen, und mein Geld steckte in weiteren zwölf Firmen drin, bei denen ich beteiligt war. Mir gehörte sogar ein Teil der Hafenanlage in Rostock, was für den Überseetransport von Vorteil war, denn mittlerweile importierte und exportierte ich den Kies, wie immer die Marktlage es angeraten sein ließ.

Heute machen mir allein meine beiden Töchter Kummer. Im heiratsfähigen Alter sind sie beide, doch zur Vernunft sind sie nicht gekommen. Liane schmeißt alle paar Monate ihre Arbeitsstelle und läßt sich stattdessen von ihrer Mutter versorgen, die sich über meine Anordnung, Liane auf keinen Fall Geld zuzustecken, hinwegsetzt und sie immer wieder unterstützt. Und mit jeder Arbeitsstelle wechselt sie ihren Freund, so dass ich zwei-, dreimal im Jahr an unserem Frühstückstisch ein neues Gesicht erblicken darf und das Geturtel und Getätschel meiner Tochter zu ertragen habe. Und Jenny ist leider nicht mehr mit Paul zusammen, sondern nach Leipzig gezogen, wo sie von irgendetwas lebt, von der Sozialhilfe oder von Diebstählen, jedenfalls nicht von der Arbeit. Ich bin einmal zu ihr gefahren, um sie auf den rechten Weg zu bringen. Sie lachte über mich und sagte mir frech ins Gesicht, entweder heirate sie reich oder erbe reich, in jedem Fall sei für sie gesorgt, und ich müsse mir um sie keine Gedanken machen.

Ich habe noch immer die Hoffnung, dass zumindest eins der Mädchen sich besinnt und ich ihr und einem vernünftigen Schwiegersohn mein kleines Imperium übergeben kann. Wenn Jenny und Paul heiraten würden, was mir am liebsten wäre, dann müsste ich mir um meine Firmen keine Sorgen machen, denn Paul arbeitet bei seinem Vater mit, ist fast gewitzter als sein Alter und von früh an bis in die Nacht hinein für die Firma unterwegs. Alle Absprachen und Verträge ließ Bernhard durch Paul tätigen, und selbst ich musste höllisch aufpassen, wenn Paul in meinem Büro erschien und mir mit Engelsmiene ein für mich lukratives Geschäft vorschlug. Obwohl ich für ihn so etwas wie ein Onkel war und er in seiner Kindheit fast jeden Tag zu einer Mahlzeit bei uns am Tisch saß, versuchte dieser Höllenjunge auch mich hereinzulegen. Paul würde ich meine Firmen von Herzen gern übergeben, und wer weiß, wenn meine Töchter blöd bleiben, werde ich sie vielleicht eines Tages enterben, so dass ihnen gerade noch der Pflichtteil bleibt, und alles Paul schenken.

Bernhard Haber war ebenfalls nicht untätig gewesen, und ich hatte ihn, so gut es ging, beraten und unterstützt. Die Tischlerei wurde ihm zurückgegeben, den dazugehörigen Anbau, das Heizhaus und sämtliche Investitionen, die mittlerweile erfolgt waren, wurden ihm als Ausgleich überlassen, er startete mit wenig Bankkapital, aber mit einem nicht unerheblichen Besitz in seine neue Unternehmerphase. Ich brachte ihn dazu, eine Lieferfirma für Heizöl parallel zu seinem Betrieb aufzubauen, begleitete ihn zu seinen Verhandlungen mit der Sparkasse und konnte ihm einige Ratschläge von Onkel Gustav vermitteln.

Als wir zusammen das fünfjährige Jubiläum unserer neu-gegründeten Firmen feierten, waren Haber und ich die ge-wichtigsten Arbeitgeber in Guldenberg, an denen niemand in der Stadt vorbeikam und der Stadtrat schon gar nicht. Zwischen Bernhard und mir gab es einen kleinen Unter-schied von ein paar Millionen, doch das störte in keiner Weise unsere Freundschaft. Schließlich wussten wir beide, dass ich auf dem Besitz des Großvaters und Vaters hatte aufbauen können und Bernhard sich als Vertriebener alles selber erarbeiten musste.

Unser Kegelverein hat die Veränderungen nicht überlebt. Wir trafen uns zwar wie eh und je an jedem zweiten Freitag im Adler, aber zum Kegeln hatte keiner mehr die Zeit, statt-dessen besprachen wir die städtischen Angelegenheiten und waren, da der Bürgermeister Mitglied des Klubs war, gewis-sermaßen eine Art Küchenkabinett, das die Stadtpolitik absprach. Es waren neue Mitglieder hinzugekommen, ein paar Guldenberger, die sich selbständig gemacht hatten, und einige Zugezogene, die durch Rückübertragungen und Neugründungen zu den Geschäftsleuten des Ortes gehör-ten. Außerdem ein Notar, zwei Steuerberater und ein Rechts-anwalt, die allesamt aus den alten Bundesländern kamen. Da wir unsere Absprachen nicht mehr heimlich treffen mussten, verzichteten wir auf die Kegelbahn, sondern saßen stattdessen im Vereinszimmer des Adlers.

Irgendwann entstand der Plan, tatsächlich einen Verein zu gründen, und es gab die unterschiedlichsten Vorschläge. Pichler schlug vor, uns »Industrie- und Handelskammer« zu nennen, so wie uns der damalige Bürgermeister abfällig gekennzeichnet hatte, jedoch der Anwalt erhob dagegen Bedenken. Wiesner machte den Vorschlag, einen Karne-valsverein zu gründen, er verwies darauf, dass es in Gulden-berg bis 1927 einen solchen Verein gegeben hatte. Einige von uns hatten Bedenken, denn in einem satzungsgemäßen

Karnevalsverein könnte jeder Bürger Mitglied werden, was keinem von uns zusagte. Wiesner sagte, mit einer obligatorischen Jahresgebühr für alle Mitglieder sei diese Gefahr zu bannen. Er schlage vor, jedes Mitglied habe jährlich fünftausend Mark Beitrag zu entrichten, eine solche Summe würde uns die unerwünschten Mitbürger fern halten. Wir stimmten ab, der Vorschlag wurde allgemein akzeptiert, und wir beauftragten den Anwalt, eine Satzung auszuarbeiten, für die unser Verein eine Beglaubigung der Gemeinnützigkeit erreichen könnte, damit wir die Jahresbeiträge von der Steuer absetzen konnten.

Noch im November wurde die Gründung des Karnevalsvereins »Grün-Gold Guldenberg« in der Presse bekannt gegeben, und es gab eine erste öffentliche Sitzung, auf der wir Haber zum Präsidenten wählten. Und im Februar, genau siebzig Jahre nach dem Ende des ersten Karnevalsvereins, wurden in unserer Stadt wieder die drei tollen Tage gefeiert. Wir feierten in der angemieteten Turnhalle und in den beiden größten Gaststätten des Ortes, und die Einwohner beteiligten sich am Festumzug, für den wir einen großen Teil des Vereinsvermögens opferten. Am Rosenmontag war die große Faschingssitzung in der ausgeschmückten Turnhalle der Schule. Bernhard eröffnete sie als Präsident und übergab dann die Amtsgewalt dem Faschingsprinzen und seiner Prinzessin. Die jungen Mädchen der Stadt marschierten über die Bühne, und die Blechbläser der Kirche quäkten Faschingslieder, die so, wie sie der kirchliche Posaunenchor vortrug, ebenso gut und besser auf einer Beerdigung gespielt werden könnten.

Am darauf folgenden Tag war der Umzug durch die Stadt. Das Prinzenpaar stand auf der Freitreppe des Rathauses, um dort mit den Mitgliedern des Karnevalsvereins den Vorbeimarsch des Festzugs abzunehmen und den Närrinnen und Narren zuzujubeln. In der Hand hielt der Faschingsprinz einen großen vergoldeten Pappschlüssel als

Zeichen der an die Narren übergebenen städtischen Gewalt. Ich stand neben Bernhard und sagte zu ihm, während wir ab und zu unter dem Getöse der Blechbläser nach unten winkten, dass wir beide den Pappschlüssel nicht benötigten, da wir zwei den richtigen in der Tasche hätten, denn er und ich seien doch auch in der Fastenzeit die Könige von Guldenberg. Bernhard hielt die rechte Hand in die Höhe und winkte, den Kopf wandte er zu mir und sagte leichthin: »Sicherlich, Sigurd. Aber vergiss nie, da unten stehen einige, die uns beiden liebend gern den Kopf abschneiden würden. Heute noch lieber als vor ein paar Jahren.«

Dann lachte er, spendete dem vorbeiziehenden Wagen mit dem Faschingsochsen Beifall und begrüßte ein paar Geschäftsfreunde, die zu uns auf die Freitreppe kamen. Nach zwei Stunden waren wir durchgefroren und gingen ins Rathaus, um uns dort mit einem Glas Glühwein zu stärken. Am Abend saß der Karnevalsverein zuerst drei Stunden im Adler, dann zogen wir in die Krone um und tauschten mit dem Prinzenpaar die Plätze, die nun im Adler zu präsidieren hatten. Habers Sohn Paul kam mit einem angetrunkenen Mädchen zu uns und sagte, er habe eine Karnevalsprinzessin gefunden. Er bat seinen Vater, ihm mit etwas Geld auszuhelfen. Da Bernhard nur argwöhnisch das kichernde Mädchen betrachtete, zog ich mein Portemonnaie heraus und gab Paul einen Hunderter. Bernhard schüttelte den Kopf über mich, als er es sah, und Paul grinste zufrieden und klopfte mir gönnerhaft auf die Schulter.

»Mach ich ein andermal gut, Sigurd.«

»Das kannst du sofort, Paul. Versprich mir nur, dass ich im nächsten Jahr von dir keinen Korb bekomme. Nächstes Jahr bist du unser Prinz, einverstanden? Es muss ein Guldenberger sein, einer von uns und einer, der was darstellt.«

Paul lachte auf und schüttelte den Kopf: »Nein, ich wäre keine gute Wahl. Außerdem bekommt euer Prinz für die drei Faschingstage nur eine einzige Prinzessin, das ist mir zu wenig.«

Er grinste seinen Vater an und küsste das Mädchen.

»Was war denn vorhin auf dem Platz los?«, fragte ich ihn.

»Vorhin? Was meinst du?«

»Ich habe es doch gesehen, Paul. Ihr hattet irgendein Gerangel an der Pumpe.«

»Ach so. Das war nichts weiter. Wir haben zwei Fidschis aus dem Festumzug herausgezogen.«

»Lass sie doch. Wenn sie ein Kostüm haben, ist nichts dagegen zu sagen.«

»Karneval ist ein deutsches Fest. Was haben sie da zu suchen?«

»Was habt ihr gemacht? Euch geprügelt?«, mischte sich Bernhard ins Gespräch.

»Ach was. Wir haben sie rausgeholt und heimgeschickt. Auf unserem Karneval haben sie nichts verloren.«

»Lass die Leute zufrieden, Paul. Es sind arme Flüchtlinge, ihnen geht es schlecht genug. Sie tun uns nichts, und sie nehmen uns nichts weg.«

»Wer hat sie gerufen? Ich nicht.«

»Dein Großvater war auch ein Vertriebener.«

»Das ist was ganz anderes, Paps. Großvater war ein Deutscher. Er hatte einen Anspruch darauf, hier zu leben.«

»Ach, was weißt du denn, Paul! Ich sag es dir noch einmal, lass diese Leute zufrieden.«

»Schon gut, Alter. – Komm, Pussy, gehen wir.«

Die Drei-Mann-Kapelle, die in der Krone die Musik machte, spielte einen Faschingsschlager. Paul fasste das Mädchen um die Hüfte und ging mit ihr zur Tanzfläche. Bernhard sah ihm nach und lächelte stolz.

»Ist ein patenter Junge, dein Paul.«

»Ja.«

»Na, vielleicht werden meine beiden Mädchen mal zu

Verstand kommen.«

»Man soll die Hoffnung nie aufgeben. Und vielleicht wird aus Jenny und Paul eines Tages ein Paar. Mir wäre es recht.«

»Komm, Bernhard, darauf trinken wir einen. Ich lade dich ein.«

Die Kapelle spielte jetzt einen Walzer und die angetrunkenen Paare stolperten über die Tanzfläche, die Frauen kreischten, ein älterer Mann stürzte auf den Boden. Bernhard schob sich langsam durch die Menschen hindurch in Richtung der Bar, und ich folgte ihm. Der Karnevalshut auf seinem dicken Schädel war verrutscht, ich setzte ihm den Dreispitz zurecht, bevor er herunterfallen konnte.